DICE CONSULTING

퍼스트 킬

ⓒ방진호 2017

초판1쇄 인쇄　2017년 6월 15일
초판1쇄 발행　2017년 6월 20일

지은이　방진호

펴낸이　박대일
편집　이문영 · 임유리 · 신지연 · 전보라
교정　이재일
마케팅　송재진 · 임유미
디자인　박현주

펴낸곳　새파란상상(파란미디어)
출판등록　2004년 9월 14일 제313-2004-00214호

주소　04072 서울시 마포구 성지1길 32-36(합정동)
전화　02.3141.5589(영업부) 070.4616.2012(편집부)
팩스　02.3141.5590
이메일(원고 투고)　paranbook@gmail.com
카페　http://cafe.naver.com/paranmedia
페이스북　http://www.facebook.com/paranbook

ISBN　978-89-6371-434-9(03810)

퍼스트 킬

the first kill

一

방진호

장편소설

새파란상상

차례 *Contents*

#동기
Motive

오늘같이 스트레스 지수가 높은 날은 이렇게 폭식을 해 버린다. 주먹으로 벽을 치거나 문을 발로 걷어찰 수도 있지만, 그런 외적 자학보다는 위를 학대하는 것이 그나마 보기에 낫다는 생각에서다.

이 빌어먹을 폭식이란 것은, 사실 의지만 가지고는 할 수가 없는 일이다. 일단 위장 크기가 받쳐 줘야 하고 위의 신호를 뇌로 전달하는 시냅스가 좀 둔해야만 가능한 일이다.

폭식이 가능한 몸을 지녔다고 해도 이건 명심해야 한다.

폭식은 비만과 위염, 위궤양, 십이지장궤양, 그리고 가장 짜증 나는 '역류성 식도염'에 걸려 기침을 계속 해 댈 수도 있다는 것 말이다. 그 더러운 기침은 몇 년을 가기도 간다.

2007년 여름. 밤 11시 4분.

가구 배치를 바꾸겠다는 마누라의 의지에 따라 책장에서 책을 꺼내 포장 박스에 담는 일을 했다. 결코 즐거운 기분은 아니다. 집에서 유일하게 내 맘대로 할 수 있는 공간이 소멸되는 것을 의미하기 때문이다.

상단 칸은 취미로 모은 물건으로 장식을 하고 그 아래 칸들은 자주 읽는 책들을 꽂아 두었다. 그 아름다운 책장이 마누라의 눈에 띈 것이 화근이었다.

책장을 한참 바라보던 마누라가 대뜸 이렇게 말했다.

"이러니 엄마가 걱정을 하시지."

"책장 때문에 걱정을 하셔?"

"네 눈엔 저게 정상인의 책장으로 보이니?"

더없이 훌륭해 보이지만 최대한 객관적인 눈으로 바라보려 노력했다. 책장의 가장 위 칸엔 나의 컬렉션인 나이프 일곱 자루가 벨벳이 깔린 유리 보관함에 나란히 걸려 있었고 그 아래엔 관심 분야의 서적이 가지런히 꽂혀 있었다.

마누라의 말을 듣기 전엔 뭐가 문제인지 알 수가 없었다. 마누라는 책을 한 권씩 가리키며 말했다.

"살인의 이해, 즐거운 살인, 연쇄살인 심리, 살인자 리포트, 이웃집 살인마……. 살인용 칼하고 살인용 책이 잔뜩 있는 게 정상이라고?"

살인용 칼은 그렇다 치자. 살인용 책이 세상에 어디 있단 말인가. 제목이 다소 자극적이긴 하지만 절대적으로 범죄심리 서적인 거다.

"그건 그냥 내 취미라고."

"살인이 취미냐? 좀 정상적인 취미를 가져 보라고."

다시 한 번 말하지만 난 범죄심리에 관심이 있을 뿐이다. 털 빠지고, 냄새나고, 짖어 대고, 자다가 처먹기만 하는 포유류를 두 마리나 키우는 마누라 취미보다는 훨씬 고상하지 않은가?

"저거 다 치워. 나의 허브 컬렉션으로 가꿀 거니까."

이틀이면 다 죽일 꽃에는 왜 그리 집착이 심한지 모르겠지만 마누라의 명령이기에 어길 수도 없는 일이었다. 더구나 백수가 된 지금의 내 입장에서는 어명이나 마찬가지였다.

나이프를 책장에서 내렸다. 보기만 해도 힘과 카리스마가 느껴지는 나이프들은 어김없이 내 시선을 잡았다. 그냥 치우기만 하려 했지만 그 수려한 용모 때문에 도저히 그냥 지나칠 수가 없었다. 그래서 나이프들을 통째로 책상으로 옮겨 손질하기 시작했다.

칼날에 피마자기름을 바르고 헝겊으로 정성스럽게 닦았다. 내가 나이프에 빠진 이유는 특유의 예리한 아름다움과 더불어, 오로지 찌르고 베기 위해 태어난 그 일변도적인 성격에 끌렸기 때문이다. 태생적으로 간에 붙었다 쓸개에 붙었다 할 수 없이 그저 생긴 대로 사는 거다. 진정으로 시크한 운명이다.

번쩍이는 나이프의 날을 갈다가 문득 직종을 바꿔야겠다는 생각이 들었다. 돈도 벌고 시간 제약도 받지 않는, 게다가 내 적성에 맞아서 지루하지 않은 그런 직종으로 말이다.

이를 테면 살인청부업 같은 거 말이다.

청부업이야말로 목돈도 만질 수 있고 시간 제약도 받지 않는 자유 직종의 대표 주자 아니겠는가? 물론 다른 제약을 심하게 받긴 하지만 말이다.

유독 그 직업에 강하게 끌리는 것은 분명 현재의 내 심리 상태와 직결되어 있다. 지금 이 순간에도 목을 따고 싶은 놈이 딱 한 명 있으니까 말이다.

대학교 선배가 있다. 이 사람이 회사 잘 다니고 있는 내게 손짓을 했다.

"좋은 아이템 있는데 창립 멤버로 같이 일해 볼래?"

'창립 멤버'라는 단어는 언제나 설렜다. 함께 고생하고 함께 재벌이 되는 뜻을 머금은 것 같았기 때문이다. 난 고개를 끄덕였고 그 한 번의 끄덕임으로 나머지 인생을 망치게 되었다. 당연히 그때는 몰랐지만.

당시 다니고 있던 회사 사장님과 상무님은 내가 그만두는 걸 원치 않았다. 도전 정신은 좋지만 이제 객기 부릴 나이는 지나지 않았느냐, 그러니 회사와 함께 끝까지 가 볼 생각은 없느냐 등등. 송구하게도 그런 만류를 정중히 거절하고 선배를 믿고 따라나선 것이다.

결과부터 말하자면 난 지금 백수 신세가 됐다.

내 건강을 위해 중간 과정을 설명하는 일은 생략하기로 하겠다. 각종 협잡이 난무하는 사기꾼 집단 속에 발을 들여놓은 건실한 샐러리맨이 무얼 할 수 있었겠는가. 선배가 말하던 사업? 그건 시작도 못 하고 망가졌다.

그런데 그 선배란 사람, 참 상종 못 할 부류다. 사기꾼들 속에서 폼 잡는 것만 배워 가지고 못된 짓만 골라서 했다.

직원은 월급도 못 받고 있는데 고급 승용차를 렌트해 다니고, 술집 마담에게 오피스텔 얻어 주고, 영업하라고 만들어 준 회사 법인카드로 250만 원짜리 목걸이 사서 마담에게 선심 쓰고 술 퍼마시고.

선배가 그러고 다닐 때, 난 봉급은커녕 빚만 점점 늘어났다.

선배가 추진하는 M&A만 성사되면 한 방에 역전될 수 있다고 믿으면서 하루하루를 견뎠다. 누군가 "난 M&A 하는 사람이야"라고 말하면서 접근하면 일단 주둥이를 때리고 다시는 상종하지 마라. 순도 99.9퍼센트 사기꾼에 협잡꾼이다.

내가 그만두겠다고 마음의 결정을 했을 땐 회사도 이미 걸레가 된 상태였다. 선배는 연락이 끊어진 지 오래고 이젠 빚을 질 여력도 없었다. 이력서는 일곱 군데 넣었는데 그중 다섯 군데는 소식이 없고 두 군데는 주제 파악 좀 하라고 전화 온 게 전부였다.

오늘 아침, 그 선배가 돈을 마련해 주겠다고 연락을 해 왔다.

설레는 마음으로 텅 빈 사무실에 갔다. 아침 아홉 시에 나갔는데 밤 열 시가 되도록 선배는 전화를 받지 않았다.

결국은 그렇게 시간 날리고 집으로 돌아와 분노의 만두를 입에 쑤셔 넣고 이렇게 책장 정리나 하고 있는 거다. 이쯤 되면 내가 왜 청부업자가 되어야겠다고 생각하는지 짐작이 갈 거다.

상황이 참, 거지 같지 아니한가?

청부업자가 되기 위해서는 연쇄살인범이 되는 것이 불가피하다는 생각이 들었다. 내가 개업을 한 것도 아니고 그렇다고 홍보 활동을 한 것도 아니기 때문에 고객이 내게 의뢰를 할 수 있을 리가 만무하다. 내가 누군가를 죽인다고 해도 금전적인 거래가 성립되지 않기 때문에 단순한 연쇄살인범일 뿐 청부업자일 수는 없는 노릇이다.

그래서 실전 경험도 얻고 홍보도 할 겸 무료로 몇 명 작업해 줄 생각이다.

영화 〈친구〉를 보면, 마약을 한 준석이 몸을 벌벌 떨며 상택에게 이런 말을 한다.

"니가 앞으로 살아가면서 정말이지 직이 삐고 싶은 놈이 있스믄 내한테 딱 한 놈만 말해라. 내가 직이 주께."

의리로 뭉친 건달 준석이도, 아무리 친한 친구의 부탁이라도 한 명 이상은 힘든 거다. 그만큼 누군가를 죽여 준다는 것은 어렵고도 힘든 일이다. 그래서 청부살인의 비용은 클 수밖에 없다.

그런데 난 이것을 무료로 해 주겠다는 것이다.

업계에 파란을 일으킬 만하지 아니한가?

난 그 첫 번째 수혜자로 나를 지목했다. 난 그런 파격적인 대우를 받을 자격이 충분히 있다고 생각한다. 내 스스로가 첫 번째 클라이언트가 되는 것이다. 과연 누구를 의뢰할까?

어쩌면 앞서 언급한 그 '선배'라고 생각하는 사람들도 있을 것이다. 물론 하고 싶다. 하지만 그는 첫 번째를 장식할 만큼 의미 있는 존재는 아니다. 쓰레기는 남들이 욕하기 전에만 치우면 되는 거다. 급할 것 없다.

살인이란 것은 단순히 한 사람의 생명을 없애는 것만 의미하지는 않는다. 그 사람으로부터 영향을 받는 모든 환경과 그 사람이 누리게 될 미래의 파괴를 의미한다. 그래서 살인은 더욱 신중하게 이루어져야 하는 것이다.

그런 관계로, 당연하게도 나 자신의 능력을 테스트해 보는 것이 필요하다. 이는 대상자에 대한 예우인 동시에 내 안전에 대한 검증 작업인 것이다. 첫 경험인 만큼 테스트 전 과정에 있어서 신중에 신중을 기할 필요가 있다.

테스트는 대상 파악, 계획, 실행, 이 세 가지 과정에 맞춰 진행한다. 대상 파악 앞에 '동기'를 둘 수도 있겠지만 사실 동기는 내 개인적인 입장이나 수사관의 입장에서나 중요할 뿐, 고객이나 살인 프로세스의 관점에서는 중요하지 않다.

따라서 지나가는 사람을 그냥 죽여 볼 수도 있겠지만, 내가 미친놈이 아닌 이상 멀쩡한 사람을 말 그대로 '그냥' 죽일 수는 없는 일이기에 조금이라도 '죽어도 될 만한 놈'을 찾아보기로 했지만 이것도 쉽지는 않다.

미운 놈이 한 명쯤은 있을 거라 생각했지만 막상 떠올리려

하니 뚜렷하게 기억나는 놈이 없었다.

중학교 때 날 때린 학교 깡패 놈이 있긴 하지만, 얼굴도 이름도 기억이 가물가물하다. 기억이 선명하게 난다고 해도 꼴이 우습긴 마찬가지리라.

"어이, 20년 전에 말이야, 학교 화장실에서 내 얼굴 한 대 때린 거 기억나냐? 그것 때문에 널 죽일까 해. 죽을 각오는 되어 있겠지?"

녀석은 내 얼굴을 기억해 내기도 전에 죽는 거다. 놈의 입장에서는 지나가는 미친놈에게 칼 맞아 죽는 것과 별반 다르지 않을 것이다.

참 신기하다. 34년 동안 주변엔 싫은 사람뿐이었는데 막상 찾으려니 떠오르는 사람이 한 명도 없다.

모두 밉긴 하지만 죽일 정도로 밉지는 않았다는 것일까? 학교에서 날 때린 놈들도 미웠고 자기 일을 남에게 미루는 직장 동료도 미웠지만, 모두 죽을죄를 지은 건 아닌지라 쉽지가 않다. 세상에 죽을죄란 있을 수 없다는 것은 맞는 말이다. 각자의 입장 차이 때문에 죽고 죽이는 것일 뿐.

죽일 놈을 찾으며 고민하는 내게 마누라가 인상 깊은 소식을 하나 들려줬다.

"양수 아저씨 알지? 우리 화단 공짜로 만들어 준 아저씨."

절대 공짜는 아니었다. 재료비만 받고 해 주는 거라고 말했을 뿐이다.(사실 재료비만 받은 것인지도 의심스럽다.)

"그 아저씨 돌아가셨대."

인간은 원래 때가 되면 죽는 거다. 더구나 공짜도 아니면서 공짜로 해 주는 것처럼 생색내는 아저씨의 안위 따위는 내 관심 밖이다.

"웬 미친놈들한테 맞아 죽었다더라고."

이제 좀 흥미가 생긴다. 멍석말이도 없어진 요즘 맞아 죽는 일은 드무니까.

"어쩌다가?"

"밤에 길 가다가 어떤 놈들한테 느닷없이 두들겨 맞았대. 그 것도 몽둥이로."

"아무 이유 없이?"

마누라는 빅뉴스를 전할 때처럼 고개를 크게 끄덕이면서 대답했다.

"이유나 있으면 억울하지나 않지. 완전 '묻지 마 살인'이나 똑같잖아. 몽둥이로 맞았으니 몸이 배겨 나? 팔다리 다 부러지고 내장도 상해서 시름시름 앓다가 그 길로 돌아가신 거지. 소름 끼쳐."

광고와 쇼 프로도 모자라 이젠 범죄 유형까지 일본을 따라가는 모양이다. 마누라는 나의 처진 뱃살을 툭툭 치며 말했다.

"그러니까 오빠도 특공대 나왔다고 깝죽거리지 말고 항상 몸조심하라고, 알았어? 어휴, 이 특공대 뱃살 봐라, 이거."

"특공대가 아니라 특전사라고 몇 번을……."

"다 같은 군바리잖아, 쯧. 어쨌든 이상한 놈들이 돈 달라고 하면 성질대로 하지 말고 그냥 줘. 몸 상하는 거보다 나으니까."

오, 마누라가 내 몸 생각을 다 해 준다.

"달라는 대로 다 줘?"

잠시 생각하던 마누라가 대답했다.

"3만 원까지."

내 몸값이다. 참고로 집에서 키우는 개새끼들 2주간 사료비가 3만 원이다.

"너무한 거 아냐?"

"지금 그 반응은, 지갑에 3만 원 이상 넣고 다니겠다는 네 의지냐?"

견물생심. 지갑에 많은 돈이 보이면 그만큼 쓰고 싶게 된다는 의미다. 그런 심오한 뜻으로 마누라는 지갑에 3만 원 이상 탑재 금지령을 내렸다.

"만약에 3만 천 원 내놓으라고 하면?"

"3만 원이면 3만 원이지 어떤 강도 자식이 쪼잔하게 3만 천 원을 내놓으라고 하겠냐?"

"만약에 그러면?"

마누라가 잠시 갈등하는 표정을 짓더니 단호하게 말했다.

"좋아, 5만 원. 대신 2만 원은 치료비에서 깐다."

다행히 치료는 해 줄 모양이다.

양수 아저씨의 죽음은 내 기억에서 특별할 것도 없이 그냥 지나쳐 갔다. 그러던 어느 날, 내 고민을 해결해 주는 인물들이 나타났다.

어쩌면 양수 아저씨가 만났던 그 인물들일지도 모른다. 엔딩만 다를 뿐 나 또한 아저씨와 똑같은 경험을 했으니까.

시간의 제약을 받지 않는 관계로 밖을 돌아다니다가 누군가에게 그냥 맞았다. 왜 맞았는지는 둘째 치고 누가 때렸는지조차 알 수가 없을 정도였다.

구로동의 남부순환도로 밑으로 뚫린 차도가 하나 있다. 일명 굴다리. 인적은 물론 차량 통행조차도 드문 그런 곳이다. 난 그곳을 지나 구로역까지 걸어갈 생각이었다.

구로역엔 백화점이 연결되어 있고 그곳엔 상권을 스스로 창출한다는 영화관이 있다. 그곳에서 한국 영화를 볼 생각이었다. 백수라고 문화생활까지 하지 말란 법은 없으니까.

놈들이 나타난 건 그 굴다리 중간쯤을 지날 때였다.

난 그런 미친놈들은 다른 나라에나 있는 줄 알았다. 이지메의 확장판이라고나 할까? 사회의 일반인을 대상으로 집단으로 때리고 괴롭히는 거나. 객기치고는 상당히 급진적인 객기인 것이다.

세 명의 괴한이 내 길을 막아섰다. 그들 중 두 명의 얼굴은 굳어 있었지만 한 명은 분명 히죽거리고 있었다. 물론 난 도망치려 했다. 하지만 놈들도 영화를 봤는지 둘은 앞에서, 하나는 뒤에서 길을 막았다.

도망칠 수 있는 방법은 차도로 뛰어내려 튀는 것뿐이었는데, 10대로 보이는 놈들을 상대로 내가 그렇게까지 해야 할까 싶었다. 뛰어내렸다가 재수 없게 차에 치이기라도 하면 보상도 제대로 못 받고 끝나는 것이다. 솔직히 말하자면, 무엇보다 도 망치는 게 귀찮았다.

놈들의 목적이 무엇인지 모른다. 나를 때려눕히고 카드 전 표밖에 없는 내 지갑을 털어 가려는 것일 수도 있고, 그저 나를 때리는 게 목적일 수도 있다. 어느 쪽이든 관계없었다. 그들이 각목을 들고 내게 다가오는 순간 나의 최초 작업 대상자를 결 정했기 때문이다.

꽤나 어려 보이는 놈들이었다. 20대 초반? 어쩌면 10대 후반 의 미성년자일지도 모른다. 하지만 내 작업 대상에 나이 제한 은 없다.

살인은, 입장 차이일 뿐이니까.

말없이 그냥 맞았다. 놈들은 시비 거는 말조차 하지 않았고, 나 또한 피할 수 없었기에 서로 말없이 행동으로 대화하기 시 작했다. 그 동작들을 굳이 해석하자면 이렇다.

'우리가 지금 스트레스 풀 곳이 필요한데, 그 참에 아저씨가 재수 없게 걸린 거요. 우리 원망 말고 딱 몇 대만 맞고 갑시다. 그러고는 다시 각자의 생활로 돌아가는 겁니다. 오케이?'

'얘들아, 나 반항할 생각 없으니까 때리고 싶은 만큼 때려도 좋아. 하지만 뼈가 부러지거나 내상을 입을 정도로 심하게 때 리지 않았으면 하는 소망이 있어. 그 정도는 들어주겠지? 지금 생사여탈권은 너희들에게 있잖니.'

18

'아저씨, 생사여탈권이 뭐야?'

'조만간 뒈질 놈들은 몰라도 된단다.'

우리의 보디랭귀지는 몇 분 걸리지 않았다. 내가 반항하지도 않고 한마디 말도 없이 계속 맞아 줬으니까.

바닥을 기고 있는 나를 두고 놈들은 후다닥 도망쳤다. 내 꼴이 말이 아니다. 골절은 삼가 달라는 무언의 부탁을 놈들이 무시했다. 갈비뼈 골절이다. 골절이 아니더라도 최소한 금은 갔을 것이다. 알다시피 갈비뼈 골절은 기다리는 것 말고는 방법이 없다. 하필 더러운 곳을 맞은 것이다.

얼굴은 가급적 잘 막았다고 생각했지만 머리에 엄청나게 커다란 혹이 생겼다. 얼핏 보면 세로로 머리 두 개 달린 외계 생명체 같다. 바닥에 누운 채 팔다리를 조심스럽게 움직였다. 이렇게 심한 움직임 직후엔 아드레날린 덕분에 다친 곳의 통증을 잘 모른다. 함부로 움직였다가 골절된 뼈에 신경이라도 절단나는 날엔 장애인이 되는 것이다. 움직여 보니 다행히도 몸의 상태는 양호했다.

몸 상태가 비교적 괜찮다는 것을 확인하고 나면 그다음엔 사회적 체면을 챙기게 된다. 샐러리맨 시절에 제법 돈 좀 주고 샀던 옷은 먼지와 피, 땀으로 너덜거렸고, 방광 조절이 되지 않았는지 사타구니를 적신 채 지린 냄새를 풍기고 있었다.

굴다리 벽에 몸을 기대고는 잠시 쉬었다. 저만치 떨어져 있는 지갑을 보니 현금만 빼 갔다. 다행이다. 신용카드를 빼 갔다면 사용 중지 요청 전화를 다섯 개 카드사에 일일이 해야 했을 테고 카드 돌려 막기에도 지장이 있을 수 있으니까.

왜 이곳에는 CCTV가 없는 건지 잠시 원망했지만 곧 생각을 바꿨다. 놈들이 사망하면 내가 첫 번째 용의자가 될 테니 CCTV는 내게도 해로운 물건이다.

휴대폰은 액정이 깨져 있었지만 작동에는 무리가 없었다. 조심스럽게 손을 폈다.

단추 하나와 1회용 라이터 하나.

최소한의 단서를 위해 맞는 와중에 챙긴 것이다.

단추에 주소라도 적혀 있지 않는 한 대한민국에 천억 개는 존재할 단추가 단서가 될 수 있을 리가 없기에 신경질적으로 던져 버렸다.

다음은 1회용 라이터. 최대한 덜 다치려는 몸부림으로 놈들을 붙잡고 늘어질 때 누군가의 재킷 주머니가 찢어지며 내 손에 들어온 것이 바로 이 라이터다.

월드컵 당구장.

월드컵은 우리나라에 지대한 영향을 끼쳤다.

2002년 이후로 '월드컵' 관련 상표가 엄청나게 증가한 것만 봐도 알 수 있다. 나 역시 월드컵 때 열광한 국민 중에 한 사람이지만, 그것이 가게 이름이 되었을 때 세련되지 못한 느낌을 주는 것은 어쩔 수 없다.

사실 당구장 이름이 월드컵이든 올림픽이든 내게는 전혀 상관없다. 중요한 것은 내가 그들을 만나러 갈 수 있는 단서가 생겼다는 것이다.

양아치 특성상 멀리 튈 수는 없을 것이다. 그들이 할 수 있는 최대한은 그들의 서식지 내에서 잠수를 탔다가 별일 없다 싶으면 기어 나오는 것일 테니까.

게다가 시간은 내게도 필요했다. 놈들이 내 얼굴을 알아보지 못할 정도의 시간과 내가 충분히 회복할 만한 시간. 천천히 쉬면 되는 것이다.

회복 시간은 생각보다 오래 걸렸다. 겉보기엔 동안童顏 소리를 들을 만큼 멀쩡한데, 신체 나이는 어쩔 수 없는 모양이었다.

하지만 괴로운 것은 치료 기간이 아니었다. 마누라에게 나이 먹고 쌈질이나 하고 다닌다고 잔소리를 2주일 동안이나 들어야 했다. 그리고 빚 독촉 전화의 횟수는 점점 잦아졌고, 이력서를 넣은 회사마다 '귀하의 재능은 뛰어나지만 당사의 업무와는 맞지 않아서 다음 기회에……'라는 이메일만 보내왔다.

이대로 있다가는 청부업자가 아니라 정신병을 앓고 있는 연쇄살인마가 될 가능성이 더 높았다.

밖으로 나섰다. 숨 쉴 때마다 고통을 주었던 갈비뼈도 어느 정도 자리를 잡았고, 그놈들도 잠수 인생을 끝내고 지상으로 올라왔을 시간이라고 생각했다.

월드컵 당구장.

서울에 같은 이름의 당구장이 몇 개나 될까 생각했다. 이곳들을 하나하나 찾아다니는 것은 확실히 효율성에 문제가 있었다. 잠복하는 것까지 고려한다면 보통 일이 아닌 것이다. 다행히 난 그 지역에 대해 잘 알고 있다. 거기에 인터넷이라는 훌륭한 도구도 있다. 결정적으로 라이터에는 연락처가 적혀 있었다. 그들을 찾는 것은 일도 아니다.

내가 고등학생 때까지만 해도 당구장은 금기의 구역이었다. 이유는 그때나 지금이나 알 수가 없다. 가공할 만한 경도를 가지고 있는 막대기로 공을 죽일 듯이 찍어 내리는 것이 미성년자가 보기엔 무리라고 판단한 것일까? 하지만 지금은 누구나 즐길 수 있는 스포츠가 되었다.

지금 지켜보고 있는 당구장 안에도 어려 보이는 친구들이 많다. 그렇다고 아주 많이 붐비는 수준은 아니다. 적정한 수준의 손님들이 게임을 즐기고 있는 것이다. 난 손님들을 한 명씩 살펴보기 시작했다. 그놈들이 함께 게임을 즐기고 있다면 금상첨화겠지만, 뇌에 충격을 받아 침을 흘리고 다닐 정도가 아니라면 범죄를 저지르고 곧바로 공범끼리 몰려다니는 그런 멍청한 짓은 하지 않을 테니까.

주변을 둘러보다가 한쪽 구석에서 게임에 열중하고 있는 한 무리를 발견하고는 생각을 바꿔야 했다. 아무래도 놈들을 과대평가한 모양이다. 나에 대한 테러는 이미 기억나지도 않는 것처럼 그들은 버젓이 함께 게임을 하고 있었다. 내게서 빼앗아 간 3만 원을 가지고 그날도 당구를 했을까? 심지어는 그들이 잠수를 탔을 거라는 소심한 예상조차도 의심되기 시작했다. 생각보다 뻔뻔한 놈들이었다. 혹은 멍청하거나.

가해자들은 자신이 보복을 당할 거라는 생각은 잘 하지 않는 경향이 있다. 피해자의 보복을 저항으로 생각하고, 저항은 다시 제압하면 된다고 생각하기 때문에 그들 입장에서 보복을 당하는 일은 있을 수가 없는 것이다. 피해자의 신고로 감방을 가게 되면 가해자들은 이렇게 말한다.

"출소하는 대로 너 꼭 찾아서 복수할 거야!"

자신들이 출소해서 피해자에게 죽을 수도 있다는 생각은 왜 하지 않는 것일까?

놈들 또한 마찬가지다. 그들이 날 밟아 놓았기 때문에 그들은 날 완전히 제압했다고 생각하고, 난 그들을 두려워하고 있다고 단정하고 있을지도 모르는 일이다.

괘씸하다. 이대로 놈들에게 다가가 따라 나오라고 할까? 3대 1이라는 승산 없는 숫자가 나오긴 하지만, 난 그들을 죽일 생각이기에 문제가 없다. 하지만 이건 다른 의미에서 해서는 안 되는 일이다. '효율적인 살인 프로세스'를 생각하면 그래서는 안 되는 것이다.

녀석들을 미행하면서 그들에 대해 많은 것을 알아낼 수 있었다.

한 명당 하루에 두 갑의 담배를 피우는 골초들이고, 절도나 강탈은 빼놓을 수 없는 그들의 일상이었다. 구걸하고 있는 할아버지를 장난스럽게 밀쳐 쓰러뜨리고는 주머니를 뒤지는 것은 그들에게 특별한 일도 아니었다.

뒤쪽에 팔짱을 끼고 있던 녀석이 소리를 지르는 할아버지를 향해 달려가 가슴을 걷어찼다. 그놈은 날 때릴 때도 저런 표정이었다. 할아버지가 괴로워하는 모습을 뒤로하고 즐거운 듯이 천진난만한 표정으로 웃으며 지나갔다.

난 어릴 때 이웃집 연탄을 걷어차고도 저렇게 즐거워하지는 못했다. 정말 재미있는 것일까? 아님 동료들 앞에서 경쟁적으로 터프한 모습을 보이고 싶은 것일까?

할아버지 가슴을 걷어찬 놈은 내 주목을 받기에 충분했고, 더 많은 정보를 알아내기 위해 놈의 집까지 미행을 했다.

놈은 할머니와 단둘이 지냈다. 열악한 환경에서 성공하는 주인공이 점점 줄어드는 것 같아 마음 한편이 좀 쓰렸다. 자본주의에서 가난은 정말 세습되는 모양이다. 하지만 안됐다는 생각이 든 건 약 2초 정도뿐이었다. 제대로 된 놈이라면 시장에서 일하는 할머니의 등골을 빼먹으며 무위도식을 해서는 안 되는 것이다. 게다가 청부업에 대한 내 능력의 적합성 테스트는 이런 같잖은 동정심으로 중단될 만한 싸구려 프로젝트가 아니기 때문이다. 무허가 주택 주민에 대한 동정심 때문에 국가의 도시 정비 정책이 중단될 수 없듯이 말이다.

늘 얘기하지만, 살인이란 것은 입장 차이일 뿐이다. 난 실습이 필요한 거고 놈들이 대상으로 선정된 것일 뿐이다. 정말 그뿐이다.

녀석들은 '아지트'라는 것이 없는 모양이었다.

갈수록 치솟는 땅값 덕분에 그냥 놀리는 땅이 없어서 그런지 자기들만의 장소 같은 것은 아예 꿈도 못 꾸는 듯했다. 항상 당구장과 클럽, 여관을 옮겨 다니는 인생을 살고 있었다. 단조롭기는 샐러리맨과 다를 게 없었다.

그 단순한 패턴 속에서 내가 그들을 언제 어디서 이끌어 내야 할지 정하는 것 또한 쉬운 일이 아니었다. 겁나게 질주하고 있는 다람쥐를 쳇바퀴에서 끌어내는 타이밍을 잡기란 여간 어려운 것이 아니기 때문이다. 다람쥐가 멈추지 않는 한 끄집어낼 수 없는 것이다.

그걸 끝내기 위해서 필요한 것은 그들의 전화번호다.

내가 작업 내용에 대해 밝힌다면 여러 사람이 비난할 것이 뻔하다. 내가 생각하기에도 소름 끼칠 정도로 비열하게 느껴지니까. 하지만 내 생업을 위해 그 정도의 비열함은 충분히 감수할 수 있다. 비열함도 누군가의 콘셉트가 될 수 있음을 인정한다면 심적으로 힘들 일도 없는 것이다. 이러한 모든 일의 시작은 현대인의 분신처럼 되어 버린 휴대폰에서부터였다.

그들의 전화번호를 얻기 위해 당구장 앞에서 종일 기다렸다. 예상대로 당구장에 모습을 드러낸 그들에게 난 소탈한 웃음을 지어 보이며 다가갔다.

"미안한데 전화 좀 잠깐 빌려 쓸 수 있을까요? 내 휴대폰이 망가져서."

놈들이 망가뜨린 내 휴대폰과 만 원짜리 한 장을 흔들어 보였다.

정장을 한 내 모습은 영락없는 샐러리맨이었고, 그 모습은 그들이 가장 안심하고 만만하게 보는 인류였다. 더구나 전화 한 통에 만 원이라면 안 빌려 줄 이유가 없는 것이다. 만약 '1회용 배터리 사다 쓰세요.' 이딴 소리를 하면…… 어쩌지? 거기까진 생각해 보지 않았으니 일단은 계획대로 하자.

피곤에 찌든 표정으로 당구대 위에 만 원을 올려놓자 그들 중 한 명이 나머지 녀석들의 눈치를 보며 휴대폰을 내밀었다. 휴대폰을 내미는 놈의 모습에 내심 쾌재를 불렀다. 굴다리에서 가장 처음 내 머리를 후려친 녀석이다. 할아버지 가슴을 걷어차고 실실 웃던 놈. 반가워. 넌 특별 대우를 받을 만한 VIP야.

놈의 휴대폰으로 내 휴대폰에 전화를 했고 주머니 속에서 내 휴대폰의 통화 버튼을 눌러 다른 누군가와 통화하는 척했다. 짧게, 그리고 샐러리맨들이 저녁에 가장 많이 하는 술 약속 잡기 대화. 녀석의 휴대폰에서 내 통화 기록을 삭제하고 건네줬다.

"고마워요."

놈도 고개를 가볍게 숙이는 깃으로 인사를 대신했다. 전화 한 통에 만 원이라니 감사할 만하다. 주머니에서 휴대폰을 꺼내 들었다. 아마도 녀석의 전화번호가 찍혔겠지만 깨진 액정 때문에 제대로 볼 수가 없다. 작업을 위해서는 휴대폰부터 고쳐야 했다. 예상치 못한 비용이다. 빚 독촉에, 실업자 상태에, 10킬로그램이나 살이 찐 이 빌어먹을 상황에서 말이다.

내 휴대폰의 액정이 새것으로 교체되는 동안 쇼윈도에 진열되어 있는 휴대폰들을 구경했다. 어쩌면 이리도 작고 예쁜지 사고 싶은 것투성이다. 이 휴대폰을 사기 위해 아르바이트를 하고 범죄를 저지르는 10대들의 마음이 어느 정도 이해가 될 정도였다.

집에서 쓰던 그 거대한 전화기가 주머니에 들어가게 됐다는 것은 내게는 커다란 충격이었지만, 언론 덕분에 점진적으로 현실로 받아들일 수 있었다. 기술은 전화기를 주머니에 넣은 것으로 만족하지 않았다. 카메라를 같이 집어먹더니 뒤이어 캠코더와 게임기 그리고 TV를 먹어 버렸다.

난 기술의 결정체인 휴대폰을 인류의 가장 원시적인 행위 중 하나인 살인에 사용하려는 것이다.

A/S 직원의 기술 덕분에 저렴하게 온전한 휴대폰을 받을 수 있었다. 오, 녀석의 전화번호가 보인다. 이제 실행만 하면 되는 거다.

놈의 할머니는 시장에서 채소를 파신다. 내가 놈의 할머니에 대해 얘기하는 것은 결코 그분을 어떻게 하려는 생각은 아니다. 다만 일을 위해 약간의 도움을 받기 위함이었다.

"당근 어떻게 해요?"

할머니에게 접근한 뒤 제일 처음 한 말이다.

당근 어떻게 하냐는 질문에는 '씻어서 손질해요'라든지, '채를 썰어서 잡채 만들 때 넣어요'라는 대답이 더 자연스럽지만 이 장소에서는 정답이 아니다.

이 우스운 질문에 할머니는 내 의도를 제대로 알아듣고 응답한다.

"세 개에 2천 원요."

할머니와 나 사이, 야채 장수와 손님 사이엔 거래 말고 다른 대화는 필요 없는 것이다.

난 당근을 고르다가 판단하기 곤란한 표정을 지어 보였다.

"죄송한데 전화 한 통화만 쓸 수 있을까요? 마누라한테 좀 물어봐야겠는데 제가 휴대폰을 놓고 나와서요."

할머니는 당연히 곤란한 표정을 짓는다. 나는 작은 선심을 또 한 번 쓴다.

"천 원 더 드릴게요."

하지만 난 할머니가 천 원을 더 받을 거란 생각은 하지 않았다. 장사도 서비스고, 서비스를 제공하는 분들은 그렇게 야박하게 굴어서는 돈이 되지 않는다는 것을 당신이 잘 알고 계시기 때문이다.

"결혼했어요? 총각처럼 보이네."

할머니는 휴대폰을 내밀며 웃어 보였다. 서비스의 기본을 아는 분이다. 나도 기분 좋은 웃음을 날리며 휴대폰을 받아 들었다. 녀석의 휴대폰 번호를 찍고는 전화를 했다. 놈은 생각보다 빨리 받았다.

— 왜?

예상대로 퉁명스런 응답이었다. 난 할머니에게 들리지 않는 목소리로 말했다.

"제가 휴대폰을 주웠거든요. 단축 번호 눌러서 전화 드렸습니다."

불쑥 들린 남자 목소리에 놈은 상황을 파악하고는 대답했다.

— 아, 예. 어디시죠?

"남부순환도로 밑에 굴다리 아세요? 아, 잘됐네요. 그리로 오시면 굴다리 입구에 제가 서 있겠습니다. 이게 배터리가 얼마 없네요. 꺼질 수도 있으니까 시간 맞춰 나오세요."

놈과의 통화를 끝내고 할머니의 휴대폰을 '자동 응답'으로 설정했다. 휴대폰의 인터페이스는 회사마다 거의 고정되어서 조작은 그리 어렵지가 않다. 이제부터는 놈이 전화를 해도 할머니의 전화벨은 울리지 않고 곧장 자동 메시지를 내보낼 것이다. 난 돈과 휴대폰을 할머니께 건네며 묻는다.

"장사 언제까지 하세요?"

"일곱 시까지는 있어요."

일곱 시까지는 놈을 맘대로 할 시간이 있는 것이다. 생각 같아서는 할머니께 몇만 원이라도 집어 드리고 싶었지만, 첫째 백수이기 때문에 경제 사정도 좋지 않은 편인 데다, 둘째 많은 돈을 드리면 날 기억할 가능성이 있기 때문에 약속한 천 원만 더 얹어 드렸다.

당근이 들어 있는 검은 봉지를 흔들며 굴다리로 향했다.

장소를 그리 정한 것에 감성적 의미를 부여하자면 놈들과의 첫 조우 장소이기 때문이라고 할 수도 있다. 하지만 실제 이유는 작업하기 적당한 장소였기 때문이었다. 인적이 드문 데다 쓰레기 덤프가 줄지어 있어서 그들을 처리하기에도 쉽기 때문이다. 차라도 있었다면 훨씬 쉽게 작업이 이루어졌을 것이지만, 다시 한 번 말하지만 지금은 빚 독촉에, 실업자 상태에, 10킬로그램이나 살이 찐 빌어먹을 상황이기 때문에 선택의 여지는 그리 많지 않다.

쓰레기 덤프 뒤에 서서 기다리니 멀리서 걸어오는 녀석의 모습이 보였다. 이곳은 가로등마저 시원찮아서 눈을 집중하지 않으면 사람인지 직립 보행을 하는 멧돼지인지조차도 구별하기가 힘들었다. 나에겐 더없이 좋은 최상의 환경이었다. 녀석에게 자연스럽게 인사를 했다. 녀석도 경계하는 모습은 보이지 않았다. 이곳에서 저질렀던 악행 따위는 잊어버린 지 오래된 듯하다.

"시간 맞춰 나오셨네요."

"아, 예."

"여기요."

할머니 휴대폰 대신 내 휴대폰이 담겨 있는 작은 쇼핑백을 건넸다. 녀석이 휴대폰을 확인하려는 순간 난 준비한 음료수를 건넸다.

"쌀쌀한데 이거라도 드시죠."

놈의 표정이 미안한 듯 변했다.

"이건 제가 사 드려야 하는 건데……."

최소한의 도리는 알고 있는 놈이 분명했다. 하지만 내 결심을 되돌리기엔 너무 늦었다. 서로 딱히 할 말이 없었기에 우리는 음료수를 단숨에 비웠다. 난 그의 표정을 살피면서 자연스럽게 쓰레기 덤프 옆으로 이동하며 이것저것 말했다. 날씨가 춥다는 둥, 경기가 안 좋아서 큰일이라는 둥, 전형적인 꼰대라고 여겨질 만한 말만 골라서 했다.

알다시피 그런 말들이 내게 의미가 있는 것은 아니다. 단지 음료수에 넣었던 독이 놈의 몸에 언제 퍼지는지가 관심사였다.

독, 혹은 독약이라는 것은 특별히 존재하는 고유한 약이 아니다. 파리 끈끈이를 물에 담가 손쉽게 얻을 수 있는 비소에서부터 제초제, 쥐약 등 인간이 먹으면 안 되는 모든 종류의 약물을 의미한다.

난 작년 성묘 때 사용했던 제초제를 들고 나와 그의 음료수에 넣었다. 맛이 약간 이상했겠지만 나에 대한 예의상 먹지 않을 수가 없었을 것이다.

이윽고 놈의 표정이 일그러졌다. 이상하다는 듯 얼굴이 일그러지다 배를 움켜잡고 주저앉았다. 녀석이 죽기 직전까지 속여야겠다는 생각에 최선을 다해 당황한 척하며 그를 부축했다. 그는 게거품을 흘린 채 몇 분 지나지 않아 몸부림을 멈췄다.

죽은 것이다.

주변을 돌아보았다. 내 심장이 조금은 빨리 뛰고 있다는 것 말고는 살인을 하기 전과 다를 바가 없었다. 그의 시체를 쓰레기 덤프 뒤쪽에 앉히고 그 옆에 음료수 병을 자연스럽게 떨어뜨렸다.

홀할머니와 함께 살던 청년이 삶을 비관해서 자살한 것이다.

쇼핑백에 들어 있던 내 휴대폰과 죽은 녀석의 휴대폰을 꺼내 들고 나머지 두 명의 전화번호를 찾기 시작했다. 눈과 손은 전화번호를 찾고 있었지만 조금 전에 있었던 일 때문에 집중이 잘 되지 않았다. 생각보다 쉽게 끝난 첫 살인과, 그것이 다른 일에 비해 특별할 게 없다는 생각이 오히려 내 기분을 이상하게 만들었다.

난, 살인자다.

첫 경험만 하고 나면 두 번째부터는 일도 아니다. 살인도 마찬가지다. 삼류 잡지에나 나오는 '어느 연쇄살인범의 육성 수기! 두 번째는 쉬웠어요'가 떠올랐다. 내게도 두 번째는 쉬웠다.

남은 두 명도 첫 번째 녀석과 비슷한 방식으로 처리했다.

이미 죽은 녀석의 휴대폰으로 전화를 걸어 휴대폰을 주웠으니 찾으러 오라고 말했고, 그 전화로 인해 두 녀석 모두 죽었다.

두 녀석이 함께 올 가능성이 높았기에 이번엔 약간의 변주를 했다. 두 사람에게도 음료수를 건넸고 그들은 의심 없이 마셨다. 첫 번째와 마찬가지로 여러 가지 이야기를 하며 시간을 끌었다. 경험을 살려 그들이 복통을 느낄 때 즈음해서 죽은 시체 곁으로 다가갔다.

녀석들은 약속이나 한 듯 시체를 향해 달려갔다. 친구가 거품을 물고 쓰러져 있으니 당연한 반응이었다. 동시에 내 수고를 더는 바람직한 태도였다. 녀석들은 죽은 친구의 상태를 살피다가 스스로 극심한 복통을 일으키고는 그대로 주저앉아 몸부림쳤다. 난 그저 멀찍이 서서 그들이 뒹구는 꼴을 지켜보기만 했다. 그들이 뒹구는 모습을 보며 나도 모르게 얼굴을 찡그리고 있었다. 내 배가 아팠던 것도 아닌데 말이다.

이것으로 내 첫 작업이 끝났다. 생각했던 것처럼 화려하지도 않고, 멋지지도 않았다. 오히려 비열하고 추잡하게도 보였다. 하지만 내게 의미가 있는 것은 그런 감상적인 면이 아니다. 내가 누군가를 죽였다는 사실이 가장 중요했다.

가장 힘들다는 첫 경험을 깔끔하게 해치운 것이다.

신문은 날 만족스럽게 했다. 신문에 나지 않는 것이 나를 가장 흡족하게 하는 결론이었지만, 이렇게 자살로 결론을 내리는 것도 나쁘지 않았다.

녀석들의 죽음은 '사건과 사고'란에서 한 줄을 차지했다. 세 명의 인생이 끝난 것이 한 줄로 요약될 수 있다니 기자의 압축력이 놀라울 뿐이다.

신문으로 대표되는 세상은, 이런 소외된 이들에게 관심을 가져 주지 않는다. 세상의 편견은 무직으로 사는 청년들이 현실을 비관해서 집단으로 자살했다는 스토리를 무리 없이 받아들인다. 이상하리만치 너무도 당연하게 말이다. 아무 의심도 없다.

그들의 가족마저도 그런 사실을 받아들인다. 가족들은 부검을 요청하지도 않았고, 경찰들은 가감 없이 가족의 의견을 받아들여 일사천리로 사건을 종결한다. 보다 중요한 인물들의, 보다 강력한 사건들이 세상에 널렸으므로.

#첫 만남
The First Brush

본격적인 일을 위해 제일 먼저 찾은 것이 '동네 형'이다.

뒷골목에 걸친 그의 인맥이 필요했기 때문이다.

내가 그들과 만난 곳은 음침한 창고나 지하실 같은 곳이 아니라 동네 실내포장마차였다.

반바지에 슬리퍼 차림의 두 사람이 나란히 앉아 나를 바라보고 있었다.

한 명은 진흙탕에 살짝 걸친 인생을 살고 있는 '동네 형'이었고, 다른 한 명은 그의 친구로 진흙탕에 두 발을 다 담근 채 살고 있는 사람이었다. 그렇다. '동네 형'의 소개로 진흙탕 친구를 소개받는 자리인 것이다. 보라. 이런 것도 인맥이 있지 않으면 불가능하다.

그들을 만나는 동안 내가 한 말은 거의 없었다. 그저 나란히 앉아 있는 두 사람의 어릴 적 싸움질 얘기나 듣고 있어야 했다.

돌아가는 꼴을 보니 내 소개는 핑계에 불과한 듯했다. 오랜 만에 만난 친구들이 회포를 풀 수 있도록 술자리를 제공하는 후원자라고나 할까.

저들끼리 세 시간 동안 떠들었는데 술값은 내가 냈다. 실업 상태에서 벗어나 보려고 몸부림치는, 돈도 없는 실업자 거지가 계산을 했단 얘기다. 거지 똥구멍에서 마늘도 빼먹을 놈들이다.

"오늘은 그냥 얼굴 텄다고 생각하고 다음에 본격적으로 얘기를 해 보자고."

'동네 형'의 얘기다.

그의 말대로 난 어둠의 남자와 얼굴을 텄다.

얼굴을 텄다는 것은 서로 아는 척을 하거나 친한 척을 할 만한 구실이 생겼다는 것을 의미했다. 나와 그 어둠의 남자가 아는 사이가 된 것이다. '동네 형'의 말이 일리가 있다고 생각했지만 술값을 뜯겼다는 생각을 떨치기에는 많이 부족했다. 난 빌어먹을 실업자니까 말이다.

'동네 형'의 약속대로 어둠의 남자와는 곧 재회를 했다.

이번엔 포장마차가 아니라 제법 반듯해 보이는 일식집이었다.

공개적인 공간도 없이 여러 개의 작은 다다미방으로만 이루어져 있어 한눈에도 비싸 보였다. 우리가 방에 자리를 잡고 앉자마자 어둠의 남자도 들어섰다.

"조금 늦었다."

짧게 말하는 그의 목소리에 알 수 없는 카리스마가 느껴졌다. 복장이 사람을 다르게 보이게 하는 걸지도 몰랐다. 내가 기억하는 그의 모습은 슬리퍼를 신은 동네 양아치의 모습이 전부였으니까. 하지만 지금 눈앞에 앉아 있는 그는 최고급 정장을 입은 엘리트의 모습이었다.

이 사람의 정체는 뭘까?

그는 내게 고개를 돌리며 편안한 톤이지만 정체 모를 아우라가 느껴지는 목소리로 말했다.

"일을 하고 싶다고?"

'일'이란 건 '노동'의 총칭이다. 대기업 그룹 총수가 브리핑을 듣는 것에서부터 거지가 구걸 행위를 하는 것까지 의미하는 말이다. 따라서 '일'이라는 단어 자체가 중요하다기보다 그 단어를 어떤 직종의 종사자가 말하느냐가 중요한 것이다.

그는 내가 하고 싶어 하는 '일'의 뜻을 명확히 알고 있는 듯했다.

"해 본 적 있나?"

"처음입니다."

지금 면접을 보고 있다는 것을 깨달았다. 내 창업을 돕고 수익을 공유하는 동업자를 찾는 것에도 면접이 필요한 것인지 의문이 들었다. 하지만 난 입을 다물고 있어야 했다. 업계 특성상 사람을 가려서 쓰지 않으면 안 될 테니까 말이다.

"왜 이쪽에 발을 들여놓으려는 거지?"

당연한 얘기 아닌가? 빚 독촉을 받고, 실업자 상태에, 10킬로그램이나 살이 찐 이 빌어먹을 상황을 하루빨리 종결짓고 더 많은 돈을 벌어 더 나은 인생을 살고 싶어서다.

"죄송합니다만 말씀드리고 싶지 않습니다."

업계에 맞게 사연이 있는 척을 하는 것이 낫다고 판단했다. 진짜 이유를 말했다가는 그는 내 머리를 쥐어박고 꺼지라고 할 테니까. 이렇게까지 바닥에서 사는 사람들이라면 누구나 사연 몇 개쯤은 가지고 있는 쪽이 오히려 더 자연스럽다고 생각했다. 그는 나를 빤히 바라보다 픽 웃으며 말했다.

"지랄한다."

처음엔 잘못 들은 줄 알았다. 그는 미리 나온 차를 한 잔 마시며 말을 이었다.

"돈 때문에 이 일을 한다는 건 쪽팔린 게 아니야. 그건 당연한 거야."

그의 말이 나를 쪽팔리게 했다. 내가 영화 시나리오를 기준으로 행동하고 있다는 사실을 인정할 수밖에 없었다.

"이 일을 하려면 처음부터 끝까지 돈만 생각해야 해. 그러지 않으면 오래 못 버텨. 돈만 생각할 자신이 없으면 아예 꿈도 꾸지 마."

그의 이 시건방진 말이 왠지 뇌리에 박혔다. 돈만 생각하는 일은 쉽다고 생각했다. 내 평소 공상은 백억 원을 어떻게 쓰느냐에 관한 것이고, 가끔 하는 공상은 개인 요트를 타고 마누라와 함께 마이애미 앞바다에서 샴페인을 마시는 것이다. 돈만 생각하는 일은 적어도 내겐 쉬운 일이라고 생각했다.

우리 세 사람은 말없이 회를 먹었다. 정확히 말하면 나만 입을 다물고 우럭과 광어만 집요하게 먹었다. 두 사람이 포장마차에서처럼 옛날 애기를 했기 때문이다. 이런 비싼 집에서 우럭과 광어를 시키다니. 이 가게 주인만큼이나 나도 실망이 컸다.

상이 치워지고 수정과가 나왔다. 어둠의 남자는 볼펜으로 휘갈겨 쓴 전화번호가 적힌 종이를 내밀었다.

"1주일 뒤에 찾아가. 결정은 그쪽에서 할 거야."

종이를 받는 순간 진흙탕에 발이 빠지는 기분이 들었다. 이젠 발을 뺄 수도 없었다. 이 일을 위해 사람까지 죽인 마당에 이제 와서 두려움이 느껴지는 이유는 뭘까? 하지만 그냥 두려움이 느껴질 뿐 내게 있어서 다른 길은 없었다. 내 스스로 외길로 만들어 버렸기 때문이었다.

1주일이라는 시간은 길고도 짧았다. 결정의 날을 두려워하고 있다는 것을 확실히 깨달을 정도로 시간은 내 몸무게를 갉아먹었다. 벌써 4킬로그램이나 빠졌다.

혼자 갖는 시간이 많을수록 잡생각이 많아진다. 우울증 환자일수록 사람들과 함께 시간을 보내야만 하는 이유도 거기에 있는 것이다. 잡생각은 갖은 추측과 망상으로 발전하고 심하면 공황 상태에 빠지기도 한다. 나 또한 예외가 아니다. 특히 공상을 잘 하는 내 뇌는 생각의 바다를 미친 듯이 헤집고 다녔다.

제일 먼저 든 의문은, 왜 하필이면 '1주일'이란 시간을 둔 것이냐 하는 점이었다. 업계가 살벌한 만큼 사람에 대한 검증도 분명 필요할 것이다.

　나를 검증하는 데 필요한 시간이 아마도 1주일이었나 보다.

　어떤 경로로든 내 이력을 찾아낼 것이고 내 주위를 맴돌며 감시를 하고 있을 수도 있다. 중개업자들의 힘은 정보력이다. 그만큼 내 이력을 알아내는 것쯤은 일도 아닐 수도 있다.

　하지만 난 그들이 내 이력을 들여다보기를 원하지 않았다. 속도위반을 제외하고는 공식적으로 범법 행위를 저지른 적도 한 번 없었고, 회사에서는 엑셀 시트와 씨름하는 전략기획실에서 근무를 했으며, 비록 특전사 출신이긴 하지만 영화에서처럼 특수한 전투 기술이 있는 것도 아니었다. 업계의 관점에서 보면 한심하기 그지없는 이력인 것이다. 그런 놈과 누가 같이 일하고 싶어 할까?

　어디까지나 내 추측이고 망상일 뿐이다. 1주일 동안 그가 여행을 갔을 수도 있고, 아니면 지원자가 많아서 검토를 하느라 순번이 1주일이나 밀렸을 수도 있는 일이었다. 어쨌든 난 이 시간이 그냥 확 빨리 지나갔으면 좋겠다고 생각했다.

　1주일이 지나고 종이쪽지를 펼쳐 들었다. 휴대폰을 붙들고 몇 번을 망설였는지 모른다. 이 빌어먹을 새가슴. 이제 와서 망설여지는 이유가 뭐냐.

　요트를 타고 마이애미 해변에서 샴페인을 마실 생각을 하며 휴대폰을 집어 들었다. 상냥한 목소리의 여직원이 전화를 받는다. 황당하다. 뭔가 어둠의 기운을 기대한 것은 아니었지만, 그래도 이건 너무 상큼했다.

"아, 예. 저…… 소개로 전화를 드렸습니다. 방의강이라고
합니다."

— 잠시만 기다려 주세요.

상냥한 목소리는 두 가지 종류가 있다. 억지로 꾸민 목소리
와 천성이 그런 목소리. 이 여직원은 후자 쪽인 듯하다. 그녀의
목소리가 다시 들리기까지는 얼마 걸리지 않았다.

— 기다리시게 해서 죄송합니다. 여기 주소 알려 드릴게요.
메모 가능하세요?

저승 가이드가 상냥한 목소리로 지옥을 안내하는 느낌이었
다. 그것도 메모까지 하라고 하면서. 내가 가지고 있던 느낌과
는 너무 달랐다. 선입견이 없는 편이라고 자부하며 살아왔지
만, 음지에 대한 편견을 가지고 있었다는 사실은 인정하지 않
을 수가 없었다. 음지 하면 떠오르는 것은 지하실이요, 창고 같
은 곳에 달랑 하나 매달려 있는 백열등이 전부였다. 그리고 흉
악한 인상의 사내들.

여직원의 친절한 목소리는 음지에 대한 내 편견을 없애 주
기에 충분했다. 음지도 레벨이 있는 것이다. 통풍이 잘되어 선
선한 바람을 느낄 수 있고 따가운 햇볕을 피할 수 있는 계곡의
정자와 같은 음지도 있는 것이다. 군대도 사람 사는 곳인 것처
럼 이쪽도 역시 사람이 부대끼며 사는 곳인 것이다.

직원이 알려 준 주소대로 찾아갔다. 그 건물을 보고는 잘못
찾아온 것은 아닌지 하는 생각이 들었다. 주소는 서울 주요 상

권 한복판에 있는 대형 건물을 가리켰다. 건물을 보고는 처음으로 전업 결심을 잘했다는 생각이 들었다.

금테를 두른 유리로 외장을 하고 있는 엘리베이터 앞에서 주눅 든 표정으로 버튼을 마냥 바라보고 있었다. 열 감지 방식의 유리 버튼은 지문을 묻히면 경비원에게 총을 맞을지도 모른다는 압박을 주었다. 뒷골목 사무실의 전형인, 다 쓰러져 가는 3층짜리 타일 벽 건물에 한 명이 간신히 지날 수 있는 좁고 더러운 시멘트 계단을 떠올린 나를 한없이 무안하게 만들었다.

20층을 알리는 경쾌한 벨 소리가 들렸다. 엘리베이터에서 내려서는 순간 정면에 보이는 훌륭한 유리문이 눈에 들어왔다. 두꺼워 보이는 유리문에는 그럴듯한 영문체로 사명이 새겨져 있었다.

〈DICE CONSULTING〉

누구 생각인지 참으로 의미심장한 이름이었다. 내 시선은 사무실로 향했다. 한 층 전체를 쓰고 있지는 않았지만 건물의 면적을 생각하면 결코 작은 크기의 사무실은 아니었다. 이 정도면 적어도 한 달 임대료가 천만 원은 될 것 같았다. 도대체 월 수익이 얼마나 되는 걸까? 솔직히 말하면 무슨 사업으로 돈을 벌어들이는지가 더 궁금했다. 사람만 죽여서도 이렇게 갑부가 될 수 있는 것일까? 아니, 속단하지 말자. 세상에 널린 것이 허울 좋은 껍데기니까.

'다이스컨설팅'은 자동문으로 날 맞이했다. 정면엔 금장으로 된 주사위 두 개가 얽힌 로고가 새겨져 있었고, 대기업 회장 책상만큼이나 훌륭한 형태의 데스크 앞에선 예쁜 여직원이 미소로 나를 바라보고 있었다.

"뭘 도와 드릴까요?"

나이스한 목소리를 들으니 내게 약도를 알려 준 직원이라는 것을 알 수 있었다.

"좀 전에 전화 드렸던 방의강이라고 합니다."

"아, 네. 이쪽으로 오시죠."

그녀는 목소리만큼이나 상냥한 발걸음으로 앞장서서 날 안내했다. 돈을 벌면 저런 비서를 둬야겠다고 결심하는 것은 놀라운 일이 아니었다. 몇 명을 얼마큼 작업해야 저런 비서를 둘 수 있을까? 나의 가치 척도는 벌써 변하고 있었다. 정신에서 물질로, 생명에서 화폐로.

앞서 걷던 여직원은 사장실 문을 열어 주고는 곧바로 자신의 서식지로 돌아갔다.

그녀의 퇴장을 아쉬워하기도 전에 사장실의 찬란한 인테리어는 내 시선을 앗아 가 버렸다. 20층이란 높이는 그 자체만으로 훌륭한 인테리어였다. 통유리에 탁 트인 광경은 내가 항상 꿈에 그리던 펜트하우스의 느낌을 물씬 풍겼다.

그런 풍광을 뒤로한 채 킹사이즈 의자와 책상이 놓여 있었다. 카메라 앵글만 잘 꺾으면 마치 허공에서 업무를 보고 있는 듯한 장면도 연출 가능할 거라는 생각이 들었다.

그런 최고의 공간에 앉아 있는 남자의 모습은 멋질 거라 기대했지만, 차라리 10킬로그램이나 살이 찐 내가 그 자리에 더 어울릴 것 같다는 생각을 하게 만들었다.

훌륭한 사무실, 몸매 착한 여직원과 찬란한 개인 사무 공간이 저런 음침하게 생긴 늙은이에게 맞춰져 있다는 것이 들떴던 내 마음을 한 방에 차분하게 만들어 줬다.

그런 기분 알지 모르겠다. 내 것도 아닌데 왠지 억울한 느낌.

의자에 앉아 있는 늙은이의 모습을 멀리서 봤다면, 아마 의자가 늙은이를 먹고 있다고 생각했을지도 모른다. 그가 푹신한 가죽 의자에 파묻혀 있는 모습은 〈스타워즈〉의 '요다'를 떠올리게 했다. 저렇게 앉아 있을 바에야 의자 대신에 침대를 갖다 놓는 편이 나았을 것이다.

"거기 앉지."

그는 인터폰을 통해 차를 주문하고는 나를 바라보았다. 외모는 저래도 눈빛만큼은 살아 있기를 바랐지만 그는 눈빛조차도 동태눈이었다. 그의 눈앞에서 손가락을 펼쳐 보이고 몇 개인지 맞혀 보게 하고 싶은 충동을 간신히 억눌렀다.

"일을 하고 싶다고?"

그의 질문에 다음 말이 이어질 것 같아 고개만 끄덕이고 말을 아꼈다. 하지만 그는 한동안 말이 없었다. 말없는 늙은이의 시선을 견디는 것은 30초면 충분했다. 그 이상은 버티기 힘들었다. 내가 뭔가 말을 꺼내야겠다고 생각한 순간, 늘씬한 또 다른 여직원이 차를 들고 들어왔다. 이 빌어먹을 늙은이는 색마가 틀림없다는 결론을 내렸다. 부럽다. 직원이 차를 내려놓고 나가기를 기다려 입을 열었다.

"도움을 주실 거라고 들었습니다."

찻잔을 만지작거리던 늙은이는 묘한 미소를 띠며 자리에서 일어났다. 작을 거라고 생각했던 그는 한없이 높아졌다. 적어도 190센티미터는 되어 보이는 키였다. 어쩌면 말라서 그렇게 느꼈는지는 모르지만 적어도 나보다는 훨씬 큰 키였다. 그는 뒷짐을 지고 창밖을 바라보며 입을 열었다.

"동기가 뭔가?"

동기. 같은 기간의 동기생을 의미할 수도 있고, 주파수가 일치하는 것을 뜻하기도 하지만, 대부분 이런 쓸데없는 농담은 머릿속에서 흐지부지 사라지기 마련이었다. 늙은이의 질문에 나는 선뜻 대답을 할 수가 없었다.

내 동기는 명확했다. 실업자 상태고 단기간 내에 돈을 많이 벌어야겠다는 것이다. 내가 바로 대답하지 못한 이유는 이런 단순하고도 왠지 부끄러운 동기를 어떻게 포장해야 할지를 몰랐기 때문이었다. 늙은이는 내게 답변 능력이 없다고 생각했는지 먼저 입을 열었다.

"먹고살 게 없으니 사람 죽여서 돈이나 벌어 보겠다는 생각이겠지. 안 그런가?"

어른을 공경하라는 이유 중에 하나는 바로 저런 통찰력 때문이다. 상대방의 통찰력으로 내 심장을 관통당하면 힘없이 실토를 해 버리는 단점이 있었다. 그런 단점은 오토매틱으로 작동되었다. 하지만 소심한 오토매틱이다.

"그렇다고 볼 수 있지만, 또 그렇게만 보기는 좀 그렇고……."

늙은이는 성큼성큼 걸어와 맞은편 소파에 앉았다. 내 몫으로 내려놓은 차를 늙은이가 집어 들었다. 한 모금도 안 마신 건데. 쯧!

"결국 돈 때문이라는 얘기인가?"

"그렇다고 볼 수 있지만, 또 그렇게만 보기는 좀 그렇고……."

늙은이는 픽 웃으며 말했다.

"동기가 돈이라면 일을 같이 하지 않을 이유가 없지."

그 점에서라면 나하고 의견이 같다. 이 늙은이는 나보다 만 배는 더 사무적이다. 그래서 더 믿음이 간다. 그 믿음은 인간적 믿음과는 또 다른 측면에서의 것이지만. 하지만 그는 날 그렇게 보지 않은 모양이다.

"꼴을 보니 길게 가 봐야 두 달이겠군."

두 달이면 경찰에 붙잡히겠다는 의미일 것이다. 늙은이는 고용 계약서를 꺼내 내 앞에 올려놓았다. 이런 범죄에도 계약서가 존재한다는 게 황당한 한편, 부당 해고 당했을 때 노동부 보호를 받을 수 있을지 의문이 들었다.

"그래도 두 달 동안은 돈을 벌 테니까 충분히 써먹을 만한 거지."

고용 계약서를 읽으면서 이 사람들의 독특한 언어 세계를 짐작할 수 있었다. 그렇겠지. 계약서에 살인이라는 단어를 버젓이 쓸 수는 없을 테니까 말이다. 아, 잠깐, 잠깐. 계약서의 현란한 언어유희 덕분에 중요한 것을 잊을 뻔했다. 난 그에게 바로 물었다.

"저는 도움을 받을까 하고 찾아뵌 겁니다. 제가 아는 것이 아무것도 없는데 어떻게 계약을……."

늙은이의 황당한 표정이 오히려 나를 더 황당하게 만들었다. 늙은이는 어이없다는 표정으로 나를 바라보았다.

"사람이 어떻게 죽는지 몰라?"

물론 알고 있다. 독을 먹어도 죽고 칼에 찔려도 죽으며 차에 치여도 죽는다. 아, 늙은이. 대체 질문이 왜 저 따위인 거야?

"그거야 알고 있습니다만……."

"그럼 뭐가 문제지?"

"제가 원했던 건 보다 전문적인 그런 것이었습니다."

늙은이는 나를 빤히 바라보며 말했다.

"보다 전문적인 게 뭔데?"

"이를테면……."

영화를 보면 전문 킬러들은 저마다 스킬을 가지고 있고 민첩성이라든지 그런 것도 가지고 있었다. 어떤 영화는 그런 것들을 가르치는 전문가 집단도 있다. 빌어먹을. 한 가지 단순한 사실을 까먹었군. 내가 본 것들은 전부 영화였다. 하지만 영화의 리얼리티를 믿었기에 영화에서 나오는 콘텐츠들을 믿었다.

"저를 훈련시킨다든지 하는 그런 거죠."

늙은이는 체구와 어울리지 않게 큰 소리로 웃었다. 웃다가 심장이 멎는 것은 아닌지 내심 걱정되었다.

"지랄을 해요."

늙은이 입에서 '지랄'이란 단어가 들린 듯했다. 정확하게 들린 건 아니지만 말이다.

"여기가 어디라고 생각하는 건가?"

늘씬한 여직원들이 있고 컨설팅 회사로 위장하고 있는 킬러 집단 아닌가? 겉만 멀쩡한 범죄 집단.

"회사…… 아닌가요?"

"잘 봤구먼. 여긴 회사야. 이윤이 유일한 목적인 회사. 학원이 아니라고. 돈을 벌려면 일을 해야 하잖아. 안 그래?"

"그래도 기본은 좀 알아야……."

늙은이는 짜증 섞인 목소리로 말했다.

"나 만나기가 얼마나 힘든 것인지 알고서나 이렇게 시간 뺏고 있는 거야?"

그건 늙은이 말이 맞는다고 생각했다. 이런 살인 회사를 운영하는 사람을 누구든지 쉽게 만날 수 있다면 이 늙은이는 이미 교도소에서 젊은 놈들에게 구박이나 받고 있을 테니까.

"둘 중에 하나만 택해. 그냥 가든지, 계약을 하든지. 내 말 알아들어?"

늙은이의 말에 호락호락하게 수긍할 내가 아니다. 나는 그에게 최대한 터프한 모습을 보이기로 했다. 그래서 난 터프하게 서명했다.

고용 계약서 앞에선 본능적으로 행동이 고분고분해진다. 내 지병 중에 하나다. 이놈의 노동자 병. 늙은이는 계약서를 확인하고는 한 부를 내게 건네며 말했다.

"기타 사항은 밖에 직원이 도와줄 거야. 잘해 봐."

쫓겨나듯 사장실 밖으로 나왔다. 난 지금 전문 살인청부업자가 된 거다. 이쪽 업계의 다른 선배들도 이렇게 시작했을지 궁금했다. 이건 너무 멋대가리가 없다. 샐러리맨 싫어서 전업을 결심한 건데, 여기서도 고용 계약서를 쓸 줄은 몰랐다.

데스크에 있던 여직원을 찾아갔다.

"아, 끝나셨어요? 그럼 이쪽으로 오시죠."

'뉴욕'이라고 이름이 적혀 있는 미팅 룸이었다. 다른 미팅 룸들도 마찬가지였다. 세계 주요 도시 이름이 방마다 새겨져 있었다. 세계화를 추구하는 모양이다. 썰렁한 의자에 잠시 앉아 있으니 차를 가져다준 여직원이 가방을 하나 들고 들어왔다.

"저희 직원이 되신 걸 축하합니다."

"아, 예."

이 여직원은 첫 인상만큼이나 빈틈이 없어 보였다. 그녀는 실제로 조금의 잡담도 허용하지 않겠다는 듯 바로 본론을 꺼냈다.

"간단히 설명드리겠습니다. 수익 비율은 6 대 4에서 시작합니다. 회사가 6이니까 착오 없으시길 바랍니다."

그녀는 더 많은 것들을 얘기했지만 초장부터 튀어나온 수익 배분 비율이 내 머릿속을 잡고 놓아주질 않았다.

"회사가 6이라고요?"

"신입의 경우엔 리스크가 높고 제반 비용이 많이 들어가기 때문에 그렇습니다. 1년이 지나면 보다 나은 조건으로 재계약이 가능합니다만, 실적이 뛰어나면 6개월 지나서 재협의 기회가 있습니다. 그리고 이건 옵션입니다."

그녀는 들고 들어온 가방을 열었다. 노트북 한 대와 손목시계, USB 방식의 전자 키가 들어 있었다.

"이제 뭐죠?"

그 직원은 묘한 표정으로 진지하게 대답했다.

"노트북하고 손목시계요. 이건 전자 키."

내 외모가 조금 클래식하게 생겼다고는 하나 노트북과 손목시계도 모를 놈으로 보인다고는 생각하지 않았다. 이렇게 친절하고도 당연한 설명을 듣기 전까지는 말이다. 그녀에게도 내질문에 대한 친절한 설명이 필요할 듯했다.

"노트북과 손목시계를 왜 저에게 보여 주느냐는 거죠. 옵션이라고 그랬던가요?"

"아, 사실 이 전자 키만 가지고 가셔도 됩니다."

언뜻 보기엔 통상적으로 볼 수 있는 USB 방식의 메모리와 똑같았다. 하지만 이건 특정 프로그램에 접속할 때 쓰는 열쇠나. 소프트웨어 회사들이 불법 라이선스 사용을 막기 위해 고객에게만 주는 열쇠이기도 하다.

"아마도 제 일과 관련된 것들인가 보죠?"

"앞으로 모든 의사소통은 회사 인트라넷에서 이루어질 겁니다. 인트라넷에 접속하려면 이 키가 필요해요. 최초 아이디하고 패스워드는 여기 있고요. 접속하셔서 수정하시면 됩니다."

인트라넷 주소와 아이디가 적혀 있는 포스트잇을 보며 우리

나라가 디지털 강국임을 인정할 수밖에 없었다. 가장 원시적 범죄를 위해 첨단 기술을 도구로 사용하는 것이다. 장수 영화인 007 시리즈의 한 장면처럼 느껴졌다. 어쩌면 노트북과 손목시계도 특정한 기능이 있는 건 아닐까 생각했다. 노트북은 내 것이 더 최신형이었기에 손목시계를 집어 들었다. 제법 내 취향에 맞는 물건이었다.

"이건 얼마죠?"

"80만 원입니다."

직원은 눈 한 번 깜빡하지 않고 테러에 가까운 가격을 말했다. 메이커도 처음 보는 시계가 80만 원이란다. 내가 미치지 않았다면 그냥 내려놓으면 되는 거다.

"핸드메이드 제품으로 오차가 0.75초밖에 나지 않습니다. 3개국 시간 동시 표시가 가능하고요. 국제 업무를 위해서는 꼭 필요한 기능이죠."

"지금 현금이……."

난 미쳤다. 인터넷 쇼핑몰에서 3만 원에 팔지도 모르는 이런 물건을 직원 말만 듣고 흔들리고 있었다.

"걱정 마세요. 첫 정산 때 함께 정산되니까요."

난 신용 거래를 사랑한다. 특히나 지금같이 현금도 없는데 물건을 주겠다는 경우엔 더욱 그렇다. 시계를 이미 손목에 두르고 있는 내게 그녀가 말했다.

"아이디는 한글로도 가능하니까 좋은 이름으로 지어서 아이디를 바꾸세요. 앞으로 그 아이디로 불리게 될 테니까."

그래야겠지. 아무리 번듯하게 해 놓아도, 여긴 범법 집단이고 이런 곳에서 실명으로 지내는 건 큰 위험일 테니까.

집으로 돌아와 노트북을 켜고 그들이 알려 준 인트라넷을 열었을 때 전화가 왔다. 처음 보는 전화번호였다.

"방의강입니다."

— 입사 축하한다.

도둑질하다 걸린 것처럼 심장이 덜컥 주저앉았다.

"실례지만 누구신지……?"

— 너 취직시켜 준 사람.

날 프로의 세계로 안내해 준 '동네 형의 친구'. 전화 목소리가 실제 목소리보다 톤이 더 높은 것 같았다.

"아, 예. 감사합니다."

— 기분이 어때?

난 손목시계를 만지작거리며 대답했다.

"수갑 찬 기분입니다."

— 입사 기념으로 명언 한마디 들려주지.

이 인간은 자신이 카리스마 넘치는 인물이라고 생각하는 모양이었다. 하지만 포스가 아주 느껴지지 않는 것은 아니다. 분명 그에겐 뭔가가 있는 것처럼 느껴졌다. 어쩌면 그는 나에게만큼은 그런 인물로 각인이 되어야만 하는 것일지도 몰랐다.

살인 회사를 운영하는 늙은이와 어떤 관계인지, 어떻게 나를 별도의 검증도 해 보지 않고 늙은이에게 덜컥 소개시켜 준 것인지 알 길은 없었지만, 일단 그가 나의 멘토 역할을 할 거란 느낌에는 이의가 없었다.

— 돈만 생각해. 그럼 문제없을 거야.

그는 명언 같지도 않은 그런 거지 같은 말만 남기고는 전화를 끊었다. 돈만 생각하란다. 없어 보이긴 하지만 곰곰이 생각해 보면 이쪽 세계에서의 보편적 진리일 수도 있다는 생각이 들었다. 매뉴얼을 주며 따라서 하라는 것보다, 목표를 던져 주고 알아서 움직이라는 것이 더욱 효율적인 인적 자원 운용술이라는 것을 떠올리면 더욱 진리처럼 여겨진다.

사람이 실패를 하는 데에는 여러 가지 이유가 많겠지만 내가 보는 견해는 하나다. 바로 목표 상실이다. 목표를 의심하거나 흔들리는 순간 실패가 시작되는 것이다.

다행히도 이쪽 업계에서의 성공이란 개념은 일반 회사원의 그것보다 훨씬 단순하다. 대상이 정해지면 방법을 결정하고 실행 한 후, 돈을 받으면 되는 것이다.

그 첫 단계는 바로 전자 키를 노트북에 꽂고 인트라넷에 접속하는 것으로 시작된다. 노트북 한 대로 창업 준비가 완료된 셈이다. 그렇다. 누군가 내 직업이 뭐냐고 물으면 SOHOSmall Office Home Office라고 말하는 것도 괜찮을 것 같다.

#첫걸음

An Initial Step

인트라넷의 내 아이디는 '작가'다. 다행히도 다른 직원이 쓰고 있지 않은 아이디였기에 내가 사용할 수 있었다. 작가란 아이디는 그냥 고른 것이 절대 아니다. 인터넷이 확장하기 시작할 때는 회원 가입을 정말 미친 듯이 해야만 했다. 백화점에 처음 간 아이처럼 인터넷엔 보고 싶은 것투성이였고 난 그때마다 내 정보를 팔아 회원 가입을 해야 했기에 아이디 결정을 위해 심사숙고할 만한 뇌세포는 이미 말라붙은 지 오래였다.

통상 한 가지 아이디로 가입했지만, 지금은 성인 사이트에 가입하듯 되는대로 아이디를 대충 지을 수는 없는 일이다. 이들은 내 아이디를 실명 대신에 부를 것이고, 혹시나 이쪽 계통으로 명성을 날리게 되면 그것은 바로 이 아이디일 것이기 때문이다.

작가란 직업은 내 인생의 마지막을 장식할 타이틀이다. 내게는 글을 제법 '잘' 쓰는 능력이 있고 다행히도 그 능력을 스스로도 매우 좋아한다. 누군가 내게 말년의 희망을 물을 땐 항상 똑같은 대답을 한다. 바닷가에 조그만 카페를 차려 놓고 창밖으로 바다를 바라보면서 글을 쓰는 것이다. 이 꿈은 육군사관학교에 지원했다가 떨어진 이후로 가지고 있는 변치 않는 소망이다. 작가라는 일반명사를 고유의 것으로 만드는 것에 대한 죄책감도 있었지만, 이 업계에서 작가는 나 한 명이었으면 하는 소망 때문에 그냥 '작가'로 결정한 것이다.

마누라 눈치를 보며 지낸 지도 어언 한 달. 그동안 손가락 불나게 인트라넷을 들락거렸지만 작업을 의뢰하는 글은 올라오지 않았다. 의뢰는 꾸준히 들어올 텐데 내게 연락이 이렇게 뜸한 걸 보니 이쪽 업계의 인원도 포화 상태인 듯했다. 특별한 기대 없이 인트라넷에 접속한 어느 날, '컨설팅 의뢰'라는 글이 올라와 있는 것을 보았다. 합격자 명단을 조회하는 기분이랄까? 부들거리는 손가락으로 클릭하자 의뢰하는 글이 아래로 펼쳐졌다.

〈이름-정재만 / 나이-42세 / 직업-M&A 브로커〉

이름과 나이, 직업으로 시작한 글은 그의 사진과 더불어 주소와 전화번호 등, 그에 대한 기본적인 사항이 적혀 있었다. 이 사람을 왜 '컨설팅'해 줘야 하는지 궁금했지만 애석하게도 그런 불필요한 내용은 나와 있지 않았다. 시키는 대로 그냥 '컨설팅'

해 주면 되는 것이다.

난 그에 대한 사항들을 옮겨 적었다. 빌어먹을 보안 때문에 의뢰 관련 정보는 복사도, 다운로드도, 인쇄 출력도 되지 않았다. 노트북에는 'Print Screen'이라는 놀라운 기능의 키가 있지만 다이스컨설팅의 보안 능력은 노트북보다 한 수 위에 있었다. 키마저도 작동이 되지 않도록 해 둔 것이다. 점점 회사에 대한 신뢰가 높아졌다.

이런 바람직한 현상과는 관계없이 다른 문제를 해결해야 했다. 회사의 보안 덕분에 당연히 '정재만'의 얼굴도 그냥 기억에 의존해야 했다. 이대로라면 누군가를 찔러 놓고 이렇게 질문해야 할지도 몰랐다.

"혹시 정재만 씨 아니세요?"

"뭐요? 난 홍길동이란 말이오! 이렇게 엉뚱한 사람 찌르면 어쩌자는 거요?"

"아, 죄송하게 됐습니다. 눈 밑에 다크서클 때문에 제가 착각한 모양이네요."

이런 불상사를 방지하기 위해서 카메라를 꺼내 들었다. 노트북에 사진을 띄워 놓고 카메라로 직접 촬영할 생각이다. 원래 유치하고 단순한 것이 가장 효과적이고 안전한 법이다. 메모한 내용과 사진을 따로 정리하여 노트북에 저장했다. 인정하기 싫지만 기억력이 그리 좋은 편은 아니기에 자주 열어 볼 수 있도록 문서 작업을 할 수 밖에 없었다. 이제 그를 찾아서 작업하기만 하면 되는 것이다.

사회생활을 하면서 배운 것이 있다면 바로 기획의 중요성일 것이다. 모든 일은 기획으로 시작한다. 아니, 시작해야 한다. 그래야 빠르고 정확하게 일을 진행할 수 있다.

내가 그동안 해 왔던 기획의 프로세스는 이렇다. 여러 사업을 검토하며 사업성이 있는 시장에 대한 가설을 세우고, 그에 따른 목표를 잡은 후, 그에 적합한 시장 조사를 한다. 그런 배경 자료를 기초로 하여 목표 달성을 위한 방법을 설정하고, 검증 작업을 거친 후, 실행한다. 실행 후엔 사후 평가를 하여 해당 전략의 효율성과 경험을 DB로 축적하게 된다.

살인 프로세스도 별반 다르지 않다. 목표가 이미 정해져 있기 때문에 사업성 검토와 가설 수립 단계는 생략되어 오히려 일반 사업보다 프로세스가 더 단순하다.

가장 먼저 해야 할 일은 정재만 씨에 대해서 알아야 하는 것이다. 충동적으로 아무 집이나 뛰어들어 노인이나 살해하는 연쇄살인범 나부랭이와 차이점 중에 하나가 바로 대상을 파악한다는 것이다. 그의 직업이나 주소나 행선지 같은 기본적인 사항 외에도 그의 취미, 특기, 사생활, 인격 등을 알아야 한다.

알려 주는 이가 아무도 없기에 동종 업계의 다른 사람들은 어떻게 일을 하는지 모르지만, 난 대상에 대해서 가급적 많은 사항을 알아내는 것이 중요하다고 생각한다. 전에도 말했듯이 세상의 열쇠는 인간이기 때문이다.

정재만 씨에 대한 첫 인상은 부드럽게 생겼다는 것이다. 저렇게 생긴 사람도 누군가 죽기를 바라고 있다는 생각을 하니 각박한 세상이 피부로 느껴졌다.

아직 차를 살 돈이 없었기에 그가 사무실로 쓰고 있는 곳 근처에서 기다릴 수밖에 없었다. 차부터 살까 하는 생각도 들었지만 예전 경험이 떠올라 금세 포기했다. 앞으로 생길 돈을 믿고 전자 제품 지르기를 종종 했던 난, 계획대로 돈이 들어오지 않았을 때의 암담함을 뼛속 깊이 간직하고 있었기 때문이다.

근처를 어슬렁거리고 있을 때 그의 고급 승용차가 주차장으로 미끄러져 들어왔다. 차를 모는 형세가 차분한 것으로 보아 그의 성격도 다혈질보다는 차분한 스타일에 가까울 거라 짐작했다. 그는 주차를 했지만 아직 차에서 내리지는 않았다. 내가 지켜보는 동안 그는 앉은자리에서 담배를 연속 세 개비나 피웠다. 상당히 스트레스를 받는 상황에 처해 있다는 것을 어렴풋이 짐작할 수 있었다. 그가 차에서 내리기를 기다려 난 피우지도 않는 담배를 물고 그에게 다가갔다.

"죄송합니다만 불 좀 빌릴 수 있을까요?"

"네."

그는 낯선 나에게도 웃는 얼굴로 선뜻 불을 빌려 주었다. 그의 고급스런 시계와는 달리 라이터는 1회용이었다. 그것도 '비즈니스 클럽 비행기'라고 인쇄되어 있는 공짜 라이터.

"감사합니다."

"별말씀을요."

사무실로 올라가는 그의 모습을 보며 난 바로 담배의 불씨만 떨어서 끄고 담뱃갑에 다시 집어넣고는 발걸음을 옮겼다. 근처에 있는 헬스클럽으로 가는 길이다. 정재만 씨가 다니는 헬스클럽이기 때문이다.

헬스클럽.

계속은 아니지만 나도 이런 곳을 자주 다녔다. 대학 때는 근육에 미쳐서 역도 동아리에 가입했고, 사회생활을 할 때도 운동은 꾸준히 하는 편이었지만, 어느 순간부터인가 게으름 마귀가 등 뒤에 들러붙어 운동하는 시간이 갈수록 줄었다. 최근엔 헬스클럽을 3개월 끊어 놓고 총 6회 출석했다.

헬스클럽의 트레이너들은 내부를 비교적 성실하게 안내해 줬다. 그게 그들의 영업 실적과 관계가 있는 것인지는 알 수 없지만 직원으로서의 의무는 아주 잘하고 있었다.

어느 헬스클럽이든 제법 규모 좀 있는 곳이라면 저녁 시간엔 늘 사람이 많다. 운동을 도대체 왜 하는지 모를 정도로 눈부신 몸매의 남녀들도 간혹 눈에 띄었고, 지금 심근경색으로 죽어 가고 있는 게 아닌가 의심이 드는 사람도 보였다. 이 사람들은 모두 공통점이 있다. 적어도 나보다는 부지런한 사람들인 것이다.

"1일 쿠폰 혹시 있나요?"

"아, 예. 6천 원입니다."

썩을! 돈 없어서 밥도 굶고 다니는 판에 목욕 좀 하는 데 6천 원이란다. 이 거지 같은 놈들아, 우리 동네는 4천 원이면 운동도 하게 해 준단 말이다!

"한 장 주실 수 있나요?"

"죄송합니다만 열 장 단위로 판매하고 있습니다."

너희들은 내게 확실히 죄송한 일을 하고 있다.

"그럼 두 장만 주시죠. 제가 아직 결정을 할 수 없는 상황이라서요. 그래도 곤란하세요?"

고민하던 직원은 내게 잠시만 기다려 달라고 했다. 그는 나이 좀 있어 보이는 사람에게 달려가 뭔가 말했고 그 사람은 흔쾌히 고개를 끄덕였다. 난 두 장만 살 수 있게 된 것이다.

"네, 그렇게 해 드리겠습니다. 만 2천 원입니다."

꼭 제가 허락한 것처럼 선심 쓰고 있다. 지갑에서 만 원짜리 한 장과 천 원짜리 두 장을 꺼냈다. 일을 위한 최초의 선투자다. 선투자가 이루어진 만큼 이 돈이 회수되기 전까지는 이제 물러설 수 없게 된 것이다.

"이쪽으로 가시죠."

"제가 찾아가죠."

직원의 친절한 안내를 거절했다. 쓸모없는 쿠폰을 한 장 더 사게 만든 놈하고는 조금이라도 빨리 헤어지고 싶은 거다.

샤워장은 운동 시설에 비해 상대적으로 열악했다. 동네 20년 된 대중목욕탕보다는 신식 설비였지만 복합 스포츠 센터의 샤워 시설에 비하면 우울하기 그지없었다.

탈의장에서 옷을 벗고는 습관적으로 전자저울 위에 올라섰다. 본의 아니게 불어난 내 체중을 다시 확인해야 했다. 전자저울은 오차도 별로 없다. 디지털 세상은 이런 작은 부분에서부터 내 맘에 안 든다. 샤워장의 후끈한 열기를 느끼며 안으로 들어섰다. 이름은 비록 '샤워장'이었지만 그렇다고 샤워기만 나열되어 있는 것은 절대 아니다.

대중목욕탕처럼 냉탕도 있고 온탕도 있고 열탕도 있다. 눈을 씻고 찾아보니 저쪽 음침한 구석엔 한증막도 있다. 난 온탕에 몸을 담그고 한증막을 빤히 바라보았다. 한증막 특유의 목재 문이 눈에 띄지 않았다면 화장실로 생각할 만큼 누추하기 짝이 없었다. 보기만 해도 지린내가 날 것 같은 그런 공간 말이다. 다른 사람들의 느낌도 나와 별반 다름이 없는지 조금 낮은 온도의 큰 한증막엔 사람이 많았지만 저 작은 곳엔 한두 명이 전부였다.

기획이라는 것은 창작과 같아서 어느 순간 영감을 얻으면 일사천리로 진행된다. 지금 난 탕 안에 앉아 여유를 즐기는 것처럼 보이겠지만 내 머릿속은 이미 살인 프로세스에 따라 빠르게 돌아가고 있었다. 정재만 씨의 작업 계획이 그려지고 있었기 때문에 생각을 멈출 수가 없었다.

다른 때였다면 메모지와 연필 없이 뭔가 계획을 한다는 것이 불가능하게 느껴졌지만, 이상하게도 지금은, 계획은 물론 검증까지 하고 있었다. 하늘이 돕는 모양이다. 탕 속에 너무 오래 앉아 있어서 손가락이 늙은이의 것처럼 쭈글쭈글해졌지만 문제 될 건 없었다. 머리로 정리가 끝난 나는 뱃살을 출렁이며 벌떡 일어나 밖으로 나섰다.

정재만 씨 작업은 예정보다 훨씬 빠르게 진행될 것 같았다.

망설이지만 않으면 되는 것이다. 망설임은 대부분 실수를 만든다. 슛을 할 것이냐 크로스를 올릴 것이냐 갈등하는 순간 공은 골대 너머로 날아가 버리는 것이다. 둘 중 하나만 생각했다면 최소한 크로스 기록은 얻을 수 있다.

솔직히 난 갈등을 많이 하는 편이다. 할인 마트에서 방향제를 구입할 때 '은은한 숲속향'으로 살지 '향긋한 라임향'으로 살지 결정하는 데도 20분을 소요했다. 결정을 내려야 하는 시기에선 늘 우유부단한 성격이 한몫했고 그때마다 시간만 축내며 결정을 못 내렸다.

하지만 일단 결정을 내리면 앞뒤 안 가리고 저질러 버린다. 그나마 남은 '결단력'이라고 해야 할지 아니면 '다혈질성 성격 결함'이라고 해야 할지 판단할 순 없지만, 저지를 땐 확실하게 저질러 준다. 더 이상의 후회는 없도록 말이다.

정재만 씨에게는 미안한 얘기지만 지금의 나는 '저지르는 나'다. 갈등은 전업 결정을 하기 전의 일이고 이제는 저지르는 타이밍인 것이다. 그리고 실제로 이미 난 저질렀다. 스스로 갈등하는 일이 없도록 못을 박은 것이다. 카운터에 열쇠를 건네며 물었다.

"사람이 없는 날이 언제예요?"

"주말엔 회원님들께서 잘 안 오세요."

"평일엔 어느 시간대가 제일 한산한가요?"

"오전이 제일 한산합니다."

작업 시간은 아주 간단하게 결정되었다. 누군가의 수명이 결정되는 것은 복잡한 문제가 아닐 수도 있다는 생각이 든다. 신이 인간의 수명을 결정하는 것도 어쩌면 심오한 뜻이 있는 게 아니라 실수거나 충동적인 것은 아닐까?

"이 꼬마는 하는 짓이 욱하게 만드는군. 당장 죽여 주마. 어라? 저 늙은이는 나보다 나이가 더 많겠는걸. 도대체 어떻게 짱 박혀 있었던 거야?"

신도 가끔은 실수를 할지도 모른다.

헬스클럽에서 대화를 끝내고 나가려던 차에 정재만 씨가 들어서는 것이 보였다. 곧장 집으로 향하려던 계획을 취소하고 회원을 위해 마련해 놓은 의자에 앉았다. 정재만 씨는 헬스클럽 직원과도 상냥한 얼굴로 인사를 건넸다. 그가 밤에는 변태로 돌변할지도 모르는 일이지만 적어도 사회생활에서의 모습은 언제나 '친절한 재만 씨'다.

"오늘은 좀 일찍 나오셨네요, 회원님."

"예, 저녁에 술자리가 있어서요."

그는 가벼운 대화를 끝내고 카운터에서 수건만 받아 갔다. 나와 같은 부류라는 것을 한눈에 알 수 있었다. 헬스클럽에서 운동은 안 하고 샤워만 하는 부류.

아침 일찍 정재만 씨의 사무실 앞으로 나갔다. 운이 좋으면 오늘 첫 번째 작업을 아무 탈 없이 끝낼 수도 있다. 흥분? 긴장? 이상하게도 그런 게 없다. 그냥 일상처럼 여겨졌다. 월급을 위해서 직장으로 향하는 샐러리맨들처럼 나도 전철에 몸을 맡기고 가는 것이다.

정재만 씨의 사무실 앞에서 그가 들어오길 기다리며 정재만 씨가 계획대로 죽어 줄지, 돈은 얼마나 입금되는 건지 등 스쳐 지나는 수많은 잡념들을 떠오르는 대로 그냥 두었다.

어제 헬스클럽에서 엿들은 대로 정재만 씨는 거래처 사람들(아마도 M&A 브로커)과 한잔 거하게 퍼마셨다. 계산대로라면 정재만 씨는 술을 깨기 위해 오전에 헬스클럽을 가야 했다. 일반 회사원이라면 출근 전 새벽에 샤워를 하겠지만 이 사람은 프리랜서다. 굳이 사람이 북적대는 새벽 시간에 샤워를 해야 할 필요가 없다는 것을 의미했다. 출근했다가 일정 점검 좀 하고 한산한 시간에 가서 내 집처럼 편하게 샤워하면 되는 것이다.

정재만 씨의 차가 주차장으로 들어갔다. 안색이 좋지 않았다. 아마도 술을 진하게 마신 모양이었다. 내게는 희소식이다. 그가 사무실로 들어간 시간부터 30분을 기다렸다가 그에게 전화를 걸었다. 그는 갈라지는 목소리를 애써 감추며 말했다.

— 예, 정재만입니다.

"안녕하세요, 김승표 사장 소개로 전화 드렸습니다."

'김승표 사장'은 정재만과 예전에 한 번 일했던 적이 있는 사람이다. 기억에서 사라지지도 않았지만 그렇다고 자주 만나지도 않는 그런 사이. 물론 회사에서 제공한 정보다.

"AMM 건 때문에 전화 드렸습니다."

'AMM'은 현재 그가 M&A 작업 중인 법인명이다.

— 아, 예! 그러시군요. 안녕하세요.

"혹시 오늘 오전에 뵐 수 있을까 해서요. 시간 되시나요?"

정재만 씨는 망설이는 듯 잠시 말이 없었다. 그럴 수밖에 없을 것이다. M&A는 대부분 기 싸움에서 시작되는 거라 술을 새벽까지 마신 그로서는 머리 회전이 제대로 되지 않아 밀릴 수도 있기 때문이다.

— 아, 죄송한데 오후는 어떠십니까? 오전에는 미팅이 잡혀 있어서요.

빙고. 헬스클럽에서 샤워기와의 미팅을 의미하는 게 분명했다.

"저는 상관없습니다. 제가 오후 세 시쯤에 다시 전화 드리죠."

친절한 정재만 씨 인생에 있어서 오늘 오후라는 건 없다. 난 바로 헬스클럽으로 향했다. 그가 실제로 오전에 미팅이 있을 수도 있는데 어떻게 이렇게 단정적으로 움직일 수 있는지 궁금한 사람들도 있겠지만 그건 기우다.

난 미국의 어느 드라마에 나오는 사람처럼 치밀한 성격이 아니다. 모든 것을 계산에 넣고 치밀하게 예상하고 의외의 상황이 발생하면 당황하며 극적으로 극복하고. 난 절대 그런 사람이 아니다. 그냥 여유롭게 진행하는 것이라면 대답이 될까?

내 경험상 M&A 계통에서는 머리싸움이 숫자 싸움만큼이나 중요하기 때문에 중요한 미팅 전날에는 술자리를 자제한다. 그런데 정재만 씨는 술을 진탕 마셨다. 중요한 미팅은 없다는 것을 짐작할 수 있다. 물론 사소한 미팅은 있을 수 있다. 그러면 난 다음 기회를 노리면 되는 거다. 의뢰서 옵션에는 한 달 이내에만 작업해 주면 된다고 되어 있었기에, 비어 가는 나의 통장 잔고를 제외하고는 내가 서둘 이유가 없는 것이다. 그래서 곧바로 헬스클럽으로 향하는 거다. 그가 오면 작업하는 거고 오지 않는다면 난 샤워를 즐기고 나오면 되는 거다. 아까운 6천 원은 그냥 버리게 되겠지만 말이다.

헬스클럽의 1일 사용권이 좋은 이유는 기록이 남지 않는다는 점이다. 대중목욕탕을 돈 내고 들어가듯 이곳에도 사용권만 내고 들어가면 되는 것이다. 탈의장엔 노인 한 분이 신문을 보고 있었다. 이곳을 관리하는 직원이다. 청소를 끝내고 갖는 한가로운 시간인 모양이다. 샤워장 안은 한가로웠다. 한 명이 몸에 비누칠을 하고 있는 것이 전부였다. 정재만 씨도 어서 와서 이 한가로움을 함께 즐기면 좋겠다는 생각을 했다.

머리를 다섯 번쯤 감았을 때 누군가가 안으로 들어서는 것이 보였다. 정재만 씨다. 안경을 벗은 정재만 씨는 그리 좋은 인상은 아니었다. 왠지 죄를 덜 짓는 기분이 들었다. 그의 목욕 순서는 잘 모르지만 아마도 간단히 샤워를 하고 곧바로 한증막으로 들어갈 가능성이 높았다. 큰 쪽이든 작은 쪽이든 관계없었지만 아무래도 음침한 곳, 작은 쪽으로 들어갔으면 하는 바람이 있었다.

죄를 지을 땐 무의식적으로 가급적 태양으로부터 먼 곳을 선호한다던가? 나도 그런 심리 상태일지도 모른다. 정재만 씨는 샤워를 하고는 수건 한 장을 두르고 곧바로 한증막으로 들어갔다. 어둡고 음침한 작은 곳으로. 그의 마음속 어딘가의 어두운 구석이 그를 그곳으로 이끈 모양이다.

나도 수건을 머리에 두르고 그를 따라 한증막으로 들어갔다. 뜨거운 공기가 폐 깊숙이 스미는 것이 느껴졌다. 낯선 사람과 벌거벗은 채 나란히 앉아 있는 것은 참으로 희한한 광경이다. 이곳이 한증막이 아니라 공원 벤치라고 생각해 보라. 참으로 희한한 광경이지 않은가? 하지만 한증막이기에 거부감 없이 앉아 있을 수 있다. 내가 들어서자 그의 시선이 내 사타구니로 잠깐 향하는 것을 알 수 있었다. 수컷의 본능처럼 경쟁자의 크기를 가늠해 본 것이겠지. 아마도 정재만 씨는 내 것을 보고 우월감을 느꼈을 것이다. 빌어먹을. 내 첫 수입으로 확대 수술이나 해 볼까.

그와 나란히 앉아 있는 시간은 길어야 5분일 것이다. 그래서 안정적으로 2분 이내에 작업을 끝내기로 했다. 작업하기 전에 고해성사하듯 그에게 내 정체를 밝히면 어떨까? 그가 원하는 사람 한 명을 공짜로 작업해 주는 건 어떨까? 그런 극적인 생각을 하고 있었지만 사실 내게 그렇게까지 부릴 여유는 없었다. 정재만 씨의 덩치가 만만치 않았기 때문에 힘을 제대로 쓰지 않으면 실패할 확률이 컸기 때문이다. 정재만 씨가 돌려놓은 모래시계가 점점 시간이 다 되어 감을 알려 줬다. 내 마음의 준비가 될 때까지 정재만 씨가 모래시계를 한 번 더 뒤집어 놓기를 바랐지만 그는 뒤집을 생각이 없어 보였다. 그 또한 모래시계만 뚫어지게 바라보고 있었으니까.

종종 인간의 능력에 대해 놀랄 때가 있다. 평상시와는 다른 괴력이 나올 때도 있고 인간 같지 않은 민첩함을 보일 때도 있다. 이런 것들을 모두 아드레날린의 공으로만 돌리기에는 부자연스러웠다.

지금의 나도 그렇다. 정재만 씨가 자리에서 일어서려는 그 짧은 순간, 난 많은 일을 해냈다. 한증막 밖에 목격자가 될 만한 사람이 없다는 것을 확인한 직후 정재만 씨의 얼굴에 수건을 대고 그의 발꿈치를 걷어차 뒤로 쓰러뜨렸다. 쓰러지는 와중에 얼굴을 감싼 손으로 그의 머리가 벤치 모서리에 정확하게 떨어질 수 있도록 조절하다가 있는 힘껏 아래로 내리꽂았다.

둔탁한 소리와 함께 손을 통해 그의 머리가 받았을 충격이 고스란히 전해졌다. 평생 잊을 수 없을 거란 느낌이 들었다. 잠시 후에 정재만 씨의 머리 뒤에서 다량의 피가 흘러나왔다. 그의 몸에서 움직이는 것은 흘러나오는 피가 유일했다. 신음 소리도 조그만 움직임도 없었다. 내게는 희소식이다.

그의 얼굴을 감쌌던 수건을 들고 한증막 밖으로 나왔다. 곧장 냉탕으로 들어가 한증막의 열기와 긴장으로 달아오른 몸을 식혔다. 몸에 한기가 스며들기 시작할 때 다시 온탕으로 몸을 옮겼다. 여러 가지 이유에서 난 이 샤워장에 30분 이상 머무를 생각이었다.

정재만 씨는 아직 죽지 않았다. 인간의 몸은 그 정도의 충격으로 즉사할 만큼 약하지 않다. 내가 염두에 둔 부분이 바로 이것이다. 한증막이나 탕에서의 사고사는 즉사가 드물다. 대부분

사고를 당하고 숨이 붙어 있는 상태에 있다가 사망하게 된다. 만약 정재만 씨의 목을 꺾거나 입과 코를 막아 질식시킨다면, 뛰어난 검시관은 정재만 씨가 살해당했다는 사실을 금세 알아낼 것이다.

난 정재만 씨가 사고사로 처리되기를 희망한다. 그래서 아직 숨이 붙어 있을 정재만 씨에게 편안히 죽을 만한 충분한 시간을 주는 것이다. 그러기 위해서는 그의 죽음을 방해할 만한 모든 요소를 지켜보는 것이 중요했다. 현장에 머무는 것이 위험하지 않느냐고? 이 경우엔 아니다. 한산한 시간대에 누군가 한증막에서 사고를 당한다면 최소한 몇 시간 동안은 발견되지 않을 가능성이 높았다. 30분이 흐른 뒤에도 한증막에 있는 정재만 씨는 나오지 않았다. 온전한 사람이라도 한증막에서 30분은 위험하다. 피를 흘린 채 간신히 숨만 쉬고 있을 정재만 씨가 살아나올 가능성은 희박했다. 지금쯤은 이미 시체가 되었을 것이다.

난 탈의장으로 나와 다른 평범한 사람들처럼 속옷만 걸치고 앉아 신문을 보는 척하며 시간을 보냈다. 직원 늙은이는 몇 번 샤워장을 들어갔다 나왔지만 별일은 일어나지 않았다. 사람을 죽여 놓고 그 현장에서 신문을 보고 있는 내 모습이 다소 엽기적으로 보일 수도 있다. 하지만 이건 정신적 결함이나 여유에서 비롯된 행동이 아닌 계산된 행동이었다. 이 상태에서 늙은이가 시체를 발견한다고 해도 정재만 씨는 사고를 당해 죽은 것이고, 난 때마침 재수 없게도 그곳에서 샤워를 하고 있던 손님에 지나지 않기 때문이다. 물론 경찰에서는 나를 조사할 수도 있다. 하지만 난 선량한 시민인 것이다.

신문을 보며 한 시간을 채웠다. 이대로 정재만 씨가 멀쩡하게 걸어 나오는 모습을 보면 내가 심장마비로 죽을지도 모른다. 하지만 그는 아직도 한증막 안에 있었고 아무도 발견하지 못했다. 탈의장 문이 열리며 사람들이 들어왔다. 이제 나가야 할 시간이 되었다. 난 옷을 천천히 챙겨 입고는 밖으로 나섰다.

기울어져 있던 해가 중천에 떠 있었다. 벌써 점심시간이다. 헬스클럽이 잘 보이는 길 건너 식당으로 가서 식사를 했다. 식사를 마치고 물을 마시고 있을 때 기다리던 앰뷸런스가 헬스클럽 건물 입구에 도착했다. 잠시 뒤 정재만 씨의 몸이 들것에 실려 나오는 것이 보였다. 내 심장은 그를 죽일 때보다 지금 더 날뛰었다. 내 기대와는 달리 죽지 않았을지도 모른다는 불안감 때문이었다. 하지만 내가 할 수 있는 일은 없었다. 시험을 막 끝낸 학생처럼 이대로 집에 가서 잠이나 한숨 푹 자는 게 상책이었다. 자고 일어나면 어떤 형태로든 결말이 나 있을 테니까.

정재만 씨는 비교적 평화롭게 죽었고, 그 덕분에 난 강 같은 평화를 얻었다. 순순히 죽어 준 정재만 씨의 선행 덕분에 돈을 받았고, 다음 일거리를 받을 수 있는 신용도 얻었다. 정재만 씨가 앰뷸런스에 실려 가던 날, 난 확실히 불안했다. 아주 낮은 가능성이긴 했지만 그가 살아날 확률이 없었던 것은 아니었기에 마음이 편할 수만은 없었다.

작업에 대한 보고는 역시 인트라넷을 통해 이루어진다. 나의 보고서 옆에 '검토 중'이라는 단어가 붙은 지 하루가 지나고 나서야 수고했다는 메시지와 함께 입금이 이루어졌다. 하루라는 시간 동안 내 작업 활동에 대한 검증이 이루어진 것이다. 스스로 대견해하는 나와는 다른 의견을 가진 사람도 있었다. 바로 '동네 형의 친구'다.

'동네 형의 친구'. 내게 있어서 포지션이 참 웃기지 아니한가? 입금된 돈을 보며 흐뭇해하고 있을 때 그에게서 전화가 왔다.

— 축하한다. 한 건 처리했다며.

"예. 고맙습니다."

— 사장님이 좋은 재목 건진 것 같다고 꽤 칭찬을 하더군.

"감사합니다."

— 나에게 감사할 필요 없어. 사장님 의견이지 내 생각은 아니니까. 사장한테 얘기 들었는데 심하게 어설프게 했더군.

이놈들 웃긴다. 남이 살인한 얘기를 아무렇지도 않게 저희들끼리 공유하는 모양이다. 나도 모르게 발끈했다.

"아직은 미흡해도 나름대로 괜찮게 처리했다고 생각합니다."

— 아, 벌써 전문가가 된 거야?

이 사람에겐 묘한 말의 기술이 있었다. 빼도 박도 못하게 급소를 정통으로 찔렀다. 예부터 남 약점이나 찌르고 다니는 놈치고 믿을 만한 놈 하나 없다고 했다.

— 사고사로 위장까지 했다더군. 들어 보니 보험 수사관도 속아 넘어간 모양이야. 그것만 놓고 보면 나무랄 데가 없지.

그가 늘어놓는 칭찬은 큰 한 방을 먹이기 위한 유인구라는 것쯤은 알고 있었다. 예상대로 그는 날카로운 한마디를 날렸다.

— 때려 놓고 죽기 기다리는 놈이 있다면, 그게 킬러일까 아닐까? 어쨌든 성공적인 데뷔, 축하해.

내가 가장 불안해하고 두려워한 부분을 꿰뚫어 보고 있다.

재수 없는 놈. 남의 쓴 말은 잘 못 삼키는 체질이라 내 눈에 '동네 형의 친구'가 곱게 보일 리가 없다. 하지만 그가 나를 위해 옳은 소리를 했다는 것은 인정할 수밖에 없었다.

전문가는, 대충 요건만 성립시켜 놓고 요행을 바라거나 운에 맡기지 않는다. 그런 면에서 보면 이번 일은 완전 실패작인 셈이다. 난 그의 숨을 단번에 끊지도 못했고 숨이 끊어졌는지 확인도 하지 않았다. '이 정도면 죽을 거야'라는 어이없는 생각을 가지고 있었던 거다.

보험 수사관까지 사고 사망으로 결론을 내렸다면 내 작업은 적어도 법이라는 테두리 안에서는 완벽한 셈이다. 하지만 이런 행운이 내게 계속 찾아온다는 보장은 없다. 경영에 있어서, 성공을 행운이라고 생각하는 사람과 자신의 능력이라고 생각하는 사람 두 종류로 구분한다. 전자는 자신을 단련시켜 언제 사라질지 모르는 행운에 대비해 만전을 기하지만, 후자는 자만하다가 낙오하고 만다는 것이다.

이 업계에서 낙오는 경영에서 얘기하는 낙오와는 그 모습이 상당히 다를 것이 분명했다. 평범한 꼴은 아닐 것이다. 다른 누군가의 칼에 맞아 죽을 수도 있고, 여생을 감방에서 보낼 수도 있다. 난 습관처럼 노트북에 메모를 남겼다. 내 안전과 직결되어 있는 부분은 확실히 기억해 두지 않으면 안 되는 것이다.

이미 세 명을 독살해 봤지만, 이번 일은 돈을 받고 하는 일이기에 어느 정도의 정신적 고통을 예상했다. 통상 맨 정신의 사람이 살인을 저지르고 나면 불면증과 불안감에 시달리게 되기 때문이다. 심한 경우엔 노이로제와 피해망상으로 발전해 결국 정신병원 신세를 지게 되는 경우도 있다. 나 또한 극히 맨 정신의 사람이기에 첫 경험 뒤엔 반드시 정신적으로 아플 것이라고 생각했다.

첫 작업을 한 날 아홉 시간을 잤다. 극도의 긴장으로 인해 지쳐서 잠을 많이 잔 것이라고 생각했다. 그다음 날 열 시간 잤다. 정신적 충격을 막으려는 방어기제가 발동했을 것이라고 짐작했다. 그리고 어제, 열세 시간 잤다. 더 이상 핑계 댈 것이 없다. 사람을 죽이고도 정신적으로 아무 타격도 받지 않았다는 사실을 인정할 수밖에 없었다.

정상이라고 보기 어렵다. 혹시 사이코패스가 아닐까 하는 의심이 든 반면 그게 아니라는 증거를 수십 개도 더 댈 수 있다는 사실을 떠올렸다. 정재만 씨를 죽일 때 격정적으로 죽인 것도 아니었고, 살인 행위에서 어떤 쾌감을 느낀 것도 아니었다. 그들의 신체 일부를 잘라 보관하는 짓 따위는 애당초 생각도 하지 않았다. 하지만 여전히 마음 한구석에 걸리는 점은, 생각보다 내가 죄책감을 덜 가지고 있다는 것이다.

고인에게 미안한 마음이 있는 건 사실이지만 그 이상의 증상은 전혀 없다. 가슴이 답답하거나 헛것이 보인다거나 환청이 들린다거나 하는 증상이 전혀 없다는 것이 약간 고민스럽게 만든다. 정신과 의사와 면담을 할까?

"선생님, 사람을 죽였는데 도통 죄책감이 들지 않아요. 치료가 될까요?"

"당신은 사이코패스요. 그건 치료되는 게 아니니까 자수하든지, 자살하시오."

역시 안 되겠다. 가장 좋은 셀프 치료법인 '긍정법'으로 치료를 해야겠다. '긍정법'은 어려운 치료법이 아니다. 자신이 사람이라는 사실만 깨닫고 있다면 누구든 스스로 할 수 있는 치료법이다. 방법은 간단하다. 자신에게 일어난 어떤 현상을 긍정적으로 해석하고 적용해 버리는 거다. 내 경우는 이렇다. 누군가를 해쳐 놓고 죄책감이 들지 않는다는 건 살인청부업자에 최적화되어 있는 정신을 소유하고 있다는 뜻이다. 즉, 나는 살인청부업자로서 천부적인 자질을 가지고 있다는 것으로 해석이 가능하다. 치료 끝. 난 내 페이스대로 하루 아홉 시간씩 자면 되는 거다. 좀 피곤한 날은 허리가 아플 때까지 자든가.

마누라는 잠든 지 오래지만 난 잠이 오지 않았다. 죄책감에 의한 불면증이 시작된 걸지도 모른다는 불안감이 순간 엄습했지만 어제 열세 시간 동안 잔 것을 떠올리고는 안심했다. 그렇게 자고 잠이 또 오면 사람이 아니니까.

잠이 오지 않으면 뒤척이며 잡념에 빠지게 된다. 지금 잡념의 중심에는 정재만 씨가 있었다. 여러 면에서 정재만 씨가 불쌍하게 느껴지지만 그중에서 가장 불쌍하게 느껴지는 점은 자신의 목숨을 노린 사람이 누군지도 모르고 죽었다는 것이다. 이 경우엔 내 얘기를 하는 것이 아니다. 난 누군가의 도구로 쓰였을 뿐 살의를 직접 느낀 사람은 아니니까.

불쌍한 사람. 그는 내게 고마운 사람이기도 하다. 정재만 씨 덕분에 난 돈도 벌었고 일거리도 얻었다. 그 대가로 그는 목숨을 잃은 것이다. 내 생계를 위해 죽은 사람을 위해 뭔가를 해야겠다는 막연한 생각이 들었지만, 어쩌면 밤의 고요함에 걸린 최면일지도 모른다. 따뜻한 우유를 한 잔 마시면 잠이 잘 온다는 얘기를 떠올리고는 주방으로 향했다.

이미 이틀 치를 몰아서 잤기에 이대로 잠이 안 오면 안 자도 그만이니까.

#거래

Big Deal

장어구이를 먹었다. 정력의 대표 음식 장어구이. 정력을 쏟을 일이 있어서 먹는 것은 아니다. 길을 가다 그냥 장어가 먹고 싶었고 다행히도 내게는 그 정도의 재력이 있었다. 자본주의 체제에서 사는 법은 간단하다. 불경기건 호황기건 지불 능력만 있으면 뭐든지 사거나 먹으면 되는 거다.(문제는 가끔 지불 능력의 한계를 잊어버린다는 것이다.)

장어구이는 날 행복하게 해 주었다. 공식적으로는 실업자임에도 신용카드의 힘을 빌리지 않고 자력으로 3만 원짜리 장어를 먹을 수 있다는 사실이 행복한 것이다. 공식적인 내 입장에서는 언감생심 꿈도 꿀 수 없는 사치다. 그런데 버젓이 누리고 있다. 고마운 마누라는 내 돈의 출처는 묻지도 않는다. 물어봐도 상관없다. 돈의 출처에 대한 시나리오는 이미 생각해 두었다. 주식. 이거 하나면 묻지도 따지지도 않는다.

부동산으로 돈 벌었다는 인간은 봤지만 주식으로 돈 벌었다는 인간은 못 봤다. 내게 술 사 달라고 하는 사람은 주식으로 돈 날린 사람들뿐이다. 그런데도 큰돈을 벌어들인 사유로 주식을 정면으로 내세우면 부러운 눈으로 바라볼 뿐 의심은 절대 하지 않는다.

주식은 자본주의의 마술인 거다. 주식으로 번 돈이라고만 하면, 은행을 털고 현금을 든 채 현행범으로 잡혀도 말만 잘하면 풀려날지도 모른다.

"꼼짝 마! 그거 은행 턴 돈이지?"

"주식으로 번 돈이에요."

"아, 실례했습니다."

장어가 내게 준 행복을 만끽하며 마누라와 함께 산책을 하고 있을 때 문자 메시지가 하나 날아왔다. 스팸 같은 발신 번호의 메시지였다. 유치한 주사위 그림과 함께 '대출 상담'이라는 문자가 찍혀 있었다. 이 발신 번호로 전화를 걸면 친절한 여인이 이렇게 말할 것이 뻔하다.

— 지금 거신 번호는 없는 번호입니다. 확인 후 다시 걸어 주시기 바랍니다.

이 메시지를 풀어 보자면 이런 의미다.

— 지금 인트라넷에 접수된 컨설팅 있으니까 확인하고 답글 달아.

정보화 시대에 맞게 회사 나름대로 머리를 굴리고 있다. 이쪽 업계의 직원들이 경찰에 잡힐 경우를 대비해서 직접적인 관계에 대한 증거를 남기지 않기 위해서다.

지하철에 몸을 맡기고 멍하니 앉아 있는 사람들의 모습은 가끔 이질적으로 느껴진다. 지하철이 어딘가를 향해 달리고 있다는 사실만 빼면, 길에서 서로 모르는 사람들끼리 모여 멍하니 앉아 있는 것이니 말이다. 난 그렇게 멍하니 있는 사람들을 보고 있노라면 도대체 무슨 생각을 하고 있는지 궁금하다.

어렸을 땐 지하철을 타고 번화가로 나가는 것이 왠지 기분을 들뜨게 만들었다. 강남역 근처나 홍대 앞에서는 왠지 기분 좋은 일이 일어날 것 같은 작은 설렘이 있었다. 북적거리는 사람들을 보는 것도 즐겁고 그들과 부대끼는 것도 신났다.

지금은 귀찮다는 것 말고는 달리 느껴지는 감정이 없다. 설렘은 늙어 죽은 지 오래다. 특히 지금 같은 경우엔 더욱 그렇다. 일 때문에 청부살인 중개 회사에 가면서 설렘을 느낀다면 난 변태가 틀림없을 테니까.

회사에서는 이례적으로 내게 방문해 달라는 요청을 했다. 인트라넷으로만 연락을 취한다는 자신들의 원칙을 먼저 어겨 가면서까지 부르는 이유가 궁금했다. 하지만 나 또한 그들에게 요청할 사항이 생겼기 때문에 회사로 향하는 것이다.

회사에서 가장 먼저 반긴 사람은 역시 상냥한 그 직원이었다. 그녀는 기다렸다는 듯이 나를 사장실로 안내했다. 사장은 늘어진 얼굴로 나를 맞이했다. 그를 보는 순간 전에는 눈치채지 못했던 홀아비 냄새가 나는 것 같았다.

"어서 와."

이 늙은이가 전에도 내게 반말을 했던가? 갑자기 기억이 안 난다.

"저번 건은 마무리 잘 해 줬네. 위험했다고 생각하는 사람도 있는 모양이지만 말이야."

'동네 형의 친구'를 말하는 게 분명했다.

"내가 보기엔 굉장히 창의적이었네. 창의성에서는 약간의 리스크는 원래 따르는 법이잖아? 하지만, 다음부터는 죽기를 기다리는 방식은 삼가기 바라네. 알겠지만 이쪽 업계는 안전이 최우선이거든. 내 말뜻 알겠지?"

칭찬을 하긴 했지만 늙은이의 의견도 결국 '동네 형의 친구'와 같은 것이다. 업계 전문가 두 사람이 하지 말라면 하지 않는 것이 좋다. 난 적어도 전문가들에겐 귀가 활짝 열려 있는 사람이니까.

"알겠습니다. 다음부터는 그렇게 하죠."

사장은 나를 빤히 보다가 묘한 미소를 띠며 두꺼운 서류 파일을 내 앞에 내밀었다. 처음엔 전화번호부인 줄 알았지만 옆으로 살짝 나온 사진 때문에 컨설팅과 관련된 문서라는 것을 알 수 있었다. 사장에게 묻지 않고 기다렸다. 어차피 설명해 줄 테니까.

"운이 좋은 건지 나쁜 건지 모르겠지만 자네에게 이게 좋은 기회라는 것만은 확실하지."

난 파일을 보지도 않고 덮었다. 지금 봐야 머릿속에 들어오지도 않기 때문이다. 내가 원하는 것이 있으면 그것부터 해결을 해야, 그 이후에 다른 것들이 이해가 가는 타입이다. 안 그래도 잘 안 보이는 사장의 눈이 더욱 가늘어졌다. 내 손을 따라 시선이 움직이는 것을 보고서야 감지 않은 것을 알 수 있을 정도였다.

"사장님, 예전부터 궁금한 게 있었습니다."

난 가끔 이렇게 충동적으로 행동한다. 그럴 계획은 아니었지만 느닷없이 내미는 서류철을 보고 나도 모르게 발끈한 모양이다.

"뭐지?"

"저같이 아무 준비도 되어 있지 않은 초보에게 무슨 생각으로 일을 맡기신 건지 궁금했습니다."

사장은 픽 웃으며 대답했다.

"그건 처음에 대답했던 것 같은데?"

그때 분명 길게 가 봐야 두 달이라고 그랬다. 그 두 달 동안 써먹을 수 있으면 써먹는 거라고.

"이젠 그 대답을 조금 수정해야겠어. 최소한 여섯 달은 가겠더군."

내 수명이 넉 달이나 늘어났다.

"그냥 격려 차원에서 하는 말이니까, 내 말에 너무 의미는 두지 마."

이 개 같은 늙은이가!

"대답이 되었으면 다시 일 얘기를 할까? 참고로 얘기하는데 임의대로 화제 돌리지 마. 나 그런 거 별로 안 좋아하는 사람이니까."

"네, 그러죠."

바로 겸손하게 대답했다. 난 매우 비굴한 놈이다. 특히 돈줄과 인사권을 쥐고 있는 권력자 앞에서는 비굴한 게 익숙하고 편하다. 본능적으로 비굴해진다고 할까? 오랜 샐러리맨 생활에서 발달한 본능인 것이다. 빌어먹을 비굴 인생.

사장은 담배를 피워 물고는 내 앞의 파일을 가리키며 말했다.

"어려운 컨설팅이 될 거야. 운 좋게 간신히 한 건 처리한 직원에게 맡기기에는 버거운 일이라는 게 사실이지."

'운 좋게 한 건 처리한 직원'은 인정한다. 그런데 굳이 '간신히'를 넣을 필요가 있었을까?

"중요한 인물인가 보죠?"

"신근용이라고, 풍연 그룹 총수야."

풍연 그룹? 언론을 통해 들은 적은 한 번도 없지만, 어쨌든 그룹이라니까 꽤나 잘나가는 사람은 분명한 것 같다. 내가 순간 경직되었다는 것을 사장도 느꼈나 보다.

"자신 없어?"

뭐라고 대답해야 할지 정리가 되지 않았다. 자신 없다고 하면 다른 일도 주지 않을지 모른다. 어차피 이 회사에서 던져 주는 일 말고는 챙길 수 있는 게 없으니까. 예전에도 언급했듯이 영업을 뛸 수도 없는 분야 아닌가.

"왜 제게 이런 큰 건을⋯⋯."

사장은 내 앞에 거미 다리 같은 손가락을 펼치고는 하나씩 접으며 말했다.

"첫째, 스케줄이 빈 직원이 없어. 둘째, 있더라도 맡지 않을 확률이 높아. 셋째, 보수가 좋기 때문에 포기할 수 없어. 넷째, 자네가 해야 회사에 수익이 많이 남거든. 다섯째, 죽어도 신입이 죽어야 회사에 부담이 별로 없어."

주먹이 된 그의 손을 멍하니 바라보았다. 때론 진실이 정신 건강에 좋은 것만은 아니라는 생각이 들었다. 면전에서 이렇게 솔직하게 말해 버리니 달리 할 말이 없었다. 조금 더 솔직했으면 정신을 잃었을지도 모를 일이다. 난 노랗게 된 얼굴로 물었다.

"제게 선택권이 있긴 한가요?"

사장은 나에게 연기를 뿜으며 말했다.

"예전에 직장 생활 했었다며? 그러면 어떤 상황인지 잘 알고 있을 텐데?"

사장이 '자신 없어?'라고 묻는 순간부터 무슨 상황인지 깨닫고 있었다. 이런 상황은 어릴 때도 겪었다.

"그냥 돈 내놓고 꺼질래, 뒈지게 맞고 돈 내놓고 꺼질래?"

난 늘 현명한 선택을 하곤 했다. 이렇게 단련된 내 본능은 사장에게 예의 바르게 말하도록 했다.

"무슨 말씀인지 알아들었습니다."

사장은 이보다 더 건방질 수 없다는 듯 거의 누운 듯한 자세로 말했다.

"1억이야. 그중에 40퍼센트가 자네 몫이고."

4천만 원. 태어나서 한 번도 받아 본 적이 없는 연봉. 그 1년치 봉급을 이번 한 건에 받을 수 있는 거다. 바로 이거다. 이래야 내가 전업을 한 보람이 있는 거다. 사장이 내게 동기를 부여하기 위해 꺼낸 말이라면 확실히 성공했다.

"열심히 하겠습니다."

"열심히 할 필요 없어. 결과만 가져오라고."

맞는 말이다. 이 회사 일은 열심히 할 필요가 없다. 제시하는 목표를 달성하기만 하면 되는 거다. 4천만 원이라는 돈은 나를 장님으로 만들었다. 어쩌면 경찰에 붙잡혀서 평생을 감옥에서 보내야 할 수도 있고, 더 심하면 죽거나 병신이 될 수도 있다는 사실을 애써 외면하고 있다. 너무나 순조롭게 풀린 첫 컨설팅 때문일까?

"이번 건은 특별히 절반을 선입금해 주지. 그러니까 잘해봐. 돈 생겼다고 튈 생각은 하지 말고. 여기가 어떤 곳인지 알고 있다면 그런 짓은 하지 않겠지만 말이야."

그렇게 협박하지 않아도 난 도망갈 생각이 없다. 겨우 2천만 원 가지고 튀는 것도 자존심 상하지만 업계에 발을 들여놓은 것은 그만한 각오가 있었기 때문이다. 이번 건은 분수에 넘치는 일이라고 본능이 뇌를 수도 없이 때렸지만 이미 돈까지 받은 이상 물러날 수도 없다. 난 서류를 챙겨서 일어나려다 말고 불현듯 떠오른 생각에 늙은이를 불렀다. 거의 충동적으로.

"사장님, 정재만 씨 말입니다, 제 첫 컨설팅 대상자요."

사장은 말없이 미간의 주름을 깊게 만든 채 바라보았다.

"정재만 씨 컨설팅 의뢰인 정보를 제게 주실 수는 없는지요?"

순간 내가 늙은이에게 총을 겨눈 것은 아닐까 하는 의심이 들었다. 그의 표정이 심하게 싸늘해졌기 때문이다. 넨장맞을 늙은이 표정을 보니 실수했다는 것을 알 수 있었다.

"내가 여태까지 미친놈하고 마주 앉아 있었던 건가?"

절대로 해서는 안 되는 말을 한 것이다.

"이봐, 작가 양반."

작가 양반? 아, 내 아이디였지.

"당신 하나 때문에 업계 전체에 인성 검사를 도입하는 일이 생기면 곤란하잖아. 안 그래? 좋게 얘기할 때 이 대화는 끝내는 게 좋을 것 같은데. 어떻게 생각하나?"

이제 와서 물러서면 꼴이 더 우스워진다. 한번 씹히면 계속 씹히게 된다. 내가 터득한 '사회에서의 존재감 키우기 스킬' 중에 하나는 어떤 상황에서도 할 말은 해야 한다는 것이다.

"저라고 해서 의뢰를 하지 말란 법은 없잖습니까?"

늙은이는 째진 눈으로 날 노려보며 말을 이었다.

"당신이라고 해서 의뢰를 당하지 않으리란 법도 없지."

때론 물러날 줄도 알아야 하는 법이다. 나도 모르게 비굴한 미소를 지으며 말했다.

"하하, 그렇긴 하죠."

늙은이는 그제야 구겨져 있던 허리를 펴 소파에 기대며 말했다.

"제정신 돌아왔으면 이제 가 보지그래."

늙은이, 난 당신 말만 듣는 꼭두각시가 아니라고. 하지만 내 주둥이는 독립을 선언한 듯 반사적으로 예의 바른 인사말을 하고 있었다.

"아, 예. 가야죠. 실례 많았습니다."

사무실을 나오며 굳이 저런 눈총을 받으면서까지 정재만 씨를 위해 뭔가를 할 필요는 없다고 되뇌었다. 애초에 정재만 씨와 의리가 있었던 것도 아니라는 점을 다시 한 번 상기하며 집으로 향했다.

#거물
Big Shot

우리나라에서 가장 싫은 게 꽃샘추위다. 봄인 줄 알고 얇은 옷 입고 나섰는데 찬바람이 뒤통수를 치는 거다. 햇볕은 따사로운데 영하 날씨라는 게 말이 되냐 말이다. 하여튼 인간이건 날씨건 뒤통수치는 것들은 용서할 수가 없다. 빌어먹을 날씨 같으니라고.

비록 춥긴 하지만 카메라를 둘러메고 밖으로 나섰다. 뒤통수나 치는 날씨가 괘씸하긴 하지만 아직 겨울옷을 정리하지 않은 덕분에 따뜻하게 나설 수 있었다. 게으름이 때로는 최상의 준비일 때도 있는 것이다.

가려는 곳은 예쁜 카페가 많기로 소문난 삼청동인데, 이곳을 알게 된 건 불과 5개월 전이다. 34년을 서울에서 산 놈이 경복궁 옆에 있는 곳을 5개월 전에 알았다는 게 스스로도 믿기지 않는다.

삼청동을 찾은 것은 사진을 찍으며 기분 전환을 하려는 목적도 있지만, 사실 일에 대해 생각할 시간을 갖기 위해 온 목적이 더 크다. 조용한 카페만큼 사색하기 좋은 곳도 없다. 누군가의 연구 논문에도 있듯이 지나친 정적보다는 적당한 소음과 적당한 움직임이 있는 곳이 집중도를 높여 준다. 내게는 정확히 들어맞는 논문이다.

가방엔 카메라 말고도 컨설팅 파일이 통째로 들어 있다. 사진을 찍다가 눈에 띄는 카페에 들어가 미친 가격의 커피를 마시며 파일을 살펴볼 계획이다. 꽃등심 1인분 가격과 맞먹는 커피는 확실히 사치다. 하지만 내 통장엔 2천4백만 원이 들어 있고, 일만 잘되면 며칠 새에 2천만 원의 돈이 추가로 통장에 꽂힌다. 돈이 많다는 얘기다. 돈이 많은 사람은 소비를 적당히 해줘야 경제가 원활하게 돌아가는 거다. 이젠 컨설팅 준비도 럭셔리하게 할 거다. 아, 젠장. 럭셔리의 기본인 자동차가 없군. 작은 럭셔리부터 시작하는 것도 나쁘지 않다. 비싼 커피도 내겐 분명히 럭셔리 소품이니까.

파일을 처음 펼쳤을 때는 별 느낌이 없었다. 예전 회사에서 신입 지원자들의 이력서를 들춰 보는 기분과 크게 다를 게 없다. 차이가 있다면 그때는 여자 지원자들만 선택적으로 볼 수 있었지만 지금은 그렇지 못하다는 것이다.

〈이름-신근용 / 나이-59세 / 직업-풍연 그룹 총수〉

이번에 컨설팅할 분은 신근용 씨다. 근용 씨. 내 주변에 이런 이름을 가진 사람은 없는데도 왠지 친숙하게 느껴지는 이름이다. 사진을 보니 몰래 찍은 모양이다. 영화에서처럼 차에 올라타려는 모습이 찍혀 있다. 척 봐도 5백 밀리 이상의 망원렌즈로 자리 잡고 찍은 것 같다. 기백만 원짜리 장비로 찍은 사진인 거다. 망원렌즈로 한껏 잡아당겨서 찍었음에도 흔들림 하나 없이 무지하게 선명하다. 전문가가 찍은 모양이다. 벌써부터 포스가 느껴진다. 누가 조무래기 죽이는 데 이런 전문가를 고용하겠는가? 이 동네 아저씨 같은 얼굴의 중년 남자가 도대체 어떤 인물이기에 죽이려는 걸까?

이렇게 평범한 얼굴일수록 한자리하고 있는 사람들이 틀림없다. 정성스럽게 작성된 그의 파일이 그것을 잘 보여 주고 있었다. 근용이 아저씨는 이름만 대면 도저히 알 수 없는 그룹의 회장이다. 우리나라엔 삼성, LG, 현대 같은 거대 그룹 말고도 수많은 그룹이 있다. 계열사를 서너 개 가지고 있는 그룹은 부지기수고, 이름은 알려지지 않았지만 십여 개 이상의 계열사를 거느리고 있는 그룹들도 많다. 어쨌든 내게는 눈 똑바로 뜨고 바라보기도 힘든 그룹 회장님인 것은 확실하다.

겨우 50대 후반의 나이에 그룹의 회장이 될 정도면 정말 능력이 뛰어난 사람이란 것을 인정해야 한다. 대기업에서 부장 직책을 가진 사람들도 대단한 사람인데 하물며 그 회사 전체를 일으킨 사람이라면 에누리 없이 존경을 받아도 된다. 그럼에도 그는 지금 작업당해야 하는 처지에 있는 것이다.

양지가 있으면 음지가 있는 법. 그의 뛰어난 업적만큼이나 적들도 많은 것이 분명하다. 특히 우리나라같이 대부분의 시장이 포화 상태에 이른 곳에서는 제로섬이 적용될 수밖에 없는 것이다. 남이 죽지 않으면 내가 죽는 그런 치열한 상태 말이다. 감히 말하건대 우리나라의 자본주의는 아직 성숙해지지 않았다. 그래서 합리적인 시장경제 개념보다는 남을 밟고 일어서면 살 수 있다는 왜곡된 생각이 만연해 버린 것이다.

그런 생각들 때문에 신근용 씨도 그가 살아오면서 만든 적들 중 한 명에게 죽임을 당하는 것이다. 회사 내부에서 경영권 싸움을 하고 있는 주주 중에 한 명일 수도 있고, 민감한 사안으로 대립하고 있는 경쟁 업체일 수도 있으며, 예전에 버림받은 사업 파트너가 복수하는 것일 수도 있다. 간단히 생각해도 머리가 복잡해진다. 다행히도 난 수사관이 아니기 때문에 누가 왜 의뢰한 것인지는 알 필요가 없다. 그냥 그 누군가가 원하는 대로 컨설팅해 주기만 하면 되는 것이다.

파일에는 특이하게도 가족사진까지 들어 있었다. 이건 원래 있었던 가족사진인 듯 카메라를 똑바로 바라보고 찍은 사진이다. 사모님은 제법 곱게 늙었고 비교적 잘생긴 얼굴의 아들과 예쁘장한 딸도 있다. 이 사진은 왜 넣은 건데? 설마 가족을 몰살시키라는 미친 오더는 아니겠지? 만약 그랬다면 컨설팅 대상자 명단에 네 사람의 이름이 모두 올라와 있었을 것이다. 다행히도 근용이 아저씨 이름만 올라와 있었기에 부담 없이 사진을 볼 수 있었다.

신근용 씨가 죽으면 최소한 세 명은 슬퍼할 것이다. 누구보다도 뛰어난 남편이고, 인자하진 않지만 자랑스러운 아버지니까 말이다. 이런 걸 감안하면 누군가를 죽이는 건 할 짓이 못된다는 생각이 든다. 하지만 아주 잠깐 스쳐 지나는 생각일 뿐이다. 뿌린 대로 거두는 법이다. 신근용 씨가 죄를 지었는지 여부는 알 길이 없지만, 누군가 죽어 주기를 바란다면 그 자체로도 분명 누군가에게 피해를 줬거나 주고 있는 인물임에는 틀림없는 것이다.

가족사진을 제외한 네댓 장의 사진에는 신근용 씨의 럭셔리한 모습들이 들어 있었다. 차에 올라타는 모습에서부터 골프하는 모습까지 하나같이 상류 사회의 모습을 담고 있었다. 모델만 좀 젊은이로 바꾸고 사진을 흑백으로 찍는다면 대충 이름 붙여서 작품으로 팔아도 손색이 없을 듯했다. 가만히 사진을 보고 있자니 누구랑 무지하게 비교되었다. 누구는 달랑 커피 한 잔이 럭셔리 소품인데, 누구는 렉서스 은색 세단과 미즈노 골프 클럽이 소품이다. 부럽다.

그의 파일을 보며 왜 의뢰비가 높은지 알 수 있었다. 비록 잘 알려지지는 않았지만 그룹의 총수라면 보안도 철저할 것이다. 접근하는 것부터가 쉬운 일이 아닌 것이다. 나 같은 서민이 상류 인사를 만나는 것부터 벌써 시련인 것이다. 칼을 품고 동네 오락실에서 백날을 기다려 봐야 호텔 카지노에서 노는 사람을 죽일 수는 없는 것이다. 뭘 만나야 악수를 하든 작업을 하든

할 것 아닌가.

신근용 씨 컨설팅은 공공장소 또는 이동 중에 할 것을 원칙으로 세웠다. 이유는 간단하다. 기회가 그때 말고는 생기지 않을 것이기 때문이다.

우선 신근용 씨의 집은 보안으로 둘러싸여 있다. 돈 많은 사람들은 남는 돈을 자신의 건강과 안전에 집중적으로 쓰기 때문에, 그 집의 보안 상태는 어렵지 않게 짐작할 수 있다. 돈 잔뜩 벌어 놨는데 누가 죽고 싶겠는가. 더구나 돈만 있으면 천국 같은 인생을 살 수 있는 대한민국에서 말이다. 이런 철통같은 보안을 뚫고 집에 침입한다고 해도 그 가족 때문에 계획 외의 작업을 할 수도 있다. 비효율적이고도 비윤리적이다. 강도도 아닌데 들켰다고 대상도 아닌 사람을 죽이는 건 자존심상 있을 수 없는 일이다. 하지만 무엇보다도 집에서 작업할 수 없는 이유는, 내가 남의 집에 침입하는 방법을 전혀 모른다는 것이다.

그럼 회사를 작업 장소로 생각해 보자. 공개되어 있다는 측면에서는 공공장소와 비슷하다. 하지만 보안은 집이나 다를 바가 없을 것이다. 그 회사의 '키 카드'를 구하는 것도 일이겠지만 구한다고 해도 마약을 한 놈처럼 무작정 그에게 달려들 수는 없는 일인 것이다.

회사나 건물 내부를 돌아다닌다고 해도 그 정도 중역이면 수행하는 인간만 대여섯은 될 것이다. 여섯 명을 내가 당해 낼 수 있을 리 만무하고, 내가 그런 전투력을 가지고 있다고 해도 신근용 씨 한 명 작업하자고 여섯 명을 학살할 수는 없는 일인 것이다.

이렇게 따져 보면 공공장소나 길거리밖에 없다. 공공장소는 단어 그대로 만인에게 공개되어 있는 장소이기 때문에 작업을 하기가 만만치 않을 거라고 생각하는 사람이 많다. 하지만 공공장소는 대부분의 사람들이 생각하는 것보다 작업하기에 훨씬 안전하다.

사람들은 주변의 일에 간섭하는 것도, 간섭받는 것도 싫어하는 경향이 강하다. 괜한 일에 끼어들었다가 봉변 당하는 경우가 종종 있기 때문에 그런 곤란을 사전에 차단하는 차폐 장치인 셈이다. 철로에 떨어진 아기를 끌어올리면 영웅이 되는 세상이다. 그 영웅들을 인터뷰하면 열이면 열 전부 이런 말을 한다.

"당연히 해야 할 일을 했을 뿐인데요."

하지만 그의 말은 틀렸다. 그런 선행이 더 이상 '당연히 해야 할 일'이 아니게 된 것이다. 그들이 매스컴을 타고 영웅 대접을 받는다는 사실 자체가 그것을 반증한다.

덕분에 '공공장소'는 지칭만 '공공장소'일 뿐, 각 개인의 단절된 공간이 잠시 모였다가 스쳐 지나는, 여전히 외로운 공간인 것이다. 공공장소에서의 죽음은 골방에서의 죽음과 개념상으로는 다르지 않다.

"자기야, 지금 눈 내려."

누군가의 통화 소리가 내 주의를 끌었다. 창밖으로 눈이 내리는 것이 보인다. 미친 날씨. 날씨뿐만이 아니다. 꽃등심 가격의 커피나, 3월 중순에 내리는 눈이나, 살인 계획을 세우고 있는 나나 전부 미쳤다.

커피를 마시다가 실수로 거품을 흘렸다. 빌어먹을. 늙으면 국물을 질질 흘린다던데. 나도 늙어 가나 보다. 거품은 신근용 씨 사진 위로 떨어졌다. 기이하게도 턱수염 자리다. 사진을 한참 바라보았다. 허연 턱수염도 제법 어울릴 만한 얼굴이다. 기회가 된다면 그에게 턱수염을 한번 길러 보라고 권하고 싶을 정도다. 수염 어울리는 사람은 드물던데.

턱수염이 잘 어울리는 신근용 씨에게 바라는 작은 소망이 하나 있다. 턱수염 기르는 거? 아니다. 아주 현실적인 소망이다. 보디가드를 세우지 않았으면 하는 것이다. 한 번에 컨설팅을 끝내야 하기 때문이다. 한 번에 끝내기 위해서는 정재만 씨 경우처럼 죽기까지 기다리는 건 곤란하다. 그의 숨이 멎는 것을 내 눈으로 확인해야 한다.

단번에 죽이는 방법은 여러 가지다. 총을 사용할 수도 있고, 맨손으로 목을 비틀 수도 있다. 23명을 죽인 어떤 미친 살인마는 손수 개조한 해머로 피해자의 뒤통수를 때려서 죽였다. 하지만 내게 가장 손쉬운 방법은 역시 칼이다.

사람을 죽이기 위해서는 칼의 길이가 충분히 길어야 하지만 전쟁을 할 것이 아니라면 일본도만큼 길 필요는 없다. 내게 필요한 것은 눈에 띄지 않게 휴대할 수 있으면서도 목숨을 끊을 수 있을 정도의 충분한 길이를 가진 나이프다.

내 오리지널 취미는 나이프 수집이다. 나이프라는 아이템이 의외로 고가이기 때문에 수집이라고 해 봐야 일곱 개 모았던 것이 전부다. 그나마 가세가 기울어 대부분은 팔아서 현금화했고 지금 남은 건 두 개뿐이다. 그렇다. 이 두 개의 나이프 중 하나를 이번 컨설팅에 사용할 생각이다.

도검 소지 허가를 받지 않아도 되는 짧은 길이의 나이프로 인간을 단번에 죽일 수 있는 방법은 딱 한 가지다. 몸통과 머리를 분리시키는 것이다.

갈비뼈를 피해서 심장을 뚫는 숙련된 기술이 필요한 것도 아니고, 좌측 쇄골 밑의 대동맥을 끊는 정확성이 필요한 것도 아니다. 혐오스럽기는 하지만 특별한 기술 없이도 할 수 있는 효과적인 방법이다. 신근용 씨를 컨설팅할 방법이다. 처음으로 쓰는 과격한 방법인 것이다. 맘에 들진 않지만 초보인 내가 선택할 수 있는 방법은 그리 많은 편이 아니다.

인트라넷을 통해 신근용 씨의 1주일간 스케줄이 전송되어 왔다. 원하던 정보다. 그 정도 대기업 회장이면 대부분 타 업체에서 머리 숙이고 들어와 미팅을 하는 게 대부분이다. 그런데 근용 씨는 5일 중에 3일을 외부에서 미팅을 하게 되어 있었다. 회사에서 제공한 파일 내용 중에 계열사 M&A와 관련된 빅딜을 준비하고 있다는 내용이 떠올랐다.

세 번의 외부 미팅 중 두 번은 오찬 미팅이지만 마지막은 금요일 저녁 미팅이었다. 사원들은 외부 미팅이 있으면 대부분 금요일 오후에 약속을 잡고 미팅이 끝나면 곧바로 퇴근한다.

내가 자주하던 짓이기도 하다. 하지만 대기업 회장님은 스케줄을 이렇게 잡을 필요가 없다. 왜냐면 회장은 언제 어디서 무엇을 하든 움직이는 것 자체가 업무이기 때문이다. 그가 골프를 하러 가면 출장이고, 아침에 사우나를 가면 조찬 미팅이다. 그가 점심 먹으러 나가면 오찬 미팅이며 해외여행을 떠나면 국제 컨퍼런스 참가다. 굳이 미팅 시간을 저렇게 잡지 않아도 되는 것이다. 금요일 미팅 시간에 대해서는 분석적으로 생각할 필요가 있다. 그 미팅 시간이 신근용 씨의 컨설팅 시간이 될 가능성이 높기 때문이다.

항공 예매 기록을 보고서야 신근용 씨가 왜 금요일 저녁으로 미팅을 잡았는지 알 수 있었다. 그는 미팅이 끝나는 대로 부산으로 날아갈 예정이었던 것이다. 주말 일정을 보니 간단하게 '부산 업체 미팅'이라고 표기되어 있었다. 업체 이름도 없이 그냥 미팅이란다. 농땡이 생활 7년 경력이면 이 정도 연막은 가볍게 꿰뚫어 볼 수 있다. 대기업 회장님이 부산에 있는 업체에 방문할 만한 사유가 무엇인가? 혹시 부산에 있는 업체의 공장 시설 방문? 그런 시설 방문은 수행원이 붙어야만 가능하다. 하지만 항공 예매 기록은 회장님 한 분만 되어 있다.

문득 파일에 들어 있던 사진 한 장이 떠올랐다. 파일을 뒤져 신근용 씨가 멋지게 골프를 하고 있는 사진을 꺼내 들었다. 내가 기존에 가지고 있던 배경 지식들을 버리고 교과서를 정독하듯 사진을 들여다보니 전에 보지 못했던 것이 눈에 들어왔다. 캐디라고 생각했던 여인이 사실은 플레이어라는 점이었다.

그녀의 자세와 사진 상의 각도 때문에 복장이 모호하게 보였지만, 사진 한쪽 끝에 캐디의 것으로 보이는 다리가 골프백과 함께 찍힌 것을 보아 그녀는 회장님과 플레이 중이라는 것을 알 수 있었다. 신근용 씨의 주말 스케줄을 복잡하게 생각할 필요가 없다는 것을 깨달았다. 신근용 씨는 그저 자유로운 주말 시간을 가지고 싶었을 뿐이다. 생각보다 일이 쉽게 풀릴 것 같은 예감이 들었다.

휴대폰을 집어 들었다. 인트라넷을 통해서만 의사소통을 하기로 되어 있긴 했지만 먼저 어긴 것은 회사 쪽이다. 법이 아닌 바에야 나만 규칙을 지켜야 할 이유가 약해진 것이다. 여전히 상냥한 그녀가 전화를 받았다.

"작가라고 합니다. 파일 속 사진에 있는 인물 정보가 필요합니다."

— 잠시만요.

그녀의 마우스가 클릭거리는 소리가 들렸다.

— 사진이 총 다섯 장인데 어떤 사진을 말씀하시는 거죠?

"골프 사진에 있는 여자 정보가 필요합니다."

비서는 사진을 살펴보는지 한동안 말이 없었다. 키보드 두드리는 소리가 들린 후 대답 소리가 들렸다.

— 데이터가 있네요. 전송하죠.

인트라넷에는 또 다른 사진과 함께 그녀에 대한 정보가 들어왔다. 그녀의 이름은 김희숙. M&A 브로커 겸 로비스트. 나이는 38세인데도 사진 속의 얼굴은 30대 초반의 모습을 유지하고 있었다. 세련된 얼굴이 젊었을 때 남자들깨나 홀렸을 스타일이다. 얼추 그녀의 포지션을 짐작할 수 있었다.

우리 신근용 씨는 김희숙 씨에게 작업당한 것이다.(물론 내가 하는 작업과는 다른 의미다.) 아마도 M&A 상대 기업에서 고용한 여자일 것이다. 산전수전 다 겪은 신근용 씨라도 남자라는 태생적 약점까지 가릴 수는 없었을 것이다. 알아낸 사실을 군이 나열해 보면 그림이 나온다. 내가 군이 지적하지 않아도 자주 사용되는 드라마 소재라는 것을 알 수 있다. 누군가 했던 말이 떠오른다.

'현실보다 더 드라마틱한 드라마는 없다.'

은밀한 만남을 위해서는 수행원이 있어서는 안 되고, 보디가드도 있어서는 안 된다. 진한 선글라스와 모자, 멋진 승용차만 있으면 되는 것이다. 신근용 씨의 로맨틱한 만남 덕분에 내 스케줄도 비교적 쉽게 결정되었다.

기차 여행은 나이가 든 지금도 약간의 설렘을 느끼게 한다. 승무원의 사무적인 미소와 시속 3백 킬로미터를 넘나드는 속도가 옛날과는 다르긴 하지만 말이다. 하지만 목적지가 다가오면 다가올수록 점점 아쉬움이 커지는 동시에 목적지에서의 일을 생각하는 비중도 커진다. 특히 큰일을 앞둔 나 같은 경우는 더욱 그렇다.

부산 방문은 이번이 세 번째다.

결혼 전 가족과 왔을 때는 2박 3일 동안 콘도와 해변을 왔다 갔다 했기에 기억나는 것이 거의 없다. 용두산 공원 광장에 우중충하게 모여서 정신없이 뭔가를 먹고 있던 비둘기들의 모습이 내 기억의 전부다. 일 때문에 왔을 때도 회사의 따뜻한 배려 덕분에 오전에 도착했다가 세 시간 만에 다시 서울로 돌아갔다. 결국 부산을 제대로 본 적이 한 번도 없는 것이다.

택시 기사님의 배려 덕분에 파라다이스 호텔로 가는 동안 바다를 볼 수 있었다. 일만 아니었다면 마누라와 함께였을 텐데.

사실 이곳으로 출발할 때도 마누라에게 눈치를 무지하게 먹었다. 공식적으로는 아직 실업 상태이기 때문에 마누라의 눈에는 팔자 좋은 여행으로 보였기 때문이다. 내가 다이스컨설팅에 컨설턴트로 취직했다는 사실을 아직 얘기하지 못한 것은 금세 때려치우게 될지도 모른다는 생각 때문이었다. 하지만 이번 일만 무사히 끝내면 얘기할 생각이다. 물론 사실대로 얘기할 생각은 눈곱만큼도 없다.

"마누라, 나 보수 좋은 회사에 취직했어."

"어딘데?"

"다이스컨설팅이라고 살인청부 회사야."

"술 처마셨냐?"

"말조심해! 나는 프로 킬러라고!"

"미친놈."

말해 봐야 좋은 소리 듣긴 힘들 테니까.

생각해 보니 마누라와 단둘이 여행을 간 기억이 없다. 마누라나 나나 먹고사는 데 바빠서 신혼여행 이후로는 제대로 된 여행을 한 번도 간 적이 없다. 시간이 되면 돈이 안 되고, 돈이 되면 시간이 안 되고. 인생이 톱니바퀴처럼 제대로 돌아간 적이 내 기억엔 한 번도 없었던 것 같다. 이번 일만 마치면 둘이 일본이나 놀러 갈까? 통장에 돈도 많은데.

파라다이스 호텔은 룸 안에서 바다 전경을 볼 수 있는 호텔이다. 대기업 회장님이신 신근용 씨가 묵기에 적합한 호텔인 것이다. 제일 비싼 룸은 하루에 6백만 원이나 한다. 살아 보진 않았지만 조선 시대가 그립다.

"지나가는 나그네이오만, 하룻밤만 묵어가게 해 주시오."

뻔뻔한 말 한마디로 숙식을 해결하던 시절 말이다.

부산에서의 3일은 내 집에서의 3일과 다를 게 없었다.

컨설팅 준비도 준비였지만, 솔직히 조금은 관광도 겸해서 미리 내려온 것이다. 그런데 큰일을 앞두고 있어서 그런지 눈에 제대로 들어오는 것이 없었다.

관광지는 순수한 관광객의 눈으로만 보아야 하는데 어느새 CCTV 위치와 작업하기 좋은 장소, 퇴로를 파악하고 있다는 것을 깨닫고는 그날로 관광을 그만두었다. 덕분에 그 이후로는 컨설팅 준비에만 몰두할 수 있었다.

신근용 씨는 홀로 파라다이스 호텔에 체크인했다. 시간 간격이 조금 있긴 했지만 예상대로 신근용 씨의 다목적 파트너인

김희숙 씨가 체크인했다. 사진보다 훨씬 젊어 보이는 얼굴이다. 엘리베이터에 올라타는 그녀에게 하마터면 알은척을 할 뻔했다. 지나치게 사진을 많이 보다 보니 마치 오랫동안 알고 지냈던 사이처럼 느껴졌다.

두 사람은 다른 사람들의 시선을 의식하여 따로 입실했지만 정황상 확실히 여러 방면에서 파트너십을 맺고 있는 게 확실하다. 회사에선 비즈니스 파트너, 골프장에선 게임 파트너 그리고 호텔에선 호텔에 걸맞은 역할의 파트너.

난 곧장 내 방으로 들어와 침대에 걸터앉아 창밖을 바라보았다. 바다 전경이 보이는 방을 얻기 위해 2만 원을 더 지출했지만 돈이 아깝지는 않았다. 처음엔 신근용 씨와의 연결 고리를 조금이라도 없애기 위해 가까운 모텔에 숙소를 정하려고 했다. 하지만 그를 호텔 건물 안에서 작업할 것도 아니고, 또한 호텔에 출입하는 수많은 유동 인구를 고려해 보면 그렇게까지 할 필요는 없을 거라는 판단에 같은 호텔에 투숙하게 된 것이다.

창밖의 풍경을 보며 스케줄을 정리했다. 신근용 씨 커플은 아침부터 '아시아드 CC'에 예약이 되어 있다. 피곤한 몸을 이끌고 아침부터 골프를 하겠다는 거다. 그들에게 한정적으로 주어진 자유 시간을 최대한 알차게 보내겠다는 의지인 것이다. 비록 부적절한 관계이긴 하지만 두 사람이 서로를 진지하게 생각하고 있을지도 모른다는 생각이 언뜻 스쳤다.

이런 남녀 관계는 쉽게 시시비비를 가릴 수가 없다. 일부일처제라는 법적, 사회적 규칙을 기준으로 보면 옳고 그른 것을 가려낼 수 있겠지만, 남녀 관계라는 완전히 열린 시각으로 본다면 반드시 나쁜 사람들이라고만 매도할 수도 없는 것이다.

이 관점에서만 본다면 신근용 씨의 행동은 한 사람에게 씻을 수 없는 상처를 남기는 배신행위인 동시에 다른 한쪽에게는 사회 제도를 거스르면서까지 진정한 사랑을 추구하는 몸부림일 수도 있기 때문이다.

난 그들의 즐거운 시간을 내일 저녁까지는 보장해 줄 생각이다. 물론, 신근용 씨가 마지막 인생을 마음껏 즐길 수 있도록 배려해 주는 것은 아니다. 단지 내일 저녁을 컨설팅 시간으로 정했기 때문이다. 신근용 씨를 위해 며칠의 시간을 보냈지만 실제 컨설팅에 소요되는 시간은 10초 미만일 것이다. 사람에서 사물로 바뀌는 데 겨우 10초밖에 안 걸리는 것이다.

신근용 씨 커플이 탄 벤츠가 시내 중심가를 향해 출발하는 것을 확인했다. 그 사실 하나 확인하려고 그들이 골프를 치고 돌아온 이후부터 지금까지 계속 로비에 죽치고 있었다. 아마도 고급 한정식집에서 근사한 저녁을 할 생각이겠지. 저녁을 먹기엔 이른 시간이지만 난 이해한다. 그들의 시간은 쪼개 써도 모자랄 테니까.

장시간 앉아 있던 관계로 잘 펴지지도 않는 다리를 끌고 일어나 내 방으로 향하며 계획을 다시 정리했다. 내가 본래 치밀한 성격이 아니라 이번 계획 역시 나의 예측이 반영되어 있다. 사장이나 '동네 형의 친구'가 들으면 또 한바탕 난리를 칠 것이 뻔하다. 도대체 인생에 계획이 없다는 둥, 그렇게 즉흥적으로 살다가는 단명할 것이라는 둥. 하지만 내 생각은 다르다. 남의 옷을 입으면 왠지 불편하듯 일 처리 방식도 정도正道는 없다는 것이 내 생각이다.

부산 시내의 한 노점에서 산 추리닝 재킷과 청바지를 입고, 역시 새로 산 운동화를 신었다. 생각 같아서는 우비라도 뒤집어 쓰고 나가고 싶었지만 튀지 않는 야구 모자로 대신하고 장비를 챙겼다. 장비라고 해 봐야 나이프 한 자루와 수건 한 장 그리고 피부색과 비슷한 설거지용 싸구려 고무장갑이 전부다. 나이프를 챙기기 전에 허공에 그어 보았다. 이것을 막상 쓴다고 생각하니 심장이 두근거리기 시작했다. 갑자기 다 때려치우고 싶은 생각이 스멀거리며 뇌로 스며들었지만 애써 머리를 휘저어 쫓아 버렸다. 이제 와서 망설여 봐야 후회만 더 커질 뿐이다.

사고는 항상 망설일 때 생긴다. 이 일에 있어서 사고는 곧 인생 끝을 의미한다. 죽거나 죽을 때까지 감방에서 썩거나. 돈 벌자고 시작한 일을 사사로운 망설임 때문에 망칠 수는 없는 것이다. 나이프를 단호하게 주머니에 넣었다. 어차피 경험해야 할 일이라면 빨리 체험하는 편이 좋다는 생각을 계속 반복했다.

로비로 내려가 CCTV에 최대한 노출되지 않도록 하며 공중전화에 다가섰다. 이 전화가 실제 컨설팅의 시작인 것이다. 정재만 씨에게 담뱃불을 빌릴 때는 이렇게 떨리지 않았는데 지금은 왜 이런지 모르겠다. 버튼을 제대로 누를 수 있을지 걱정될 정도다. 들었던 수화기를 내려놓고 잠시 심호흡을 했다. 이런 떨림은 예전에 회사 중역들 앞에서 했던 사업 계획 프레젠테이션 이후로 처음인 듯했다.

정상적인 회사를 다닐 때, 난 꽤나 프레젠테이션을 잘한다는 소리를 많이 들었다. 그런 말을 들을 수 있었던 것은 특이한 내 성격도 한몫했다. 발표를 하기 직전까지는 심장이 터질 듯이 쿵쾅거리지만 막상 발표가 시작되면 시간이 지날수록 차분해지는 것이다. 나의 이런 기질에 기대를 하며 다시 한 번 수화기를 들었다.

— 예.

카리스마가 배어 있는 중후한 목소리가 들렸다. 예전 회사서 전화 예절 교육을 받은 솜씨를 발휘해 한 톤 높은 목소리로 말했다.

"안녕하십니까, 신 회장님. 부산 지역신문 기자입니다."

컨설팅을 위한 나의 최초의 연극이다. 렌터카 회사 직원 행세를 해서 차를 핑계로 불러낼 계획도 있었고, 단순히 미행을 하다가 순간 포착으로 작업을 할까도 생각했지만, 역시 내 성격에 맞게 일을 진행하는 것이 가장 확실하다는 결론을 내렸다. 그래서 타락한 신문기자 역할을 선택한 것이다.

"제가 오늘 파라다이스 호텔에 왔다가 묘한 광경을 목격해서요. 같이 계셨던 여자분이 사모님은 아닌 것 같던데요. 그렇죠?"

신근용 씨는 잠시 말이 없었다. 아마도 오만 가지 생각이 다 들겠지. 그룹을 경영하는 신근용 씨의 배포라면 이따위 협박에 눈 하나 깜짝하지 않을 수도 있다. 하지만 그런 배포는 상대방 수준과 타이밍에 따라 상당히 다르게 작용한다. 이 부분은 배포 큰 양반이라도 예측할 수가 없는 부분이기에 신근용 씨의 선택은 둘 중에 하나일 수밖에 없다. 바로 호통을 치고 전화를 끊어 버리든가, 아니면 일단 얘기를 들어 보든가.

— 무슨 말씀을 하시는지 모르겠소만, 내 전화번호는 어떻게 안 거요?

"전화번호를 알아낸 경위가 중요한 문제인가요? 제 생각에는 다른 문제가 더 중요한 것 같은데요."

나도 그 말만 하고 입을 다물었다. 잠시 동안의 기 싸움이 필요한 것이다. 신근용 씨는 아직 판단을 할 수 없을 것이다. 이놈이 아무에게나 전화를 해서 낚싯바늘을 날리는 것인지, 아니면 진짜로 뭔가를 가지고 이런 말을 하는 것인지 말이다. 침묵을 끊은 것은 내가 먼저였다.

"회장님, 쉽게 풀 수 있는 문제를 어렵게 만들지 마시죠."

신근용 씨가 일단 내 얘기를 듣게 만드는 것이 중요했다. 그러기 위해서는 신근용 씨가 나를 얕잡아 볼 수 있도록 최대한 깝죽대는 양아치로 보이는 쪽이 좋다. 똑똑한 척은 있는 대로 다 하지만 실상은 다루기 쉬운 그런 인물 말이다.

— 잠시만 기다리시오.

성공. 아마도 자리를 옮기는 것이겠지. 지금 우리가 나누는 대화를 김희숙 씨가 모를수록 내게도 좋다. 수학에서도 마찬가지지만 변수는 항상 적을수록 좋기 때문이다.

— 들을 준비 되었소.

꽤 멋진 한마디라고 생각했다. 그 말 한마디에 모든 것이 함축되어 있었다. 신근용 씨의 경험상 이렇게 노골적인 양아치일수록 다루기 쉽다는 점을 잘 알고 있을 것이다. 권력자인 그는, 일단 코앞의 위기를 피하고, 나중에 신변 정리를 한 후, 손봐 줘야겠다는 생각을 할 것이다. 노련한 사람들만이 할 수 있는 여유로운 대처법이다. 내가 할 수 있는 일은 그저 상대방의 장단에 맞춰 주는 것이다.

"일단은 만나서 얘기하실까요?"

— 내가 움직일 만한 근거가 있어야 할 것 같소만.

난 그들을 봤던 모습을 떠올리며 마치 사진을 보고 말하는 것처럼 전했다.

"회장님은 줄무늬 셔츠보다는 밝은색 니트가 어울릴 것 같습니다. 여자분이 입고 있는 것 같은 블루 계열 말이죠. 골프하고 오셨나 보죠? 미즈노 골프백이 제법 어울리네요. 여자분 옷 색깔하고 맞춘 겁니까?"

한동안 말이 없던 신근용 씨는 곧 무거운 목소리로 대답했다.

— 어디서 기다리겠소?

"호텔 뒤 면세점 앞에서 보시죠. 길가에 차 대고 기다리시면 제가 찾아가겠습니다. 차에서 조용히 얘기하는 편이 서로 좋지 않겠습니까?"

— 좋소. 그럼 한 시간 뒤에 봅시다.

"그렇게 시간이 많이 걸릴 필요는 없을 것 같은데요."

— 나도 준비할 시간이 필요하지 않겠소?

전화 한 통으로 세상을 바꿀 만한 권력자들에게는 시간을 많이 주어서는 안 된다.

"그런 것들을 만나서 상의하자는 겁니다. 10분 뒤에 뵙죠."

전화를 끊고 호텔 밖으로 나서니 밤공기가 제법 차갑게 느껴졌다. 바닷가라는 것을 새삼 느끼게 해 주는, 습기가 배어 있는 서늘함이었다. 바람을 맞으며 면세점 근처로 가니 약속을 기다리는 사람들이 눈에 많이 띄었다. 이 사람들 중에 나 같은 위험한 약속을 한 사람도 있을지 궁금했다. 난 그들 사이에 자연스럽게 섞여 신근용 씨의 차가 오기를 기다렸다. 반가운 약속을 기다리듯 얼굴에 미소를 머금고 말이다.

신근용 씨도 꽤 서둘렀는지 시간에 맞춰 도착했다. 눈에 익은 벤츠가 길가에 멈춰 서자마자 난 운전석 뒷자리에 올라탔다.

"휴대폰 주시고, 면세점 한 바퀴 도시죠."

그는 룸미러를 통해 내 얼굴을 힐끗 한 번 봤을 뿐, 시키는 대로 휴대폰을 건네주고는 차를 천천히 출발시켰다. 휴대폰에는 내가 건 공중전화 번호가 마지막으로 찍혀 있었다. 내 통화 기록을 지우고 준비해 간 수건으로 휴대폰을 닦아 그에게 내밀었다. 휴대폰을 받아 든 회장이 입을 열었다.

"생각보다 치밀한 양반이군."

난 미소만 지어 보였을 뿐 대답하지 않았다. 지금 내 관심사는 신근용 씨와의 대화가 아니었다. 운전하는 그의 뒷모습을 보고는 튀어나온 배에 비해 꽤나 가는 목을 가지고 있다는 생각이 들었다. 그의 가는 목이 처리 방법을 바꾸게 했다. 아무래도 직접 피를 보는 건 여전히 꺼려지는 일이었으니까.

"밤새도록 운전만 시킬 생각이오?"

"저쪽에 보이는 승용차 뒤에 세우시죠."

신근용 씨가 차를 세울 때까지 숨을 죽이며 조심스럽게 고무장갑을 끼었다. 처음 해 보는 방식이기에 과연 제대로 될 것인지 걱정이 됐지만 이걸로 피를 보지 않을 수 있다면 그만한 가치가 있다고 생각했다. 신근용 씨가 정차하기를 기다려 그에게 말했다.

"얘기하기 편하게 시트를 뒤로 눕히시죠."

"뭐요? 지금 농담하는 거요?"

"농담처럼 들리십니까?"

신근용 씨는 룸미러를 통해 내 표정을 빤히 바라보았지만 장난기를 어디에서도 발견할 수 없을 것이다. 난 지금 팽팽하게 긴장되어 있는 상태니까.

그는 어이없다는 듯 고개를 가로젓고는 시키는 대로 시트를 뉘었다. 좋은 차는 이런 것도 스위치 하나면 된다. 윙 하는 소리와 함께 등받이가 천천히 뒤로 넘어왔다. 난 자리를 가운데로 옮기고는 공간이 확보되자마자 뒤에서 왼팔로 그의 목을 감싸고 오른손으로 목을 비틀어 꺾었다.

사람의 목을 인위적으로 부러뜨린다는 것은 영화에서처럼 쉬운 일이 아니다. 전에도 언급했듯이 인체는 우리가 생각하는 것보다 강하기 때문이다. 비록 이론뿐이긴 하지만 난 사람 목을 꺾는 기술을 알고 있었다. 목을 꺾는 것은 지렛대의 원리와 같다. 목을 감싼 왼팔로 단단한 지지대를 만들고 그 지지대에 의지해 오른손으로 머리를 뽑아 꺾는 것이다. 소름 끼치는 비유이기는 하지만 병따개로 병뚜껑을 따는 원리를 생각하면 간단하다.

이론과 실전은 큰 차이가 있는 것이 사실이지만, 운 좋게도 아무 문제 없이 실행을 할 수 있었다. 운이 없어 이론대로 되지 않았다면 숨이 막힌 그는 빠져나오기 위해 격렬하게 발버둥을 쳤을 것이다. 바로 그런 상황이 내가 가장 우려했던 상황이기도 하다. 다행히도 신근용 씨는 순식간에 끝났다. 나의 잔뜩 긴장한 근육들이 그의 목을 지나치게 비틀었기 때문에 가능했던 것이다.

축 늘어진 그를 젖혀진 등받이에 눕히고 차에서 내렸다. 약속을 기다리거나 어딘가로 바쁘게 걸어가는 사람들 속에 자연스럽게 스며들었다. 면세점 앞 인도 옆에 정차하고 있는 벤츠 주위를 수많은 행인들이 스쳐 지나갔다. 시체가 들어 있다는 걸 알면 난리가 날 테지.

목을 꺾는 것으로는 첫 경험이자 성공한 것으로는 두 번째인 이번 컨설팅을 평가하며 호텔로 향했다.

사람들의 무관심과 산만한 거리, 어두운 밤 그리고 벤츠의 진한 선팅의 합작품이다. 나를 양아치 기자로 알았던 신근용 회장님은 내게 얼마를 줄 생각이었을까? 쓸데없는 생각이 하나둘 들기 시작했다. 내일은 지금 입고 있던 옷과 신발을 도착 첫

날에 봐 뒀던 주택가의 의류 수거함에 쑤셔 넣고 관광다운 관광을 해 볼 생각이다. 신근용 씨가 죽은 다음 날 곧바로 체크아웃을 하면 의심을 받을 수 있으니까 말이다. 지금, 왠지 마누라와의 맥주 생각이 간절하다.

#작업의 룰
The Rule

사장의 호출로 회사에 갔다. 사장은 예의 그 누운 것 같은 특이한 자세로 앉아 나를 맞이했다. 그의 책상엔 여섯 종류는 넘어 보이는 신문이 놓여 있었고, 소파 뒤쪽에 놓여 있는 LCD TV는 뉴스를 실시간으로 방송하고 있었다. 사장은 TV를 끄고는 소파 쪽으로 자리를 옮기며 말했다.

"앉지."

사장은 웬만하면 일어서지 않았으면 하는 소망이 있다. 그 큰 키에 깡마른 몸이 서서 나를 내려 보고 있노라면 외계인을 상대하고 있는 것 같은 더러운 기분이 되기 때문이다. 난 내가 모르는 미지의 것에는 호의적인 성격이 아니다. 사장이 급작스럽게 하품이라도 하는 날엔 깜짝 놀라 반사적으로 그의 입에 주먹을 날릴지도 모른다. 내게 있어 미지와의 조우는 십중팔구 피바다로 끝맺을 가능성이 높았다.

"신문 봤나?"

인터넷 이후로 종이 신문 본 지 꽤 오래다. 마누라가 2만 원 짜리 백화점 상품권에 눈이 멀어 신문 구독을 시작하기는 했지만, 일찍 일어나는 우리 집 개들이 운동 삼아 신문을 찢어발겨 놓기 때문에 제대로 본 적이 한 번도 없다.

"아뇨."

사장은 거미 팔을 쭉 뻗어 책상에 있던 신문을 내게 건넸다. 인간이라면 불가능한 거리의 신문을 집어 든 것이다. 정말 외계인일지도 모른다는 생각이 들었다. 국정원에서는 외계인 신고도 받아 준다는 소문을 들은 것 같다. 국정원 신고 번호가 111이었던가?

"컨설팅하고 나서 모니터링하지 않나?"

내가 그렇게 부지런했으면 여기 앉아서 외계인이랑 대면할 일도 없었겠지. 그가 건넨 신문을 펼쳐 들었다. 습관이란 아주 무서운 것이다. 종이 신문을 안 본 지가 10년이 넘었는데도 아주 오래전 습관대로 가장 관심 있는 부분부터 신문을 펼쳤다.

"오늘 CSI 하는 날이군요."

빌어먹을. TV 프로그램 일정표가 그곳을 가장 먼저 펼치도록 날 세뇌시킨 게 분명하다.

"여덟 살 먹은 이웃집 꼬마 놈도 제일 앞면부터 본다네."

사장은 신문을 빼앗아 손수 제일 앞면을 펼쳐 내게 내밀었다.

"자네, 스타 되셨어."

스타라. 내가 신문에 등장할 리는 없고, 아마도 신근용 씨 얘기인 모양이다. 신문은 신근용 씨의 죽음에 대해 제법 크게 다루고 있었다. 신근용 씨의 죽음은 그럴 만했다. 대기업 회장님이 불륜 여행지에서 목이 부러져 죽었으니 선정적인 거 좋아하는 언론 입맛에 꼭 맞는 기삿거리가 아닐 수 없는 것이다.

살인범들은 신문 기사에 높은 관심을 보인다. 자신이 저지른 일이 발각되었는지, 수사가 어떻게 진행되고 있는지 등의 정보를 얻기 위한 목적이 가장 크지만, 일부 과시적이고도 자기애가 강한 부류들은 자신의 업적이 세상에 어떻게 보이는지를 가늠하기 위해 신문을 펼치기도 한다. 심지어는 언론의 방향이 자신의 의도와 다르게 흐르면 직접 연락해 방향을 바로잡아 주기도 한다. 기사를 읽다 말고 신문을 내려놓는 나를 보며 늙은이가 물었다.

"소감이 어때?"

난 불안에 떨고 있는 소심한 살인자도 아니고 정신병을 앓고 있는 연쇄살인마는 더더욱 아니다. 그저 시키는 대로 일하는 노동자일 뿐이다. 늙은이, 도대체 내게서 무슨 반응을 기대한 거야?

"글쎄요."

사장은 제스처를 하며 뭔가를 말하려 했지만 결국 그만두었다. 사장의 얼굴은 김샜다는 듯한 표정이었다. 무슨 말을 하려고 한 건지 알 수는 없지만, 적어도 내 컨설팅 방식에 문제가 있었다고 생각하지는 않았다.

"신문에 난 것 때문이라면……."

"신문에 나는 것은 당연해. 그 정도 인물이 살해당했는데 신문에 안 날 리가 있어?"

살해라는 단어에 유난히 힘이 들어갔다. 아, 그 얘기를 하려는 거였소? 무슨 말을 할지 짐작은 했지만 이런 경우엔 먼저 말하는 것보다 그냥 듣는 편이 낫다.

"아주 싼 값에 사람 죽여 주는 놈들이 널리고 널렸는데, 왜 사람들이 굳이 우리 회사에 큰돈을 지불하면서 의뢰하는 줄 아나?"

그러고 보니 이 점에 대해서는 진지하게 생각해 본 적이 없다. 실업에 시달리다 보니 솔직히 돈 말고는 관심 가는 것이 없었으니까 말이다. 하지만 지금은 상황이 약간 다르다. 일반 회사 1년 치 연봉이 내 통장에 들어 있는 관계로 심적 여유가 생겼으니까. 난 어릴 때부터 선생님의 질문에는 맞든 틀리든 언제나 적극적으로 대답했다. 그런 나의 모습을 어떤 애들은 잘난 척으로 보며 싫어했지만 말이다. 지금 이곳엔 날 싫어할 만한 다른 아이들도 없다. 대답을 하지 않을 이유는 없었다.

"신뢰 때문이라고 생각합니다."

사장은 고개를 끄덕이며 말했다.

"그래, 신뢰지. 의뢰인 정보 보안에 대한 신뢰, 확실한 작업에 대한 신뢰, 사건이 영원히 밝혀지지 않을 것이라는 신뢰. 그 모든 것을 기대하기 때문에 비싼 돈을 주고 일을 맡기는 거지."

업종을 막론하고 회사에 있어 고객과의 신뢰는 절대적이다.

신뢰가 없으면 회사는 이익을 낼 수가 없다. 지금의 경영 환경은 고객의 돈이 아니라 신뢰를 먹어야만 살 수 있다.

"신문에 나는 건 문제 되지 않아. 상류층 사람들은 방귀만 뀌어도 신문에서 원래 난리를 치는 법이니까. 하지만 꼭 타살이라고 대문짝만 하게 나와야만 했을까? 내가 말하고 싶은 게 바로 그 점이네."

염병. 작업의 방식까지도 사장의 간섭을 받는 것이 옳은지 언뜻 판단이 서지 않았다. 내가 신입이라서 그런 것일까? 아니면 다른 베테랑 직원들도 사장의 간섭을 받으며 일을 하는 것일까?

"다른 직원들도 이렇게 조언을 들으면서 일합니까?"

내 말속에 들어 있는 가시를 사장이 알아채지 못했을 리 없다. 하지만 그는 맞받아치지 않고 노련하게 말의 방향을 살짝 돌렸다.

"자네에게 이 일을 맡긴 이유는 알고 있을 거야. 하지만 얘기하지 않은 한 가지 이유가 더 있지."

이봐, 늙은이. 난 보기보다 여리다고. 또 상처 줄 생각이라면 그만하라고.

"처음 발을 들여놓는 친구들은 열이면 열, 전부 칼부터 사지. 청부살인이라는 걸 칼로 그냥 찌르면 되는 걸로 단순하게 생각하거든. 물론 그것도 나쁜 생각은 아니지. 그런 놈들 중에는 타고난 놈도 있었으니까."

늙은이는 잠시 회상하는 표정으로 말을 이었다.

"기천이 그놈은 정말 귀신이었지. 손에 칼만 쥐여 줬다 하면 완전히 괴물이 되었거든. 이젠 은퇴해서 볼거리가 하나 없어졌지만 말이야."

냉혈 인간 늙은이조차 그리워할 정도면 '기천'이라는 인물이 한실력 하는 모양이다. 내가 그에 대해서 물어보기도 전에 늙은이는 예의 그 차가운 표정으로 다시 입을 열었다.

"어쨌든, 자네는 다른 놈들하고는 달리 첫 작업을 무척이나 인상 깊게 처리했거든. 칼도 없이 말이야."

사고사로 위장한 일을 말하는 것이다. 처음부터 피 보고 싶은 생각도 없었지만 한번 해 보고 그만두고 싶을지도 모른다는 생각에 그렇게 한 것이다. 법의학 서적과 창의성의 합작품이었다.

"이쪽 업자에게도 레벨이 있지. 가장 뛰어난 업자들이 어떤 사람들인지 아나?"

"안 잡히는 사람들이겠죠."

사장은 자신이 마치 교수나 되는 것처럼 책상에 걸터앉으며 말을 이었다.

"맞아. 애초에 현장에 있지도 않은 것 같은 작자들이지. 그래서 실력자들 중에는 사고사로 위장하는 경우가 꽤 되지."

"뛰어난 사람들일수록 사고사로 처리를 한다는 말씀입니까?"

"그렇지는 않아. 내가 아는 한 최고 실력자로 생각하는 사람은 나이프를 고집했거든. 나이프 하나로 그렇게 휘젓고 다니는데도 잡히지를 않더군. 미제 사건이 되든가, 다른 누군가 누명을 썼지. 그런 사람도 세 건의 컨설팅에서만큼은 사고사로 위장했지."

늙은이가 말하는 사람이 실제 인물인지 아니면 훈계를 하기 위해 만들어 낸 허구의 인물인지는 알 수 없었지만, 중요한 건 내가 그의 말을 경청하고 있다는 사실이다. 하지만 결국 그가 내게 무슨 말을 할지는 어렵지 않게 짐작할 수 있었다.

"국회의원, 영화 제작자, 연예인. 그 사람들만큼은 사고사로 위장해서 처리했어. 왜 그랬을까?"

내 좋지 않은 성격 중에 하나가 바로 이런 경우에 드러난다. 나 스스로 실수를 했거나 잘못했다는 것을 알면서도 누군가 드러내 놓고 충고하면 기분이 상당히 불쾌해진다. 지금은 이 빌어먹을 늙은이가 내 기분을 긁고 있다.

"현장 여건에 따라 움직여야 하는 거잖습니까? 그땐 그럴 수밖에 없었습니다."

"물론 그랬겠지. 그걸 탓하는 건 아니야. 맨손으로 해결한 것만으로도 다행으로 생각하니까. 혹시나 칼로 목이라도 그어 났다면 그 파장이 지금처럼 조용히 지나가진 않았을 테니까 말이야."

"아, 물론이죠. 칼을 쓸 생각은 애초부터 없었습니다."

부끄러운 내 나이프는 영원히 관상용으로 남게 생겼다.

"앞으로는 좀 더 신중하게 해 주게. 특히 알려진 사람일 경우엔 조금 더 신경 써 주라고. VIP는 죽어서도 VIP니까."

"네, 알겠습니다."

사장은 자신의 책상 의자로 돌아가 앉으며 말했다.

"이번 건 모니터링은 회사에서 해 주지. 이런 경우는 없지만 자네는 예외로 해 주겠네. 내 눈에 잘 보였다고 생각하라고."

난 늙은이에게 잘 보이고 싶은 생각은 없지만, 그렇게 봐 준다니 땡큐다. 모니터링. 사실 난 여기까지는 생각하지 않았다. 증거 남기지 않도록 조심해서 죽이면 잡힐 리가 없다는 생각도 있었지만 정 위협을 느끼면 숨어 버리면 된다고 생각했다. 그런데 그게 아니다. 대한민국 수사력은 세계적인 수준이기 때문에 이렇게 체계적으로 관리하지 않으면 안 되는 것이다. 개인이 하기에는 여간 벅찬 일이 아닐 수 없다. 그런 번거로운 일을 대신 해 주겠다니 감사할 따름이다.

"혹시 계약 사항 중에 모니터링에 대한 옵션도 있습니까?"

뜬금없는 질문이었지만 사장은 아무렇지도 않게 대답했다.

"5퍼센트만 더 내놓으면 아주 체계적으로 관리해 주지."

"비싸네요."

"검경 내부 인력까지 동원하는 업무치고는 적은 금액이지. 하지만 걱정 말라고. 이번 건은 무료로 해 줄 테니까."

늙은이는 예의 그 누운 자세로 한동안 나를 바라보았다. 팔걸이를 손톱으로 연속 두드리는 폼이 뭔가 내적 갈등을 겪고 있는 것처럼 보였다. 이를테면 야참을 먹을까 말까 하는 그런 갈등.

"하실 말씀 있으면 하시죠."

늙은이랑 말없이 마주 보고 있다간 1분 만에 화병으로 쓰러질지도 몰랐다. 늙은이는 팔걸이를 두드리던 손가락을 탁 멈추고는 자리에서 벌떡 일어나 책상 안쪽으로 돌아가 의자에 앉았다.

"어려운 일을 했으니 상을 주지."

'참 잘했어요' 도장이 찍힌 적립 쿠폰을 내밀면 맹세코 죽이 겠다고 결심했다. 늙은이는 얇은 파일을 책상 위에 올려놓고는 양손을 깍지 끼며 말했다.

"연초에 올해 운세 봤나? 혹시 운이 좋다고 나오지 않았나?"

아, 운이 좋아서 이런 쓰레기 살인청부업자나 하고 있군요. 늙은이가 미친 게 분명하다. 늙은이는 파일을 내게 건넸다.

"이게 뭡니까?"

"당신이 갖고 싶어 하던 거."

아무리 봐도 12기통 SUV 차량은 아닌데, 뭘 보고 내가 갖고 싶어 하던 거라 확신하는 걸까? 늙은이의 시선이 파일을 든 내 손을 따라 움직였다.

"일단은 추가 오더야."

일을 주는 게 싫진 않지만 잠시 휴식을 가질 생각이었다.

"괜찮으시면 휴가를 좀 다녀올까 생각했었거든요."

"안 하겠다는 거야?"

이 늙은이는 항상 이런 식이다. 그래서 내가 싫어하는 거다. 도대체 남의 계획이란 것은 개똥처럼 쉽게 뭉개 버린다. 늙은이의 누운 자세는 책상 의자에서도 된다는 사실을 확인했다. 그는 팔걸이에 팔을 걸치며 말을 이었다.

"정재만이 의뢰했던 친구 찾지 않았었나?"

늙은이를 바라보던 내 시선은 거의 반사적으로 들고 있던 파일로 향했다. 늙은이는 선물을 해 놓고 상대방의 기색을 살피는 양 바라보며 말을 이었다.

"그 친구를 어떤 고객이 의뢰했네. 먹이사슬은 야생에만 있는 게 아니더군. 우연치고는 너무 희한하지?"

사람은 살아가는 한 반드시 누군가에게는 크고 작은 원한을 사게 되어 있고, 누구든지 청부살인을 당할 수 있다. 그럼에도 나 역시 희한하게 느껴진다.

날 유심히 바라보는 늙은이의 시선에 아랑곳하지 않고 소파에 자리 잡고 앉아 파일을 열었다. 보안에 대한 경고 문구만 덩그러니 적혀 있는 표지를 걷어 내니 정재만 씨를 의뢰했던 인물의 사진이 나왔다. A4 사이즈의 절반을 차지하는 앳된 얼굴의 여자.

사진 아래 건조하게 적혀 있는 기본 정보는 내 시선을 사진 속 얼굴에 못 박히게 했다. 도저히 시선을 뗄 수가 없었다.

충격을 받은 내 표정을 고스란히 지켜보던 늙은이가 조용히 입을 열었다.

"이해하네. 나도 좀 놀랐으니까. 하지만 파일이 잘못된 건 없어."

빌어먹을 세상이 도대체 어떻게 돌아가고 있는 건지.

"의뢰인 연령 제한 같은 건 없는 겁니까?"

"한쪽으로만 생각하면 곤란해. 이성을 놓지 말라고. 프로 스포츠에 나이 제한 있는 거 봤나?"

언제부터인지는 모르지만 난 사장을 별로 좋아하지 않는다. 늙은이 주제에 나보다 키가 크다는 사실이 맘에 들지 않은 것일 수도 있고, 그의 외계인같이 기다란 팔다리가 맘에 들지 않는 것일 수도 있다. 하지만 그가 하는 말들은 이상하게도 잘 와닿는다. 그의 말에 대부분 동의를 할 수밖에 없다는 사실도 어쩌면 그를 싫어하는 이유 중에 하나일 수도 있다.

돈이 있으면 실력을 살 수 있는 것이고, 실력이 있으면 돈을 가질 수 있다. 그래서 형성된 시장이 '프로'라는 시장이다. 전문가들의 이력은 다른 배경은 다 필요 없다. 오직 실력과 일에 대한 이력만이 그를 말해 줄 뿐이다. 전문가들의 실력을 사는 사람 또한 실력을 살 만한 돈만 있으면 되는 것이다. 그가 외계인이든 지구인이든, 애든 늙은이든 중요하지 않다. 돈이 얼마나 있느냐가 중요한 것이다.

"안 그래도 이번 건 때문에 의뢰인 연령 제한에 대해 검토하기로 했지. 자, 그 파일은 한번 열면 접을 수 없다는 건 잘 알고 있을 테고. 이제 어떻게 할 건가?"

빌어먹을 늙은이. 내 시선은 다시 사진 속의 인물로 향해 있었다.

정재만 씨 작업을 의뢰한 사람은 열여덟 살의 여자아이다. 열여덟 살. 난 그 나이에 육군사관생도를 꿈꾸었다. 1년 뒤면 수험생이라는 부담감에 아주 살짝 잠을 설치며 살던 나이다. 스키드 로Skid Row의 '18 and Life'를 들으며 한창 LA 메탈에 빠졌던 시기이기도 하다. 그런데 이 여자아이는 살인을 교사했고 또 교사당한 것이다. 열여덟 살짜리 여자아이가 지을 수 있는 죽을죄라는 건 어떤 게 있을까? 감도 오지 않는다. 지금 내가 뭘 하고 있는지조차 모를 정도로 머리가 멍해졌다.

정재만 씨의 의뢰인을 제거하려 했던 것은 온전히 내 정신을 위한 것이었다. 눈 속에 들어간 눈썹처럼 거슬리는 죄책감을 희석하기 위한 것이었다. 그러나 열여덟 살짜리 여자아이는……. 이건 정말 아니지 않은가 말이다.

어딘지 모르게 우울해 보이는 여자아이의 사진에 시선을 둔 채 힘없이 물었다.

"회사에는 원칙 같은 거 없습니까?"

"어떤 원칙?"

"여자나 아이는 죽이지 않는다든지 하는 그런 거요."

사장이 웃었다. 어쩌면 우는 것일 수도 있다. 저 찌그러지는 주름에서 표정을 읽는다는 것은 여간 힘든 일이 아니다. 주름 사이에는 벼룩이 살지도 모른다.

"차 떼고 포 떼고 나면 뭐가 남나? 왜, 핑계라도 대고 싶은 거야?"

저 빌어먹을 늙은이는 남의 속을 지나치게 잘 들여다본다. 늘어진 주름만큼이나 소름 끼치게 말이다. 난 평소에 결정 내리는 데 있어서 다른 외부 요인의 영향은 받지 않는다고 자부해 왔다. 하지만 늙은이는 나의 그런 점마저도 무너뜨렸다.

"원칙이 정 필요하면 회사 방침에 거스르지 않는 범위 내에서 스스로 만들라고."

"원칙은 있습니다. 지키느냐가 중요한 거죠."

늙은이가 또 한 번 웃었다. 저 늙은이가 웃을수록 나는 언짢아지는 이유가 뭘까?

"해 주고 싶었던 말이 그거야. 예외를 인정하기 시작하면 끝이 없는 법이지. 알아듣겠나?"

내 판단이 아니라 왠지 늙은이의 능수능란한 수법에 놀아난 기분이 들었다. 마치 귀신에 홀린 것처럼 말이다. 난 서류 봉투를 흔들며 사장에게 물었다.

"이 애가…… 정재만 씨를 왜 의뢰했었는지 이유도 여기 들어 있습니까?"

"우리 일에 왜라는 게 필요한가? 자네에게도 왜는 필요 없어."

늙은이 말이 맞다. 이유를 알아내면 궁금증은 해결되겠지만 수백 가지의 갈등이 생기는 법이다. 이쪽 업종에서 갈등을 한다는 것은 담배와 같다. 백해무익한 것이다. 나는 늙은이의 방을 나오다 말고 불현듯 물었다.

"도대체 어떤 놈이 애를 의뢰한 겁니까?"

"왜, 또 찾아서 죽이게?"

늙은이는 귀찮다는 듯 몸을 뒤로 뉘며 말을 이었다.

"클라이언트 씨를 말릴 생각이 아니면 적당히 해."

늙은이의 말은 언제나 옳다.

"아 참, 이번 의뢰비는 없어. 본인이 뱉은 말이 생각나면 반박은 못 할 거야."

늙은이 말은 이번에도 옳다. 늙은이가 저대로 능구렁이로 변신해도 난 전혀 놀라지 않을 것이다.

회사에 다닐 때는 카페에 앉아서 책을 보며 커피를 마시는 사람을 부러워하곤 했다. 지금은 카페에 앉아 커피를 마시며, 휴대폰에 매달려 정신없이 통화하는 사람을 부러운 눈으로 바라본다. '나도 바쁜 때가 있었는데' 하는 시선으로 말이다.

그들을 보고 있자니 반복된 살인을 하고 있는 현재의 직업에 대한 생각이 불현듯 떠올랐다. 살인에 따른 정신적 손상을 직접 느끼지 못하고 있다고 해서 무의식 속에서까지 온전하다고 장담할 수는 없다. 아직까지는 잘 견디고 있다. 아직 견딜 만할 때 예방 차원에서 뭔가를 해야 한다는 생각이 들었다. 누적된 손상이 내 정신을 걷잡을 수 없이 망쳐 놓기 전에 말이다.

정재만 씨를 의뢰한 자를 작업하면 내 심적 안정에 도움이 될까 해서 사장에게 요청했던 것인데 막상 파일을 열고 나니 더 심란해졌다.

〈이름-이다희 / 나이-18세 / 직업-학생〉

이다희 양과 정재만 씨의 관계가 더욱 궁금해진다.

금지된 사랑? '조건(원조 교제)' 관계에 기인한 보복? 계약 위반? 사장은 내게 사유 같은 것은 관심 갖지 말라고 당부했고 나 또한 그 말에 동의하지만, 그런 원초적인 호기심을 무시한다는 것은 보통 힘든 일이 아니다. 특히나 조류가 머리를 앞뒤로 흔들고 다니는 이유까지 궁금해하는 나 같은 인간에게는 더욱 그렇다. 어쨌든 이다희 양을 만나는 것이 중요했다. 만나야 물어

보든가 말든가 할 것 아닌가.

이다희 양은 정재만 씨 주거지에서 그리 멀지 않은 곳의 학교에 다닌다. 아직 그녀에 대한 계획 같은 것은 없었지만 실물 확인 차원에서 수업 종료 시간에 맞춰 학교에 갔다.

정규 수업 시간이 끝나면 학생은 크게 두 부류로 나뉜다. 집에 가는 학생과 남는 학생. 집에 가는 학생은 또다시 진짜 집에 가는 학생과 학원에 가는 학생으로 나뉜다. 이다희 양은 어느 부류일까? 제발 나의 노여움을 불러일으킬 수 있는 싸가지 없는 학생이기를 빌어 본다. 사진 상으로는 꽤나 순하고 예쁜 얼굴이지만 실제 성격은 보기와는 다른 경우가 많기에 은근히 기대해 보는 거다. 그 학생이 사슴의 눈망울로 나를 바라보았다간 또 한 번의 갈등을 겪어야 하기 때문이다.

이다희 양은 파일에서 봤던 사진과 똑같은 모습으로 정문 앞에 나타났다. 대부분의 학생들은 삼삼오오 친구들끼리 어울려서 나오는데 이다희 양은 홀로 걸어 나왔다. 좋은 징조다. 가젤(밀림의 초식동물)이든 사람이든 혼자 다니면 공격당할 확률이 높아지는 법이다. 공격자의 입장에서는 그만큼 손쉬운 사냥이 되는 것이다.

서른네 살이나 처먹고 10대 소녀 꽁무니를 몰래 따라가는 기분은 생각보다 유쾌하지 않다. 일부 교복 마니아들은 내 처지를 부러워할 수도 있겠지만, 왠지 똑같은 옷을 입고 다니는 집단을 보면 반사적으로 군대가 떠올라 기분이 별로 좋아지지 않는다. '단체복이 싫은 사람들의 모임'의 단체 티셔츠도 내게는 예외가 아니다.

이런 내 마음을 알 리 없는 이다희 양은 별로 경쾌하다고 할 수 없는 발걸음으로 근처 패스트푸드점으로 향했다. 햄버거나 먹고 나오겠거니 생각했지만 그녀는 우중충한 교복을 벗어 던지고 패스트푸드점 유니폼으로 갈아입은 모습으로 카운터에 나타났다. 아, 심란하다.

내 기대에 부응해 진한 화장에 화려한 미니스커트 차림으로 나타나길 바랐건만, 건전 청년의 대표적인 모습을 하고 눈앞에 나타나 버린 것이다.

어정쩡하게 서 있는 내게, 이다희 양은 밝은 미소를 띠며 물었다.

"어서 오세요, 손님. 주문 도와드리겠습니다."

내가 어떻게 반응했냐고?

"치즈버거 세트 한 개요. 콜라 대신 밀크셰이크로 주시고요."

패스트푸드점에서 음식 주문하는 거 말고 할 게 뭐가 있을까? 조용히 처먹고 집에나 가는 것이 내가 할 수 있는 유일한 일이다.

권선징악이 주제인 영화는 세상이 흑과 백으로 명확히 나뉘어 있다. 이런 영화에 등장하는 악당은 더 이상 악랄할 순 없다는 듯 주저 없이 악행을 저지른다. 살인 교사를 한 이다희 양이 이런 영화에 등장했다면 패스트푸드점에서 아르바이트를 하는 황당한 장면 같은 것은 있을 리도 없고, 난 갈등할 필요도 없이 내 할 일을 하면 되는 것이다.

아쉽게도 세상은 흑백이 아닌 2백만 가지나 되는 총천연색으로 이루어져 있다. 폭탄으로 백 명을 폭사시키고 돌아오는 길에 유니세프에 쌀을 기부할 수도 있는 세상인 것이다. 이런 저런 생각을 하며 노트북 화면을 멍하니 바라보고 있는 내게 마누라가 물었다.

"뭔 일 있어?"

마누라가 내 얼굴 표정을 제대로 읽는 일은 드물다. 내 표정에 문제가 있는 건지 아니면 마누라의 이해력에 문제가 있는 건지는 알 수 없지만 십중팔구 내 표정을 보고 잘못 짐작한다. 기분 좋은 얼굴을 걱정스럽게 보며 "오늘 안 좋은 일 있었어?"라고 묻거나, 기분 나쁜 일 때문에 언짢아 있는 내게 "오늘 좋은 일 있구나? 한턱 쏘시지!" 이러면 환장하는 거다. 그래서 난 밖에서 있었던 일과 관계없이 항상 밝은 표정을 유지하려고 한다. 복장 터져서 죽는 일이 없도록 말이다.

"응, 어려운 일."

"그렇군."

마누라는 곧바로 수긍하고 간다. 내가 마누라에게 위로나 해결을 바라는 건 아니다. 단지 조금 더 깊게 봐 주길 바라는 것뿐이다. 결국은 내가 챙겨야 한다.

"마누라, 물어볼 게 있소. 만약에 자기가 엄청나게 싫어하는 사람이 있다고 쳐 봐."

"너 말이야?"

이런 젠장. 마누라가 내게 반말을 한다고 해서 동갑이라고 생각하면 오산이다. 나보다 자그마치 네 살이나 어리다!

"에이, 장난하지 말고."

"얼마나 싫은 사람인데?"

"나를 죽인 사람이 있다고 쳐 봐."

"내가 그 사람을 싫어해야 하는 거야?"

이 빌어먹을 여편네가!

"좋아, 그럼 우리 주식이(개 이름)를 죽인 놈이 있다고 쳐 봐."

"그런 개자식은 당장 잡아서 죽여 버리지! 대가리에 못 스무 개를 1초 안에……."

"워, 워. 진정하고."

사실 내가 우리 집 개보다 처우가 좋은 편은 아니다.

"주식이를 죽인 놈이 사실은 성실하게 살아가는 소년 가장이었던 거야. 그럼 어떻게 할래? 그래도 잡아서 대가리에 못 박을 거야?"

"당연한 거 아냐?"

"미래가 창창하게 남아 있는 성실한 소년 가장이라니까?"

"뒈지기 싫었으면 우리 주식이를 손대지 말았어야지."

"만약 그놈이 실수로 주식이를 죽인 거라면?"

"나도 실수로 못 박았다고 하지 뭐. 주식이가 죽은 한, 그놈도 죽는 거야. 어디서 변명질이야?"

마누라 몰래 주식이에게 술을 먹이는 짓은 이제 그만둬야겠다고 생각했다. 난 적어도 머리에 못이 박혀서 죽고 싶지는 않다.

"그러니까 결국 중요한 건 주식이가 죽었다는 사실인 거지?"

"이제야 말귀를 좀 알아듣는군. 늙어서 귀까지 먹은 건지 원⋯⋯."

"고마워, 마누라."

"고마워하는 게 좋을 거다. 얼굴 크지, 배 튀어나왔지, 게으르지, 돈도 없지, 거기다 백수지. 당신 버리지 말아야 할 이유 한 개만 말해 봐."

"나의 무한한 가능성?"

"벌써 치매 왔냐? 치매만 걸려 봐, 아주. 강가에 풀어놓고 물에 빠져 죽을 때까지 지켜보고 있을 테니까. 알아들어?"

내가 운동을 꾸준히 해야 하는 이유다.

마누라는 언제나 명쾌하다. 이다희 양이 어떤 처지에 있건 간에, 중요한 건 정재만 씨가 죽었다는 사실이다. 더구나 이다희 양이 실수로 청부살인을 의뢰했을 리는 없는 것이다. 더 이상 갈등할 이유가 없다. 예정대로 작업을 하면 된다.

— 통화 가능해?

'동네 형의 친구'가 상당히 상냥한 목소리로 연락했다. 우리가 이렇게 친했던가? 그랬던 적이 한 번도 없다고 생각했는데.

"아, 예. 안녕하세요."

— 요새 벌이가 좋다며?

사장으로부터 신근용 씨 컨설팅 건에 대해서 들은 모양이다. 사장늙은이가 맘에 들지 않는 이유 중에 하나가 바로 이런 거다. 은밀한 업종에 종사하는 사람 얘기를 여기저기 떠벌리고 다녀서 어쩌자는 건지 모르겠다. 이런 식이라면 검찰청 검사가 내 직업에 관심을 갖는 데는 그리 오랜 시간이 걸리지 않을 게 분명하다.

"예, 덕분에 잘 지내고 있습니다."

— 신문 보니까 멋지게 해낸 것 같더군.

'동네 형의 친구'와 통화할 때마다 느끼는 점은, 사장이랑 의견이 많이 다르다는 것이다. 업무 스타일이 다른 상사들 사이에서 일하는 느낌이랄까? 이 두 사람은 도대체 무슨 관계일까?

"아, 예……."

감사한다는 표현은 생략하고 말을 얼버무렸다. 살인에 대한 칭찬을 듣는 것이 아직은 어색하기 때문이다.

— 이제야 좀 프로 같아 보이는군. 신문 좀 떠들썩하게 할 줄도 알아야 명성이 높아지는 법이거든.

귀신처럼 할수록 장수하는 살인청부업자에게 명성을 논하다니. '동네 형의 친구'가 아무래도 미쳐 가는 모양이다. 아니면 두 번이나 해 처먹었으니까 이제 그만 은퇴하라는 반어적인 표현이든가.

— 사장님께는 욕 좀 들었겠군. 사장님이나 내가 하는 말, 지나치게 귀담아 듣지 마라. 뭐든지 자기만의 스타일을 만드는 게 제일 중요하니까.

절대 공감이다. 전 세계 65억 명에게는 65억 개의 인생이 있고, 65억 개의 사는 방식이 있는 것이다.

— 그건 그렇고, 지금 하는 일 있나?

하는 일? 난 지금 슈크림 빵도 먹고 있고 우유도 마시고 있다. 마누라 몰래 인터넷 쇼핑도 하는 동시에 인터넷 무료 영화를 감상 중이다. 이 네 가지를 한 번에 다 얘기해야 하나?

— 일 없으면 내가 일 하나 줄까 하는데.

아, 그 일. 가끔 상대방의 말뜻을 전혀 다르게 이해하는 경우가 있다. 마누라 말대로 치매가 오는 것일지도 모른다. 치매에 좋다는 고스톱을 시작해야 할 모양이다.

"맡은 일은 없기는 합니다만 제가 개인적으로……."

— 잘됐군. 좀 만나지.

상대방의 말을 끝까지 듣지도 않고 자기 말만 하는 인간들이 있다. 절대로 맘에 들 수가 없는 인간들 말이다.

"죄송하지만 지금은 제가 하는 일이 있어서요."

— 나도 오늘은 시간이 없어. 내일 점심때 식사나 같이 하자고.

이 인간도 내 말뜻을 제 맘대로 이해하고 있다.

"그게 아니라……."

— 내일 연락하지.

"여, 여보세요? 여보세요?"

뭐 이런 게 다 있어? 이 개 같은 매너를 도대체 어떻게 해야……. 그나저나 무슨 일을 준다는 걸까? 아니, 궁금해하지 말자. 어차피 만나면 알게 될 테니.

#원죄

Origin Sin

이다희 양의 집 근처엔 건물 철거로 인해 생긴 공터가 있었고 그 한가운데엔 생뚱맞게 벤치가 놓여 있었다. 마땅히 기다릴 곳이 없었기에 벤치에 대충 엉덩이를 걸쳤다.

봄이기는 하지만 아직 밤공기는 차가웠고 벤치는 시멘트로 대충 버무려 만든 나무 무늬 시멘트 벤치였기에 제법 추위가 느껴졌다. 알다시피 이런 벤치는 치질 걸리기 딱 좋다. 치질은 사람들이 생각하는 것보다 엄청나게 고통스러운 병이다. 손을 엉덩이 밑에 깔고 앉았다. 엉덩이는 괜찮겠지만 손에 치질이 생길지도 모른다. 아, 손 시려.

난 잘 돌아가지도 않는 머리를 굴리며 해서는 안 되는 갈등을 하고 있다. 컨설팅을 할까 말까 하는 1차적인 문제가 아니라, 정재만 씨를 죽인 사유를 물어볼 것인가 하는 호기심에 대한 2차적인 갈등이었다. 사유를 물어보는 건 여러 가지 측면에서 위험한 일이었다. 작업 대상과 동화되어 실수를 범할 수도 있고, 예정대로 작업한다고 해도 마음고생은 두 배로 힘들어질 수도 있기 때문이다.

잠시 갈등하던 나는 벤치에서 벌떡 일어났다. 손이 시려서도 아니고 치질이 우려돼서도 아니다. 오랜 갈등 끝에 결정을 내렸기 때문이다. 호기심이고 뭐고 간에 안전에 최우선의 가치를 두기로 했다. 이쪽 일을 하면서 갈등이 많으면 실수를 하게 되고 그렇게 되면 잡혀서 사형당하거나 죽게 된다. 내가 죽는 건 괜찮지만 마누라 때문에 죽을 수가 없다. 내가 죽으면 마누라는 보험금을 가지고 산뜻한 새 출발을 할 것이기 때문이다. 그 꼴은 절대 못 본다!

마음속의 짐을 덜어 내니 벤치 뒤쪽에 펼쳐져 있는 서울 야경이 눈에 들어왔다. 고도가 높은 동네에서만 누릴 수 있는 특혜다. 서울은 밤이 되어도 밝다. 홍콩의 야경을 세계적인 야경이라고 말하지만 직접 가 본 결과 서울 야경이 네 배는 더 멋지다는 결론을 얻었다. 멋진 서울의 야경이 내려다보이는 이곳이 이다희 양을 컨설팅할 현장이다.

이번 일로 서울 야경을 못 보게 되는 일은 없기를 소망한다.

이다희 양은 끊임없이 이어지는 돌계단을 따라 올라왔다. 이곳은 철거 예정지였기에 남아 있는 사람이 별로 없어 올라오는 사람의 인기척이 저 밑에서부터 들렸다. 사람이 떠난 곳은 무섭도록 조용하다. 이곳도 마찬가지다. 약간은 흐트러진 이다희 양의 가쁜 숨소리가 들릴 정도였으니까.

그녀를 어떻게 부를까? 그녀를 불쑥 부르면 경계할 것이 뻔하다. 그녀 앞에 돈을 떨어뜨려 공터로 유인할까도 했고 길을 물어보는 척할까도 했지만, 전자는 너무 유치하고 후자는 너무 상투적이었다. 결국은 그냥 간단하게 하기로 했다.

"이다희 양."

누군가의 이름을 부른다는 건 그를 한 명의 인격체로 인정한다는 것을 표현함과 동시에 서로 어떻게든 연결이 되어 있음을 의미했다. 이다희 양은 통상의 반응을 보였다. 그냥 바라보기. 나는 손을 흔들어 보였다. 공터는 담벼락에 매달려 있는 단 하나의 보안등에 의지했기에 우리는 서로를 잘 볼 수가 없었다.

"누구세요?"

뭐라고 대답해야 할까? 슈퍼맨? 대통령? 아니면 여고생들의 친구 바바리맨? 내가 대답을 찾기도 전에 이다희 양이 먼저 말했다.

"경찰이라면 전 할 말 없어요."

매몰차게 말하고 다시 발걸음을 옮기는 이다희 양에게 나는 다급하게 물었다.

"왜 그렇게 생각하지?"

다시 멈췄다. 다행이다. 이다희 양은 내게 흥미가 생긴 모양인지 다가왔다.

"그럼 누구시죠?"

빌어먹을. 둘러댈 거리나 생각해 두는 건데.

"그냥 다희 양의 사정에 대해 관심이 많은 사람이라고 해 두지."

"저랑 말장난하자는 거면 그냥 가던 길 가세요."

10대 소녀의 말투가 아니다. 어린 나이에 산전수전을 다 겪은 모양이다. 낯선 사람에 대한 두려움도 없었고 왠지 지쳤다는 투의 목소리였다. 다희 양이 공터를 벗어나고 있는데도 나는 뭔가 할 말을 찾으려고 머리를 굴리는 와중에, 저만치 가던 이다희 양이 생각난 듯 빙글 돌아섰다.

"혹시 소개받고 오셨어요?"

소개? 다희 양은 다시 내게로 다가왔다. 이번엔 내가 앉아 있는 벤치로 다가와 내 옆에 자연스럽게 앉았다. 아까와는 다른 약간은 반기는 듯한 표정으로 말이다.

"저 후원해 주실 분이세요?"

10대 아이들의 삶은 내가 알고 있는 것보다 훨씬 복잡하고 세속적이다. 이 아이가 말하는 후원이 뭔지 알기 선에는 입을 함부로 열 수 없었다.

"후원?"

이다희 양을 돌아보았다. 패스트푸드점 아르바이트를 하던 순한 얼굴의 학생과 동일 인물이라는 것이 믿어지지 않을 정도로 성숙한 이목구비를 가지고 있었다. 어린 녀석에게서 요염함이 느껴졌다. 내 취향이 이런 쪽이었던 걸까? 아니면 이다희 양의 또 다른 모습일까?

"조건 하러 오신 거 아니에요?"

내 허벅지 위에 손을 얹었을 때 비로소 '후원'과 '조건'의 의미를 알 수 있었다. '조건'이란 10대 아이들이 원조 교제를 칭하는 말이었다. 원조 교제는 사랑이고 뭐고 아무것도 필요 없이 그냥 조건만 맞으면 이루어지는 거래일 뿐이니까.

난 그녀의 손을 자연스럽게 밀어내며 말했다.

"단정적으로 생각하는 경향이 있군. 왜 내가 후원자라고 생각하지?"

이다희 양은 나를 빤히 바라보았다. 볼수록 경이로운 얼굴이다. 녀석의 얼굴에서 성인 여자의 분위기가 느껴지는 건 비단 느낌 때문만은 아닐 것이다. 관록이란 것은 오직 경험에서만 얻어질 수 있는 것이니까.

"이상하네요. 아저씨는 자기가 누군지 밝히지도 않고 계속 질문만 하네요."

"누군지도 모르는 사람이 이름 한번 불렀다고 이렇게 옆에 앉아 있는 사람도 이상한데?"

이다희 양은 날 빤히 바라보다 픽 웃으며 말했다.

"우리 둘 다 이상한 사람이네요."

확실히 정상은 아니다. 나는 목적이 있기 때문에 이렇게 행동했다 쳐도 이다희 양의 행동은 일반적인 것과는 거리가 있어 보였다. 누군가 내 이름을 불러 놓고 정체는 안 밝힌 채 엉뚱한 질문만 한다면, 진작 무시하고 지나갔거나 끝까지 조져서 정체를 밝혀냈을 테니까.

"여긴 왜 오셨어요?"

"볼일 보러."

"저에게 볼일이 있는 거예요?"

이다희 양은 고개를 끄덕이는 나를 빤히 바라보다 허공으로 시선을 돌리며 말했다.

"그러면 제가 한번 맞혀 볼게요."

이다희 양은 장난스런 표정까지 지었다. 내 상식으로는 이해가 가지 않는 아이다. 이렇게 야심한 밤에 학업과 아르바이트 때문에 피곤한 몸으로 생전 처음 보는 낯선 남자와 어두운 공터에서 이야기를 나누고 있다는 것이 일반적인 10대 아이들의 반응은 아닐 거란 생각이 떠나질 않았다.

"저를 찾아오는 사람이 많아요. 아주 가끔이지만 구청 직원도 찾아오고, 시민단체에서도 찾아오죠. 그리고 후원해 주겠다는 사람들도 많고요. 좀 골치 아픈 일이 터진 이후로는 경찰들도 찾아왔고요. 최근에는 여기 철거 때문에 깍두기들도 와요. 그런데 아저씨 분위기로 봐서는……."

이다희 양은 나를 한참을 바라보고는 고개를 설레설레 흔들며 말을 이었다.

"모르겠네요. 공무원 같아 보이지는 않고 시민단체 직원도 아닌 것 같고. 이렇게 늦은 시간에 온 걸 보면 후원자 쪽인데 아저씨는 그런 쪽하고는 거리가 먼 것 같고."

그녀가 말하는 후원이 뭔지 그녀의 말투에서 알 수 있었다.

경제력이 왕성한 중년 수컷들은 돈을 제공하고, 팔팔한 10

대 아이들은 법으로 금지되어 있는 서비스를 제공한다. 이런 것에도 자본주의의 시장경제 원리가 적용되는 것이다. 훈계를 하고 싶은 마음을 간신히 추슬렀다. 이다희 양에게는 이다희 양의 인생이 있는 것이니까.

이다희 양은 다리만 빙글 돌려서 뒤로 돌아앉았다. 나도 그녀를 따라 뒤로 돌아앉았다. 서울의 야경이 내려다보였다. 이다희 양은 시내 전경을 바라보며 낮은 목소리로 말했다. 작은 한숨이 섞인 그런 말투.

"사는 게 왜 이렇게 거지 같은지 모르겠어요."

사는 게 거지 같게 느껴질 때도 있다. 그래서 나도 자살 여행을 떠난 적이 있으니까. 동해 바다만 질리게 보고 그냥 돌아왔지만 그 거지 같다는 기분은 충분히 알고 있다.

"사는 게 뭐예요?"

내가 겪고 느낀 것을 말하면 꼰대 소리를 들을 수도 있겠지만 순수하게 물어보기에 나도 순수하게 답해 주기로 했다.

"숨 쉬는 거."

다희 양은 실망한 표정으로 나를 바라보았다.

"너무 성의 없는 거 아녜요?"

"30년 넘게 살아오면서 깨달은 거야."

표정을 살피는지 이다희 양은 나를 빤히 바라보았다. 표정을 제대로 볼 줄 안다면 내가 지금 농담하는 게 아니라는 사실을 알 수 있을 거다.

"깊은 뜻이 있어요?"

깊은 뜻 같은 거 없다. 사람은 생물학적으로 숨 쉬는 한 살아 있는 거다. 좀 더 강하게 표현하자면 숨 쉬는 동안 살아야 하는 게 삶이란 거다.

"없어. 말 그대로야."

다시 침묵. 연인 사이도 아닌데 나란히 앉아서 서울 야경을 바라보고 있다는 것이 이젠 어색하지 않고 이상하지도 않다. 몇 마디 대화 좀 나누었다고 익숙해진 것일까? 이젠 편안하기까지 하다. 세상에 우리 두 사람만 남아 있는 것 같았다. 한동안 말이 없던 이다희 양이 물었다.

"제게 볼일이 뭐죠?"

서울 야경에 홀렸는지 아무 생각 없이 사실 그대로 말했다.

"죽이러 왔어."

통상 자신을 죽이러 왔다면 사람들은 소리를 지르며 기를 쓰고 도망치거나 살려 달라고 애원하는 게 대부분이다. 그런데 이다희 양은 달랐다. 나를 돌아보았지만 놀라거나 허둥대는 표정이 아니었다.

차라리 이다희 양이 소리를 질러 주기를 바랐다. 그러면 망설일 틈도 없이 소리를 끊어 놓아야 하니까 말이다.

그녀는 그러지 않았다. 자신과 관계없는 일이라는 듯 물끄러미 바라보는 게 전부였다. 고개를 끄덕이며 중얼거리는 소리.

"그렇구나."

이런 애도 있구나. 시간이 모자랄 정도로 한창 즐겨야 할 나이에 삶에 미련이 없는 애들도 있구나. 많은 일을 겪은 모양이다. 하지만 그 또한 이다희 양의 인생이기에 내가 물어볼 성질의 것은 아니다. 어른들 말씀대로, 다 자기 팔자니까.

"저한테 원한 산 일 있으세요?"

"아니."

"아, 그럼 킬러구나. 그렇죠?"

킬러. 아, 그랬다. 난 킬러였다. 정작 나 자신은 깨닫지도 못하고 있던 호칭.

"잘됐네. 누군가에게 이 말을 꼭 하고 싶었는데."

야경으로 시선을 돌린 이다희 양은 말을 이었다.

"저도 사람 죽여 봤어요. 직접 한 건 아니지만."

그래서 내가 여기에 와 있는 거란다.

"궁금하지 않아요?"

이젠 하늘이 나를 노골적으로 테스트한다. 갈등하다가 뒈져 버리라는 듯이.

"별로."

"아저씨한테는 특별한 일도 아니겠네요."

이다희 양은 내 어깨에 머리를 기댔다. 큰 머리도 아닌데 아이의 머리가 무겁게 느껴졌다. 인생의 무게만큼이나 머리도 무거워지나 보다. 왠지 모르게 가슴 한구석이 쓰렸다. 컨설턴트로서 별로 좋은 징조는 아니었다.

"어떻게 죽일 거예요?"

"특별히 선호하는 방법이라도 있어?"

이럴 땐 나의 위트 센스가 저주스럽다. 상황에 어울리는 블랙 코미디이긴 하지만 말이다.

"제가 죽는 걸 모르고 죽었으면 좋겠어요. 뚝 끊어지듯이 죽는 거 있잖아요."

산다는 것은 고되고 짜증 나고 힘들고 더럽기도 하지만 죽는 건 이렇게 '뚝' 끊어진다. 사는 것에 비해서 죽는 것은 신속하게 끝난다. 그럼에도 사람들이 사는 건, 그래도 죽는 것보다는 쉬운 것이 사는 것이기 때문이 아닐까?

"소원 있는데 들어주실 수 있어요? 별로 어려운 건 아녜요."

이다희 양은 앞으로 다가와 내 가슴에 등을 맞대고 앉았다.

"뒤에서 포근하게 감싸 주시기만 하면 돼요."

난 재킷의 지퍼를 열고 이다희 양을 품에 안아 주었다.

"정말 따뜻하다. 이런 느낌이었구나⋯⋯."

어려운 것도 아닌데 아무도 이 아이를 이렇게 따뜻하게 안아 준 적이 없구나. 어떤 놈들은 자신의 욕망을 채우느라 정신이 없었겠지.

"우리 엄마, 미혼모였어요. 2년 전에 엉망인 채로 죽었어요. 평생을 구질구질하게 살더니 죽는 것도 그렇게 죽더라고요."

엄마에 대한 애증. 사랑하지만 너무나 불쌍해서 밉기까지 한 감정. 그런 감정은 당사자가 아니면 모른다. 나도 잘 모른다.

"엄마처럼 살기 싫어서 몸부림치면서 살았어요. 사실 저도 엉망으로 살았죠. 세상에 나밖에 없으니까 못 할 일이 없더라고요."

혼자라면 세상에 두려워할 일은 없다. 뼛속까지 스미는 외로움만 빼고 말이다.

"죽었다던 아빠를 얼마 전에 만났어요."

이다희 양의 말을 듣는 순간 불길한 느낌이 전신을 훑고 지나갔다. 내가 할 수 있는 일은 다희 양의 넋두리를 멈추는 것뿐이다.

"그만해."

이다희 양은 머리를 내 턱에 기대며 말했다.

"이대로 죽여도 좋으니까 더 하게 해 줘요."

아이의 말을 막을 권리 같은 건 애초에 내게 있지도 않다. 하지만 이다희 양은 내게 양해를 구하며 말을 이었다. 예의 바른 아이다. 다희 양의 어깨에 팔을 얹어 더 꼭 안아 주었다. 다희 양은 내 품에 더 파고들며 말을 시작했다.

"아빠라는 사실을 너무 늦게 알아 버렸어요. 차라리 몰랐으면 좋았을 텐데. 그랬다면 둘 다 행복하게 살 수 있었을지도 모르는데."

사람들은 열지 말았어야 할 판도라의 상자를 열고 많은 시간을 들여 그 대가를 힘겹게 치른다. 다희 양도 그랬고 재만 씨도 그랬다. 나 또한 예외는 아니다. 각자 자기만의 판도라의 상자를 열고 파멸해 버리는 것은, 바닥에 깔려 있는 희망을 보기도 전에 다시 상자를 닫았기 때문이리라.

"아빠 품에 이렇게 안기고 싶었는데……."

이다희 양은 더 이상 말을 할 수 없다.

부러진 목뼈가 호흡과 혈액 순환을 위한 신경 중추를 이미 끊었을 테니까.

아이의 목은 너무나 연약해서 쉽게 숨이 끊어졌다. 이다희 양이 원한 대로 순식간에 죽었다. 자신이 죽는다는 것을 깨닫기도 전에.

땀이 흘러내렸다. 쌀쌀한 바람에도 땀은 계속 흘렀다. 내 눈가에도 땀 이슬이 맺혔다. 경찰은 조사를 조금 하다가 이 아이의 작은 몸을 아주 간단한 절차를 거쳐 화장해 버리겠지. 서울 야경이 유난히 밝아 보였다.

아침에 눈을 뜨자마자 내 손으로 시선이 갔다. 눈이 퉁퉁 부어서 잘 보이지 않았지만 다희 양의 가냘픈 목뼈가 부러지는 느낌은 여전히 지워지지 않았다. 우려하던 일이다. 내가 했던 일이 꿈에 나온다는 것은 나쁜 징조다. 그것도 아주 나쁜 징조. 노이로제의 초기 증세인 동시에 신경쇠약의 예비 신호였다. 이대로라면 나는 자멸할지도 모른다. 빌어먹을! 어떻게든 빨리 떨쳐 내지 않으면 안 된다.

"요새 뭐 하고 다니냐?"

마누라의 정겨운 목소리가 더러운 기분에서 나를 끌어냈다.

"당연히 일자리 구하러 다니지."

"성과는 있냐?"

"아직은."

"너무 조급해하지 마. 그래 봤자 변비만 늘어."

아, 마누라는 조급해하면 똥이 막히는구나.

"아 참, 노파심에서 말하는데, 혹시 일자리 구했는데 속이고 다니는 거면 돼진다."

"물, 물론이지."

마누라는 바가지 같은 거 안 긁는다. 유일한 장점이다. 바가 지에 대해서는 마누라의 명언이 하나 있다.

"바가지 긁을 게 뭐 있어. 다시는 안 보면 되는데. 안 그래?"

처음 만났을 때 느꼈던 그 면도날 성격이 왜 쿨하게 보였는 지 지금 생각해도 알 수가 없다.

마누라 덕분에 약간은 나아진 기분으로 집을 나섰다. 장소 는 '동네 형의 친구'를 처음 만났던 그 횟집이다. 그렇다. 약속 을 지키기 위해 밖으로 나서는 것이다.

약속이라는 건 원래 두 사람이 서로의 일정을 살펴보고 타 협하여 결정하는 것이다. 그런 측면에서 보면 '동네 형의 친구' 와 잡은 약속은, 약속이라기보다 명령에 가깝다.

내가 그 사람에게 명령권을 부여했던가? 그런 기억은 없다. 그런데도 그는 내게 명령하듯 말했고 난 불평 없이 자연스럽게 따르고 있는 것이다. 하지만 절대 바람직하지 않은 패턴이다. 계속 이런 식이라면 뇌 수술을 받는 도중에 두개골을 연 채로 뛰어나가야 할지도 모르는 일이니까.

'동네 형의 친구'가 욕을 덜 먹는 점은 그나마 약속 장소에 일찍 나타난다는 것이다. 이 인간도 약속 시간 어기면 큰일 나는 줄 아는 부류인 것이다. 그건 나하고 같다. 오늘은 나보다도 일찍 나와서 처음에 만났던 자리를 지키고 있었다. '동네 형'이 없다는 것 말고는 첫 만남과 똑같았다.

"뭐 먹겠나?"

언제는 내 의견 물어보면서 시켰냐? 그냥 처먹던 걸로 하세요.

"전에 드시던 걸로……"

"여기!"

식당에서 종업원들에게 반말하는 무리가 있다. 이쪽 계열 무리들은 종업원의 나이가 많든 적든 가리지 않고 반말을 해댄다. 자기가 그분들 고용한 것도 아니면서 사장처럼 구는 것이다. 귀에 거슬리는 반말지거리로 정식 두 개를 시키고는 나를 빤히 바라보았다. 그것도 전혀 어울리지 않는 미소를 지으며 말이다.

오늘 이 자식 되게 이상하다. 여태껏 실실거리는 모습 본 적이 한 번도 없는데. 물론 이 사람도 사람인만큼 평생 인상만 쓰고 살 리는 없겠지만, 마치 유명한 여배우가 똥 누는 모습을 목격한 기분인 것이다. 당연하지만 비현실적으로 느껴지는 그런 복잡 미묘한 기분.

말을 걸어야 했다. 그래야 그 꼴 보기 싫은 미소가 주둥이에서 사라질 테니까.

"사장님 소개해 주신 것은 감사하게 생각하고 있습니다."

"소식은 항상 듣고 있지. 사장님 말씀으로는 창의적으로 일을 한다더군."

내 자신에게 내세울 만한 것과 믿을 만한 구석은 창의성이 유일하다. 잘생긴 것도 아니고, 힘이 센 것도 아니고, 머리가 좋은 것도 아니고, 돈이 많은 것도 아니고……. 나열하다 보니 기분이 나빠졌다.

"그래서 말인데, 해 줬으면 하는 일이 있어."

이제 몇 마디 나누었을 뿐인데 본론부터 말하다니. 이것도 나하고 같다. 원래 자기 닮은 사람을 싫어한다지? 그래서 이 인간이 싫은가 보다.

무슨 일이냐고 물어보려다 말았다. 살인청부업자에게 시키려는 일이 무슨 일이겠는가?

"말씀하십시오."

'말씀만 하십시오'와 '말씀하십시오'의 차이는 하늘과 땅 차이다. 이 상황에서 '말씀만 하십시오'는 무조건 명령대로 따르겠다는 의지의 표현이고, '말씀하십시오'는 들어 보고 결정하겠다는 의미인 것이다. 그런데 이 인간, 또 제 맘대로 해석한 모양이다. 기분 좋은 표정으로 웃고 있다.

"해 준 것도 없는데 고맙군."

내 말이! 어서 할 말이나 까 놔라. 어울리지도 않는 인사치레는 그만두고 말이야.

"내가 예전에 모셨던 분이 있는데 조금 골치 아픈 일이 생긴 모양이더군. 원래는 내게 부탁했지만 알다시피 내가 지금 여력이 없어서 말이야."

알다시피? 내가 뭘 알고 있는데? 심지어는 이 '동네 형의 친구'가 무슨 일을 하고 있는지도 모른다. 그는 주머니에서 작은 메모리를 꺼내 내밀었다.

"필요한 건 여기 다 있어."

아, 젊은 양반이라 다르군. 두꺼운 서류 뭉치로 건네던 사장과는 퍽이나 대조적이다.

"그렇게 덕망을 쌓은 사람은 아니야. 적이 많으니까 쉬운 방식으로 해도 될 거야. 이번에야말로 하고 싶은 대로 화려하게 한번 해 봐."

뭘 화려하게 하는데? 발레복이라도 입으라는 거냐? 이거 제대로 미친놈이다.

"그렇게 해도 관계가 없나요?"

또 내 말을 제 맘대로 이해한 모양이다. 마치 내가 자기의 기대에 부응한 것처럼 그럴 줄 알았다는 듯이 활짝 웃어 보였다. 이걸 확 때려 버려?

"그래그래, 의사 표현만 할 줄 모르게 만들면 어떻게 되도 관계없다더군."

인간은 우리가 생각하는 것보다 많은 의사 표현 수단을 가지고 있다. 혀는 물론이고 눈과 손, 다리, 어떤 경우는 엉덩이로도 의사 표현이 가능하다. 그것들 다 없애고 풀어 주느니 죽여 주는 게 도리일 것 같다. 아니, 바로 그 얘기군. 죽이라는 얘기.

"말 나온 김에 정산도 하지."

오늘 나온 말 중 유일하게 반가운 말이다.

"회사 통해서 하시는 거죠?"

그는 멈칫하며 잠시 말을 끊었다가 입을 열었다.

"개인적으로 하는 거다. 아르바이트라고 생각해 둬. 그래서 지급도 현금으로 하지."

'동네 형의 친구'도 브로커를 하는 것이다. 오더는 자기가 받아서 다른 사람에게 하청 주는 역할 말이다. A4 용지 사이즈만 한 샘소나이트 가방을 내게 건넸다.

"착수금이다. 꽤 많이 챙겼으니까 섭섭하지는 않을 거야."

현금이다. 소득 신고를 하지 않아도 되고, 추적당할 염려도 없으며, 아무것도 없이 이것만 들고 나가도 흐뭇하게 생활할 수 있는 현금이다. 현금이 든 가방은 나의 충성심을 순식간에 높여 준다.

"감사합니다."

"첫 단추만 잘 끼우면 앞으로도 이렇게 종종 일이 있을 테니까, 한번 잘해 봐."

내가 좋아하는 미국 드라마 중에 〈Everybody hates Chris〉라는 것이 있다. 집이 가난했기 때문에 Chris의 아빠는 두 개의 직장을 다녀야 했다. 그런데 그것은 Chris 엄마의 큰 자랑거리다. 엄마는 항상 이렇게 외치며 직장을 때려치우곤 한다.

"I'm quit! My husband has TWO JOB!"

내 마누라도 이제 이렇게 외칠 수 있게 되었다.

"다 때려치워! 내 남편은 직장이 두 개나 된다고!"

#정보원
Informant

　느긋하게 앉아서 시간을 보내고 있는 곳은 역삼동에 있는 스타벅스다. 그냥 혼자 있어도 별로 불편함을 느끼지 않기 때문에 선호하는 곳이다. 하지만 이곳을 찾는 가장 큰 이유는 따로 있다. 이곳 직원이 예뻐서? 글쎄, 판단하기 어려운 형상이지만 내 스타일이 아닌 것은 확실하다.

　이곳은 내 또래의 직장인들이 주요 고객이기에 다른 지점에 비해 조용한 데다, 매장이 도로보다 낮게 설계되어 있어 창밖으로 지나가는 사람들을 보는 관점이 신선하다. 미니스커트를 입은 여인이라도 지나가는 순간엔……. 어쨌든 이런저런 이유로 이곳을 찾는다.

　창밖을 지나는 차들과 사람들을 보고 있자면 마음이 느긋해진다. 난 생긴 것과 달리 도시에서 더 편안함을 느낀다. 공기 좋은 산보다는 통풍 시스템이 잘 갖추어진 구조물을 더 좋아하고, 구린 쇠똥 냄새보다는 매캐한 매연에 편안함을 느낀다. 난 도시가 좋고 편하다.

다행히도 내가 하는 일의 대부분은 이 도시 안에서 이루어진다. 먹는 것도, 영화를 보는 것도, 사랑을 하는 것도, 그리고 컨설팅을 하는 것도 대부분 도시 안에서 이루어진다. '동네 형의 친구'가 맡긴 이번 일도 도시에서 해결할 일이다. 그것도 지금 내가 앉아 있는 곳 옆 건물에서 말이다.

르네상스 호텔.

이 호텔은 친구 놈들 자식의 돌잔치로 이미 여러 번 와 본 곳이다. 고풍스러운 인테리어와 은은한 조명이 맘에 드는 곳이다. 무엇보다 직원들의 친절이 가장 맘에 들어 예전부터 마누라와 근사한 저녁 식사를 해야겠다고 생각했던 곳이다.

난 이렇게 맘에 드는 곳에서 내키지 않는 일을 해야 한다. 재물은 얻지만 영혼은 멍드는 그런 일을 말이다.

〈이름-이남 / 나이-39세 / 직업-KRL컨설팅 대표〉

컨설팅이란 단어에 나도 모르게 반가움이 느껴졌다. 이 'KRL컨설팅'도 표면상으로는 기업 가치 평가 컨설팅 회사라는데 직접 까 보지 않고서는 모르는 일이다.

이남 씨는 화려한 이력을 제외하고는 특별할 것이 없는 남자였다. 이력만을 놓고 보면 마흔도 되지 않은 나이임에도 화려하기 그지없었다. 기반이 뭔지는 알 순 없지만 20대부터 이

사, 부사장, 대표, 협회장 등등을 역임했다. 내 나이 때는 코스닥 등록 업체를 두 개나 거느리고 있었다. 내가 한때 꿈꾸었던 인생을 살고 있는 남자인 것이다.

이남 씨는 가무잡잡한 피부에 다부진 체구를 가지고 있다. 크진 않지만 단단하고 날렵해 보이는 체구 말이다. 검도 3단의 경력이 그의 몸을 대변해 주고 있었다. 하지만 훌륭한 경력에 비해 외모는 그리 훌륭한 편이 아니다. 사업을 하는 데 있어서도 첫인상이 중요한 건데, 어떻게 이런 인상으로 그런 많은 일을 할 수 있었을지 의문이 앞섰다. 그가 찍힌 사진 중에는 웃는 얼굴도 있었지만 웬만하면 웃지 않는 편이 낫겠다는 생각이 들 정도다. 나 또한 좋은 인상은 아니지만, 얼굴에도 윤리란 게 있는 것이다. 이런 윤리에 어긋난 얼굴은 많은 사람에게 시각적 폭력을 행사하는 것이나 다름없다. 일반 사람보다 훨씬 작은 삼백안인 눈은 왠지 사악하게 보였고, 무표정으로 찍힌 얼굴은 영락없이 네댓 명 살해한 지명 수배자의 얼굴이었다. 내가 과연 이남 씨를 작업할 수 있을지 걱정이 앞섰다.

이남 씨는 부유한 솔로다. 그렇다고 항상 혼자 다니는 것은 아니다. 그의 곁에는 항상 그림자처럼 따라다니는 사람이 있다. 표면상으로는 운전수 겸 개인 수행원이지만, '동네 형의 친구'가 준 파일엔 '경호원'으로 표기되어 그에 대한 자세한 정보가 담겨 있었다. 이게 의미하는 건 간단했다. 이남 씨를 작업하려면 경호원을 상대할 수밖에 없다는 것을 의미했다. 집을 털려면 집 지키는 개부터 처리를 해야 하듯이 말이다.

'경호원'은 그 명칭만으로도 사람들을 주눅 들게 한다. 굳이 눈앞에서 힘자랑을 하지 않아도 그 호칭만으로도 사람을 보호할 수 있는 것이다. 게다가 돈 많은 이남 씨가 채용한 경호원이라면 그 실력이 어떻겠는가. 돈이 많으니 당연히 경호원 중에서도 실력이 좋은 사람으로 채용했을 것이 뻔하다. 검도 3단인 이남 씨도 조심스러운데 각종 무술 자격증과 특수 부대 경력으로 이력을 도배하고 있는 경호원이라니.

그와 맞대결을 벌여야 하는 나의 스펙은 이렇다. 그만둔 지가 16년이 넘은 태권도, 과연 쓸모가 있을지 의심이 드는 책으로 공부한 복싱, 동영상 보고 따라 익힌 약간의 나이프 파이팅 기술. 딱 감이 오지 않는가? 그렇다. 난 뒈진 거다.

인생은 선택의 연속이다. 지금의 경우도 마찬가지다. 일을 포기하든지 맡아서 뒈지든지 둘 중에 하나를 택하면 된다. 이런 경우 난 쉽게 결정을 내린다. 내가 아닌 다른 사람들도 마찬가지가 아닐까? 빌은 돈 토하는 것이 속상하고 겁쟁이처럼 보이는 게 약간 자존심 상하긴 하지만 죽음에 비하면 전혀 문제가 되지 않는다. 파일을 닫았다. 하지도 않을 일에 대한 것을 보고 있을 이유는 없다. 노트북을 챙겨 넣으며 동시에 휴대폰을 꺼내 들었다. '동네 형의 친구'에게 거절 의사를 밝히기 위해서다.

"통화 가능하십니까?"

— 잠깐만.

잠깐 기다려 주지. 이런 범죄 얘기를 하기 위해서 구석에 처박혀야 할 시간은 필요할 테니까. 꼭꼭 숨는 모양이다. 한참 지난 후에야 목소리가 들렸다.

— 공부는 열심히 하고 있겠지? 그래, 언제 착수하는 거야?

"아직입니다."

— 무슨 문제 있나?

당연히 문제 있지, 이 거지 같은 놈아. 그것도 아주 큰 문제.

"예, 그래서 드리는 말씀인데……."

— 이번 일도 풍연 그룹 회장처럼 깔끔하게 해 줬으면 해. 안 그러면 내가 곤란해지거든.

급작스럽게 불안해진다. '동네 형의 친구'가 곤란해진다는 것은, 곧 나도 곤란해진다는 것을 의미했다. 하지만 이것보다 더 마음에 걸리는 점은 '동네 형의 친구'의 외모가 그다지 신뢰를 주는 형상이 아니라는 것이다.

— 자세히 말하기는 좀 그렇지만, 어쨌든 일이 원만하게 진행이 안 되면 사방으로 피 튈 일이 생길지도 몰라.

"피 튈 일이라뇨?"

— 당신은 주어진 일에나 신경 써. 그러면 아무 일도 없을 테니까.

'아무 일도 없다'는 것은, 말 그대로 아무 일이 없는 거다. 문맥상 '동네 형의 친구'가 말하는 아무 일도 없는 상태가 바로 최상의 상태인 것이다. 즉, 잘해 봐야 본전이라는 의미다.

이 사람과 통화하면서 점점 드는 생각은 똥을 밟았다는 것이다. 그 돈 가방은 돈이 아니라 똥이었던 것이다. 안전제일주의인 내가 왜 앞뒤 가리지 않고 똥을 덥석 물었을까? 우리 집 개조차도 안 먹는 똥을 말이다. 이쯤에서 그만두겠다는 말을 꺼낼까?

— 아, 노파심에서 하는 얘긴데, 그럴 리는 없겠지만 포기할 생각은 하지 않는 게 좋아. 의뢰한 쪽도 대하기 편한 사람들은 아니니까. 내 말 무슨 뜻인지 알겠지?

협박을 당해도 난 할 말은 하는 놈이다.

"그만두다니요. 당치 않습니다. 제 사전엔 포기 같은 건 없습니다. 걱정 마십시오. 마무리도 확실하게 하고 오겠습니다."

이젠 비굴함 스스로가 자동으로 응답하는 경지에 이르렀다.

— 그래, 그런 자세야. 진작 그렇게 나왔어야지. 하여튼 일만 잘 끝내. 일만 잘 끝내면 출세는 내가 보장할 테니까.

"예, 알겠습니다."

— 아 참, 내 얘기만 했군. 먼저 전화한 거 보니 할 말이 있는 것 같은데.

할 말이 있었지. 30초 전까지는.

— 조언이라도 구할 수 있을까 해서요. 경호원이 좀……

"아, 그 사람. 경력이 화려한 친구지. 나도 안면이 있는 친구야."

역시 '동네 형의 친구'는 나와는 격이 다르다. 목소리 톤 하나 바꾸지 않고 구면인 사람을 죽이라고 교사하고 있는 거다.

— 기대한다고는 했지만, 사실 이번 건은 부산에서처럼 깔끔하게 처리하기는 힘들 거야.

"저도 그렇게 생각합니다."

— 당신 맘이긴 하지만 조언을 하자면 칼을 추천하겠어. 깔끔하게 못 할 바에야 지저분해도 확실하게 끝내는 게 좋으니까.

백번 옳은 얘기다. 짐작하건대 이 '동네 형의 친구'는 나와 같은 일을 하고 있거나 과거에 했던 게 분명하다.

— 사시미도 괜찮긴 하지만 구할 수 있으면 군용 대검이 좋아. 개인적으로 스페인 대검을 추천하지. 통화는 여기까지 해야겠군. 약속이 있어서. 일 끝난 다음에 연락하자고.

그만두겠다고 했던 전화인데, 구체적으로 조언까지 들은 이런 개 같은 경우를 겪고 나니 내가 생각보다 심각한 상황에 놓였다는 것을 알 수 있었다. '동네 형의 친구'는 프로가 틀림없다. 내게 일을 주는 것을 보니 현역은 아닌 듯하지만 청부살인 경력을 꽤나 쌓은 듯했다. 대검을 추천하는 것을 봐도 그는 전문가가 틀림없다.

군용 대검은 베기보다는 찌르는 데 특화된 칼이다. 칼날의 폭이 얇은 것도 그러한 연유에서다. 심장을 찌르기 위해서는 갈비뼈 사이를 통과해야 하고, 턱 밑을 통해 뇌를 노릴 때는 둘러싸고 있는 뼈를 뚫어야 한다. 그렇기에 칼날의 폭이 좁아야만 하는 것이다. 상대방과 정면으로 칼싸움을 벌일 것이 아니라 기습으로 일격에 죽이기에는 대검만 한 칼은 없는 것이다. '동네 형의 친구'가 추천한 스페인 대검은 우리나라 대검보다 더 좁고 길다. 찌르기 용도를 극대화한 것이다. 다시 말하면 '동네 형의 친구'는 경호원을 일격에 찔러 죽일 것을 추천한 것이다. 머리가 갑자기 아프다. 새가슴이기에 조금만 걱정스러운 일이 벌어지면 편두통까지 생긴다. 역시 세상에 놀고먹으며 돈 버는 방법은 없는 모양이다.

새가슴인 사람은 대부분 염세적인 성향을 가지고 있다.

'영화 티켓이 내 앞줄에서 매진되면 어떻게 하지?'

'돈이 얼마 없는데 탕수육까지 시키면 어떻게 하지?'

새가슴들은 끊임없이 걱정에 걱정을 거듭하느라 다른 생각을 할 겨를이 없다. 그래서 아주 간단한 해결책을 놓치는 경우가 있다. 지금의 내가 그렇다. 경호원의 존재에 대해 지나치게 신경 쓰다 보니 간단한 해결책을 보지 못했다.

이남 씨를 작업한다고 해서 반드시 경호원을 상대해야만 하는 것일까? 이런 간단한 질문은 내 편두통을 순식간에 잠재웠다. 연인도 24시간 붙어 있기는 힘든 것이다. 하물며 이 두 수컷이 24시간 동안 붙어 다닐 리는 없는 것이다. 경호원이 없을 때 직입하면 된다. 이런 방식은 그들의 스케줄을 알아내야 하는 수고가 필요하긴 하지만, 경호원과 맞닥뜨리는 것보다 천배는 나은 방법이다. 내 신조인 안전제일에 가장 적합한 방법인 것이다.

컨설팅 대상의 일정을 알아내는 일은 다이스컨설팅에게는 일도 아니다. 하지만 이번 건은 사장 몰래 하는 아르바이트이기 때문에 회사의 도움을 받을 수는 없었다. 그렇기 때문에 해당 업종에 종사하는 사람을 만나는 수밖에 없는 것이다.

휴대폰에 SMS가 한 통 날아왔다. '도움이 필요할 거다'라는 문장과 함께 전화번호가 찍혀 있었다. '동네 형의 친구'가 보내는 메시지였다. 그는 경험상 현재 내게 가장 필요한 요소가 무엇인지 정확히 꿰뚫고 있는 것이다. 아마도 컨설팅 대상의 일정을 알아내 줄 사람일 것이다.

그가 보내 준 전화번호를 일단 저장해 두었다. 저장할 때 이름은 뭐라고 할까? 어렵지 않게 정했다.

'정보군.'

번호를 저장하면서 새삼 든 생각은, 세상에는 생각보다 훨씬 많은 직업이 존재한다는 것이다. 베이징의 한 아파트 엘리베이터 안에서 상주하면서 담요를 두르고 의자에 앉아 층 버튼만 전문으로 눌러 주는 할머니를 떠올려 보면, 인간 직업의 스펙트럼은 상당히 넓을 것으로 짐작된다. 현재 내가 종사하고 있는 직종을 포함해서 말이다.

르네상스 호텔을 둘러보려던 애초의 계획을 접고 무작성 길을 걷기 시작했다. 뇌를 조금 쉬게 해 주려는 의도도. 휴대폰을 이미 손에 쥐고 있지만 아직 준비가 되지 않았기 때문에 '정보군'에게 연락을 할 수가 없었다. 만난 적도 없는 음지의 인물에게 선뜻 연락을 한다는 것이 내게는 쉬운 일이 아니기 때문이다.

심호흡을 하며 전화를 걸었다. 하기 싫은 전화는 통화 신호음이 들리는 그 순간까지도 상대방이 받지 말았으면 하는 어이 없는 기대를 하게 된다. 3초 뒤에는 다시 통화를 시도할 거면서 말이다.

아, 젠장! 다급히 휴대폰을 끊었다. 아무개 소개로 전화 드렸다고 하면 자연스럽게 시작할 수 있을 텐데, 불행히도 난 '동네 형의 친구' 이름도 모른다.

지금이라도 '동네 형의 친구'에게 전화를 걸어 이름을 물어볼까 했지만 그것도 좋은 그림은 아니란 생각이 들었다. 에이, 그냥 간단히 생각하자. 어쨌든 의뢰를 하면 돈이 들 것이고 돈을 내는 놈이 '갑'이니까 꿀릴 게 없다는 생각이 들었다. 다시 휴대폰을 들었다. 신호음이 몇 번 울리다가 뚝 끊어지며 남자의 목소리가 들렸다.

— 예.

낮고 탁한 목소리다. 친절한 상담을 받기는 다 틀린 거다.

"아, 저…… 일을 좀 의뢰할까 합니다."

— 뭐요?

아, 싫다. 이런 식은땀 나는 상황이 세상에서 가장 싫다.

"의뢰할 일이 있어서 소개받고 전화 드렸습니다."

한동안 말이 없었다. 상대가 말없이 숨소리만 내면 여러 가지 생각이 머릿속을 맴돈다. 날 의심하고 있는 건지, 아니면 미친놈 취급하는 건지, 혹은 번호를 잘못 누른 건지 등등 말이다. 상대방은 갑자기 산뜻한 분위기로 확 바뀐 목소리로 물었다.

— 아! 혹시 동네 선배분께 소개받지 않았나요?

"아, 맞습니다!"

— 아, 예. 기다리고 있었습니다.

나만이 지은 호칭을 처음 보는 놈이 사용한다는 것이 희한하지 않은가? 순간 '동네 형의 친구'라는 호칭이 일반명사는 아닐까 하는 생각이 들었다. '정보군'의 목소리는 처음과는 정반대로 달라진 밝고 경쾌한 목소리다. 난 이렇게 변화무쌍한 사람이 두렵다. 언제 어떻게 변할지 모르니까 말이다. 이런 부류의 사람은 돈에 대해서는 그 기복이 매우 심한 것이 특징이다. 면전에서 웃다가도 돌아서면 뒤통수에 칼을 꽂을 수 있는 역량을 갖춘 인재란 얘기다.

— 만나서 얘기하셔야 할 것 같은데, 혹시 지금 어디십니까?

"역삼동에 있습니다."

— 잘됐네요. 팔래스 호텔 아시죠? 고속버스터미널 뒤에 있는 곳요. 택시 타도 기본요금밖에 안 나올 겁니다. 거기 카페에서 뵙죠.

물론 잘 알고 있다. 딸기 주스도 만 잔만 팔면 집을 살 수 있다는 것을 처음 깨닫게 해 준 데가 바로 그곳이니까. 이놈이 예의를 안다면, 주스 값은 약속 장소 잡은 놈이 낸다는 것쯤은 알고 있을 거다.

"언제쯤 뵐까요?"

— 지금 오시죠. 기다리고 있겠습니다. 전화번호 하나를 문자 넣어 드리겠습니다. 앞으로 전화는 그쪽 번호로 주십시오. 그럼 잠시 후에 뵙겠습니다.

택시 기본요금밖에 안 나온다던 팰래스 호텔에 30분이 다 되어서 도착했다. '정보군' 그 자식은 택시를 타 본 적이 없는 놈이 분명했다. 빳빳한 만 원짜리 지폐를 내밀자 택시 기사님은 백 원짜리 몇 개만 거슬러 주셨다.

팰래스 호텔도 꽤나 익숙한 곳이다. 자주 애용하기 때문이라기보다는 예전에 다녔던 회사의 행사를 주로 이곳에서 했기 때문이다. 카페는 예나 지금이나 달라진 것이 없다. 달라진 것이 있다면 딸기 주스에 꽂혀 나오는 빨대가 이제는 구부러진다는 것 정도? 입구에 서서 주변을 두리번거리는 내게 전화가 왔다.

— 혹시 지금 입구에 서 계신가요?

매장 안을 둘러보니 한쪽 구석에서 다정하게 손을 흔들어 보이는 '정보군'의 모습이 보였다. 손은 제발 한 번만 들어 보이라고. 남들 눈에 이상하게 보일 수도 있잖아.

'정보군'은 생각보다 덩치가 좋았고, 음습하지 않은 얼굴을 하고 있었다. 지하철 어디에서나 볼 수 있는 평범한 샐러리맨의 모습이었다. 내 선입견이 다시 한 번 무너졌다. 직업이 범상치 않다고 해서 사람 생긴 것까지 이상하지는 않은 것이다. 생각해 보건대, 나를 전문 킬러라고 보는 사람은 거의 없을 것이다. 확신은 없지만.

"반갑습니다."

그가 내민 손이 왠지 어색하게 느껴졌다. 생각해 보니 이쪽으로 발을 들여놓은 이후로 서로를 소개하며 악수를 나눈 기억이 없었다. '동네 형의 친구'도 그랬고 다이스컨설팅의 사장도 그랬다. 악수를 청하는 자는 '정보군'이 처음이었다. 난 잠시 망설였다. 정확히 말하면 망설였다기보다는 뜻밖의 상황에 당황했다는 쪽이 옳은 표현일 것이다. 내가 결정을 내리기도 전에 그는 머쓱한 표정을 지으며 뻗었던 손을 접었다.

"아, 죄송합니다. 원래 이쪽 분들은 악수 잘 안 하시는 거 아는데, 저도 모르게 손을 내밀었네요."

아, 그런 거야? 하지만 '이쪽 분들'이라고 하니 왠지 차별당하는 기분이 들었다.

"내용은 전해 들었습니다."

뭐야, 그럼 왜 만나자고 한 거야? 난 더는 할 얘기가 없었기에 멀뚱거리며 딸기 주스만 바라보고 있었다. '정보군'은 내게서 뭔가를 기대하는 눈치였지만 그게 뭔지 내가 어떻게 알겠는가? 그리고 나는 '갑'이란 말이다. '을'의 눈치까지 볼 여유 따위는 없는 것이다.

내 눈치를 보던 '정보군'이 조심스럽게 입을 열었다.

"내용은 들었습니다만, 결제 조건은 아직……."

내게는 이 모든 것이 생소한 상황이다. 생소하다는 것은 모른다는 것을 의미했고 모른다는 것은 곧 배워야 한다는 것을 의미했다. 난 딸기 주스를 마시고는 입을 열었다.

"이런 거래는 처음이라 잘 모릅니다. 어떤 옵션이 있죠?"

"예? 이쪽으로는 베테랑이라고 하시던데……."

'동네 형의 친구'가 나를 위해 뻥을 친 모양이다. 내게 좋은 협상 조건을 만들어 주기 위한 배려라는 것은 알겠지만 전혀 고맙게 느껴지지가 않았다. '정보군'은 잠시 생각하는 표정이더니 스스로 답을 얻었는지 고개를 끄덕였다.

"아, 에이전시 통해서만 일하셨나 봐요?"

고개를 끄덕이는 것으로 답변을 축약했다. 떠벌릴 것도 아니고 할 말도 없었으니까.

"아, 그러시구나. 일이 일이다 보니 기본적으로 현금 거래만 하는 건 아실 테고, 선결제로 하시면 그 돈으로 움직이니까 빠르게 진행할 수 있습니다."

그는 말을 하다 말고 내 반응을 기다렸다. 선결제를 해 달라는 얘기를 하고 있는 거다. 인프라 제휴 계약을 제외하고는 선결제를 받은 업체의 특징은 '먹고 배 째라'로 요약된다. 돈은 이미 챙겼으니 협조가 제대로 될 리가 없는 거다. 내가 등신으로 보이셨군요?

"설명 계속하시죠."

내 반응에 그는 약간 실망한 듯 미소를 지으며 말을 이었다.

"우선 제 돈으로 움직이는 방법도 있기는 하지만 그렇게 하게 되면 시간이 조금 걸릴 수도 있고, 퀄리티도 레벨을 맞춰서 드릴 수밖에 없게 됩니다."

내 성격상 업무적인 얘기를 할 때 말을 돌려서 하는 걸 별로 좋아하지 않는다. 그건 예의도 아니고 그냥 주저리주저리 늘어놓는 잡담이다. 업무는 철저히 효율성 중심으로 가야 한다. 서로 요점을 말하고 요점이 맞지 않으면 협의를 통해 절충하면 되는 것이다.

'정보군'이 열심히 떠들고 있는 내용이 내 귀에 들어올 리가 없다. 서서히 짜증이 나기 시작했다.

"됐어요."

내 말에 그가 의외라는 듯 말을 멈추며 나를 바라보았다.

"복잡하게 생각하지 말고 일반적인 방식으로 합시다. 계약금 30퍼센트 선불."

"아, 형님. 처음이라 잘 모르시는 것 같은데 이쪽 업계는 좀 다르지 않습니까. 그것을 좀 감안하셔서 생각해 주시죠."

'정보군'은 협상에서 해서는 안 될 말을 해 버렸다.

협상을 할 때는 조금이라도 상대를 무시하는 말을 해서는 안 되는 것이다. '잘 모르시는 것 같은데', '아, 그걸 모르셨어요?', '우리들은 통상 그런 방식으로 해 왔기 때문에' 등이 모두 금기시되는 말이다. 생각 있는 사람이라면 상대가 전혀 모르는 분야의 내용도 '아시다시피'라고 운을 떼면서 설명한다.

별로 좋지 않은 내 성격이 반사적으로 작동했다.

"내가 잘 모르니까 일반적인 방식으로 하자는 거죠."

"예?"

"한쪽만 알고 있는 방법으로 계약할 수는 없잖아요."

'정보군'의 표정이 읽혔다. '어라? 이 새끼 봐라?' 그런 표정이다.

"아니 형님, 원래 이쪽이……."

"그쪽은 그냥 원래대로 하고, 나는 일반적으로 한다니까요. 내 말 못 알아들은 거예요?"

내 반응이 '정보군'의 예상보다 강했던 모양이다. 그는 잠시 말을 잃은 것처럼 입을 다물고 빤히 바라보았지만 머릿속에선 맞받아칠 말을 급조하고 있을 것이 분명했다. 그는 약간은 붉어진 얼굴로 말했다.

"이쪽 바닥이 넓지가 않습니다. 한 명만 건너면 다 아는 사이거든요. 그래서 소개가 아니면 만나기 어렵죠. 어떻게 하실래요?"

'정보군'이 텃새를 이용한 협박을 시작한다. 난 기분이 상당히 나빠졌기 때문에 잠시 입을 다물었다. '정보군'이 대답을 독촉했다.

"어떻게 하실 거냐고요."

이 자식이 이젠 노골적으로 덤빈다.

"아까 말했잖아요. 선불 30퍼센트라고."

나를 빤히 보던 '정보군' 자식이 묘한 눈빛을 발하면서 말을 뱉었다.

"관둡시다."

이 상황에서 가장 분명한 점은 내가 놈에게 얕보이고 있다는 것이다. 이들처럼 힘의 원리에 의지해서 사는 놈들에게는 한번 얕보이면 그걸로 살기가 힘들어진다는 것을 잘 알고 있다. 법의 보호를 받지 못하는 인생들은 아프리카 초원의 짐승들과 같아서 강한 놈에게는 굽실거리지만 약한 놈에게는 사정없이 덤벼든다. 이건 '비겁하다' 또는 '비열하다' 등과는 차원이 다른 얘기다. 법치국가에 법이 있듯이 정글엔 정글의 법이 있는 것이다. 이건 따라야 하는 환경이자 순리다.

자리를 뜨려는 그에게 난 낮은 목소리로 불렀다.

"앉아, 새끼야."

그는 자신의 귀를 의심하는 듯한 표정으로 나를 바라보았다. 난 놈의 귀에 못을 박듯 다시 말했다.

"안 앉아?"

놈은 오만 가지 생각을 하는 표정이다. 그의 표정, 생각을 모두 이해한다. 이쪽 업계에서 일하는 만큼 그의 경력도 평범하진 않을 것이 분명하다. 하지만 '동네 형의 친구'로부터 내가 가장 밑바닥 인생을 살고 있는 놈이라는 점을 들어 알고 있을 것이다. 바닥 인생이라는 것이 뭘 의미하는지, 그는 잘 알고 있을 것이다. 거기에 '정보군' 그 자신도 정글의 법칙에 대해서 누구보다도 잘 알고 있을 것이다. 이런 상황이니 머리가 복잡하지 않겠는가?

"허락도 받지 않고 자리를 먼저 떠?"

위의 많은 논리적인 생각과는 별개로 발끈한 내 마음이 폭언부터 터뜨리게 했다. 마음이 발끈하기 시작하면 좀처럼 머리로 통제가 되지 않는다는 것이 나의 큰 단점이다. 그는 여전히 엉거주춤한 자세로 서서 나를 바라보았다.

"이 새끼 봐라, 앉혀 주랴?"

분위기 썰렁하다. 난 그냥 열 받은 대로 말했을 뿐인데 그놈에게는 단순한 소리로 들리지 않았을 거다. 내 직업을 알고 있는 자라면 누구든지 내 말이 평범하게 들리지는 않았을 거란 생각이 들었다. 본의 아니게 심리전이 시작된 것이다.

엉거주춤 서 있던 '정보군'이 내키지 않는 동작으로 다시 자리에 앉았다. 나의 기선 제압으로 산뜻한 출발을 시작했다. 그가 자리에 앉기를 기다려 나는 표정을 온화하게 바꾸며 말했다. 물론 계산된 행동이다.

"초면인데 저도 모르게 말이 좀 험악하게 나갔네요. 죄송합니다."

세상에는 무서운 부류가 두 종류 있다.

단연코 처음으로 언급이 되는 부류는 바로 '무식한 놈'이다. 아는 게 없으니 앞뒤 가릴 수가 없고, 가릴 수가 없으니 그냥 자기 생각대로 저지르는 것이다. 뻔한 결과가 보이는 데도 당장 자기 생각대로 해 버리기 때문에 상대하기가 겁나는 부류인 것이다.

하지만 이런 부류를 능가하는 종족이 있으니 그들은 다름 아닌 꼴통들이다.

우리가 통상 '꼴통'이리 부르는 사람들은 눈빛부터가 남다른 포스를 띠고 있다. 이들의 무서움은 '무식한 놈'의 그것과는 차원이 다르다. 무식한 놈들이 생각이 없는 것에 무서움이 있는 데 반해 꼴통들은 종잡을 수 없음에 원초적인 공포가 내포되어 있다.

이들은 뭔가를 판단하고 행동할 때 뇌를 쓰는 것이 아니라 그냥 당시의 기분에 따라 판단하고 행동한다. 이들의 기분은 그들 자신조차도 파악할 수가 없기 때문에 절대적인 예측 불허의 존재들이다. 그래서 뇌를 쓰지 않는 꼴통들과는 협상 자체가 진행되지 않는다. 내가 '정보군'에게 보여 주고자 하는 것이 바로 이런 꼴통의 모습이다.

예상대로 나의 존댓말에 '정보군'은 당황한 기색이 역력했다. 그도 갖은 종류의 사람들을 만나 봤겠지만 아마도 이런 농도 짙은 꼴통은 처음인 모양이다.

"죄송하기도 하니까, 그럼 35퍼센트 선지급하는 것으로 하죠. 어떻습니까?"

'정보군'은 아직도 판단을 못 했는지 눈알만 굴리고 있다가 곧 어색한 표정으로 웃음을 띠며 말했다.

"하하, 성격이 참 불같으시네."

"성질이 좀 지랄맞죠? 고쳐야 되는데 참……. 그럼, 그렇게 하시겠습니까?"

"예, 뭐, 그렇게 하시죠."

"좋습니다. 제가 작업하는 데 문제없게만 해 주시면 됩니다."

"연락드리겠습니다."

협상 종료. 난 이쪽 세계의 룰 같은 건 알고 싶지도 않고 그런 것에 얽매이고 싶은 생각도 없다. 내게 최대한 유리한 조건으로 타협점을 찾기만 하면 되는 것이다.

협상의 기본만 알면 하지 못할 협상이란 건 없다.

#부수적 손상
Collateral Damage

장을 보러 가는 길이면 고개를 한껏 젖히고 하늘을 올려 본다. 황사, 오존층 파괴, 스모그 등등 환경 단체에서 당장 지구가 망할 것처럼 떠들고 있지만 내가 보는 하늘은 파랗기만 하다. 특히 오늘같이 비 온 뒤의 하늘은 더욱 그렇다. 포토샵으로 작업한 사진처럼 행복한 파란색이다.

하늘을 보다 살며시 마누라를 돌아보면, 마누라 또한 하늘을 올려 보고 있다. 선천적으로 낭만과는 관계가 없는 마누라지만 이럴 때는 참 순진해 보인다. 이렇게 하늘을 보고 있노라면 한 가지 생각이 자동으로 떠오르곤 한다.

"일본 가고 싶다."

말을 해 놓고 마누라 눈치를 힐끗 봤다. 다른 때였으면 구박을 했겠지만 마누라 또한 일본 여행이 하고 싶은지 슬며시 미소만 띨 뿐이다.

"마누라, 도쿄 가고 싶지 않아?"

"가고 싶지, 인간아."

마누라는 도쿄의 길가에 있는 예쁘장한 상점을 좋아한다. 난 도쿄의 고요한 주택가를 좋아하기에, 우리가 함께 본 지유가오카의 예쁜 상점 거리에 대해 좋은 기억을 가지고 있다.

"도쿄 갈래?"

나의 뜬금없는 질문에 마누라는 미소를 머금은 채 대답한다.

"네가 미쳤구나. 남은 대출금이 얼마인 줄이나 알고 하는 말이냐, 이 백수 자식아?"

집 살 때 빌린 대출금이 있다는 건 누구보다 내가 잘 알고 있다. 대출금 채무자가 나란 말이다, 이 여편네야. 하지만 그걸 한 방에 갚을 돈이 내 통장에 들어 있다는 것도 알고 있다.

난 다시 하늘을 올려 보았다. 하늘은 여전히 행복한 파란색이다. 이 파란 하늘 위로 씁쓸하게 웃던 이다희 양의 마지막 모습이 떠올랐다. 불행 중 다행이다. 그나마 다른 희생자들의 얼굴이 떠오르지 않았으니까.

내게 죽은 사람의 수만큼, 내 행복은 특별하고 소중하다. 그들의 몫을 빼앗아 이룬 행복인 만큼 절대로 침범당해서는 안 되는 신성한 불가침의 영역인 것이다.

하지만 그런 소중한 내 영역도 예기치 않게 침범을 당했다. 그것도 아무 예고도 없이 뒤통수치듯이 말이다.

사람은 각자의 생각으로 세상을 판단하기 때문에 사안에 따라서는 충돌이 불가피하다. 세상의 모든 충돌은 이렇게 자신의 정의와 타인의 정의가 맞부딪히는 것일 뿐 선과 악의 충돌은 존재하지 않는다. 서른 명을 죽인 연쇄살인범이 우리 눈에는 인간 말종으로 보이지만, 그 살인범 입장에서는 세상을 향한 정당한 응징일 수도 있는 것이다. 선배의 정의와 내 정의가 부딪힌 이번 경우처럼 말이다.

'선배'가 누군지 기억하는가?

함께 사업하자고 해 놓고 뒤통수치고 튀어 버린 바로 그 작자다. 그런데 그 선배, 도대체 무슨 생각에선지 갑작스럽게 내게 연락을 해서 만나자고 했다. 미안한 듯한 목소리로 논현동의 한 카페에서 보자는 말을 듣고 늦게라도 돈을 갚으려는 것이라고 생각했다. 거의 포기한 돈이 생긴다는 생각에 기쁘기까지 했다.

카페 한쪽에 자리를 잡고 선배가 오기를 기다렸다. 약속 시간이 지났지만 도대체 올 생각을 하지 않는다. 물을 한 잔 더 시키려고 손을 치켜드는 순간, 카페 안으로 불쑥 들어선 세 명의 사내들이 매장 안을 한 번 빙 둘러보고는 내가 앉아 있던 테이블로 곧장 다가와 에워쌌다. 물론 난 당황했다. 생전 처음 보는 놈들이었으니까.

맞은편 의자에 앉은 사내를 제외하고는 남은 두 사람 모두 검은색 정장 차림이었다. 키가 크고 호리호리한 체형의 사내는 유난히 하얀 얼굴색과 정장의 색이 조화를 이루고 있는 반면, 다른 한 명은 굵은 근육의 굴곡 때문에 부대 자루를 뒤집어쓴 것 같은 느낌을 주었다.

근육질의 사내는 품속에서 뭔가를 꺼내 들었다. 그가 꺼낸 것은 사진 한 장일뿐이지만 내 눈엔 육류 절단용 사각 칼로 보여 심장이 한차례 크게 일렁였다. 사내는 사진을 내 얼굴 가까이 대고 비교해 보고는 앉아 있는 사내를 향해 고개를 끄덕였다.

맞은편에 앉아 바라보고만 있던 사내가 처음으로 입을 열었다.

"니, 방의강이 맞나?"

그의 굵은 목소리는 경상도 사투리와 어울려 알 수 없는 중압감을 주었다. 그가 양 팔꿈치를 테이블 위에 올리자 하얗게 탈색한 뱀가죽 재킷의 소매가 팽팽해지며 굵은 팔뚝이 도드라졌다. 소매 끝엔 용 꼬리와 매화가 어우러진 컬러풀한 문신 일부가 살짝 모습을 드러냈다.

"안준연이 알제?"

낯선 남자의 입에서 익숙한 이름이 튀어나왔다. 내 뒤통수를 친, 그리고 오늘 만나자던 선배의 이름이었다. 뭐라고 대답해야 할지 오만 가지 생각이 다 들었지만 결국 사실대로 말이 흘러나왔다.

"예, 그렇습니다만……."

그는 더 확인할 것도 없다는 듯 벌떡 일어서며 자기 사람들에게 말했다.

"가자."

용 꼬리 문신을 한 사내의 말이 끝나자마자 덩치 큰 사내의 커다란 손이 내 겨드랑이를 파고들었다. 내가 일어선 것인지 그가 들어 올린 것인지 구분이 되지 않는 모호한 힘에 이끌려 일어섰다. 마치 트럭에 줄을 매고 끌려가는 것처럼 느껴졌다. 내 팔을 붙잡고 있는 그의 팔을 털어 내며 나름 거칠게 물었다.

"왜, 왜 이래요? 이유나 알아야 할 거 아뇨?"

덩치가 그제야 나를 돌아보며 말했다.

"말로 할 때 조용히 나가자."

"당신들 뭐 하는 사람들이······."

말이 끝나기도 전에 머리가 핑 돌았다. 눈에선 의도하지 않은 눈물이 반사적으로 배어 나왔다. 덩치가 솥뚜껑 같은 손으로 내 뺨을 후려쳤다는 것을 깨닫기까지 시간이 좀 걸렸다. 그는 팔을 다시 잡아끌기 시작했고 나는 말없이 따라나섰다. 입을 열었다간 나도 모르게 울먹이는 목소리가 나올 것 같았기 때문이다. 한 대 맞고 울기는 아홉 살 이후로 처음이다.

검은색 승용차에 네 사람이 모두 올라탔다. '흰 얼굴'이 운전대를 잡고 그 옆에 덩치가 앉아 앞의 시야를 모두 가렸다. 난 용 꼬리 문신의 남자와 나란히 앉았다. 물론 원해서 그의 옆에 앉은 것은 아니다. 덩치에게 맞은 뺨이 점점 부풀어 오르는 게 느껴졌다. 골격에 변형이 온 건 아닌지 걱정할 때 '용 꼬리 문신'이 입을 열었다.

"니, 아나? 니 땜에 사람이 죽은 거."

내가 사람 죽인 것을 아는 걸까? 가슴이 덜커 내려앉았지만 곧 평정을 되찾았다. 안준연이라는 이름이 나왔다면 그 인간이랑 관계가 있는 얘기일 테니까. 그 인간이 죽었다는 걸까? 내가 대답을 하지 않자 그는 시선을 여전히 앞쪽에 둔 채 말을 이었다.

"내랑 친한 행님이 오늘 발인이다. 니가 빼돌린 돈 때문에 말이다."

무슨 얘기를 하는 건지 도무지 알 수가 없었다. 단어를 모르면 사전이라도 찾아볼 텐데 말 전체를 못 알아들으니 방법이 없었다. 부어오르는 뺨 때문에 점점 부정확해지는 발음을 또박또박 유지하려고 노력하며 말을 이었다.

"무슨 말씀을 하시는 건지 모르겠습니다."

'용 꼬리 문신'은 나를 돌아보며 짧게 말했다.

"계속 이럴래?"

그는 잠시 뜸을 들였다가 강조하듯 천천히 입을 열었다.

"돈, 어데 있노?"

'필름 누아르' 장르의 영화가 떠올랐다. 영문도 모르는 주인공에게 돈의 출처를 묻는 마피아 두목이 나오는 장면 말이다. 그가 내 뒷목에 손을 얹고 안마하듯 움켜잡으며 말했다.

"안준연이가 준 돈 23억 말이다."

23억이란 내게 익숙한 숫자였다. 선배가 사업하자고 내게 보여 줬던 통장의 돈. 코스닥 등록 회사 인수를 하면 150억으로 만들 수 있는 기초 자금이라던 그 돈. 하지만 어떤 건설 회사로부터 의뢰를 받고 세탁 중이었던 그 돈. 실존하는지조차 의심스러워했던 내게 그 돈의 출처를 묻고 있는 거다. 환장하겠다.

"안준연이가 그래요?"

'용 꼬리 문신'이 내 뒤통수를 툭 치며 말했다.

"선배라며 안준연이가 뭐고?"

"안준연 씨가 저한테 23억을 줬다고 그럽니까?"

그는 담배를 입에 물며 창문을 내렸다. 내 질문엔 대답할 생각이 전혀 없는 듯 담배 연기를 깊이 들이켰다 창밖을 향해 다시 길게 내뱉고는 내 어깨에 팔을 얹으며 말했다.

"차 안에 있을 때 말하는 게 좋을 기다."

그는 웃어 보이며 가벼운 농담조로 말을 이었다.

"관棺 타고 나면 말하고 싶어도 몬 한다이."

난 대답하지 않았다. 내가 모른다고 말을 하는 횟수가 늘수록 '용 꼬리 문신' 자식은 더욱 집요하게 캐낼 테니까. 내 표정을 살피던 그는 어깨에 올렸던 팔을 내리며 말했다.

"니도 쉽게 가긴 틀린 모양이다."

'용 꼬리 문신'은 앞을 향해 고개를 살짝 끄덕여 보였다. 덩치가 몸을 빙글 돌려 나를 향해 주먹을 내질렀다. 덩치의 입가에 걸린 미소를 끝으로 큰 충격과 함께 정신이 혼미해졌다. 무슨 일이 있더라도 덩치 자식만큼은 그냥 두지 않으리라.

멀리서부터 사람들의 목소리가 들렸다. 뭉ㄱ러져 들리던 수

리는 점점 또렷하게 변했다.

눈을 떴다.

가장 먼저 시야에 들어온 것이 회색 시멘트로 된 천장이었다. 원자재의 질감을 미적으로 살린 것이 아닌, 애초부터 꾸밀 생각 없이 철저히 원가 절감 차원에서 무신경하게 지은 천장. 벽은 물론 바닥까지도 시멘트 천장과 같이 온통 우중충한 회색뿐이었다. 2백여 평 남짓한 공간에 사각기둥이 열을 맞춰 천장을 받치고 있었고 기둥 사이마다 흰색 페인트로 사각형 라인을 두 개씩 그어 둔 것이, 공간 전체가 눈에 많이 익은 모양새였다.

내가 앉아 있는 곳이 소파라는 것만 빼면 깊이 생각하지 않아도 이곳이 지하 주차장이란 사실을 쉽게 짐작할 수 있었다. 하지만 본래 용도로 사용되지 않는 건 확실했다.

아무도 지하 주차장에 빈소를 차려 두지는 않으니까.

수많은 조화로 꾸며진 빈소에는 제법 골동품의 느낌이 있는 향로가 놓여 있었고 황갈색 향 한 자루가 오롯이 연기를 흘렸다. 그 앞엔 용도를 알 수 없는 의자 하나가 상주 대신 자리를 지키고 있었다. 영정 사진이 없다는 것 외에는 색다를 게 없었지만, 그와 더불어 좌우 벽면에 비대칭으로 장식되어 있는 높이 2미터 넓이 1미터 남짓한 10여 개의 시멘트 블록과 빈소가 어우러져 괴상한 분위기를 연출했다.

우측 벽면에 있는 방화문이 벌컥 열리며 세 사람이 들어섰다. 재빨리 정신을 잃은 척하려 했지만 흠칫 놀라는 바람에 타이밍이 어그러져 눈을 마주치고 말았다.

'용 꼬리 문신'은 곧장 빈소로 향하며 나를 향해 검지를 들어 보였다. 무슨 뜻인지는 모르지만 다시 정신을 잃은 척할 수는 없다는 것은 확실히 알 수 있었다.

'흰 얼굴'과 덩치는 빈소 옆에 나 있던 가로세로 1미터 크기의 문을 열어젖혔다. 덩치가 그 안으로 팔을 쑥 집어넣었다가 뒷걸음질을 치며 뭔가를 끌고 나왔다. 나무로 만든 관이 머리 끄덩이를 잡힌 것처럼 밖으로 질질 끌려 나왔다. 차 안에서 '용 꼬리 문신'이 했던 농담이 떠올랐다.

"관 타고 나면 말하고 싶어도 몬 한다이."

소름이 등골을 타고 머리끝까지 올라왔다. 덩치가 관 뚜껑에 붙어 있는 두 개의 버클을 젖히자 철컥 소리와 함께 느슨하게 풀렸다. 자주 해 본 듯 자연스럽게 관 뚜껑도 열어젖혔다. 미라나 뱀파이어가 튀어나와 그들의 목을 물어뜯기를 바랐지만 아무 일도 일어나지 않았다.

그들은 관 안을 살피며 저희들끼리 잠깐 말을 주고받고는, 이번에도 덩치가 관 안으로 팔을 뻗어 뭔가를 들어 올렸다.

사람이다.

체구보다 큰 사이즈의 정장을 입은 중년 남자였지만 언뜻 보면 노인으로 착각할 수도 있는 생김새였다. 덩치가 그를 번쩍 들어 상주 자리에 놓여 있던 의자에 옮겨 앉히자 남자의 팔다리가 목각 인형처럼 덜걱거리며 움직였다. 십중팔구 부러졌을 것이다.

미끄러져 떨어지려는 남자를 '흰 얼굴'이 붙잡아 고정시켰다. 그 모든 걸 지켜보고 있던 '용 꼬리 문신'이 드디어 입을 열었다.

"통장에 돈이 안 들어왔는데? 인간관계 좀 잘 만들어 놓지, 이게 머고?"

'용 꼬리 문신'은 남자의 턱을 잡아 시선을 맞추고 말을 이었다.

"행님, 그럼 이만 발인합시다이?"

형님 그리고 발인. 이 두 개의 단어로 '용 꼬리 문신'이 말했던, 오늘 발인이라던 친한 형님이 누군지 어렵지 않게 알 수 있었다.

남자는 간신히 뜬 눈으로 '용 꼬리 문신'을 바라보았다.

뜬 듯 감은 듯 알 수 없는 눈이었지만 두려워하는 눈빛만큼은 확실히 알아볼 수 있었다. 그는 여러 차례 입술을 달싹거리며 힘겹게 말을 흘렸다.

"살려 주소……."

"에헤이! 행님, 욕심이 많구마. 이 꼴로 나가도 오래 몬 산다."

'용 꼬리 문신'은 나를 힐끗 보고는 그를 향해 말을 이었다.

"세입자가 새로 왔으믄 깔끔하게 비워 줘야 도리 아이겠나."

내가 새로 온 세입자다.

실재하는지도 의심스러운 23억의 행방을 몰라서 죽는 황당한 인생이 되었다. 이럴 줄 알았으면 마누라한테 말이나 하고 나올걸. 온몸의 힘을 끌어모아 괄약근에 힘을 잔뜩 주었다. 두려움은 요도부터 느슨하게 할 테니 말이다.

'용 꼬리 문신'이 뒷짐을 지고 방화문 쪽으로 향하며 부하들에게 말했다.

"깨끗이 정리해라이."

'용 꼬리 문신'이 나가기를 기다려 덩치와 '흰 얼굴'이 서로 위치를 바꾸었다. 덩치가 남자의 뒷목을 움켜쥐어 강제로 그의 머리가 꼿꼿이 서도록 했다. '흰 얼굴'은 오른 주먹을 말아 쥔 채 거리를 재며 덩치를 바라보았다. 덩치는 '흰 얼굴'의 자세를 보며 가르치듯 말했다.

"주먹에 힘줘 봤자 소용없다니까. 어깨도 힘 빼고. 힘은 허리에 주라고 몇 번을 말해?"

흰 얼굴이 허리를 옆으로 더 틀어 자세를 고쳐 잡고 물었다.

"이렇게?"

"그래, 허리 스핀으로 하체 힘을 주먹으로 옮기는 거야. 그렇지. 손목은 타격 순간에 스냅만 주고."

'흰 얼굴'은 남자의 얼굴을 향해 주먹을 내지르는 동작을 천천히 해 보였다.

"이대로 관자놀이를 치는 거라고?"

"아, 정말 답답하네. 칼은 그렇게 잘 쓰면서 주먹질은 왜 이렇게 못해? 몸치 아냐?"

"칼하고 주먹은 태생부터 완전 다르다니까. 설명이나 해."

덩치는 몸소 시범까지 보이며 설명했다.

"쳐서 부러뜨리는 게 아니라 밀어서 비튼다는 느낌으로, 이렇게. 자, 해 봐."

덩치가 다시 남자의 뒷목을 세웠다. '흰 얼굴'이 리드미컬한 동작으로 허리를 비틀며 남자의 왼쪽 머리에 주먹을 꽂았다.

퍽!

둔탁한 소리와 함께 남자가 의자에서 떨어져 인형처럼 바닥에 굴렀다. 덩치와 '흰 얼굴'은 점수판을 보듯 쓰러진 남자를 바라보았다. 그들의 진지한 표정에 나조차 숨을 죽이고 남자를 바라보았다.

한동안 죽은 듯 쓰러져 있던 남자는 가는 숨을 토해 내며 꿈틀거렸다.

"에이, 젠장."

'흰 얼굴'이 김샌다는 표정으로 쓰러진 남자를 일으켜 덩치 앞에 세웠다.

덩치는 '흰 얼굴'과 달리 예비 동작도 없이 남자의 머리를 향해 주먹을 휘둘렀다. 순간적으로 남자의 얼굴이 등 뒤로 돌아간 것처럼 보였다. 남자는 '흰 얼굴'이 손을 놓자마자 무너져 내렸다. 굳이 살피지 않아도 즉사했다는 것을 알 수 있었다.

"이게 그렇게 안 되나?"

덩치의 말에 '흰 얼굴'은 맘에 안 든다는 표정으로 대꾸했다.

"역시 힘 차이야."

"힘이 아니라 힘의 이동이 핵심이라니까."

그들은 스터디 그룹의 학생들처럼 서로 의견을 주고받으며 시체를 시멘트 블록 앞으로 던져 놓고 곧장 내게 다가왔다. 그제야 정신이 번쩍 들었다. 내가 보고 있던 게 공포 영화가 아니라 현실이란 것을 깨달았다.

덩치는 아이의 머리 쓰다듬듯 내 머리를 쓰다듬으며 말했다.

"가자."

이곳에서 세입자가 갈 곳은 관 밖에 없었다. 카페에서 나올 때처럼 말대꾸를 하면 또 맞을지도 모르지만 그냥 있을 수는 없었다. 방금 내 미래를 라이브로 보지 않았는가. 1회용 샌드백 신세를 면하기 위해서는 뭐라도 해야 했다.

"잠, 잠깐만요."

덩치는 볼 한쪽을 일그러뜨렸다.

"맞을래?"

"돈 챙겨 오면 되는 거잖습니까?"

"하, 이게 입만 살아 가지고."

덩치가 손을 치켜들었다. 나도 모르게 눈을 질끈 감았지만 매서운 손맛 대신에 '흰 얼굴'의 목소리가 들렸다.

"잠깐."

그의 목소리에 눈을 떴다. 그들의 자세로 보아 '흰 얼굴'이 덩치의 팔을 잡아 제지시킨 모양이었다. 물러서 있던 '흰 얼굴'이 한 걸음 다가와 다시 물었다.

"어디 있는지 모른다고 하지 않았나?"

덩치가 한마디 거들었다.

"이빨 까서 걸어 나갈 계산이면 생각 다시 해라."

이런 무지막지한 놈들 앞에서 거짓말할 정도로 내 심장은 강하지 않다. 지금 이 순간만큼은 내 마음이 통할 때까지 진실만을 말할 것이다. 이 순간만큼은.

"돈이 어디 있는지는 모릅니다만 그 액수만큼 만들어 오면 되잖습니까."

무력 앞에선 나도 모르게 극존칭이 튀어나온다. '흰 얼굴'은 나를 빤히 바라보다 길고 흰 손가락으로 경고하듯 나를 가리켰다. 손목 안쪽에 날개를 펼치고 있는 새 모양과 함께 'RAVEN'이라는 문자가 새겨져 있는 문신이 하얀 피부와 대조되어 선명하게 눈에 박혔다.

"그 말에 목숨 걸 수 있나?"

난 최선을 다해 고개를 끄덕였다. 덩치는 마땅찮은 목소리로 말했다.

"이 새끼 말 들을 게 뭐 있어? 그냥 관에 한 3일 묵히면 알아서 다 불 텐데."

'흰 얼굴'은 덩치를 툭 치며 말했다.

"판단은 사장님께 맡기자고. 사장님 모셔 오마."

고마운 사람. 놈의 흰 얼굴 뒤로 천사처럼 후광이 비친다. '흰 얼굴'이 방화문을 열고 나가자 덩치와 나만 어색하게 남았다. 덩치는 너무 굵어 잘 끼워지지도 않는 팔짱을 하며 내 주변을 서성였다.

"니, 사장님 오시면 생각 잘 하고 입 놀려. 잔대가리 굴리는 소리가 조금이라도 들렸다가는 머리통을 으깨서 정말 잔대가리로 만들어 줄 테니까."

난 그냥 고개를 끄덕였다. 놈의 말은 순도 백 퍼센트 진심이란 것을 알기에.

덩치는 빈소 쪽을 힐끗힐끗 쳐다보면서 좌우를 오가며 반복해서 고개를 갸우뚱거리다 시멘트 블록을 가리키며 물었다.

"저기 벽에 세워진 기둥 보이지. 양쪽이 개수가 다르니까 많이 거슬리지 않냐?"

그의 말대로 시멘트 블록은 왼쪽에 세 개, 오른쪽에 다섯 개가 세워져 있었다. 내 시선은 왼쪽 시멘트 블록 앞에 처박혀 있는 남자의 시체에게 더 많이 갔지만 그의 기분을 생각해 맞장구를 쳐 주었다.

"예, 확실히 거슬리네요."

"그치? 아쉽네. 얼른 기둥 두 개를 저쪽에 세워야 양쪽이 균형이 맞아서 딱 보기 좋을 텐데 말이야."

그깟 기둥 아무 때나 세워도 상관없다고 생각했다. 하지만 덩치의 이어진 말에 심장이 덜컥 내려앉았다. 덩치는 나를 힐끗 보고 이렇게 중얼거렸다.

"3일만 기다리면 되니까."

3일. 장례식에서 발인까지의 시간. 이대로 3일 후면 나도 발인이 될 거고 시멘트 블록 앞에 팽개쳐진 채 죽어 있는 남자 꼴이 될 것이다.

두 구의 시체와 모자란 두 개의 기둥.

난 마른침을 삼키며 다시 한 번 괄약근에 힘을 주고 사람 크기의 시멘트 블록을 천천히 돌아보았다. 눈대중으로 관의 사이즈와 블록의 사이즈를 비교했다. 그제야 깨달았다. 그것들이 단순한 장식품이 아니란 것을.

이 새끼들,

완전히 미친놈들이다.

갑자기 벌컥 열리는 방화문 소리에 하마터면 소리를 지를 뻔했다. '흰 얼굴'이 '용 꼬리 문신'과 함께 돌아왔다. '용 꼬리 문신'이 내가 앉아 있던 소파 옆에 편하게 자리를 잡고 앉아 입을 열었다.

"할 말 있다고?"

"네!"

난 말 잘 듣는 학생처럼 큰 소리로 대답했다. 근처에 칠판이 있었다면 나도 모르게 한 손을 들고 외쳤을 것이다.

"23억, 그거 만들어 오겠습니다."

'용 꼬리 문신'은 나를 빤히 바라보았다. 내 진심이 그의 마음에 전해질 수 있도록 최대한 간절한 눈빛으로 응시했다. 말을 아끼던 '용 꼬리 문신'이 이윽고 두 번째 질문을 했다.

"언제?"

"3일이면 될 겁니다."

'용 꼬리 문신'이 믿지 않아 하는 표정으로 되물었다.

"그때까지 가능하겠나?"

발인까지의 시간 3일이 내게 주어진 시간이다.

"저한테 3일밖에 없는 거 아닙니까?"

'용 꼬리 문신'이 기특하다는 듯 웃으며 말했다.

"이 새끼 이거, 눈치 없어서 뒈질 일은 없겠구먼."

그는 뭔가 더 말을 하려다 말고 손가락을 튕기며 일어났다.

"좋다. 3일이다이."

'용 꼬리 문신'은 덩치를 툭 치며 말했다.

"니는 보모 노릇 좀 해라."

덩치의 표정이 순식간에 괴물처럼 일그러지며 이글거리는 눈으로 날 쏘아보았다. 내키지 않는 건 나도 마찬가지다, 이 괴물 자식아. '용 꼬리 문신'은 덩치가 대꾸할 틈을 주지 않고 말했다.

"겨우 3일 아이가."

'용 꼬리 문신'은 출구 쪽으로 향해 가다 뒤돌아서며 선심 쓰듯 물었다.

"안준연이 지금 4층 사무실에 와 있는데 함 만나 볼래?"

그 개 같은 인간을 지금 보고 싶진 않다. 말릴 틈도 없이 죽일지도 모르니까.

"다음에 보겠습니다."

'용 꼬리 문신'은 고개를 끄덕이며 말했다.

"생각 바뀌면 저녁에라도 온나. 오늘 종일 있을 거니까."

그는 출구 밖으로 사라졌다. 덩치는 여전히 똥 씹은 표정으로 따라오란 말을 하고는 출구 반대편에 있는 비상구로 향했다. 방화문을 열자 두 대의 승용차가 주차되어 있는 정상적인 주차장이 나타났다. 회색 승용차의 방향등이 점멸하며 도어록 장치가 풀리는 소리를 냈다. 덩치와 나는 각각 운전석과 조수석 문을 열고 올라탔다. 덩치는 시동을 걸며 입을 열었다.

"어디로 갈 건데?"

사실 어디로 가든 관계없다. 내 목적은 23억을 구하는 것이 아니라 구하는 것처럼 보이는 것이니까.

"근처 잡화점으로 부탁드립니다."

덩치는 나를 노려보며 말했다.

"이게 택시냐? 근처 잡화점이라고 하면 차가 알아서 가나? 정확히 말해야 할 거 아냐?"

"정확히 아는 데라고는 우리 동네에 'DC생활백화점'이라고 거기밖에 없는데 그리로 갈까요?"

덩치는 매서운 눈으로 나를 한 번 더 노려보고는 혀를 차며 차를 출발시켰다.

덩치는 우리 동네 잡화점으로 차를 몰고 가지 않았다. 사무실에서 가장 가까운 '다이소' 앞에 차를 대며 또 한 번 으르렁거렸다.

"분명히 말하는데, 지금 이 시간부터 돈하고 관계없는 짓거리 했다가는 손가락 하나씩 부러뜨린다. 또 하나, 만약 튀거나 튀는 시도를 할 경우엔 손목을 비틀어서 부러뜨린다."

그의 구체적인 위협에 위축되는 폐를 심호흡으로 간신히 부풀리고는 잡화점 안으로 들어섰다. 고른 물건을 담는 용도의 싸구려 바구니를 팔목에 걸고 진열대 사이를 누비며 필요한 물건들을 찾기 시작했다.

우선 작업용 고무장갑과 회칼을 찾았다.

작업용 장갑은 얇은 실리콘으로 되어 있는 의료용 장갑이 가장 좋지만 이런 잡화점에서 그런 것이 있을 리 만무했다. 그래서 최대한 그와 비슷한 주방용 고무장갑을 찾아 챙겼다.

회칼은 가격 대비 성능이 좋은 도루코를 골랐다. 회칼을 써 본 적은 없지만 그나마 내가 만져 봤던 칼과 가장 근접한 물건이니까.

케이블 타이는 굵은 것이어야 했다. 하지만 내 생각만큼 큰 사이즈는 없었기에 진열되어 있는 것들 중 최대한 굵은 것을 챙겼다. 중국산은 절대로 안 된다. 끊어졌다가는 일을 그르칠 수 있으니까. 조금 비싸지만 국산과 일제를 각각 한 묶음씩 샀다.

주방용 행주와 2리터짜리 콜라를 바구니에 담고 마지막으로 우의를 샀다. 왜 우의는 모두 화려한 색깔뿐인지 제조사가 원망스러웠다.

점원은 폼 안 나는 검은색 비닐봉지에 내 물건들을 넣어 주었다. 도대체 이 검은 봉지는 언제 누가 만들기 시작한 건지 궁금했다. 럭셔리와 시크의 대표 컬러인 블랙이 어떻게 이리도 저렴하게 보일 수 있는 것인지 놀라울 뿐이다.

봉투 안에 손을 넣어 회칼의 포장을 벗겨 냈다. 이제부터가 중요했다. 이 한 번으로 자유롭게 될 수도 있다. 회칼의 손잡이를 움켜쥐어 봤다. 손에 익지는 않았지만 찬밥 더운밥을 가릴 때가 아니다.

밖으로 나와 엔진을 켜 놓은 채 기다리고 있는 자동차로 조심스럽게 향했다. 덩치가 앉아 있을 운전석을 살폈다. 운전석이 비어 있다는 것을 깨닫는 순간 비닐봉지를 들고 있던 손목을 누군가 우악스럽게 움켜쥐었다.

"뭐 샀나 볼까?"

덩치는 봉투를 빼앗아 들고 내용물을 살폈다. 그는 회칼을 꺼내 들었다. 꽤 커 보이던 칼이 그의 손에 들려 있으니 문구용 칼로 보였다.

"이 새끼가 미쳤나, 이건 왜 샀어?"

"꼭 필요해서 산 겁니다."

그는 내 말은 듣지도 않고 칼을 주머니에 챙겨 넣고 나머지를 둘러보았다. 나머지는 문제가 없다고 생각했는지 내게 돌려주고는 차에 올라탔다.

덩치는 내가 차에 타기를 기다려 내 얼굴을 후려쳤다. 코에서 시작된 통증이 삽시간에 전신으로 퍼졌다.

"뒈지고 싶냐? 내가 등신으로 보여? 칼은 왜 샀어?"

난 통증 때문에 바로 대답을 할 수 없었지만 덩치가 주먹을 또 치켜드는 바람에 얼른 대답부터 했다.

"돈 구하려고요!"

내 말에도 덩치는 주먹을 멈추지 않았다. 난 순간적으로 손을 들어 그의 주먹을 막았다. 트럭이 팔뚝을 밟고 지나가는 느낌이었다.

"이 새끼 봐라? 막아?"

그는 주먹을 또 치켜들었다. 한 대 더 맞았다가는 골절이 될 것 같았다.

"그만! 그만! 계속 이렇게 때리면 돈이 나옵니까?"

그는 주먹을 다시 말아 쥐며 대답했다.

"피는 나오지."

"제 팔을 병신으로 만들어 놓으면 돈을 어떻게 구해 옵니까?"

덩치는 주먹을 내려놓으며 대답했다.

"그럼 칼 왜 샀는지 대답해. 내 목 긋고 탈출이라도 하려던 거야?"

나는 최대한 어이없는 표정을 지어 보이며 말했다.

"그럴 수 있겠습니까?"

덩치는 눈알을 굴리며 날 바라보았다. 그의 눈에, 난 이렇게 보이길 희망한다.

길에서 흔히 볼 수 있는 특별할 것 없는 인간. 폭력을 당하면 쉽게 굴복하고 협박을 당하면 겁을 집어먹고 신고할 엄두도 내지 못하는 인간. 조금이라도 빨리 정상적인 생활로 돌아가고 싶어 뭐든 시키는 대로 하려는 인간.

덩치는 조금 누그러진 목소리로 물었다.

"그러면 왜 샀어? 강도짓 할 생각이면 잘 생각해라. 그 돈 만 들려면 수만 명은 죽여야 할 거고, 수만 명 죽이려면 3일 가지고는 턱도 없지."

난 진심 어린 표정으로 그에게 말했다.

"딱 한 사람만 위협하면 됩니다. 집에 현금을 10억씩 쟁여 두고 있다는 사람이죠."

덩치는 비웃는 얼굴로 말했다.

"그 말을 지금 믿으라고 지껄이는 거야? 10억씩 금고에 넣어두는 놈을 이따위 식칼로 위협하겠다는 거야? 말이 안 되잖아, 멍청아."

"해 봐야죠. 내 목숨이 달린 일인데."

덩치는 여전히 미심쩍은 눈으로 바라보며 물었다.

"너, 이런 거 해 봤어?"

"아뇨."

"어떻게 할 건데?"

"그 사람은 저녁마다 한강에서 조깅을 합니다. 그때를 노릴 겁니다."

덩치는 고개를 설레설레 흔들었다.

"니 명줄이니까 꼴리는 대로 하고. 나머지 13억은 어떻게 할 건데?"

난 또다시 구걸하는 듯한 표정으로 말했다.

"10억 정도면 나쁘지 않잖아요?"

덩치는 황당한 표정으로 날 바라보았다. 이봐, 이봐, 오늘 낮부터 황당한 건 나라고.

"23억이면, 1억당 한 명씩만 쳐도 스물세 명은 죽여야 나오는 돈이라고. 뒤집어 말하면 23억을 위해서는 스물세 명까지는 죽여도 된다는 얘기거든. 그런데 13억을 깎아?"

확실히 미친놈들이다. 덩치는 또다시 고개를 가로저으며 말을 이었다.

"이제 한강으로 가면 되나?"

논현동이 좋다. 선배와 사업을 한답시고 사무실을 잡았던 곳인 만큼 그곳 지리는 잘 알고 있는 편이니까.

"한강 어딘지는 모릅니다. 논현동 베르나 빌딩으로 가서 거기서부터 따라가죠."

덩치는 콧방귀를 뀌며 말했다.

"젠장, 내가 지금 뭐 하는 건지 모르겠네."

덩치는 매서운 눈으로 날 쳐다보며 말을 이었다.

"이렇게까지 했는데 돈 못 구했다가는, 약속하건대 그냥 안 죽인다."

그냥 안 죽인다는 게 어떻게 죽인다는 걸까? 덩치라면 왠지 사람을 죽이는 101가지 방법을 알고 있을 것 같다.

덩치의 차를 타고 논현동으로 이동하는 동안 머릿속은 미친 듯이 돌아갔다. 위급한 상황에서는 초인이 된다는 말이 두뇌에도 해당되는지는 모르겠지만 어느 때보다 정신이 맑았다.

계획 1, 2. 경우의 수 1, 2. 예기치 않은 사건 1, 2.

모든 수를 고려하며 머리를 굴릴 때 내비게이션에서 친절한 목소리가 나왔다.

— 곧 목적지 근처에 도착합니다.

"저 하얀 건물 뒤 골목으로 들어가서 기다리죠. 곧 나타날 겁니다."

목숨을 건 도박을 시작할 시간이 다가온다. 심박 수가 급격히 높아졌다. 할 수 있을까? 해낼 수 있을까? 불안해하는 것 자체가 불안했다. 지금 해내지 못하면 끝이니까.

#다윗의 돌
David Stone

예전에 아버지께서 개인택시를 갖고 계셨기에 웬만한 고장은 손수 수리하셨다. 한번은 공기 흡입관을 교체하고 기계와 호스가 연결되는 부위를 케이블 타이로 보강하는 작업을 했다.

하지만 가지고 있던 케이블 타이는 정말 작은 것뿐이었던데 반해 호스는 어른 팔뚝만 한 크기였기에 이 작은 케이블 타이로는 묶을 수가 없었다.

그때 아버지께서 매직을 보여 주셨다.

케이블 타이의 머리와 꼬리를 서로 연결하여 하나의 큰 타이를 만들어 호스를 묶은 것이다.

내게는 지금이 그 매직이 필요한 순간이다.

"언제까지 이러고 있어야 하는 건데?"

덩치는 룸미러를 통해 뒷좌석에서 부스럭거리고 있는 나를 보며 물었다. 바지를 접어 양말 안으로 넣고 우의를 입느라 부산을 떠는 나를 한심하게 보는 시선이었다. 난 눈대중으로 사이즈를 재며 케이블 타이를 연결하면서 대답했다.

"곧 나올 겁니다."

덩치는 지루한 듯 시트 목받이에 머리를 기대며 맞은편에 보이는 건물 입구에 시선을 고정했다.

"살다 살다 이런 황당한 계획은 처음이다. 이거 완전 등신짓 아니냐고."

케이블 타이를 세 개 연결하여 하나의 고리 모양을 만들었다. 생각보다 케이블 타이가 긴 덕분에 세 개만으로도 충분할 것 같았다. 같은 모양의 고리를 여러 개 만들어 손목에 걸고 하나만 양손에 나눠 쥐며 말했다.

"그건 해 봐야 알죠."

"꼭 찍어 먹어 봐야 똥인지 된장인지 구분이 되나? 그냥 척 보면……."

양손에 나눠 쥐었던 케이블 타이 고리를 시트의 목받이와 함께 덩치의 목에 걸고 잡아당겼다.

순간 상황 파악을 못 한 덩치는 케이블 타이에 목을 졸린 채로 흠칫 놀랐다. 그 순간에도 내 손목에 걸어 두었던 여섯 개의 케이블 타이는 그의 목에 순차적으로 감겨 숨통을 조였다.

"끄억!"

인간이 낼 수 있는 소리라고는 믿기지 않을 괴성을 내며 몸부림을 쳤다.

그의 몸부림에 목받이가 빠지지 않도록 온 힘을 쏟아 내리눌렀다.

숨이 막힌 덩치는 성난 황소처럼 몸을 들썩였다.

시트의 등받이 기어가 덜컥거리는 소리를 냈다. 기어가 부러져 등받이가 뒤로 젖혀질 것 같았다. 그랬다간 목받이가 빠지면서 상황이 역전될 것이다. 시트 등받이를 버팀목으로 삼아 두 발로 덩치가 앉아 있는 시트의 등받이를 밀었다.

덩치는 닥치는 대로 팔을 휘둘러 뒤에 있는 나를 잡으려 했다.

그가 팔을 휘두를 때마다 내 몸에 피멍이 생겼다.

덩치는 게거품을 뿜어내면서도 내게서 빼앗았던 회칼을 꺼내 들고 내가 있는 뒤를 향해 마구 휘둘렀다. 내가 몸을 뒤로 피하자 그는 자신의 목으로 칼을 가져갔다.

칼의 끝을 목에 감겨 있는 케이블 타이와 피부 사이에 끼워넣고 톱질하듯 움직였다. 정교하지 못한 움직임 때문에 칼날은 덩치의 목에 상처를 냈지만 그의 손놀림은 점점 더 다급해졌다. 내가 칼을 빼앗으려 할 때마다 그는 주먹을 휘둘러 나를 막으며 나머지 한 손으로는 끊임없이 칼을 움직였다.

'틱' 하는 소리와 함께 케이블 타이 한 개가 끊어지며 떨어져 나갔다. 다급해진 것은 나도 마찬가지다. 난 허리 벨트를 풀어 덩치의 목에 교차시켜 감고는 힘껏 잡아당겼다. 두꺼운 가죽 벨트는 칼의 움직임을 방해하며 목을 조였다.

덩치는 발을 굴렀다.

차가 부서질 듯 들썩이며 시트 기어가 부러지는 소리가 났다.

시트 등받이가 뒤로 젖혀지며 그 반동으로 목받이가 뽑혀 나왔다.

덩치는 케이블 타이와 함께 묶인 목받이를 목에 매단 채 나를 향해 돌아서려 했다.

목받이가 덩치의 목에서 떨어지는 순간 케이블 타이가 헐거워지며 그의 폐에는 산소가 공급될 것이다. 그 조금의 산소로 덩치는 양분을 태워 에너지를 얻을 것이고 그 순간 난 죽은 목숨이나 다름없었다.

나는 한 발로는 그의 어깨를, 다른 한 발로는 목받이를 밟아 지탱하며 벨트를 말아 쥔 손을 더욱 세게 잡아당겼다.

덩치는 대시보드를 밀어 차 내 품 안으로 들어왔다.

나와 덩치 사이의 공간이 없어지자 순간적으로 벨트가 헐거워졌다.

덩치는 그 틈을 이용해 몸을 빙글 돌려 나를 마주 보았다.

눈은 핏물이 고인 채 분노로 이글거리고 있었고, 얼굴은 막힌 혈관으로 인해 터질 듯이 붉게 타오르고 있었다. 이를 악다문 입은 게거품을 부글거리며 으르렁거리고 있었다.

덩치는 맹수의 이빨처럼 내 목을 향해 손을 뻗었다.

물어뜯기면 죽는다. 그의 괴물 같은 완력을 내가 당해 낼 순 없다.

하지만 내 온몸의 힘이라면 덩치의 팔 힘과는 맞설 수 있을지도 모른다.

난 스프링처럼 몸을 뒤로 뉘며 무릎을 접어 위로 차올렸다.

덩치의 가슴에 발이 닿는 순간 있는 힘껏 밀어내며 양손에 쥐고 있는 벨트를 잡아당겼다. 종이 묶음을 발로 밟은 채 노끈을 당겨 단단히 묶듯, 그의 가슴을 밟고 벨트를 잡아당겼다.

덩치의 팔 힘보다 내 온몸의 힘이 더 세다는 걸 믿고, 그의 팔 길이보다 내 키가 더 크다는 것을 믿었다. 결코 승산 없는 게임이 아니다.

악다문 이빨 사이로 나도 모르게 말이 흘러나왔다.

기합처럼, 그리고 주문처럼.

"이제 죽어! 제발 죽어!"

내가 발을 뻗을수록 놈의 얼굴은 더욱 일그러졌다. 덩치는 무서운 힘으로 내리누르며 집요하게 내 얼굴을 향해 팔을 뻗었다. 놈의 상체를 받치고 있는 내 무릎의 연골에 폭발적인 압력이 느껴졌다.

난 할 수 있는 만큼 다리를 펴고 등을 꼿꼿이 세웠다. 몸이 물구나무서듯 거꾸로 서며 시트에 머리가 꽂혔다. 벨트를 쥔 손이 핏기를 잃은 채 부들거렸다.

내 발에 밀린 덩치의 등은 자동차의 천장에 닿았다. 그의 입에서 피가 섞인 침이 늘어져 얼굴에 떨어졌다. 어서 상황을 끝내야 한다는 생각 말고는 아무 생각도 들지 않았다. 남아 있는 모든 힘을 다리와 등에 집중시켰다.

가슴을 받치고 있던 한쪽 발을 간신히 들어 그의 턱을 밀어 찼다. 덩치의 입술이 터지고 이빨이 부러져 나왔다.

또 한 번 밀어 찼다.

턱이 밀려 들어가는 느낌이 들었다.

다시 찼다. 그리고 또 찼다.

"죽어, 새끼야! 죽으라고!"

덩치의 아래턱을 반복적으로 찰 때마다 차가 심하게 요동쳤다. 걷어차는 동작은 점점 발작으로 바뀌며 거칠어졌다. 영혼이 빠져나간 자리에 악마가 빙의된 것처럼 반복된 동작을 멈출 수가 없었다. 내가 살기 위해서, 덩치를 죽이기 위해서가 아니라 단순히 걷어차는 것이 목적인 양 동작을 반복했다.

덩치의 턱에서 '덜컥' 하는 소리와 함께 그의 무게가 고스란히 내게 지워졌다. 팔은 힘없이 늘어졌고 얼굴에 새로 생긴 커다란 구멍에서 질척한 피가 끊임없이 우의 위로 떨어져 내렸다.

그의 눈알이 불가능한 방향으로 돌아가 있는 것을 보고 나서야 손에 힘을 조금씩 풀었다. 덩치를 받치고 있던 다리의 방향을 틀어 조수석 방향으로 밀쳐놓았다. 다시 깨어날지도 모른다는 두려움에 그가 떨어뜨린 회칼을 찾아 목에 깊이 찔러 넣었다. 칼의 손잡이를 돌려 목을 그어야 더 확실했지만 더 이상 움직일 힘이 없어 그냥 그대로 두었다. 턱이 부서져 나가고 목에 칼이 꽂힌 채 살 수 있는 인간은 없으니까.

입속에서 돌가루가 씹혀 나왔다. 입속에 손을 넣어 왼쪽 어금니를 만져 보니 이빨 한 개가 절반쯤 부서져 있었다. 혼신의 힘을 다 썼기에 턱 근육은 뻐근하고 이빨 전체는 시큰거렸다. 부서진 이빨의 남은 뿌리를 잡아 흔들자 쉽게 뽑혀 나왔다.

피를 빨아 뱉으려다 그냥 목구멍 너머로 흘러들어 가게 두었다.

피로가 급속도로 몰려왔기에 숨 쉬는 것을 제외하고 모든 것을 그만두었다. 괴물의 시체와 함께 있다는 것도, 내 피가 차 안 사방에 튀어 있다는 것도, 그 모든 흔적들을 지워야 한다는 것도 잊고 그냥 눈을 감았다.

난, 살았다.

갑자기 느껴지는 한기에 잠을 깼다.

해가 지고 식어 버린 차 안은 시트의 질감으로 인해 더욱 차 가웠다. 온몸은 천 근이나 되는 듯 무겁게 느껴졌다. 손가락 마디마디가 아렸고 팔 근육은 통증으로 아우성을 치고 있었다. 허리는 끊어질 듯이 아팠고 이빨은 치약을 물고 있는 것처럼 시큰거렸다. 세상에서 가장 싫어하는 스포츠인 등산을 해도 이 정도로 녹다운이 되지는 않았다.

해는 이미 지고 보안등이 골목을 비추고 있었다. 노란 불빛은 자동차의 진한 선팅을 뚫고 안으로 들어와 조용히 누워 있는 덩치의 시체를 어렴풋이 비췄다.

젠장, 시체와 함께 잠을 잔 거다.

일어나야 한다는 것을 알면서도 몸이 쉽게 움직여지지가 않 았다. 하지만 언제까지나 이렇게 있을 수는 없는 일이었다.

우의를 벗어 덩치의 얼굴을 덮어 자고 있는 것처럼 꾸몄다.

뒷좌석 발판에 떨어져 있던 비닐봉지를 집어 들고 밖으로 나왔다. 다리의 근육들이 쥐가 날 것처럼 오그라들어 딛고 서는 게 상당히 힘겨웠다. 곧장 운전석으로 옮겨 앉았다.

비닐봉지 안엔 아직 사용하지 않은 콜라와 행주가 들어 있었다. 콜라를 행주에 묻혀 내 피가 떨어져 있을 만한 곳을 닦기 시작했다.

미국 경찰은 범죄 현장의 핏자국을 지우기 위해서 가끔 콜라를 사용한다고 했다. 웬만하면 지워지지 않는 피 얼룩도 콜라의 독한 성분을 견디지 못하고 지워지기 때문이다. 나 또한 비슷한 용도로 쓰기 위해 콜라를 산 것이다. 핏자국을 없앨 수는 없겠지만 콜라의 강한 산성이 피를 최대한 변질시켜 줄 것이다.

물론 정밀한 감식을 하면 내 DNA를 찾아내는 데까지 얼마 걸리지 않겠지만, 그나마 다행인 것은 내가 용의 선상에 오르기 전까지는 그 DNA를 비교할 만한 피를 경찰은 얻을 수 없다는 것이다.

피와 지문이 남았을 만한 곳을 모두 닦고 나서야 발판에 떨어져 있던 회칼을 품속에 챙기고 시동을 걸었다. 멍해진 머리 탓에 어디로 가야 할지 잠시 머뭇거렸지만 덩치의 시체를 보고는 방향을 결정할 수 있었다. 시작한 일은 좋든 싫든 마무리를 해야 하는 법이니까.

덩치의 주머니에 들어 있던 내 사진을 떠올리고는 그의 몸을 뒤져 사진을 꺼내 챙겼다. 내비게이션을 켜고 자주 쓰는 주소로 설정되어 있는 놈들의 사무실 주소를 목적지로 정했다.

사무실 근처에 도착해 위층을 바라보았다.

5층짜리 건물은 이른 저녁 시간임에도 4층의 한 창문을 제외하고는 모든 층에 불이 꺼져 있었다. 차를 지하 주차장에 넣고는 차에서 내려 복장을 점검했다. 오는 길에 공중화장실에 들러 씻기는 했지만 피곤한 기색까지 지울 수는 없었다.

품속에 칼을 다시 한 번 확인하고 빈소가 차려진 곳을 지나 '용 꼬리 문신'이 들락거리던 반대편 방화문을 통해 계단을 오르기 시작했다.

낮에 '용 꼬리 문신'이 했던 말대로라면 선배는 아직 사무실에 있다. 선배가 아직 있기를 간절히 바랐다. 숙변처럼 찜찜한 관계를 이제 그만 끝내고 싶으니까 말이다.

4층 사무실 문 앞에 도착했다. 복장을 다시 한 번 점검하고는 고무장갑을 꺼내 손에 끼고 노크했다.

"누구요?"

경상도 사투리 억양의 목소리. '용 꼬리 문신'이다.

"예, 접니다."

문이 벌컥 열렸다. 가장 먼저 눈에 들어온 것이 약간은 당황스러워하는 선배의 얼굴이었다. 부글거리며 위산이 역류하는 것을 참고 선배를 향해 살짝 웃어 보이며 안으로 들어섰다. 제법 깔끔하게 해 놓긴 했지만 영세한 느낌을 지울 수가 없는 수준이다.

한쪽에 세워져 있던 화이트보드에는 수많은 도표와 숫자, 글씨가 가득했다. 나하고 사업을 할 때도, 아니 내게 사기를 칠 때도 선배는 화이트보드를 자주 쓰곤 했다. 설득하기 위해서, 사기 치기 위해서. 이 무서운 놈들에게도 사기를 치고 있는 선배를 보니 담력 하나는 인정해 줘야겠다는 생각이 들었다.

사무실을 둘러보았지만 심부름이라도 간 건지 '흰 얼굴'은 어디에도 보이지 않았다. 반갑기도 했지만 불안하기도 했다. 적은 눈에 보일 때가 가장 안전한 법이다.

싸구려로 보이는 소파에 앉아 있던 용 꼬리 문신이 내게 물었다.

"돈 구했나?"

"아직입니다."

그는 아무 감정 없는 표정으로 바라보다 입을 열었다.

"이틀 남았다. 세상일이란 게 계획대로만 되는 게 아이거든. 그런데 니 보모는 어데 있노?"

"가게 잠깐 다녀온다고 먼저 올라가 있으라고 해서……."

'용 꼬리 문신'은 다시 한 번 나를 바라보다 턱으로 자신의 좌측에 있는 소파를 가리켰다.

"앉아라."

이번엔 화이트보드 옆에 쭈뼛거리고 서 있는 선배를 향해 미간을 찌푸리며 말했다.

"니는 왜 그렇게 서 있는데? 거 앉아라."

선배는 불편한 듯 힐끗거리며 내 맞은편에 자리를 잡았다.

선배가 자리에 앉기를 기다려 '용 꼬리 문신'이 담배를 꺼내 물며 입을 열었다.

"선후배 간 회포는 나중에 니들끼리 따로 풀고. 사실관계나 함 들어 보자이. 준연이, 니, 여기 이 친구한테 돈 준 거 맞나?"

선배는 잠시 망설이다가 벌겋게 된 얼굴로 고개를 끄덕였다. 뻔뻔하려면 저 정도는 되어야 하는 거다. 이번엔 내가 물었다.

"나한테 얼마를 줬다고?"

아무 말이 없다. '용 꼬리 문신'이 이번엔 내게 물었다.

"내 알기로……. 니 손에 낀 거 벗으면 안 되겠나? 김장하는 것도 아니고 무지하게 거슬린다이."

"손이 시려서요."

"손이 시린데 와 고무장갑을……. 쯧! 그러니까, 니는 안준연이한테 돈 받은 적 없다고?"

뭐라고 대답을 해 줄까? 어떻게 대답해야 내게 유리할까? '용 꼬리 문신'은 선배의 말만 듣고 전후사정 묻지도 않은 채 나를 이곳으로 끌고 왔다. 그 한 가지 사실만 생각해도 이미 결론은 나 있는 것이다.

"중요한 건 그 23억을 제가 갚기로 했다는 것이니까 사실관계는 상관없잖아요."

'용 꼬리 문신'은 예의 그 '요놈 봐라?' 하는 표정으로 나를 바라보았다.

선배는 상환 능력이 없었고 '용 꼬리 문신'은 누군가에게 돈을 받아 낼 구실이 필요할 뿐이다. 그의 입장에서는 내 말의 진실 여부는 관심도 없고 상관도 없는 거다.

"네 말이 맞다. 상관없지. 그렇지만 얘기는 꼭 듣고 싶은데. 준연이 이놈아를 내가 계속 믿어도 좋을지 요새 판단이 잘 안 된다."

선배는 살짝 긴장한 표정으로 나를 힐끗 쳐다보았다. 그 뻔뻔한 얼굴을 보고 있자니 부아가 점점 끓어오르는 것이 느껴졌다. 난 간신히 노기를 누르며 물었다.

"선배, 어차피 그 돈 내가 갚기로 했으니까 마음 놓고 사실을 한번 말해 봐. 정말 나한테 줬어?"

내 질문에 따라 '용 꼬리 문신'의 시선도 선배에게로 향했다. 선배의 표정은 묘한 것을 지나 기괴해졌다. 이런 상황에서 갈등하는 거다. 이젠 그런 인생 살고 있구나.

"마지막으로 물을게. 정말 나한테 줬어?"

마지막 한 방울 남아 있는 양심이, 선배의 입을 쉽게 열지 못하게 하는 모양이다.

'용 꼬리 문신'과 내가 바라보는 가운데 선배는 고개를 끄덕였다. 나도 모르게 미소가 지어졌지만 수많은 표정 중에 왜 미소가 떠올랐는지는 모른다.

"선배."

나의 차분한 목소리에 그가 나를 바라보았다. 여전히 미소 띤 얼굴로 말을 이었다.

"진실 같은 거, 이제 필요 없어."

내 노기怒氣는 선배의 대답을 기다리지 않았다. 품속의 칼을 꺼내 선배의 목에 꽂았다.

이런 순간은 희한하게도 모든 상황이 한 컷 한 컷 선명하게 느껴진다. 덕분에 난 계획대로 동작을 취할 수 있다.

칼을 거꾸로 바꿔 쥐며 거의 동시에 '용 꼬리 문신'의 목 옆을 깊게 찔렀다. 목뼈에 칼날이 긁히는 느낌이 칼을 통해 손으로 전해졌다. 급습은 코끼리도 쓰러뜨릴 수 있다.

목을 움켜쥐고 버둥거리는 선배의 머리채를 잡고 화난 만큼 다시 한 번 목을 깊게 베었다. 소파 팔걸이에 상체를 걸친 채 쓰러져 있는 '용 꼬리 문신'의 목도 확실하게 다시 한 번 그었다.

두 사람이 쏟아 내는 피의 양으로 보아 얼마 지나지 않아 이 좁은 사무실 바닥을 온통 붉게 물들일 듯하다.

내 흔적을 없애고 빨리 떠야 한다. 언제 '흰 얼굴'이 들이닥칠지 모르니까 말이다. 전문 칼잡이라고 했으니 이 상황에서 정면으로 붙었다간 난 죽은 목숨이나 다름없다.

사무실 내에 내 흔적은 족적 말고는 특별할 게 없었다. 다만 나에 대해 소사를 했을 테니 그 데이터를 찾아내야 한다. 경찰이 수사를 하면 놈들이 조사했던 데이터 속 인물들도 용의 선상에 오를 테니 말이다.

사무실을 빠르게 둘러보았다. 유일하게 놓여 있는 책상 위에 노트북이 눈에 들어왔다. 난 노트북 본체를 챙겨 들고 서랍을 뒤졌다. 서랍엔 온통 잡동사니들뿐이었는데 그 사이에 제법 잘 보관해 둔 나무 상자가 눈에 들어와 얼른 꺼내 뚜껑을 열었다.

나도 잘 아는 '글록'이란 권총이었다.

그것도 마저 챙기고 지체 없이 사무실 문을 잠그고는 지하로 향했다. '흰 얼굴'과 마주치는 게 겁나긴 하지만 차 안에 남아 있을 내 흔적을 그냥 둘 수는 없는 일이다. 지하 주차장의 문을 열고 들어가자마자 눈앞이 노랗게 변했다.

차가 없어졌다. 덩치의 시체와 함께 있어야 할 차가 흔적도 없이 사라졌다.

넓지도 않은 주차장을 다 돌아보았지만 어디에도 없었다.

차라리 꿈이길 바라며 건물 밖으로 나섰다. 끼고 있던 장갑을 벗어 주머니에 넣으며 크게 심호흡을 했다.

차가 없어졌다.

덩치의 시체와 함께 있어야 할 차가 없어졌다.

또다시 심호흡을 하며 큰길로 걸어 나왔다. 꽉 막힌 도로에 서 있는 차와 바쁜 걸음의 행인들을 보자 격해졌던 마음이 서서히 차분해졌다. 이렇게 당황해 봐야 소용이 없는 일이란 건 누구보다 내가 잘 알고 있다. 흔적도 어느 정도 지워 놓은 상태니까 패닉에 빠질 필요는 없다고 스스로 생각했다.

심호흡, 심호흡.

그래, 쉽게 증거를 잡을 순 없을 거다. 운이 좋아 경찰이 지하 주차장 시멘트 기둥에 박혀 있는 시체들까지 발견하면 놈들이 행한 많은 업보로 인해 내 차례까지 십수 년이 걸릴 수도 있다.

그럼에도 없어진 차가 여전히 날 불안하게 했지만, 지금 이대로도 괜찮다. 속에서 항상 부글거렸던 화가 사그라졌으니까.

#회복

Recovery

잠에서 깨어났지만 해는 이미 중천에 떠 있는 상태였다. 충분히 수면을 취해서인지 허리가 아파서 깨어난 것인지는 알 수 없었다. 어쩌면 둘 다일 수도 있고. 침대에서 내려와 TV를 켜고 소파에 앉았다. TV가 켜지자마자 앵앵거리는 뉴스 앵커의 목소리가 들렸다. 아무 생각 없이 보기엔 뉴스가 최고다. 평화로운 일상의 재개.

볼륨을 높이기 위해 리모컨을 집다가 손을 봤다. 여기저기 살갗이 까지고 베인 상처투성이였다. 손등은 벨트를 움켜쥐었던 자국을 따라 검붉은 멍이 들어 있었다. 온몸이 두들겨 맞은 것처럼 아픈 이유를 그제야 깨달았다. 아주 오래전 일인 것 같지만 사실은 몇 시간 전에 있었던 일, 그 일 때문이다.

"일어났어?"

마누라가 장을 보고 왔는지 마트용 비닐봉지 몇 개를 들고 현관 안으로 들어섰다.

"장 보고 와? 깨우지 그랬어."

마누라는 봉투를 거실에 내려놓으며 대답했다.

"정신을 차려야 말을 하든가 말든가 할 거 아냐. 이틀 동안 죽어 있었으면서."

이틀? 난 달력을 찾다가 금세 포기했다. 우리 집에 있는 달력이라고는 휴대폰에 있는 게 전부니까.

"이틀을 논스톱으로 자는 인간이 사람이냐? 숨을 계속 쉬니 장례도 못 치르겠고."

스물여섯 시간을 침대에 누워 있었다면 등에 욕창이 생겨도 할 말이 없다. 마누라는 외투를 벗어 놓고 옆으로 와 앉으며 물었다.

"도대체 뭐 하고 다니는 거야?"

상처투성이인 내 손을 잡아서 들어 보이며 말을 이었다.

"왜 이 꼴이 되어서 돌아다니는 거냐고. 술도 안 마시는 인간이 주사를 했을 리는 없고. 혹시나 맨 정신에 이상한 짓 하는 거면 바로 재활원에 처넣을 테니까 알아서 해. 환자를 밤낮으로 두들겨 패는 재활원이 어디 있다고 들었거든."

남편을 생각하는 저 고운 마음.

"일 좀 했거든. 건설 현장 일용직 일."

내 말에 마누라의 표정이 묘하게 변했다. 화내는 것도 아니고 슬퍼하는 것도 아니었지만 기뻐하는 얼굴도 아닌 것만은 확

실했다. 마누라는 뭔가 더 할 말이 있는 것 같았지만 그냥 입을
다물며 일어섰다.

"그래서 얼마 벌었는데?"

"7만 원."

마누라는 장을 봐 온 먹을거리를 정리하며 말했다.

"7만 원 벌고 이틀을 처잔 거면 일당이 2만 3천 원 꼴이네?
그딴 식으로 해서 하루 식비나 제대로 나오겠니?"

미친놈들과 사투를 벌여 죽을 고비를 넘기고 돌아온 사람이
들을 말은 아닌 것 같았지만 어설픈 격려보다는 만 배 더 낫다.
마누라와의 일상생활 자체가 격려니까.

"쓸데없는 짓 그만하고 마당에 화단이나 없애."

"화단? 우리 마당에 있는 그 화단?"

"그럼 옆집 화단 말하는 거겠니?"

화단에 깔린 흙만 한 트럭분이다. 내게는 산을 없애라는 것
과 같은 말이다. 그걸 저렇게 담담하게 말하다니.

"왜?"

"주식이 집 만들어 주려고."

이제 개새끼 집이 내 방 두 배는 되게 생겼다. 순간적으로
발끈했지만 최대한 곱게 질문했다.

"주식이가 이제 방 따로 달라고 그러디?"

마누라는 나를 돌아보며 말했다.

"개가 말을 하겠니?"

그걸 내가 모르겠냐? 순식간에 바보 됐다. 그냥 닥치고 시행

이나 하라는 완곡한 표현이다. 화단 흙을 치운 자리에 개새끼들을 묻어 버릴까? 아니다. 그랬다간 찾으러 다니느라 더 피곤해질 것이 뻔하다. 마누라가 딸기를 냄비에 담아 가져와 내 옆에 앉았다. 딸기를 도대체 왜 냄비에 담아 먹는 걸까? 좋은 접시나 쟁반을 놔두고.

마누라는 딸기를 먹으며 나름 조심스럽게 말을 꺼냈다.

"이런 말 꺼내는 거 별로 안 좋아하는데, 오해하지 말고 들어 줘. 오빠도 알아야 하니까."

왠지 진지 모드인 것이 아마도 집의 재정에 관한 이야기 같다. 그거라면 나도 대환영이다. 나 또한 어떻게 말을 꺼내야 할지 몰라서 그동안 입 다물고 있었던 거니까.

"이번 달에 재료는 많이 구입했는데 매출이 안 좋아서 적자야. 재료가 워낙 예쁜 게 많이 나와서 많이 팔릴 줄 알았거든."

마누라는 규방 공예와 전통 매듭 쇼핑몰을 운영한다. 재료를 팔기도 하고 수강생을 소수 받아 가르치기도 한다.

"그래서 말인데, 마이너스 통장을 만들어야 할 것 같아서. 다음 달이면 금세 메울 수 있을 거야."

마누라가 싫어하는 세 가지를 말하자면 벌레, 동물 학대범 그리고 마이너스 통장이다. 그런데 먼저 말을 꺼낼 정도면 재정 상태가 생각보다 더 좋지 않은 모양이다. 이 말을 꺼내기까지 마음고생 했을 것을 생각하니 속이 쓰렸다. 마누라의 어깨를 감싸 안았다.

"내가 백수라 힘들지? 말없이 견뎌 줘서 고마워."

난 마누라와 눈을 마주하며 말을 꺼냈다. 아주 조심스럽게.

"나도 할 얘기가 있어. 결론부터 말하면 마이너스 통장 만들지 않아도 된다는 얘기야."

마누라는 그게 무슨 말이냐는 듯 눈을 크게 뜨고 바라보았다.

"사업을 하는 형님이 있는데, 내가 일을 좀 도와주고 있어."

차분하게 있던 마누라의 태도가 돌변하며 내 멱살을 잡았다.

"또 아는 형님이냐? 그런 식으로 사업한답시고 일 벌였다가 말아먹은 게 몇 번이야."

"이럴까 봐 그동안 말을 못 했던 거라고. 해피엔딩이니까 일단 들어 봐. 오케이?"

마누라는 멱살을 슬그머니 풀었다.

"그분이 주식을 하는데 내가 관리를 하고 있거든. 물론 내가 임의대로 사고파는 일을 하는 게 아니라 그냥 주식 보고 있다가 알려 주는 거지. 그러면 판단은 형님이 하고 난 그냥 시키는 대로 사거나 팔면 되는 거야. 그 대가로 돈을 좀 받고 있고. 그래서 내가 가지고 있는 돈은……."

어느 정도를 얘기해야 할까? 마이너스 통장을 만들지 않아도 될 정도의 액수지만 현실성이 있는 금액.

"필요한 돈이 얼마야?"

마누라는 내 멱살을 아까보다 더 세게 잡으며 물었다.

"지금 간 보는 거냐? 필요한 금액에 맞춰서 내놓으시겠다 이거야?"

나의 경솔함이 저주스럽다.

"잔말 말고 다 내놔."

그렇다고 다 줄 순 없다. 그랬다간 의심을 피하기 어려울 테니까. 마누라의 안색을 살피며 조심스럽게 액수를 말했다.

"5백만 원 정도……."

마누라의 눈이 커지며 멱살을 잡은 손에 더욱 힘이 들어갔다.

"그렇게 돈이 많으면서 그동안 한마디도 안 했다 이거지? 죽고 싶냐?"

"이런 반응이 무서워서 말 못 한 거라고. 백수가 돈 벌었다고 하면 이상하게 생각할 거 아냐."

마누라는 휴대폰을 직접 내 손에 쥐어 주며 말했다.

"얼른 보내."

다행이다. 통장 내놓으라고 하면 또 한 번 귀찮은 일을 해야 할 테니까. 마누라는 뉴스로 시선을 돌리며 말했다.

"수입 체계나 금액에 대해서는 묻지 않겠어. 대신 백만 원이 되면 자동으로 송금해. 알겠어?"

휴대폰으로 송금을 하는 중에 TV에서 '도심의 대학살'이라는 선정적인 제목의 뉴스가 들렸다. 현장 기자 특유의, 약간은 들뜬 목소리로 사건을 설명하고 있었다.

— 오늘 아침, 반포의 한 사무실에서 두 구의 시체가 발견되었습니다. 신문 배달원이 발견한 시체는 모두 두 구로, 사망 시간은 19일 밤 열한 시에서 새벽 한 시 사이로 추정하고 있습니다. 날카로운 흉기로 목을 베인 시체의 신원은 정확히 밝혀지지 않았습니다만 장부 등으로 보아 사채업을 하고 있었던 것으

로 추정하고 있습니다. 사라진 물품은 사무실에 있던 노트북이 전부로 사채업과 관련된 인물을 중심으로 집중 수사를 벌일 방침이라고 합니다. 사무실에서 두 명이 동시에 살해당했다는 점에서 주의를 끌고 있는 이 사건은…….

기자 뒤로 '용 꼬리 문신'의 건물이 아래서 위로 비춰지고 있었다. TV를 통해 보니 나오는 전혀 관계없는 일처럼 느껴졌다. 심장이 뛰지도 않았고 불안하지도 않았다. 그저 기자의 사망 추정 시간을 통해 내가 이틀을 잤다는 사실을 새삼 확인한 것뿐이었다. TV가 좋아질 것 같다.

"세상이 갈수록 무서워진다. 저런 거 보면 돈 없어도 이렇게 평범하게 사는 게 행복인 거 같긴 해. 안 그래?"

계좌에서 빠져나가는 현금이 더 무섭다.

"오늘은 김치전이나 해 먹자."

김치전은 기분이 좋지 않을 때는 절대로 해 주지 않는 음식이다. 어쨌거나 내 직업을 밝히지 않고 우리 집 재정에 돈을 보탤 수 있다는 것만으로도 내겐 수확이다. 이 정도면 모든 게 일상으로 되돌려진 기분이다. 다만, 덩치의 시체가 실린 차와 '흰 얼굴'의 행방이 묘연하다는 것은 여전히 찜찜했다. 돈 만 원을 꿔 주고는 오랜 기간 되돌려 받지 못한 것처럼 마음 한구석이 불편했다.

아직 손 안에 있던 휴대폰에서 벨이 울렸다. '정보군'의 전화다. 또 다른 내 일상으로 돌아갈 시간을 알리는 알람 소리와 같았다.

"알아냈나요? 네, 그러죠. 두 시간 후에 거기서 뵙죠."

김치전은 다음에 먹어야 할 모양이다. 옷을 주섬주섬 챙겨 입으며 마누라에게 말했다.

"나가 봐야 할 것 같아."

마누라는 김치를 자르던 자세 그대로 나를 돌아보며 말했다.

"이틀 동안 잠만 처자더니 이젠 해 준다는 김치전을 마다하고 나가?"

"미안해. 급한 일이라. 좀 남겨 놓을 거지?"

마누라는 하던 일을 마저 하며 말했다.

"죽기 전까지 내가 만든 김치전은 구경도 못 할 줄 알아."

"다음 달엔 2백만 원 정도 이체할 수 있을 것 같아."

마누라는 냉장고에서 새우를 꺼내며 말했다.

"김치전에 새우 넣는 거 좋아하지?"

이 간사함이 우리 부부 사이에 몇 개 없는 공통점 중에 하나다.

밖으로 나서자마자 또 한 통의 전화가 걸려 왔다. IT 회사에서 보안 엔지니어로 일하고 있는 대학 동기 녀석이다. 그제야 '용 꼬리 문신'의 노트북을 그 친구에게 맡겨 놨던 것이 떠올랐다.

— 왜 이렇게 전화를 안 받고 지랄이야?

"겁나 피곤했거든. 맡겼던 건 다 됐냐?"

— 어, 다 됐다. 근데 이 노트북은 어느 분 건데 이렇게 훌륭하냐?

"보안이 까다로웠냐?"

― 아니, 록 걸어 놓은 건 지나는 비둘기 대가리 후려치는 것만큼이나 쉬운데, 데이터가 워낙 훌륭해서 말이야.

비둘기 대가리 후려치는 게 쉽다고? 쉴 새 없이 움직이는 그 대가리를?

"무슨 데이터가 들어 있는데?"

― 이건 노트북이 아니라 야동의 결정체야. 전체 하드 디스크 용량이 250GB인데, 그중에 220GB가 야동이고 10GB가 야사던데. 대체 뭐 하는 인간 노트북이야?

"다른 건 없어?"

― 네가 찾는 게 이건지는 모르겠는데, 중요해 보이는 거라고는 사람들 개인 정보가 들어 있는 파일 몇 개하고 계좌 리스트뿐인데? 그나저나 노트북 주인이 참 개념 없구먼. 공인인증서하고 암호 카드 이미지를 하드 디스크에 보관하고 있네? 돈 털리고 싶지 않으면 별도 메모리에 보관하라고 전해라.

예상대로 얻고자 했던 정보들이었다.

― 야동 카피만 해도 몇십 분은 걸리겠다. 노트북은 언제 찾으러 올래?

"이따가라도 갈게. 사무실에 계속 있지?"

― 내가 갈 데나 있냐? 똥꼬에 욕창이 생길 지경이라고.

이놈이나 저놈이나 전부 욕창만 생긴다.

#언커버드
Uncovered

'정보군'이 물어온 이남 씨에 대한 정보는 너무나 뜻밖이었다.

"정치상 씨 말입니다. 의뢰하셨던 분. 그분과 이남 씨가 불알친구더라고요."

불알친구. 어릴 때부터 서로 불알 내놓고 허물없이 지냈던, 그렇기에 서로에 대해 너무나도 잘 아는 친구 사이를 뜻한다. 두 사람은 같이 상경해서 동고동락하다가 한 5년 전쯤에 갈라섰다고 했다. '동네 형의 친구'는 불알친구인 이남 씨를 왜 죽이려는 걸까?

고민은 고민을 낳는다는 말이 있다. 특히 나처럼 혼자서 생각을 깊이 하는 타입은 더더욱 그렇다. 한 가지 고민을 가지고 머릿속으로 온갖 상상을 다 하게 되고, 그러다 보면 '만약 이러이러한 일이 터지면 어쩌지?'라는 '만약 병'에 걸리는 깃이다.

이런 소모적인 고민을 끝낼 수 있는 방법은 하나뿐이다. 고민을 안 하는 것이다. 고민할 필요 없이 직접 부딪쳐서 그때 발생하는 변수를 가지고 판단하면 되는 것이다.

난 잠시 심호흡을 하고 공중전화 부스에 들어가 수화기를 들었다. 이남 씨와의 첫 통화에서 첫마디를 무엇으로 해야 할까? 길게 가던 신호음이 끊어지며 생각보다 높은 톤의 목소리가 들렸다.

— 이남입니다.

"처음 뵙겠습니다."

오만 가지 생각을 다 했던 나의 첫마디는 평소의 전화 습관대로 자동으로 튀어나왔다. 다행히도 이름을 말하는 건 멈출 수 있었지만 말이다.

"정치상 씨와 관련된 일로 좀 뵈었으면 합니다. 시간 좀 내주실 수 있습니까?"

침묵. 하지만 침묵은 그리 오래가지 않았다.

— 그럽시다. 저녁에 내 사무실 근처에서 봅시다.

"예, 그럼 저녁에 전화 드리겠습니다."

이남 씨는 내게 사무실의 위치를 알려 주지 않았다. 그럼에도 나는 그에게 묻지 않았다. 내가 그의 사무실 위치를 알고 있다는 건 우리 두 사람 모두 이미 알고 있는 사실인 듯했다.

세 개의 나이프를 모두 집어 들었다. 나로서는 만반의 준비를 하지 않으면 안 된다. 마누라가 집에 없는 덕분에 여유롭게 거울을 보며 나이프를 몸에 장착하는 호사를 누렸다. 발목과 가슴 그리고 등에 각각 한 개씩을 부착하고는 심호흡과 함께 집을 나섰다.

'동네 형의 친구'라면 필요에 의해 나를 이용해 먹고 쥐도 새도 모르게 죽여 버리는 것도 가능하다. 이를테면, 나를 이용해 라이벌인 이남 씨를 죽이고, 자신은 나를 죽이는 그런 방법 말이다. 비록 '동네 형의 친구'는 누군가의 의뢰를 받고 내게 일을 맡기는 것이라고는 했지만 그게 사실인지는 '동네 형의 친구'만 아는 일이다.

이런 바닥에서는 라이벌에게 직접 손을 대지 않고 제거함으로써 용의 선상 1순위에서 벗어나는 전략의 수단으로 나를 활용한다는 것이 더 자연스럽다. 하지만 그것은 어디까지나 내 생각이고, 만약 '동네 형의 친구'가 순수한 마음으로 내게 일을 맡긴 거라면 난 완전히 바보가 되는 것이다. 아니, 바보인 상태로 시체가 되겠지. 갑자기 머리가 답답해졌다. 가슴이 아니라 머리가 답답해지긴 처음이다. 머리털을 쥐어뜯어도 뾰족한 수가 떠오르질 않았다.

그래, 그냥 나답게 살자. 생각은 무슨 생각이냐. 이남 씨 사무실이 있는 곳에서 가장 가까운 공중전화 부스에 들어섰다. 말이 가장 가까운 곳이지 전화 끊고 사무실까지 가려면 10분은 걸어야 할 거리다.

약속 장소인 역삼동 스타벅스로 향하면서도 이남 씨가 과연 혼자 나올지 궁금했다. 경호원 녀석이리도 함께 나온다면 난 더욱 위축돼서 말을 제대로 할 수 없을지도 모른다.

"처음 뵙겠습니다."

그는 굳은 표정으로 고개를 끄덕이며 말했다.

"전화하신 분?"

나도 고개를 끄덕여 보였다. 이남 씨의 심리 상태를 알고자 표정을 읽으려 했지만 상당히 난해한 표정이었다. 표정이 없는 것도 아닌데, 다급한 것처럼 보이면서도 동시에 아쉬울 것이 없다는 듯 여유롭게 보이는 미스터리한 표정이었다. 나는 백 년을 연습해도 지을 수 없는 표정인 것이다.

"치상이가 보낸 거요?"

"이렇게 찾아뵈라고 보낸 것은 아닙니다."

그는 재미있다는 듯 입꼬리만 올려 미소를 띠었다.

"나도 그런 뜻으로 물어본 것은 아니오."

이미 다 알고 있는 듯한 말투다. '동네 형의 친구'의 이름을 댄 순간 모든 것을 꿰뚫고 있는 듯했다. 역시 나와는 레벨이 다른 사람인 것이다. 잠시 테이블을 응시하던 이남 씨는 약간은 무거운 어조로 말을 이었다.

"무슨 생각을 하고 날 보자고 한 건지 들어나 봅시다."

"정치상 씨와는 죽마고우더군요. 그런데 왜 이런 관계가 되었는지 궁금합니다. 제가 뒤통수 맞는 걸 죽기보다 싫어해서요."

이남 씨는 날 빤히 보며 미소를 지었다.

"재미있는 친구군. 커피 드시겠소?"

"전 괜찮습니다."

"그럼 장소를 옮깁시다. 동기가 어찌 되었건 정치상이 이름을 대고 내게 전화를 한 것만으로도 고맙게 생각하고 있소. 오늘은 아무 일 없을 거란 걸 내가 보장하지."

이게 보험도 아니고, 당신이 보장한다고 보장이 되는 거냐? 난 보기보다 신중하다. 특히 목숨이 걸린 일에는 말이다.

"보증 보험이라도 가입하고 찾아뵐 걸 그랬습니다."

"하하, 이거 참 거꾸로 된 것 같군. 당신이라면 당신을 죽이려는 청부업자를 집에 들이고 싶겠소?"

그의 말에 모든 것이 확실해졌다. 이남 씨는 내가 누구인지, '동네 형의 친구'가 나를 왜 보냈는지 정확하게 이해하고 있는 것이다. 그가 어딘가를 향해 손을 살짝 들자 밖에 있던 몇몇 사내들이 가볍게 목례를 하고는 어딘가로 향했다. 비겁한 이남 씨. 편하게 보자고 하더니 조사 자료에는 없던 새로운 얼굴들로 경호를 세웠던 것이다.

"내가 다른 생각이 있었다면 이 테이블까지 오지도 못했을 거요."

난 자연스럽게 자리에서 일어서며 물었다.

"에어컨은 빵빵하게 나옵니까? 우리 둘 다 재킷 벗으면 서로 곤란해질 것 같거든요."

그도 나의 닫혀 있는 재킷 단추를 힐끗 보고는 큰 소리로 웃으며 일어섰다.

"아하하! 정말 그렇겠군."

그는 널찍한 호텔 방으로 날 안내했다. 남자를 따라서 스위트룸에 들어서는 기분이 더럽기는 했지만 그를 때려눕히고 호텔 밖으로 도망치고 싶을 정도는 아니었다.

"훌륭한 곳을 사무실로 쓰시네요."

호텔 방을 사무실로 쓰고 있는 이유보다도 이곳의 유지비를 도대체 어떻게 감당하고 있는지가 더 궁금했다. 장기 투숙을 하면 할인받는다는 것은 알고 있지만 이러느니 차라리 오피스텔에 들어가는 게 좋지 않을까? 뭔가 이유가 있겠지.

"룸서비스가 있으니까 여러모로 편하더군."

아, 이유가 그거였어?

그가 가리키는 소파에 기대앉았다. 등에 나이프를 부착하고 있었지만 소파의 푹신한 등받이에 파묻혀 불편함이 전혀 느껴지지 않았다. 이남 씨는 아주 조심스런 손길로 진열장에서 양주를 한 병 꺼냈다.

"내가 가장 아끼는 술이오."

그는 온더락으로 양주를 두 잔 따라 테이블 위에 올려놓았다. 술 마시라고? 이봐, 이남 씨. 이쪽 바닥에선 내가 초보이긴 하지만 멍청이는 아니라고. 이남 씨도 나의 표정을 읽었는지 변명 아닌 변명을 했다.

"술이 한잔 들어가야 풀릴 얘기라서."

그는 자신이 먼저 한 모금 들이키고는 말을 이었다.

"치상이에 대해서 얼마나 알고 있소?"

내게는 '인생이란 무엇인가?'라는 질문만큼이나 단순하면서도 어려운 질문이었다. '동네 형의 친구'라는 거 말고는 확실하게 알고 있는 부분이 아무것도 없었으니까. 정황상 그도 밝은 생활을 하고 있지는 않을 거란 추측만 가능할 뿐이다.

"전혀요."

"그럴 줄 알았소. 만약 알고 있었다면 감히 내게 연락할 엄두도 낼 수 없었겠지. 당신 말대로 치상이하고는 불알친구요. 어릴 때부터 지겹도록 붙어 다녔지. 스무 살이 되어서도 어릴 때와 다를 게 없었소. 그러다 시궁창에 발을 들여놓은 건 내가 먼저요. 치상이 놈은 어울리지도 않게 대학을 갔지. 하지만 나 때문에 졸업은 못 했소. 그건 지금도 미안하게 생각하지."

이남 씨는 생긴 것과는 달리 의외로 말이 많았다. 난 술을 경계했지만 사실 경계해야 했던 것은 주저리주저리 늘어지는 그의 얘기였다. 잠들면 목이 잘릴지도 모르는 위급한 상황에서도 여러 차례 졸음이 쏟아졌을 정도였으니까.

이남 씨가 주절거린 얘기를 요약하자면 이렇다.

고등학교를 졸업하면서 이남 씨는 곧바로 건달 세계에 몸을 담았다. '동네 형의 친구'는 아까 말한 대로 대학에 갔고.

이남 씨가 시작했다는 건달짓은 주먹만 세다고 할 수 있는 일이 아니다. 건달짓을 하려면 주먹질을 하는 식구들이 많아야 하고, 그 식구들을 먹여 살리려면 돈이 필요하다. 그래서 건달 뒤에는 항상 물주, 그러니까 스폰서가 있다. 스폰서는 돈으로 건달의 주먹을 사고, 건달은 주먹을 서비스로 제공하고 돈을 받아 식구들을 먹여 살린다. 악어와 악어새의 관계인 것이다. 그런 관계로 건달은 스폰서에게만큼은 절대적으로 충성심을 보인다. 더불어 그 스폰서의 필요에 따라 건달끼리의 배신과 반목도 발생하지만 말이다.

이남 씨의 인생이 복잡해지기 시작한 것도 바로 그런 관계 때문이었다. 이남 씨는 빨리 크고 싶은 생각에 큰형님을 건너뛰고 스폰서를 곧장 만나 일을 받았다. 건달의 입장 따위 안중에도 없던 스폰서는 아무렇지도 않게 그런 일을 큰형님에게도 알렸다. 무너진 자존심과 불안감에 휩싸인 큰형님이 이남 씨를 그냥 둘 리가 있나. 바로 손보려고 애들 풀었겠지.

생긴 것만큼이나 눈치 빠른 이남 씨는 이상기류를 느끼고 곧바로 튄 거다.

막상 갈 곳이 없으니 '동네 형의 친구'에게 가서 몸을 숨겼다.

'동네 형의 친구' 입장에서는 바로 여기서부터 인생이 꼬이기 시작했다.

이남 씨는 그곳까지 찾아온 조폭 형님들을 따돌리고 도망치는 데 성공했지만, 학과목 일정이 꽉 차 있던 '동네 형의 친구'는 튈 수가 없었던 거다. 괜찮을 거란 이남 씨의 말과는 달리 조폭 형님들은 강의실까지 들어가 강의를 열심히 듣고 있던 '동네 형의 친구'를 잡아서 창고에다 매달아 이남 씨의 소재를 알아내기 위해 고문을 했단다.

여기서 그냥 '인생이 이런 건가 보다' 하고 끝냈으면 됐는데, 이 '동네 형의 친구'의 성격도 만만치 않았기에 몸이 회복되기를 기다려 자신을 매단 조폭을 찾아서 칼로 쑤셨단다.

조폭은 즉사했고 '동네 형의 친구'는 곧장 자수해서 감옥으로 갔다. 탁월한 선택이다.

상대가 조폭이기에 감옥도 안전한 곳은 아니었지만, 다행히 전국구 조폭이 아니었던 터라 감옥 안까지 손이 미치지 못했고, 조폭 입장에서도 대학생 샌님 손에 죽었다는 소문이 그들에게 유익할 리 없기에 그 선에서 마무리가 된 것이다.

깡다구로 치자면, 지금 앞에 앉아서 아직도 주절거리고 있는 이남 씨보다는 '동네 형의 친구'가 월등히 강했던 거다.

그동안 이남 씨는 다른 스폰서를 만났고…… 스폰서에게 '동네 형의 친구'를, 아니 정확히 말하면 '동네 형의 친구'의 깡다구를 얘기했고, 그것을 인연으로 두 사람은 한 사람의 스폰서를 모시고 같은 길을 걸었던 거다.

여기까지가 이남 씨가 그동안 주절거린 얘기를 요약한 것이다.

남의 인생을 이렇게 쉽게 간추려 버려서 미안한 감이 있지만 더 듣고 있다가는 귀에서 진물이 나올지도 몰랐다. 터질 듯한 방광을 꼭꼭 조여 가며 벌써 한 시간이나 듣고 있었다고!

이젠 정말 알고 싶은 내용을 들어야 했다. 말이 다른 방향으로 새는 것을 미연에 방지하고자 거두절미하고 물었다.

"두 분, 정확히 왜 갈라서게 된 겁니까?"

내 질문에 이남 씨는 제법 날카로운 눈으로 바라보며 입을 열었다.

"갈라섰다는 표현보다는 각자 갈 길을 선택했다는 표현이 맞을 거요. 아무리 친한 친구라도 목적까지 같을 수는 없으니까. 치상이는 독립을 선언했고 난 남아서 충실히 사업을 꾸려 나갔지. 세상이 바뀌어서 건달도 주먹이 아닌 기업 형태로 변해야 살아남을 수 있었거든. 운이 좋아서 여러 회사를 인수하는 데 성공했고 난 스폰서에게 능력을 인정받았지. 그런데……."

그는 말을 하다 말고 쓴웃음을 지으며 나를 바라보았다. 생각만 하면 눈물이 쏟아질 것 같아서 억지로 웃는 표정을 짓는 그런 웃음 말이다.

"하나 물어봅시다. 아껴 주던 분이 어느 날 당신을 죽이려 든다면 어떤 감정이 들겠소?"

분명 혼란스러울 것이다. 그 이후엔 엄청난 배신감에 몸서리가 쳐질 것이다. 난 고개를 끄덕이며 물었다.

"왜 죽이려는 거죠?"

그는 잔을 빙글빙글 돌리며 대답했다.

"왜 그럴 것 같소?"

귀여워하던 강아지가 내 덩치만큼 자라면 위협을 느끼게 된다. 개가 광견병에 걸리기라도 하면 사람 머리쯤은 껌처럼 간단하게 씹어 버릴 수 있으니까. 이남 씨는 너무 커서 스폰서가 감당하기 힘든 수준까지 온 것이다. 그렇기에 죽이려는 것이다. 난 TV에서 본 면접관의 말을 인용해서 대답했다.

"어떤 면접관은 지나치게 똑똑하게 느껴지는 사람은 통제가 될 것 같지 않아서 뽑지 않는다더군요."

이남 씨는 제대로 봤다는 듯 고개를 끄덕이고는 조금 전까지 풀렸던 것과는 전혀 다른 빛나는 눈빛으로 말했다.

"딱 한 번 지시를 어기고 내 의지대로 처리했는데 더 좋은 결과가 나온 적이 있소. 그땐 그게 화근이 될 줄 몰랐지."

스승의 말을 따르지 않고 학생의 판단대로 한 일이 잘못되면 스승은 학생을 혼내는 것으로 끝냈을 것이다. 하지만 학생의 판단이 맞으면 그때부터는 스승과 제자의 관계가 아니라 미묘한 라이벌 관계가 된다. 스승의 입장에서는 이겨 봐야 본전인, 손해뿐인 게임인 것이다. 또한 항상 통제할 수 있다고 생각했던 것이 자신의 통제 범위를 벗어났을 때 느끼는 두려움은 충격적이었을 것이다.

이남 씨는 미묘한 표정으로 고개를 끄덕이며 말했다.

"그래서 내가 이도 저도 못하고 이러고 있는 거요."

"정치상 씨하고 협상은 해 봤습니까?"

"협상에 대한 답변이 당신이오."

"그럼 어쩔 수 없는 일이군요. 말씀 잘 들었습니다."

난 들고 있던 잔을 테이블 위에 내려놓으며 일어섰다.

"이젠 어쩔 셈이오?"

그거야 당연한 거 아닌가? 나도 일단은 프로인 것이다.

"오늘은 이만 돌아가겠습니다."

내 말뜻이 정확히 전달되었는지 이남 씨의 표정이 굳었다. 지금까지 화기애애했던 분위기가 이렇게 금방 망가질 줄은 몰랐다. 긴장이 되기 시작했다. 그는 소파에 기대며 말했다.

"다음엔 좋은 분위기에서 보긴 다 틀린 것 같군. 내 이야기를 들려줬는데도 소용이 없는 거요?"

"아마도 그런 것 같습니다."

이남 씨는 노려보던 표정을 지우고 픽 웃으며 말했다.

"치상이가 이런 풋내기를 왜 보냈을까 생각했는데 이유가 다 있었군. 멀리 안 나가겠소."

이제 이대로 걸어 나가면 되지만 몸은 쉽게 움직여지지 않았다. 이남 씨의 품에 꽂혀 있을 권총이 마음에 걸렸다. 내가 일어서서 나가는 순간 내 등에 총알을 박을 수도 있는 것이다. 그나마 다행인 점은 이곳이 호텔이라는 것과 바닥에 시체를 용이하게 치우기 위한 비닐이 깔려 있지 않았다는 것이다.

"화장실이 어디죠?"

그는 황당한 표정으로 날 바라봤다.

긴장이 되었기에 급히 소변이 마려웠다. 화장실 가겠다는 놈에게 총을 쏘지는 않을 거란 초라한 기대를 하며 엉거주춤 일어섰다.

이남 씨는 뭔가 말을 하려다 말고 포기한 듯 한쪽을 손가락으로 가리켰다. 이대로 총을 맞는다면 최초로 화장실 가다가 총 맞아 죽은 놈이 되는 것이다.

화장실 문을 열고 들어설 때까지 이남 씨는 움직이지 않았다. 다행이었다. 이남 씨의 코 후비는 동작에 내가 칼을 꺼내 들었다면 얼마나 없어 보였겠는가?

긴장을 많이 했는지 소변이 끊임없이 쏟아져 나왔다. 지금 이남 씨가 뛰어들어 와 내 등에 대고 총을 쏜다고 해도 그대로 맞을 수밖에 없는 그런 상황이었다. 도저히 도중에 끊을 수 없는 그런 상황 말이다.

인간의 몸에서 이렇게 많은 양의 액체가 쏟아져 나온다는 것이 믿어지지 않을 정도였다. 토해 낼 것이 없으면 피를 토하듯, 내가 지금 피를 싸고 있는 건 아닌가 걱정이 되었지만 다행히 색깔엔 변함이 없었다.

방광이 마지막 한 방울까지 쏟아 내는 긴장된 시간을 끝내고 손을 씻으며 거울을 들여다보았다. 긴장한 빛이 역력했다. 이남 씨에게 이런 모습을 보여서 좋을 것이 없었다. 그가 날 우습게 보는 순간 죽는 것은 시간문제니까.

거울을 보며 얼굴 근육을 풀어 주다 뒤쪽 샤워 부스에 처져 있는 방수 커튼이 눈에 들어왔다. 아무도 없는 공간에 커튼은 왜 쳐 놨을까? 주책없는 호기심이 나를 바보로 만들었다. 귀신에 홀린 듯 부스에 다가가 커튼을 열어젖혔다.

……빌어먹을. 백옥같이 하얀 사람이 거꾸로 매달려 있었다.

목에 그어져 있는 상처를 통해 피를 전부 쏟아 낸 남자였다. 피비린내가 하나도 나지 않는 것으로 보아 꽤나 오랫동안 피를 뽑은 것 같았다. 충격적인 장면인 것은 사실이었지만, 그동안 무뎌진 걸까? 생각보다 충격을 덜 받았다. 시체의 얼굴을 자세히 살펴볼 정도로 말이다.

거꾸로 매달려 있어서 처음엔 잘 알아볼 수 없었지만 시간이 지나자 누구인지 알아볼 수 있었다. 이남의 경호원이었다. 어떤 잘못을 했기에 이 꼴이 된 걸까? 만약을 위해 '동네 형의 친구'가 진작 심어 둔 놈이었을까? 시체의 정체를 알고 나니 이남 씨 또한 내가 이해하기엔 속이 복잡한 사람이 분명하다는 것을 깨달았다.

정면에서 총을 맞지 않도록 옆으로 비켜서서 화장실 문을 열고 밖으로 나섰다. 이남 씨는 뭔가 기대하는 표정으로 나를 바라보았다. 그가 내게 일부러 시체를 보여 줬다는 것을 알 수 있었다. 그에게 적당한 호응을 해 줘야 할 것 같았다. 너무 오버해서 태연한 척해도 곤란하고, 실제의 위축된 상태를 내비쳐서도 곤란하다.

"아는 사람이 화장실에 있더군요. 내 일손을 덜어 주려고 그러신 것 같지는 않고."

나의 대답이 맘에 들었는지 픽 웃으며 물었다.

"왜 그런 것 같소?"

내가 알 게 뭐냐.

"죽을죄를 지었나 보죠."

난 되는대로 대답하고는 문으로 향했다. 내가 문고리를 붙잡고 문을 열려는 순간, 이남 씨가 조금은 빠른 어조로 날 불렀다.

"이봐."

이대로 무시하고 밖으로 나가려 했지만 빌어먹게도 이미 내 머리가 먼저 반응해 버렸다. 어째서 내 몸에 붙어 있는 것인데도 의지와는 반대로 노는 것일까? 그는 양주잔을 내려놓으며 말했다.

"지금 문 열면 죽어."

그의 말이 내 등골을 따라 흐르며 전신에 소름을 돋게 했다. 순간적으로 뇌에 혈액 공급이 중단된 듯이 차갑게 느껴졌다.

문틈 밑으로 문 앞에서 서성이는 그림자가 보였다.

내가 문을 여는 순간 이남 씨의 새 경호원들이 밀고 들어와 날 죽이려는 것이 분명했다. 괘씸한 이남 씨는 이곳으로 초대한 순간부터 날 죽일 생각이었던 것이다. 그런 면에서는 여전히 난 순진했다. 빌어먹을 순진남.

당장 무릎을 꿇고 살려 달라고 빌고 싶은 마음 굴뚝같았지만 불행히도 괘씸한 생각이 먼저 고개를 쳐들어 버렸다. 어쩌면 너무 두려워서 미친 걸지도 모른다. 나도 모르게 발끈하며 말이 튀어 나갔다.

"적어도 혼자 죽진 않겠죠."

이남 씨는 픽 웃으며 말을 이었다.

"잠깐 더 앉아 있다 가는 건 어때?"

"더 할 말이 남았습니까?"

그는 품속에서 기다란 나이프를 꺼내 들었다. 일단 총이 아니라는 사실에 안도와 함께 자신감이 올라왔다. 나이프의 브랜드를 보며 농을 건넬 정도로 말이다.

"ENTREK이군요. 생각보다 저렴한 나이프를 쓰시네요."

그는 어깨를 으쓱해 보이며 자신이 앉아 있던 소파의 팔걸이에 나이프를 꽂았다.

"이놈이 제일 손에 익어서."

그는 익숙한 손놀림으로 소파 팔걸이 장식 중에 하나를 칼로 후비기 시작했다. 그는 뭔가를 기대하라는 듯 미소 띤 얼굴로 나를 힐끗거리며 계속 작업에 열중했다. 소파 장식 중 하나가 눈알 뽑히듯 칼끝에 매달려 나왔다. 그는 그것을 마이크처럼 입으로 가져가 말하기 시작했다.

"이걸로 회장님과의 관계가 명확해졌네요. 그동안 감사했습니다. 분명히 말씀드리는데, 시작은 회장님께서 하신 겁니다."

이남 씨는 미소를 띠었던 지금까지와는 다른 침울한 표정이 되어 짧게 덧붙였다.

"유감입니다."

그 말을 끝으로 도청 장치를 나이프로 내려쳐 박살 냈다. 도청을 하던 누군가의 고막이 어떻게 됐을지도 모르는 일이다.

빌어먹을. 난 지금 굉장히 곤란한 상황에 처하게 된 것이다. 이남 씨는 내 앞에서 스폰서에게 선전포고를 했고, '동네 형의 친구'도 적으로 규정한 것이다.

문제는 이 방에서 있었던 모든 일을 '동네 형의 친구'도 듣고 있었을 가능성이 높다는 것이었다.

난 뒈진 목숨이다. 이남 씨는 고자질쟁이다. 그것도 아주 악질적인 고자질쟁이.

이남 씨는 '이젠 어떻게 할래?' 하는 표정으로 나를 바라보았고, 난 뭘 어떻게 해야 할지 몰라 머리를 굴리고 있던 참에 내 휴대폰으로 전화가 걸려 왔다.

올 것이 왔다. '동네 형의 친구'다.

난 이남 씨를 힐끗 보며 휴대폰을 꺼내 들었다. 이남 씨는 편하게 전화 받으라는 듯 손을 들어 보였다.

"예."

— 창의성이 높다고 칭찬한 거 기억나나? 역시 기대를 저버리지 않는군.

이남 씨와는 또 다른 카리스마가 느껴지는 목소리. 목소리만으로 위축되는 건 어쩔 수 없는 일이었다.

"그렇게 됐습니다."

— 미친 건 아닐 테고, 도대체 무슨 생각인 거냐?

난 꼴통 취급당하는 걸 별로 좋아하지 않는다. 아니, 아주 싫어한다.

"제 판단대로 하겠다고 말씀드렸던 것 같습니다만."

'동네 형의 친구'는 잠시 말이 없었다. 그가 왜 말이 없는지 알 것 같다. '이게 미쳤나?' 그런 생각이 들었겠지. 전에도 언급했듯이 충분히 통제할 수 있다고 생각한 대상이 통제 불능이 될 것 같은 불안감이 그를 열 받게 하는 것이다.

— 판단한 결과가 그건가?

"지금까지 조용히 엿듣고 있던 분이 할 말은 아닌 것 같군요."

— 뭐?

난 미친 게 분명하다. 이남 씨조차 의외라는 듯 눈을 크게 뜬 채 나를 바라보다 다시 미소를 지었다.

— 지금 네가 어떤 상황인지 알고 떠드는 선가?

"상황이 바뀐 게 있는지 전혀 모르겠습니다. 바뀐 게 있습니까?"

단순히 발끈해서 하는 말이 아니라, 사실 내 입장에서는 바뀐 것이 아무것도 없었다. 예정대로 이남 씨를 작업하면 그것으로 끝인 것이다.

— 그러면 지금 이게 계획대로 되고 있다는 거야?

"바로 지금 상황 정리하면 되겠습니까?"

난 재킷의 지퍼를 내리고 품속에 손을 넣었다. 이남 씨도 표정을 굳히며 앞에 있던 나이프를 조용히 집어 들었다.

— 네가 이남이 상대가 될 것 같나?

"저에 대해서 얼마나 알고 계십니까?"

— 허허, 사람 몇 명 죽인 것 가지고 벌써 뵈는 게 없는 거야?

"그렇게 보이십니까?"

'동네 형의 친구'는 잠시 말을 끊었다가 나지막한 목소리로 말했다.

— 이 새끼 봐라?

그의 가벼운 욕지거리를 듣는 순간 숨이 턱 막혔다. 동시에 머릿속이 하얗게 비었다. 난 알고 있다. 이게 공포라는 것을. 내 낯빛을 이남 씨도 알아챘는지 그 또한 진지한 얼굴로 나를 지켜보고 있었다.

'동네 형의 친구'는 감정을 절제한 사무적인 목소리로 말했다.

— 잔금 받으러 와라.

통화 끝. 눈치 없는 놈이라도 방금 '동네 형의 친구'가 내게 한 말이 사형 선고라는 것을 어렴풋이 알 터였다. 후들거리는 다리 때문에 움직일 수가 없었다. 조금이라도 움직였다가는 주저앉을 것 같았기 때문이었다.

내가 엉거주춤 서 있을 때, 이남 씨의 휴대폰이 울렸다. 누구의 전화인지는 어렵지 않게 알 수 있었다.

"오랜만이다."

동네 친구와 통화를 하는 듯한 평온한 어조로 말했다. 그는 나를 힐끗 보며 말을 이었다.

"어디서 물건 하나 건졌더군. 네가 키우는 애냐? 아, 그래?"

그는 놀랍다는 듯 나를 또다시 힐끗 보았다.

"그건 내가 판단할 일 같다. 그건 그렇고, 이제 어떻게 할래?"

친구와 목숨을 건 대화를 저렇게 할 수 있다는 게, 나와는 다른 세계의 사람들이란 걸 새삼 느낄 수 있었다. 아니, 어쩌면 나도 이미 그들의 세계에 함께 살고 있는 것인지도 몰랐다. 적어도 그들은 나를 그렇게 받아들이고 있을 것이 분명하다.

"그럴 수밖에 없는 거냐?"

별로 좋은 방향으로 얘기가 진행되는 것 같진 않았다.

"할 수 없지. 이해는 한다만, 정말 유감이다."

이남 씨는 통화를 끝내고도 여운을 느끼는지 이미 꺼져 있는 휴대폰을 잠시 응시했다.

어렴풋이 그의 심정이 이해가 갔다. 자신을 키워 준 스승 같은 스폰서에게도 유감이고 불알친구에게도 유감인 일이 생긴 것이다. 나였다면 비통한 심정 때문에 피를 토하며 울었을지도 몰랐다.

한참 고개를 숙이고 있던 이남 씨가 고개를 들며 내게 말했다.

"치상이가 당신을 꽤 잘 본 모양이더군."

설마 그 말 듣고 기뻐할 것을 기대하진 않았겠지? 내 다리는 여전히 후들거렸다. 아버지에게 덤비고 나서 집 밖으로 뛰쳐나온 기분이었다.

"당신 처분, 나한테 맡긴다는데 어떻게 할까?"

이 개새끼들이 내 목숨을 주식처럼 저희들 맘대로 주고받고 있다. 후들거리는 내 다리와는 달리 입이 먼저 발끈했다.

"그러시든가."

손이 스스로의 의지를 가진 듯 자동으로 나이프를 꺼내 들었다. 그런 나를 본 이남 씨는 고개를 가로저으며 말했다.

"이놈이고 저놈이고, 오늘은 전부 극단적인 놈들뿐이군."

그는 발목에서 소음기가 달린 '글록'사의 권총을 꺼내 테이블 위에 올려놓으며 말했다.

"흥분 가라앉히고 와서 앉아."

이남 님, 감사합니다. 그는 나를 죽일 생각이 없어 보였다. 그는 확실히 사람을 다루는 기술을 가지고 있었다. 쥐도 궁지에 몰아붙이면 덤빈다. 몰아붙여도 도망의 여지를 주면서 몰아야 극단적인 상황을 피할 수 있는 것이다.

난 못 이긴 척하며 소파에 앉았다. 후들거리는 다리가 그에게 보일까 봐 일부러 다리를 떨었다. 잘만 하면 여유 있는 것처럼 보일 수도 있으니까.

"정신없어, 다리 그만 떨어."

그의 말에 이번엔 다리가 자동으로 멈췄다. 희한하게도 떨림조차 없었다. 내 몸은 이미 이남 씨의 페이스에 착실하게 말린 것이다. 빌어먹을.

"회사에 대해서 어떻게 생각하나?"

대학 졸업 이후 내내 회사원 생활을 한 내게는 너무나 쉬운 질문이다. 이남 씨가 내게 왜 이런 질문을 하는지는 알 수 있었지만 그렇다고 홀랑 까놓고 아는 체할 수는 없는 일이었다.

"박봉에, 늘 시간에 쫓기고, 상사 화풀이 받아 주는 동시에 부하 직원 눈치나 살피는 자본주의 산물이죠."

"회사에 대해 좋은 기억을 가지고 있는 건 아닌 것 같군."

회사 생활이 싫어서 이 바닥으로 뛰어든 나다. 그걸 말이라고 하나.

이남 씨는 권총을 들어 총알을 한 발씩 꺼내 테이블 위에 올려놓았다. 스스로 무장 해제를 한 것이다. 그는 나이프마저 한쪽으로 치우며 물었다.

"나하고 같이 일할 생각 없나?"

정말 오랜만에 듣는 스카우트 제안이다. 내 목숨을 살려 주는 것도 모자라 일자리까지 제안하는 거다. 영화 〈300〉에서 자신은 늘 관대하다고 외치고 다니는 페르시아 황제 '크세르크세스'가 떠올랐다. 하지만 이런 것에 감지덕지해서는 안 된다. 왜? 없어 보이니까.

"이 바닥에 발을 들여놓은 이유가 회사가 싫어서였습니다."

"그렇군."

칼자루는 물론 칼날까지 모두 쥐고 있는 그였지만, 내게 반발을 살 만한 말은 결코 하지 않았다. 나같이 자존심 센 스타일은 어떻게 다뤄야 하는지 알고 있는 게 분명했다. 위험하게도 이남 씨의 그런 면이 서서히 맘에 들기 시작했다.

"이런 상황에서는 한쪽이라도 손을 잡는 게 좋지 않을까? 양쪽 모두에게 등을 돌리는 건 무모한 거야. 일단은 살고 봐야 하지 않겠나?"

이남 씨의 말은 처음부터 끝까지 구구절절이 맞다. 하지만 옳다고 맞장구칠 수 있는 상황도 아니었다. 내가 기회주의자가 되는 것이 용납되지 않으니까 말이다. 하지만 목숨이 걸려 있으면 그런 신념 따위는 아무래도 좋았다. 사실 내겐 반드시 지켜야 할 신념 같은 건 애초부터 없다. 그냥 똥자존심을 구기고 싶지 않은 똥고집일 뿐이다.

"독불장군은 영화에서나 성공하는 법이지."

내 마음은 진작부터 정해져 있었지만 자존심 구기지 않고 전달하는 방법이 떠오르지 않았다. 그러다가 그의 나이프가 눈에 들어와 불쑥 입을 열었다.

"그 나이프 저 주실 수 있습니까? 제가 좋아하는 모델이라서요."

내가 나이프를 달라고 한 것은 여러 측면에서 의미가 있었다. 물론 내가 그 나이프를 갖고 싶어서 달라고 한 것이 대부분의 이유지만, 여차하면 그 나이프를 이남 씨의 가슴에 꽂을 수도 있는 거리였기에 그의 도량이 어느 정도인지를 알고 싶은 것이었다.

이남 씨는 티를 내지 않으려 했지만 순간적으로 갈등하는 눈빛이 역력했다. 그는 애써 태연한 표정을 지어 보이며 고개를 끄덕였다.

"기념으로 하는 것도 괜찮겠지."

나는 조심스럽게 일어나 나이프를 향해 손을 뻗었다. 그는 짐짓 여유로운 표정으로 내 시선을 똑바로 보고 있었다. 나 또한 그의 시선을 피하지 않고 나이프를 집어 들었다. 두 사람 모두 긴장했는지 내 움직임은 거의 기계적이었고, 이남 씨는 미동조차 하지 않고 숨만 쉬고 있었다.

그가 오해하지 않도록 조심스럽게 나이프를 집어 품속에 넣었다.

"감사합니다."

"당신 말대로 비싼 것도 아닌데 뭘."

그제야 팽팽했던 긴장감이 풀어졌다. 난 그대로 문 쪽으로 향하며 입을 열었다. 권총에 총알이 다 빠져 있는 상태란 것을 알았기에 아까와는 달리 조금은 편한 마음으로 움직일 수 있었다.

"생각 좀 해 보겠습니다."

"시간이 많지는 않아. 일손이 달리거든."

문틈 아래로 여전히 서성이는 그림자가 보였다. 난 치워 달라는 의미로 문 쪽을 가리키며 이남 씨를 돌아보았다. 이남 씨는 픽 웃으며 문을 열어 보라는 듯 손으로 권했다. 조심스럽게 문을 열었지만 문 앞엔 아무것도 없었다. 청소 때문에 왔다 갔다 하는 호텔 직원들이 전부였다. 뒤쪽으로 이남 씨의 웃음이 터져 나오는 소리가 들렸다. 난 못마땅한 표정으로 이남 씨를 돌아보았지만 그는 여전히 기분 좋은 표정으로 말했다.

"애들 퇴근하는 거 당신도 봤잖아?"

그렇다. 확실히 스타벅스에서 인사를 하고 나갔다. 난 그의 허풍에 완전히 속았다는 것을 인정할 수밖에 없었다. 연륜은 어찌할 수 없는 것인 모양이었다.

난 호텔 밖으로 나서자마자 그대로 바닥에 주저앉았다. 다리에 힘이 풀린다는 것이 바로 이런 걸 두고 하는 말이구나. 호텔을 출입하는 사람들이 날 힐끗거리며 봤지만 아무래도 좋았다. 살아 있다는 것 자체가 내겐 기쁨이니까. '동네 형의 친구'가 날 노리고 있는 만큼 내 상황이 좋을 리 없건만, 지금 이 순간만큼은 살아 있음을 자축하고 싶었다.

안에 있던 호텔 직원과 눈이 마주치고 나서야 옷을 털고 일어섰다. 분명 친절을 가장하여 날 내쫓을 테니까. 택시를 잡아타고 곧장 집으로 향했다. 갑자기 마누라가 보고 싶어졌기에.

#불편한 진실

Sad but True

밤새 이다희 양이 찾아왔다. 예전의 일이 그대로 꿈속에서 반복되었을 뿐이지만 망자가 꿈에 나온 것 자체가 썩 유쾌한 기분은 아니다. 해몽에서도 죽은 사람의 등장은 좋은 징조가 아니다. 뭔가가 잘못되어 가고 있는 것이다.

사실 따져 보면 징조가 아니라 이미 잘못되어 가고 있는 상황이다. 고의든 아니든 간에 '동네 형의 친구'를 명백히 배신한 상태고, 덕분에 다이스컨설팅과의 관계도 예전과 같지는 않을 것이다. 중요한 사실은 내 목숨이 그리 안전한 상황은 아니라는 것이다. 단순히 봐도 충분히 악몽을 꿀 만한 상황이다.

"넌 자면서 무슨 헛소리를 그렇게 하냐?"

커피를 한 잔 마시던 마누라가 옆에 서서 한심하다는 듯 내게 말을 건넸다.

236

"내가 잠꼬대를 했어?"

"어찌나 다정하게 얘기하시던지. 팔자에도 없는 질투를 다 할 뻔했네, 이 사람아."

이다희 양과의 대화는 로맨틱하기는 했다. 내용상으로는 감미로움과는 관계가 없지만 말이다.

마누라는 침대 옆에 걸터앉으며 말했다.

"요새 정말 뭐 하고 다니니? 어떻게 백수가 사업하는 이 몸보다 더 바빠?"

기분이 기분인 만큼 살짝 짜증이 났지만, 확 질렀다간 본전도 못 찾을 것이 뻔하므로 그냥 조용히 말했다.

"그냥 좀 바쁘네."

난 몸을 옆으로 비틀어 뉘며 마누라에게 물었다.

"나 죽으면 보험이 얼마라고?"

"교통사고면 3억. 일반 사고사면 1억 5천."

"그거밖에 안 돼?"

"내 생각은 달라. 네 몸값치고는 꽤 후한 거 아니냐?"

"보험금 타려면 내가 언제쯤 죽어 주면 되냐?"

"빠를수록 좋아. 변액 보험이거든. 아니면 비행기 추락으로 죽든가. 가장 바람직한 사망이지. 항공사에서 나오는 보상이 꽤 짭짤하거든."

보험 설계사의 권유대로 들긴 했지만, 그 뜻을 천천히 곱씹어 보면 유쾌하지는 않다. 내 죽음이 가족에겐 인생이 바뀔 만한 선물이라는 등식이 기분 좋을 리가 있겠는가.

"꼭 죽어야만 돈 나오냐?"

"1급 장애도 괜찮아. 1억 5천."

"1급 장애가 어느 정도인데?"

"팔다리 절단되거나 눈이 멀거나."

한참을 생각했다. 팔다리나 눈 중에 선택하라고 하면 난 뭘 선택해야 할까? 역시 앞을 못 보는 건 너무 답답할 것 같다.

"마누라, 내 눈만큼은 건드리지 말아 줘."

"눈이 제일 깔끔하지 않아?"

이 여편네가 진짜…….

"진지하게 부탁하는데, 눈만큼은 건드리지 마."

마누라는 씩 웃으며 말했다.

"그럼 그냥 죽든가."

자기 방으로 가는 마누라를 보며 처음으로 뒤통수를 쳐 버리고 싶다고 느꼈다. 이봐, 난 오늘이라도 당장 칼 맞아 죽을 수도 있는 인생이니까 너무 솔직하게 말하지 말라고. 상처 받잖아!

다이스컨설팅의 사장이 들어오라는 연락을 해 왔기에 회사로 향하는 길이다. 내게는 엄청난 일이 벌어졌는데, 이 사장늙은이의 목소리는 변함이 없었다. '동네 형의 친구'와의 관계를 생각한다면 내게 벌어진 일에 대해서 사장이 모를 리가 없는데도 늘 들어 왔던 똑같은 톤으로 말했다.

지금 내 발걸음이 생전의 마지막 발걸음일 수도 있지만 그렇다고 사장의 호출을 무시할 수는 없었다. 언제까지고 도망 다닐 수도 없는 일일뿐더러, 그는 여전히 내게는 하늘 같은 사장님이기 때문이다. 직원은 사장에게 본능적으로 쫄게 되어 있다.

사장은 사무실에서 똑같은 자세와 동작으로 신문을 보고 있었다. 훌륭한 인테리어만 제외한다면 복덕방과 다를 것이 없는 분위기다. 이 공간만 시간이 멈춘 듯한 그런 분위기.

앉으라는 소리를 기다리지 않고 곧장 소파에 자리를 잡고 앉았다. 사장은 신문을 두세 장 더 넘기더니 늘 앉던 소파 자리로 옮겨 와 앉았다.

사장은 나를 빤히 보다가 특유의 외계인 미소를 띠며 입을 열었다.

"요새 불경기라 그런지 일이 팍 줄었어. 요 몇 년 중에 제일 배고픈 시기인 것 같아."

내게 일을 주지 못해 미안하다는 말의 간접 표현인 듯하다.

"이쪽 업종도 경기를 타는군요."

"당연하지. 이것도 비즈니스니까. 자네는 요새 어떻게 지내고 있나?"

안녕한 상태는 아니다.

"그냥저냥 지내고 있죠."

늙은이는 입꼬리를 더 치켜 올리며 말했다.

"어째 편해 보이지가 않는군. 간만에 오니 긴장되나?"

"누군가 저를 의뢰했을 수도 있지 않겠습니까? 사장님이 워낙 합리적인 분이라 거절할 리도 만무하고요."

사장은 여전히 미소를 띠고 있었지만 아주, 아주 미묘하게 표정이 변했다.

"말 한번 묘하게 하는군. 자네를 죽이려고 불러내기라도 했단 말인가?"

"보고 싶어서 불러냈을 리는 없지 않습니까?"

사장은 미소를 띠었지만 노려보는 듯한 시선으로 바라보았다.

"불러낸 이유가 있긴 하지. 요새 뭐 하고 다니나?"

드디어 올 것이 왔다. 이런 빌어먹을 분위기를 타파하는 건 언제나 단순한 방법에 숨어 있는 법이다.

"아르바이트 좀 했습니다."

외계인의 눈이 가늘게 변했다. 맘에 들지 않는다는 의미다.

"계약을 어겼군."

"모두에게 불경기니까요."

나를 어떻게 할까 고민하는 듯한 표정으로 빤히 바라보았다. 팔짱 낀 손 밑으로 다른 컨설턴트에게 신호를 보내고 있을지도 모르는 일이다. 그는 팔짱을 풀며 내게 물었다. 이번엔 미소도 웃음도 없는 굳은 얼굴이었다.

"정 실장에게서 희한한 얘기를 들었네."

정 실장? 아, '동네 형의 친구'를 부르는 사장만의 호칭인 모양이었다. 그 사람 참 생각보다 입이 싸군.

"이 바닥에서 해서는 안 될 두 가지를 한 번에 저질렀더군."

두 가지 짓은, 제거 대상을 만나 작업에 대해 얘기한 것과 의뢰인을 배신한 것을 의미했다.

"의식하고 한 일은 아닙니다."

"나도 그렇게 믿고 싶네. 도대체 무슨 생각으로 그랬나?"

취조의 시작이다. 목숨만 안전할 수 있다면 천 년이고 만 년이고 구구절절이 얘기하고 싶다. 하지만 모두 부질없는 일이란 걸 잘 알고 있기에 그냥 줄여서 말하기로 했다. 어차피 늙은이는 자기 궁금한 것이 해결되고 나면 그다음 절차에 따라 진행할 테니까 말이다.

"미쳤었나 보죠."

진심이다. 지금 생각해도 후회막급이다. '동네 형의 친구'가 건네는 돈을 받지 말았어야 했다. 아니, 그의 전화를 아예 받지 말았어야 했다.

"미친 짓이란 것을 알고 있긴 한 건가?"

사장이 날 꾸짖고 있다. 꾸짖는다는 건 애정이 있다는 것을 의미한다고 생각했지만, 사장늙은이를 보니 꼭 그런 것만도 아닌 듯하다.

"사장님, 죄송한데 오늘 보자고 하신 용건이 뭔지 여쭤 봐도 되겠습니까?"

의미 없는 대화는 할 필요가 없는 것이다. 쓸데없는 대화하기, 이보다 소모적인 일도 드물 거다.

"정 실장이 의뢰를 했어. 의뢰 내용은 자네가 생각하는 대로라네."

이럴 줄 알았다. 잔금 받으러 오라더니 이 개새끼가 뒤통수를……. 아 참, 뒤통수는 내가 먼저 쳤다. 의도하지 않은 일이긴 하지만. 난 만일을 대비하여 재킷 앞 지퍼를 내리며 물었다.

"사장님도 방금 규칙 어기셨네요. 작업 대상과 대화 금지."

"아니지. 난 아직 의뢰를 수락하지 않았거든."

오, 이건 의외다. 외계인이 지구인의 감성에 감염된 것일까?

"왜 제게 말해 주시는 겁니까?"

빤히 바라보던 사장은 오해하지 말라는 듯 기다란 손가락을 흔들어 보이며 답했다.

"정 실장을 싫어하는 건 아니지만, 그 친구하고 엮이면 끝이 꼭 좋지 않게 끝나더라고. 징크스랄까?"

타인의 징크스가 이렇게 고맙게 느껴지긴 처음이었다. 사장은 정리하듯 양손을 비비며 말을 이었다.

"일단 의뢰를 받아들이지 않을 생각이네. 하지만 자네하고 더 이상 계약 관계를 유지할 수도 없네. 이렇게 끝나게 돼서 유감이야."

난 방금 해고를 당한 거다. 사장의 '유감'이란 말이 왠지 무섭게 느껴졌다. 난 가볍게 목례를 해 보이는 것으로 작별 인사를 대신했다. 마지막 인사치고는 단출했지만 송별회를 할 만한 사이도 아니니까 상관없다.

비둘기들의 집단 배변 장소로 유명한 한강 둔치의 벤치에 앉았다. 생각할 시간이 필요한 거다. 대가리를 앞뒤로 흔들며 한량처럼 돌아다니는 비둘기를 보고 있노라면 최면에 걸린 것처럼 머릿속이 비워진다. 그럼 나는 보다 편하게 생각에 집중할 수 있다.

사면초가. 지금 내 상황이 딱 그렇다. 목숨은 이미 내놓인 상태고 그나마 등 비빌 언덕이었던 다이스컨설팅에서도 해고 당한 상태다. 예전보다 더 험악한 상황임에도 그때보다 더 낙 천적으로 생각을 하니 그동안 나도 모르는 새에 변했나 보다. 막살고 있는 걸까? 자신의 목숨마저도 담담하게 생각하는 그런 인생 말이다.

갑자기 울리는 휴대폰 진동에 깜짝 놀랐다. 나도 모르게 욕 이 튀어나올 정도였다. 이놈의 새가슴은 단련이 안 되는 모양 이다. 휴대폰 번호를 보니 '정보군'이었다. 눈치 없는 놈.

"여보세요."

— 안녕하십니까! 어떻게 지내시는지 궁금해서 전화 드렸습 니다. 별일 없으시죠?

업계 특성상 가끔 채무자들이 잔금을 치르기도 전에 그냥 죽 어 버리는 경우가 있기 때문에 '정보군'은 이렇게 종종 나의 생 존 여부를 확인한다. 이럴 때는 서글픈 것을 지나 짜증이 난다.

"아직 안 죽었으니까 걱정 마요. 죽어도 잔금은 치르고 죽을 테니까."

— 아하하, 사장님 왜 이렇게 까칠하실까? 뭐 안 좋은 일이 라도 있으신 모양이네요.

이놈은 아무렇지도 않게 제 마음대로 호칭을 쓴다. 사실 '정 보군'에게 호칭 따위는 상관없다. 돈만 제때 들어온다면 말이다.

— 말씀 나온 김에, 오늘 어떻게 입금이 안 되겠습니까? 사 장님 때문에 대포 통장도 하나 뚫었는데요.

굽실거리는 듯하면서도 할 말은 다 하는 놈의 태도가 참으로 부러웠다. 사회생활이란 자고로 저런 식으로 해야 하는 것이다.

"오늘은 힘들고 주말까지 입금하죠."

— 선생님을 못 믿어서가 아니라, 아시다시피 요새 경기가 워낙 안 좋지 않습니까. 사정 좀 봐 주십시오.

이젠 선생님이란다.

"주말에 입금하고 연락드리겠습니다."

물론 그때까지 내가 살아 있다면 말이다.

— 형님이 정 힘들면 그렇게 하시죠.

형님? 뭐 이런 자식이 다 있어? 자기가 무슨 말을 하고 있는지는 알고나 지껄이는 것인지 의심이 들기 시작했다. 정신을 놓고 얘기하는 건 아닐까?

"주말에 통화합시다."

더 이상 할 말도, 들을 말도 없었기에 전화를 끊어 버렸다. 신세 한탄 거리가 한 가지 더 생겼다. 목숨은 위태롭고, 직장도 잃었는데, 변제해야 할 채무까지 있다. 환장할 노릇이다.

엉덩이를 최대한 앞으로 빼고 낮은 등받이에 머리를 대고 거의 누운 자세로 앉았다. 더 없이 좋은 날씨였지만 하늘은 왠지 못마땅하게 여겨졌다. '정보군' 전화 한 통에 짜증 지수가 급상승한 덕분이다. 혹여 내 얼굴에 안착하려는 비둘기가 있다면 각오하는 게 좋을 거다. 그대로 아작아작 씹어 버릴 테니까!

쌀쌀한 기운에 눈을 번쩍 떴다. 파랗던 하늘이 까맣게 물든지 오래였다. 잠깐 눈을 감고 있었을 뿐인데 시간이 순식간에 흘러가 버리는 현상을 겪을 때면 어떤 때는 겁이 난다. 밥 먹고 배불러서 잠깐 눈 붙이고 일어났는데 팔순 노인이 되어 있으면 환장할 테니 말이다. 늙어서 그런지 요즘엔 대충 여건만 맞으면 잠이 들어 버리는 경향이 있다. 하지만 이렇게 허리를 띄운 채 등과 엉덩이만으로 지탱하는 불편한 자세로 잠들긴 처음이다. 이런 방면으로도 능력은 향상될 수 있는 거구나.

뻐근한 몸을 풀며 간이매점에서 캔 맥주를 하나 샀다. 한강에 와서 맥주를 마시지 않으면 입안에 가시가 돋치는 거다. 혹시나 하고 휴대폰을 꺼내 봤지만 역시나 '정보군'과의 통화가 마지막이다. 나의 사랑스런 마누라는 이 늦은 시간까지 남편이 소식이 없는데도 전화 한 통 해 보지 않은 거다. 내 마누라답다.

순간, 갑자기 한기가 느껴지며 전신에 소름이 돋았다. 옛 어르신들이라면 귀신이 내 몸을 스치고 지나간 거라고 말씀할 수도 있지만, 난 원인을 정확히 알고 있다.

불길함.

평소에도 전화는 잘 하지 않는 마누라지만, 상황이 상황인만큼 아주 불길한 생각이 들었다. 다이스컨설팅이라면 우리 집 주소를 알아내는 것 따위는 식은 죽 먹기일 테고, 그건 곧 '동네 형의 친구'가 알게 되는 것도 시간문제임을 의미했다. '동네 형의 친구'가 그렇게까지 치사한 인간이라고 믿고 싶지는 않았지만, 돈이나 목숨이 걸린 일에 인간적인 믿음 따위는 전혀 도움이 되지 않는다.

귀신에 홀린 듯 마시던 맥주를 팽개치고 마누라에게 전화를 하며 빠른 걸음으로 걷기 시작했다. 빌어먹을! 전화를 받지 않는다.

다이스컨설팅이고 '동네 형의 친구'고 간에 나에 대해서 한 가지 알아 둬야 할 것이 있다. 내 팔 하나 자르는 것은 타협할 수 있어도 내 마누라 머리카락을 건드리는 건 절대로 타협할 수 없다는 것이다. 누구든지 그랬다간 평범하게 죽고 싶다는 소박한 꿈은 일찍 접어야 할 것이다. 산 채로 뼈에서 살을 다 발라내 버릴 테니까.

택시를 잡아타고 집으로 가야 한다는 생각 말고는 아무 생각도 들지 않았다. 그렇기에 평소의 나였다면 알아채지 못할 리가 없는 인기척을 전혀 느끼지 못했다. 등에 극심한 통증을 느끼고 나서야 누군가가 날 미행했다는 것을 알 수 있었다.

난 앞으로 쓰러지며 몸을 빙글 돌렸다. 검은색 비니를 쓰고 있는, 턱에 짧은 수염을 기른, 나이가 좀 있어 보이는 사내였다. 그는 내 등에 꽂았던 칼을 뽑아 지체 없이 거꾸로 쥐고는 또다시 나를 향해 내리꽂았다. 초보이긴 하지만 나 또한 전문 청부업자다. 평소의 반복된 훈련은 바로 이런 때 빛을 발한다.

복싱에서 콤비네이션 공격이 머리로 순서를 생각하며 하는 것이라고 알고 있다면 잘못 알고 있는 것이다. 콤비네이션 공격은 수많은 훈련을 통해 몸으로 기억시킨 일종의 반사 작용이다. 가끔 쓰러진 상대에게 펀치를 내지르는 것은, 선수의 의지와 별도로 몸이 기억되이 있는 동작을 끝까지 하려는 관성 때문이다.

나 또한 그렇다. 몸을 빙글 돌리면서 나이프를 꺼내고 덮쳐 오는 상대의 목을 향해 팔을 쭉 뻗는 동작은 내 의식이 하는 것이라기보다 몸이 기억한 대로 먼저 반응하는 것이다.

나이프를 역파지逆把持하면 다른 파지법보다 훨씬 큰 힘을 낼 수 있다. 또한 지금처럼 쓰러진 상대를 공격하기 가장 편한 방식이기도 하다. 하지만 이것이 갖는 단점 중에 하나는 리치가 짧아진다는 것이다.

사내는 리치의 차이를 극복하지 못하고 내 칼에 목을 찔렸다. 칼을 힘껏 내리꽂는 자신의 힘에 의해 나이프의 날 전체가 그의 목 안으로 사라졌다. 그는 목을 찔리고도 임무 완수를 위해 내게 칼을 내밀었지만 그의 힘없는 몸짓은 내가 내지른 발길질 한 번에 종료되었다.

난 몸을 간신히 일으켰다. 목을 붙잡고 마지막 몸부림을 치고 있는 사내를 바라보았다. 상태를 보니 얼마 살지 못할 것이 분명하다. 죽일 생각까지는 없었는데.

'동네 형의 친구'가 사람을 시켜 날 직접 건드렸다는 것은, 내 마누라는 무사하다는 것을 의미했다. 그렇다면 나도 생각을 차분하게 할 필요가 있다.

난 시체를 바라보다 휴대폰을 꺼내 들었다. 심각하게 갈등하던 사안도 어떤 사건을 계기로 갈등이 한 번에 해소되는 경우가 있다. 이번 사건이 내게는 그렇다.

— 이남입니다.

"통화 가능하십니까?"

— 누구시죠?

순간 뭐라고 대답을 해야 할지 난감했다. '당신 죽이려다 만 놈입니다'라는 것도 웃기고, 내 실명을 얘기하는 것도 웃긴다.

— 아, 당신이군.

이럴 때 정말 고맙다.

— 지금 뜬 번호가 당신 휴대폰 번호인가?

"예."

— 그럼 결정을 했다고 생각해도 되겠군.

"도와주실 일이 있습니다."

— 도움? 내가 당신 쓰겠다고 아직 결정한 것도 아니잖아.

이런 거지 같은 자식이!

— 하하, 농담이네. 무슨 일인가?

이번 통화는 한마디 한마디가 조심스러웠지만 내가 흘린 피의 양으로 보아 그런 것을 가리면서 말할 시간이 별로 없을 듯했다.

"정치상 씨가 생각보다 일찍 사람을 보냈습니다."

잠시 말이 끊어졌던 이남 씨가 세상에서 가장 믿음직한 목소리로 말했다.

— 지금 어딘가?

이래서 등 비빌 언덕은 필요한 거다. 난 흐려지는 시야를 간신히 흔들어 깨우며 도우미들을 기다렸다.

마누라에게 잔소리를 듣고 나서야 평온함을 느꼈다. 내가 말없이 외박을 하는 경우는 없었기에 천하의 무관심 마누라도 약간 놀란 모양이었다. 10분도 넘게 정겨운 욕을 들어야 했으니까. 욕하는 마누라 목소리 뒤로 간간이 똘똘이와 주식이 목소리도 들렸다. 개새끼들. 마누라의 공격을 틈타 내게 욕을 하는 게 분명하다. 마누라의 노기가 누그러지고 나서야 내 얘기를 할 수 있었다.

"난 내일쯤 들어갈 수 있을 거야. 중학교 동창 어머니께서 돌아가셨는데 문상객이 없어서 발인까지 봐야 할 것 같아."

오늘과 내일, 이틀이면 상처의 통증이 좀 가라앉아 마누라 앞에서도 자연스럽게 움직일 수 있을 것이다. 마누라와의 통화를 끝내자 이남 씨가 입을 열었다.

"생각보다 몸이 튼튼한 모양이군. 의사 말로는 꽤 중상을 입었다던데."

면허도 없는 돌팔이 의사 말은 별로 믿을 만한 게 못 된다. 내 몸에 가위를 넣고 꿰맨 건 아닌지 걱정되었다.

이남 씨는 어울리지도 않는 과일 바구니를 병실 냉장고 위에 올려놓으며 의자를 끌어다 앉았다. 거지 같은 의자에 앉아도 제법 카리스마가 느껴지는 자세였다. 설마 이 사람, 그런 자세를 연습하는 건 아니겠지?

"괜찮아 보여서 안심이군."

"감사합니다."

최대한 깍듯하게 인사를 했다. 이젠 내 보스는 이남 씨니까. 하루 만에 작업 대상에서 보스로 지위가 바뀐 것이다. 역시 인생은 한 방인 거다.

"이제부터 어떻게 할 건가?"

지금 내게는 답변하기 상당히 어려운 질문이다. 하지만 답변하기가 곤란할 뿐, 내가 뭘 해야 할지 모른다는 것을 의미하지는 않는다.

"괜찮으시면 1주일 정도 시간을 좀 갖고 싶습니다."

그는 당연하다는 듯 손을 휘저으며 말했다.

"치료나 착실히 받아."

내가 요구한 1주일은 상처가 아무는 시간이 아니다. 영화도 아니고 이런 중상이 1주일 만에 나을 리가 없지 않은가. 돌팔이 자식은 3주면 충분하다고 하지만 적어도 4주는 되어야 완치될 것이다.

"자, 그럼 과일 깎아 먹고 몸조리 잘하라고."

그는 손수 과일 바구니를 내 침대 위로 옮겨 놓고 나갔다.

이남 씨의 언행을 보고 있노라면 볼수록 호락호락한 사람이 아니라는 생각이 들었다. 심리학을 공부하지 않고도 본능적으로 사람의 심리를 이용할 줄 아는 사람도 있다. 이남 씨가 그런 부류라는 생각이 들었다.

지금 이 과일 바구니를 봐도 그렇다. 치료에나 열중하라는 사람이 'Extrema Ratio'가 제작한 90만 원짜리 나이프를 곱게

포장해서 과일 바구니에 넣어 둔다는 것이 상식적으로 이해가
되냔 말이다.

나이프는 인터넷에서 사진으로 봤을 때보다 훨씬 잘 **빠졌**
다. 흔들어 보니 무게감도 적당히 있어서 작업하기가 편리할
듯했다. 이 정도까지 하니 이남 씨가 원하는 게 무엇인지 모른
척하려야 할 수가 없는 것이다.

날 죽이려 한 것은 '동네 형의 친구'가 틀림없다. 완전히 그
사람이라고 단정할 수는 없지만, 반대로 그 사람이 아니라고
하는 것이 더 부자연스럽다. 물론 다이스컨설팅을 통해서 사람
을 보냈을 수도 있지만 그것은 방법상의 문제일 뿐이다. 살인
교사자는 '동네 형의 친구'인 것이다.

이 바닥에서는 무시당하면 끝장이라는 얘기를 여러 번 들었
다. 다이스컨설팅의 사장도 그런 말을 했었고 '동네 형의 친구'
도 그랬다. '정보군'의 경우엔 그것을 몸으로 보여 주었다. 그
렇기에 '동네 형의 친구'가 내게 한 짓에 대해 뭔가 대응은 해야
했다.

'동네 형의 친구'가 정확히 어떤 사람인지는 모르지만, 분명
나보다 힘도 있고 나보다 더 넓은 네트워크도 가지고 있을 거
란 사실엔 틀림없다. 내가 지금 발끈한 상태에서 찾아갔다가는
근처에 도착하기도 전에 난도질을 당하고 죽을 가능성이 높다.

내가 선택할 수 있는 방법은 많지 않다. 이남 씨가 실망할
방법이긴 하지만 나로서는 가장 안전한 방법을 선택해야만 한

다. 비록 지금 이 인생 자체가 무모할지라도 이번 일은 최대한 신중하게 처리해야 한다. 전에도 말했듯이 내 가족의 신상에 관계된 것만 아니면 무엇이든지 타협할 자세가 되어 있다. 칼에 찔려 죽을 뻔한 이 상황에서도 말이다.

휴대폰을 집어 들었다. 타협의 달인이라고 실컷 떠들긴 했지만 막상 전화를 하려고 하니 심장이 나도 모르게 울렁거렸다. 이놈의 새가슴. 전화를 한다고 휴대폰 통화로 날 죽일 수도 없는 일인데 말이다. '동네 형의 친구'에게 전화를 했다. 전화를 받은 그의 첫 마디는 놀랍게도 딱 한 단어였다.

— 미친놈.

미친놈 소리 듣고 상냥하게 인사할 수 있는 사람이 세상에 몇이나 될까?

"안녕하십니까?"

적어도 한 명은 있는 것 같다.

내 인사를 받은 그는 잠시 말이 없다가 키득거리는 소리를 내는가 하더니 이내 큰 소리로 웃음을 터뜨렸다. 웃음에 의미를 정확히 표현할 순 없지만 대충 무슨 의미인지는 짐작할 만했다. 그는 웃음의 여운을 머금은 채 입을 열었다.

— 당신 때문에 별로 안녕하진 않은 것 같은데.

분명 죽었어야 할 사람이 버젓이 살아서 연락을 하니 안녕할 것 같지는 않다.

"덕분에 죽다 살아났습니다."

— …….

"안 죽었으니까 됐죠."

— 그래, 용건이 뭐지?

역시 이 사람은 나와는 수준이 다르다. 자기가 죽인 인간이 살아서 전화를 하고 있는데도 목소리에 아무런 변화가 없다. 이왕 미친놈 소리 들은 거 초지일관 이 콘셉트로 가기로 했다.

"전에 잔금 받으러 오라고 하셨죠?"

말이 없다. 아무리 '동네 형의 친구'라도 이건 좀 황당하겠지.

"언제 가면 될까요?"

— 아무 때나.

이번엔 내가 당황스러웠다. '이 뻔뻔한 놈!'이라든지, '너 제정신이야, 이 미친놈아?'라든지, 차라리 욕지거리를 들었다면 이렇게 당황스럽지는 않았을 것이다. 그런데 톤에 조금의 변화도 없이 아무 때나 오란다. 우리 사이에 아무 일도 없었던 것처럼 말이다.

— 내일부터는 사무실에 있으니까 아무 때나 들어와라.

내 새가슴이 거세게 울렁거렸다. 이럴 때 토하고 싶어진다.

"찾아뵐 때 목숨은 보장해 주시겠습니까?"

아, 말해 버렸다. 정말 못나 보인다. 그래도 어쩔 수 없다. 내 목적은 '동네 형의 친구'를 협박하거나 복수하려는 것이 아니라 그와 만나서 타협을 하려는 것이다. 이남 씨가 걸리긴 하지만 그건 나중 문제다. 지금 당장 내 안전을 확보하는 것이 가장 중요하지 않은가. 그는 잠시 말이 없었다. 날 죽일지 말지 아직 결정하지 못한 모양이다.

— 좋아, 얘기나 들어 보자.

전화를 끊고 나서야 통화하는 동안 떨고 있었다는 것을 알수 있었다. 병실 침대에 몸을 뉘었다. 앉아 있기도 어려울 정도로 몸에 힘이 없었다. 내가 그를 찾아가는 것을 이남 씨가 좋아할 리는 없겠지만 그건 나중에 생각하자. 일단은 사는 게 중요하니까. 인생은 이런 임기응변의 연속인 것이다.

'동네 형의 친구'는 시설 좋은 오피스텔에 사무실을 두고 있었다. 들어가기 전, 유리문을 통해 복장을 점검했다. 비무장이라는 것을 보여 주기 위해 재킷도 입지 않은 차림이다. 이젠 내목숨은 전적으로 '동네 형의 친구' 손에 달린 것이다. 그가 죽이고 싶으면 죽이는 것이고 살리고 싶으면 살리는 것이다. 일단 그의 말을 믿고 오기는 했지만 두려운 것은 어쩔 수가 없다. 30분 전에 먹은 우황청심환이 아직도 별 효과를 발휘하고 있지 못하는 듯하다. 2만 원짜리 먹을걸. 돈 몇 푼 아끼려다 심장마비 걸리게 생겼다.

오피스텔도 급수가 있다는 것을 보여 주기라도 하듯 삼면이 유리로 되어 있는 고급스러운 엘리베이터는 20층까지 올라갔다.

불현듯 중학생 때 동네 깡패에게 불려 골목길로 끌려가던 기억이 떠올랐다. 그때만큼 떨렸던 때도 없었던 것 같다. 그때는 돈 5백 원과 따귀 두 대를 맞는 것으로 마무리됐지만 지금은 상황이 많이 다르다. 지금 걷고 있는 낯선 오피스텔의 복도가 내 생전에 마지마으로 보는 풍경일 수도 있는 것이다. 살아

보겠다고 찾아온 건데 죽을 것 같은 생각이 먼저 드니, 내가 지금 뭘 하고 있는 건지 혼란스러웠다.

'동네 형의 친구'의 사무실 문 앞에 도착했지만 아직 마음의 준비가 되지 않았다. 생각만 고쳐먹으면 지금이라도 돌아가면 그만인 것이다. 갑자기 사무실 문이 벌컥 열리며 화장실에 가려는 듯한 그의 얼굴을 정면으로 마주했다.

"들어가 있어."

내게 짧게 한마디 하고는 화장실로 갔다. 젠장. 이젠 내 마음 바꾸는 것만으로 돌아가기는 다 틀렸다. 하지만 한 가지 희망적인 것은 그의 태도였다. 마치 우리 사이에 아무 일도 없었다는 듯 너무나 태연했다. 어쩌면 이 바닥에서는 당연한 모습인데 내가 입문한 지 얼마 되지 않아 혼자 지레 겁먹고 있는 것은 아닌가 하는 생각이 들었다.

아주 조심스럽게 사무실 문을 밀치고 안으로 들어섰다. 행여나 '동네 형의 친구' 수하들이 앉아 있을지도 모르는 일이기 때문이다. 사무실 안은 생각보다 아담했지만 수제 원목 책상 그리고 이태리 MOROSO사의 가죽 소파와 테이블로 채워진 덕분에 고급스럽게 보였다. 저 흉악한 인간이 본인과 이 가구들이 어울린다고 생각하는 걸까?

"오랜만이다."

긴장을 했는지 갑작스런 목소리에 놀라서 나도 모르게 벌떡 일어났다. 제발 그의 눈에는 예의 때문에 일어난 것처럼 보이길 바랄 뿐이다.

"편히 앉아라."

그래, 맘 편하게 해 주면 편히 앉을게. 그는 소파 상석에 앉아 나를 빤히 바라보았다. 안 그래도 충분히 겁먹고 있었는데 말없이 노려보기만 하니 더욱 긴장되었다.

"너같이 어이없는 놈은 처음이다."

"일단 죄송하게 생각합니다."

그는 여전히 빤히 바라보다 주름진 미간을 긁적이며 말했다.

"이렇게 말로 해결될 문제로 생각했다면 잘못 생각한 거다."

물론 잘 아니까 이렇게 목숨 걸고 찾아온 거다.

"룰을 어긴 것에 대해서는 할 말 없습니다만, 제게 모든 정보를 오픈하셨다면 이런 일은 없었을 겁니다."

"왜 그래야 하지?"

그의 말이 맞다. 의뢰를 받으면 그냥 실행하면 되는 것이다. 배경이나 이유 등은 전혀 필요가 없는 것이다. 생각해 보니 '동네 형의 친구'가 잘못한 것은 아무것도 없다.

"우려 때문이죠."

당신이 내 뒤통수를 칠까 봐 그랬다는 말이 목구멍까지 올라왔지만, 내가 지금 말을 꺼낼 입장이 아니었다. 결과적으로 뒤통수친 놈은 나니까. 그는 비웃는 듯한 얼굴로 내게 물었다.

"무슨 우려?"

빌어먹을, 할 말이 없다.

"대답하기 곤란한 입장이지? 내가 대신 대답해 주랴?"

그의 입을 통해 말을 듣기가 겁났다. 난 다급하게 말했다.

"아닙니다."

"그럼 네가 말해 봐."

내가 무슨 말을 하겠는가?

"죄송합니다."

'동네 형의 친구'는 그럴 줄 알았다는 듯이 픽 웃으며 뒤로 기대앉았다.

"쓸데없이 머리 굴리지 마라. 그러다 단명한다. 그래, 남이가 그냥 놔두든?"

이남 씨는 날 그냥 놔둔 것은 물론, 자기 밑으로 들어오라는 스카우트 제의까지 했다. 난 고개를 끄덕였고 그것으로 서로 합의가 된 일이다.

"이런 상황에서 그냥 둘 리가 없을 텐데?"

이 사람이 말하는 '이런 상황'이 내가 처한 상황과 같은 것인지 판단이 서지 않았다. 이럴 땐 계속되는 다음 말로 문맥을 잡아야 한다. '동네 형의 친구'는 내 머리를 가리키며 물었다.

"지금 상황을 이해하고 있긴 한 거냐?"

'예'라고 바로 대답하기엔 솔직히 지금 상황을 다 안다고 할 수도 없었고, 그렇다고 '아니오'라고 대답하기엔 너무 없어 보였다.

그는 내 대답을 기다릴 생각이었는지 아니면 자신이 할 말을 급조하고 있는 것인지 잠시 말이 없었다. 그래, 그냥 없어 보이고 말자. 죽는 것보다는 그편이 낫다.

"솔직히 잘 모르겠습니다."

그럴 줄 알았다는 듯 미소를 띠었다. 정말 최고로 한심해 보이는 놈에게 날리는 그런 미소 말이다.

"남이에 대해서 아는 게 뭐야?"

객관적인 정보는 저렇게 말하고 있는 '동네 형의 친구'에게 받았고, 두 사람 관계에 대한 얘기는 이남 씨에게 들었다.

"두 분과 스폰서와의 관계는 이남 씨에게 대충 들었습니다."

'동네 형의 친구'는 약간 의외라는 표정으로 말했다.

"그런 얘기까지 했나?"

그는 한참 동안 나를 바라보다 고개를 끄덕이며 말을 이었다.

"흠, 남이가 당신을 상당히 좋게 본 모양이군. 그럴 만도 하지."

그의 표정으로 보건대 '그럴 만도 하지'란 말 앞에 생략된 문장이 뭔지 대충 감이 왔다. 지금의 이남 씨 입장에서는 내가 꼭 필요한 상황이라는 것이다. 그러니 좋게 볼 수밖에 없다는 것이다. 그는 테이블을 손가락으로 톡톡 두 번 두드리며 말했다.

"두 가지 옵션 중에서 선택해."

드디어 선택의 순간이 온 것이다. 물론 난 내가 온전하게 숨 쉴 수 있는 옵션을 선택할 것이다.

"네가 죽든가, 아니면 남이를 죽이든가."

난 결코 의리를 가볍게 보는 사람이 아니다. 비록 사소한 오해 때문에 '동네 형의 친구'와 이런 어색한 관계가 되긴 했지만 말이다. 이젠 '동네 형의 친구'와의 의리를 회복할 시기라는 것을 깨달았다. 누가 뭐래도 '동네 형의 친구'는 내 은사이자 은인이지 않은가.

그래, 솔직해지자. 내 양심까지 속여서 어쩌겠다는 건가. 의리 어쩌고저쩌고하는 것 자체가 내가 봐도 추잡해 보이기는 하다. 그냥 살고 싶은 생각 말고는 다른 생각은 들지 않았다. 이남 씨가 날 도와준 것도 있고 그와의 약속도 있지만…… 그냥 그뿐이다. 내 목숨을 걸고 그와의 약속을 지킬 만한 의리가 있는 것도 아니지 않은가.

"의뢰가 아직 유효한 겁니까?"

'동네 형의 친구'는 그제야 상체를 편하게 기대며 대답했다.

"사회에는 알게 모르게 '학생 우대'라는 것이 있지. 잘못을 해도 학업을 수행하는 신분이면 봐주거든. 사대주의의 잔재 같기도 하지만 어떻게 보면 미덕으로 보이기도 하잖아."

그는 안주머니에서 봉투를 꺼내 테이블 위에 내려놓으며 말을 이었다.

"하지만 마상 학생들이 사회로 나오면 철저하게 사회 룰을 체감하게 되잖아. 적응 못 하고 낙오하는 애들도 꽤 되고 말이다."

난 알아들었다는 듯 고개를 끄덕이다 그의 다음 말에는 나도 모르게 동작이 우뚝 멈췄다.

"낙오하지 마라."

여태까지 내가 해 왔던 힘겨운 사회생활을, '동네 형의 친구'는 학교생활로 치부했다. 그의 말에 화가 나기보다는 두려움이 앞섰다.

"잔금이다."

또 똥을 내게 내민 거다. 만약 이거 받고 또 엉뚱한 짓 했다가는 정말 죽이겠지. 이 봉투를 받는 것이 '동네 형의 친구'에게 얼마나 우습게 보일지 알고 있었지만 거절할 수도 없는 노릇이었다. 내가 받는 순간 그는 보험 증서를 갖게 되는 거나 마찬가지니까.

"다이스컨설팅 사장님을 만났습니다."

'동네 형의 친구'는 픽 웃으며 말했다.

"이래저래 약속 안 지키는 인간들뿐이구먼. 그래, 뭐가 궁금한데?"

"사장님은 의뢰를 거절했다고 들었습니다. 혹시 다른 곳에도 의뢰하셨습니까?"

"아니. 그건 왜 묻지?"

내 목숨에 대한 이야기치고는 대화가 너무 건조하다는 생각이 들었다. 나도 쿨하게 보여야 더 이상 얕보일 것 같지 않았다.

"며칠 전에 한강에서 칼을 맞았거든요."

'동네 형의 친구'의 눈빛이 바뀌었다. 상당히 흥미로워하는 눈치였다.

"누구한테?"

"저보다 나이가 좀 있어 뵈는 사람이었는데…… 자세한 걸 물어볼 만한 상황이 아니었습니다."

그는 놀랍다는 듯 눈을 크게 뜬 채 씩 웃으며 말했다.

"죽인 거야?"

"워낙 갑작스런 일이라 어쩔 수가 없었습니다."

그는 갑자기 진열장에 있던 잔 두 개와 위스키를 꺼내 테이블 위에 내려놓았다. 잔에 위스키를 따르며 말했다.

"1차 방어전 축하해. 방어 횟수가 목숨을 연장한 횟수거든. 횟수가 많아지면 그만큼 노련해지는 것을 의미하지. 이쪽은 공격수투성이라 방어가 훨씬 어렵거든."

그의 말이 왠지 마음에 와 닿았다. 이쪽 생활이란 것은 평생 쫓고 쫓기는 것이구나.

"그래서, 그놈을 내가 보낸 게 아닌가 해서?"

"예."

그는 자신의 잔을 채우며 물었다.

"그 녀석 실력이 어땠어? 형편없었지? 누가 보낸 녀석인지 난 알겠는데."

그는 잔을 비우고 다시 되물었다.

"네 생각은 어떤데? 직접 찾아온 걸 보면 나라고 생각하는 것 같지는 않은데."

날 공격한 사람의 배후 인물로 예상되는 사람 중 유일하게 동기를 알 수 없는 사람이 있다. 바로 이남 씨다.

"유일하게 저를 공격할 만한 동기가 없는 사람이 있습니다."

"이남이지?"

난 고개를 끄덕이는 것으로 대답을 대신했다.

"왜 동기가 없다고 생각하지? 내 생각엔 동기가 가장 많은데."

나와 힘을 합치는 것이 가장 필요한 상황에 처해 있는 자가 바로 이남 씨다. 그런 그가 왜 날 공격했을까? '동네 형의 친구'

가 불쑥 내게 말했다.

"왜 하필 형편없는 놈을 보냈을까?"

그건 나도 의문이다. 충분히 한 번에 죽일 수 있었을 텐데 말이다. 아니, 죽이지 않을 수가 없는 상황인데 말이다.

"왜냐면 네가 죽기를 바라지 않거든. 만약에 내가 사람을 보냈다면 그런 놈을 보냈겠나? 때려죽여도 시원찮은 데 말이야."

난 맞아 죽을 뻔했구나.

"네가 생각하는 살인 교사자 중에 네가 죽지 않기를 바라는 사람이 누굴까?"

다이스컨설팅의 사장은 철저한 사업가다. 아무리 친한 사람이라도 비즈니스로 엮이면 가차 없을 사람인 거다. 하물며 나하고 별로 친분도 없는 사이인데 내가 죽지 않기를 바랄 리가 없는 것이다. '동네 형의 친구'는, 조금 전의 반응처럼, 내가 죽기를 바란다면 뼈까지 갈아 버렸을 사람이다. 그럼 역시 이남 씨 한 사람만 남는다. 그 사람만 유일하게 내가 죽기를 바라는 사람이 아니었다. 내가 저지른 살해 현장까지 기다렸다는 듯 깔끔하게 정리해 주지 않았던가. 그럼 도대체 왜 그랬을까?

"여자 꼬실 때 쓰는 방법 중에 아주 오래된 방법이 있지. 친구들과 짜고 하는 불량배 전략이라고 들어 봤나? 친구들이 불량배 역할을 맡아서 여자를 괴롭히고, 네가 슈퍼 히어로처럼 나타나서 여자를 구출하는 거지."

내가 칼에 찔리고 살인을 저지른 그 혼란스런 상황에서 이남 씨는 구원의 손길을 내밀었다. 그것을 계기로 이남 씨의 제

안을 받아들이게 된 것이고.

'동네 형의 친구'의 말이 이어졌다.

"그게 유치해 보여도 꽤 효과가 있거든. 남이는 그렇게 유치한 방법을 써서라도 너를 꼭 자기편으로 만들려는 거다. 그러면 이쯤에서 의문이 하나 남지. 너 같은 초보를 남이 같은 상위 레벨이 필요로 하는 이유가 뭘까? 답은 어렵지 않다. 적의 부하를 자기편으로 만들면 적은 이중으로 타격을 입거든."

요컨대, 이남 씨가 나를 자기편으로 만들려는 것은 내가 필요해서라기보다 그의 적, 즉 스폰서와 '동네 형의 친구'에게 타격을 주기 위함이라는 거다. 여태까지의 내 추측보다 가장 타당한 의견으로 들린다. 진실은 언제나 알고 나면 기분이 나쁘다.

"일리 있는 말씀이네요."

"일리가 아니라 진리야. 이 바닥 통상의 프로세스라고. 남이에겐 다루기 편한 너 같은 초보가 안성맞춤이었겠지. 남이가 지금은 저런 상황이긴 하지만 금세 일어설 놈이다. 그때가 되면 널 어떻게 할 것 같나?"

염병. 내가 귀가 얇은 편이 아닌데도 재수 없게 전부 맞는 말로 들린다. 내가 이남 씨 입장이라도 그냥 두지 않을 것이다. 자신을 죽이려 한 놈인 데다 적을 배신한 박쥐 같은 놈이니 언제 어떻게 변할지 모르는 일 아닌가.

"그놈 성격상 모르긴 몰라도 그냥 죽이진 않을걸. 남이에게 내 얘기를 어떻게 들었는지는 모르지만 그놈이 나보다 훨씬 무서운 놈이라는 것만은 사실이다."

"이남 씨 말로는 정 실장님이 훨씬 무서운 분이라고 하더군요. 키워 준 회장님 앞에서 독립 선언을 했었다고……."

'동네 형의 친구'는 고개를 끄덕이며 내 말을 잘랐다.

"집 나간 개와 주인을 물어뜯은 개 중에서 지독한 놈이 어떤 놈이지?"

그렇다. 가출한 개는 주인이 필요할 땐 가끔 돌아와서 집을 지켜 줄 수도 있다. 하지만 주인을 문 개는 주인이 용서하지 않는 한 죽거나 보신탕집에 팔려 나갈 팔자인 것이다. '동네 형의 친구'는 무슨 생각을 하는지 시선을 테이블 위에 고정한 채 말이 없었다. 한동안 그러고 있던 '동네 형의 친구'는 정신을 차린 듯 내게로 시선을 돌렸다.

"이남이라도 아직은 네 생각을 모를 거다. 너무 멀리 왔다. 이제 마무리 짓고 와라."

그래, 이제 마무리를 짓자. 더는 시달리기도 싫고, 머리 굴리기도 귀찮다.

#협상

Negotiation

지하철 사물함에 넣어 두었던 나이프를 챙겨 곧장 이남 씨가 지내는 호텔로 향했다. 이런 일은 미룰수록 실행하기가 힘든 법이다. 나이프를 보며 든 생각은, 행여나 다른 사람에게 나이프는 선물하지 말아야겠다는 것이다. 자신이 선물한 칼에 맞아 죽는다는 건 유쾌하지 못한 일이니까.

이남 씨가 선물해 준 칼로 작업한다는 점에 어떤 상징적인 의미를 두고 있는 것은 아니다. 그가 총을 가지고 있다는 것을 이미 육안으로 확인했고, 그에 대한 대비책으로 'Extrema Ratio'를 선택했을 뿐이다. 총을 든 손목을 통째로 절단할 만한 중량과 크기를 가지고 있는 나이프는 몇 개 되지 않기 때문이다.

'용 꼬리 문신'의 사무실에서 얻은 총을 가져올까도 했지만 이 몸 상태로 집에 들를 수도 없을뿐더러, 권총은 군 이후로는 사용해 본 적이 없고, 호텔에서의 총격전은 필요 이상으로 이목을 집중시키기 때문에 포기했다. 그가 총을 꺼내 드는 일이 생기지 않기를 바랄 뿐이다.

르네상스 호텔에 거의 다 왔을 때 휴대폰이 진동을 울렸다. 작업을 하기 전에는 평정심과 리듬을 유지하기 위해 전화를 받지 않는다. 특히 발신 번호 제한으로 뜨는 전화는 말이다. 휴대폰은 잠시 후 진동을 멈췄다. 휴대폰 전원을 끄려는 순간 또다시 진동이 울렸다. 이번에도 발신 번호 제한으로. 잠시 망설이다 전화를 받았다. 생판 몰랐던 친척의 유산을 받으라는 전화일 수도 있지 않은가.

— 내 목소리 기억하나?

차분한 톤의 이 목소리는 '흰 얼굴'이 분명했다. 내 팔자에 유산은 무슨. 다리에 작은 전류가 흐르듯 힘이 빠져나가는 것이 느껴졌다. 풀리는 다리에 힘을 실으며 최대한 태연한 목소리로 대답했다.

"잊을 리가 없죠. 그동안 어디 있었던 거요?"

— 조용해질 때까지 그냥 잠수했지. '도시의 학살'이다 뭐다 해서 시끄럽잖아.

"그 일은 유감입니다. 알다시피 어쩔 수 없는 일이었으니까."

— 나도 유감이야. 범과 곰 사이에서 지내다 보니 승냥이도 맹수라는 걸 잊고 있었거든. 당신이 승냥이였다는 사실을 모르고 있었던 우리 잘못이 더 크지.

"운이 좋았던 것뿐입니다."

— 겸손하네. 주차장에서 당신이 사냥한 곰을 봤지. 턱을 박살 내 났더군. 뉴스를 들으니 나머지 두 명은 거의 동시에 목을 딴 모양이야. 진작 전문가라는 걸 알아챘어야 했어.

전문가라는 말은 부담스럽다. 이 경우엔 칭찬이 아니잖은가. 이젠 용건을 들을 때가 됐다. 이 대화가 아니더라도 내 머리는 이미 이남 씨 일로 복잡한 상태니까 말이다.

"용건이 있어서 전화하신 것 같은데."

— 서로 주고받을 만한 게 있을 것 같아서.

칼침 말고는 '흰 얼굴'과 주고받을 게 뭐가 있는지 생각나는 게 없다.

— 시체가 실린 자동차는 내가 잘 보관하고 있어. 녀석하고 격투를 벌인 흔적까지 고스란히 말이야.

닦아 내긴 했지만 '흰 얼굴'의 말대로 차 안에 내 흔적이 남아 있는 게 사실이다. 치명적인 증거물이긴 하지만 그에 휘둘릴 필요는 없다. 약점을 쥐고 연락을 해 왔다는 것은 그만큼 간절하게 원하는 물건이 있다는 뜻이니까.

"다행이네요. 불법 주차로 견인당한 줄 알았거든요. 제가 시간이 없어서 그런데 용건만 말씀해 주셔도 알아들을 것 같습니다만."

'흰 얼굴'은 짧은 한숨을 쉬고는 말했다.

— 살인하느라 바쁜가?

그의 말에 나도 모르게 발끈했다.

"당신 죽이러 가는 길이라 바빠. 지금 당신 뒤에 있거든."

잠시 말이 끊어졌다가 '흰 얼굴'의 신경질적인 웃음소리가 들렸다. 아마도 뒤를 돌아본 모양이다. 바보 자식. '흰 얼굴'은 짜증 섞인 목소리로 말했다.

— 있지도 않은 여유 부리지 말고 내 말 듣는 게 좋을 거야.

"말해."

— 사무실에 있었던 노트북, 네가 가져갔지?

"왜, 탐나?"

— 가져와라. 그럼 차를 돌려주지.

"멀쩡한 노트북과 시체가 들어 있는 차를 바꾸자고?"

— 비딱하게 나와서 좋을 건 없는 상황일 텐데.

"경찰에선 아직 시멘트 기둥에 들어 있는 시체에 대해서는 잘 모르는 것 같더군. 당신이 그 사무실 녀석들과 연관이 있다는 건 경찰도 이미 알고 있는 내용일 테고."

— 뭘 말하려는 거야?

"혼자 잘난 척하고 있을 상황은 아니라는 거지. 어설프게 협박할 생각 하지 말고 협상을 하자는 말이야."

내 도발에 잠시 말을 끊었던 '흰 얼굴'이 오히려 차분한 목소리로 대답했다.

— 협상 좋지.

"이제 만나서 얘기하는 건 어때? 정말 가 봐야 하거든."

잠시 말이 없던 '흰 얼굴'은 다시 연락하겠다는 말만 남기고 전화를 끊었다.

'흰 얼굴'과의 만남은 많은 준비가 필요할 거란 생각이 들었

다. 아무 생각 없이 만났다가는 심하게 당할지도 모르는 일이
었다.

휴대폰의 전원을 끄며 흰 얼굴의 일을 일단 머릿속에서 지
웠다. 이젠 정말 집중해야 할 때다.

#사업은 사업일 뿐

Business is Business

이남 씨의 사무실이 있는 호텔에 도착해 자료의 동선대로 움직여 이남 씨 방문을 노크했다. 건장한 사내가 부릅뜬 눈으로 문을 열어 주었다. 젠장. 벌써 계산 착오다. 이걸 보니 내 인생이 정상적으로 굴러가고 있다는 생각이 들었다. 계획대로 절대로 되지 않는 것이 바로 인생인 거다.

"어떻게 오셨습니까?"

안쪽에서 이남 씨의 목소리가 들렸다.

"내 손님이다. 안으로 모셔라."

사내가 옆으로 비켜서자 넓은 공간이 열렸다. 결코 작지 않은 문을 다 가릴 정도로 큰 덩치를 소유한 사내였다. 살짝 긴장되었다.

"병원에 갔더니 없더군. 어딜 다녀왔나?"

쪽 팔려서 거짓말을 못 하던 내가 이젠 거짓말을 했다.

"바람 좀 쐬고 왔습니다."

"아, 그렇군. 몸은 좀 어때?"

"괜찮긴 합니다만, 아직도 상처가 많이 아파서……."

그에게 난 심하게 다친 강아지로 보여야 할 필요가 있다. 그래야 훨씬 수월해질 테니까.

"의사가 그러는데 치유가 빠른 편이라더군. 나는 멍 자국도 잘 안 지워지는데 말이야."

남의 몸 멍 자국 얘기나 하고 있을 때가 아니다. 어떻게든 빨리 끝내고 이런 거지 같은 상황을 조금이라도 빨리 벗어나고 싶을 뿐이다.

"이제 제가 뭘 하면 되죠?"

이남 씨는 특유의 여유로운 미소를 지으며 대답했다.

"뭐 바쁜 일 있나? 왜 이렇게 서둘러? 우선은 당신 몸이나 원상 복구 시키라고. 그때부턴 하기 싫어도 일이 많아질 테니까."

당신의 개가 되어서 여기저기 물고 다니는 일이겠지. 난 누군가의 개가 될 생각이 없다. 자존심 때문이라고 생각하면 오산이다. 난 반드시 지켜야겠다고 결심한 자존심 같은 건 없다. 다만, 귀찮은 게 싫을 뿐이다. 난 벌떡 일어나 사무실 가구를 둘러보았다. 정확히 말하면 CCTV 위치를 파악하는 것이다. 호텔 방 내부에 그런 것이 있을 리는 없지만 철저한 이남 씨라면 자기 돈으로 설치했을 수도 있으니까.

"그럼 여행을 다녀와도 되겠습니까?"

"좋을 대로. 하지만 가장 처음 해야 할 일은 회복하는 거라는 것만 잊지 마."

문 옆 책상에 앉아 있던 사내가 이남 씨에게 무언의 양해를 구하고 밖으로 나갔다. 아마도 담배를 피우고 오겠다는 의미 같았다. 직감적으로 뭔가를 해야 할 타이밍이라는 것을 알 수 있었다. 아니, 유일한 기회였다.

그가 나가자마자 난 위스키 진열장을 열고 위스키를 바라보았다. 기억을 더듬어 이남 씨가 가장 아낀다는 양주를 향해 손을 뻗었다.

"아, 내가 하지."

내 손이 닿기 전에 이남 씨가 친히 진열장으로 다가와 직접 꺼냈다. 아끼는 술을 안 보여 줄 수도 없고 그렇다고 내 손에 들리고 싶은 생각도 없었을 것이다. 그러다 깨트리기라도 하면 서로 난처할 테니까 말이다.

"가장 아끼신다는 술이 그건가요?"

"바로 이거지. 1939년산."

거의 팔순을 바라보는 늙은 술인데도 반 이상이 남아 있다. 아마도 저번에 나와 함께 마셨던 이후로 손대지 않은 것 같다.

"이 술은 아무한테나 주는 게……."

그는 돌아서며 말을 했지만 더 이상 잇지 못했다. 내 나이프는 그의 명치를 통해 심장을 일격에 찢었다. 이남 씨는 병을 떨어뜨리며 진열장을 향해 쓰러졌다. 난 재빨리 그의 멱살을 잡아 진열장이 엉망으로 망가지는 것을 막았다.

심장에 꽂힌 나이프를 둔 채 또 다른 나이프를 꺼내 이번엔 목을 찔렀다. 이 나이프 또한 처음 이곳에서 만났을 때 이남 씨로부터 받은 것이다.

이남 씨는 그 와중에도 발목 쪽으로 손을 뻗었지만 내가 그냥 놔둘 리 없다. 그를 대신하여 발목에 있던 권총을 빼냈다. 예전에 본 소음기가 달린 권총이었다. 생각보다 일이 쉽게 풀릴 것 같은 느낌이다.

난 손수건으로 이남 씨의 몸에 꽂혀 있는 나이프들의 손잡이를 깨끗이 닦았다. 이남 씨의 눈동자는 내 움직임을 따라 힘겹게 움직였다.

수건을 주머니에 넣고 다른 손으로 또 하나의 나이프를 꺼내 들고 출입문 뒤쪽에 서서 담배 피우러 나갔던 사내를 기다렸다.

문 쪽에 서서 진열장 쪽을 보니 이남 씨가 아직도 숨을 쉬는 것이 보였다. 지독한 인간이다. 그래, 저 정도 생명력은 되어야 보스급 캐릭터지. 그의 시선은 나를 향해 있었지만 정확하진 않다. 치명적인 상처들이 이미 그의 시야를 어둡게 했을 테니까.

문밖에서 인기척이 들렸다. 자세를 낮추고 나이프를 치켜든 채 기다렸다.

문이 벌컥 열리고 잠깐 나갔던 경호원이 안으로 들어서는 순간 나이프로 그의 발목을 긋고는 문을 닫았다. 힘줄이 끊어지는 느낌이 나이프를 통해 선명하게 느껴졌다.

"으악!"

주저앉은 그의 머리를 향해 권총을 겨누었다. 물론 난 그에게 바짝 다가서지 않았다. 아킬레스건이 끊어진 상태이긴 하지만 저 엄청난 덩치에게 붙잡혔다간 내 목뼈가 온전하지 못할 테니까 말이다.

"이쪽으로."

총으로 이남 씨가 주저앉아 있는 곳을 가리켰다. 덩치는 그제야 사태 파악이 되었는지 고통으로 인한 신음 소리를 삼키며 기어서 이남 씨 곁으로 다가갔다.

난 피가 튀지 않도록 더 멀찍이 떨어져 섰다. 그리고 정교한 사격이 가능하도록 자세를 잡고 이남 씨를 가리키며 말했다.

"칼 뽑아."

이남 씨의 몸에서 나이프를 뽑아내는 순간 대량 출혈로 이남 씨는 즉사한다. 덩치도 그 정도는 알고 있겠지. 하지만 그에게 선택의 여지는 없다. 그는 차마 이남 씨를 보지 못하고 나이프를 하나씩 뽑았다. 뽑는 순간 피가 분출하며 이남 씨의 시선이 허공으로 돌아갔다.

덩치는 피를 뒤집어쓴 채 나를 돌아보았다. 다음 지시를 기다리는 것이리라.

"일어서."

힘줄이 끊어진 상태에서 일어서는 것은 여간 힘든 일이 아니다. 하지만 덩치의 입장에서는 살려 줄지도 모른다는 희망 때문에 시키는 대로 하지 않을 수 없다. 내가 그를 어떻게 힐

건지 알았다면 그런 쓸데없는 희망은 갖지도 않았을 텐데.

주머니에서 고무장갑을 꺼내 꼈다. 이제부턴 경찰의 감식을 속이는 작업을 해야 하기 때문이다.

난 바닥에 튀어 있는 피를 밟지 않도록 조심하며 이남 씨에게 다가갔다. 덩치의 두려워하는 시선이 나를 따라 움직였지만 그냥 그뿐이었다.

권총을 이남 씨의 손에 쥐여 주었다.

이제야 내가 뭘 할 생각인지 깨달은 덩치는 허우적대며 문 쪽으로 도망쳤다.

권총을 덩치에게 겨누고 이남 씨의 검지를 잡아당겼다. '슉' 하는 소리와 함께 덩치가 쓰러졌다. 쓰러진 그를 향해 총을 한 발 더 쏘고 이남 씨의 손을 떨어뜨렸다.

핏자국을 밟지 않도록 조심하며 덩치에게 다가가 숨이 끊어진 것을 확인했다. 문 쪽으로 가다 뒤를 돌아보며 최종 상황을 점검하고는 밖으로 나섰다.

들어올 때의 동선을 따라 호텔 밖으로 나섰다. 호텔 밖으로 나와서야 다리가 후들거리기 시작했다. 호텔이 육안으로 보이지 않게 되자마자 택시를 잡아탔다. 얼마 가지 않아 휴대폰 진동이 울렸다. '동네 형의 친구'다.

— 일은 어떻게 됐나?

"끝냈습니다."

— 뭐? 끝냈다고?

뭐냐, 이따위 반응은. 죽이라고 한 놈이 너잖아!

"방금 끝내고 나오는 길입니다."

잠시 동안 말이 없던 그가 입을 열었다.

— 일단 알겠어. 곧 연락 주지.

분위기가 심상치 않다.

"무슨 일입니까?"

— 별거 아냐. 상황이 약간 바뀌었을 뿐이다.

무슨 상황이 어떻게 바뀐 것인지 물어보지 않았다. 알려 줄 생각이었다면 처음부터 풀어서 얘기를 해 줬을 테니까.

창밖으로 해가 지는 모습이 보였다. '동네 형의 친구'가 말하는 분위기는 마치 하지 말아야 할 일을 했다는 느낌이다. 뭔가 좋지 않은 문제가 생긴 게 분명하다. 난 곧바로 휴대폰을 꺼내 '정보군'에게 전화를 걸었다. 이 친구의 유일한 장점은 전화를 항상 밝은 목소리로 받는다는 것이다.

— 안녕하십니까, 형님! 입금해 주신 돈은 잘 받았습니다. 제가 확인차 전화를 먼저 드렸어야 하는데, 이거 죄송하게 됐습니다. 첫 거래 기념으로다가 제가 댁으로 작은 선물 하나 보내 드렸는데 받으셨습니까?

얼마 전에 뭐가 오긴 온 것 같다.

"예, 잘 받았습니다."

— 형님, 그게 부피가 작다고 해서 싸구려가 아니라 비싼 거예요. 아주 작은 원격 조종 폭탄인데 사람 하나 폭사시킬 정도는 되거든요.

이 미친놈이! 그럼 지금 책상 책꽂이 위에 아무렇게나 던져져 있는 게 폭탄이라고?

— 다른 때 같으면 칼 하나 선물해 드리는데, 폭탄 재고가 워낙 많아서 할 수 없이……. 그래도 비싼 거니까 유용하게 쓰셨으면 합니다.

무기 장사도 하는구나. 선물로 폭탄을 보낸 놈에게 감사하다는 말을 하는 게 맞는 건지 판단이 서지 않았다.

"고맙긴 한데 그거 위험하거나 하진 않나요? 충격에 약하거나 하는."

— 아유, 촌스럽게 왜 이러세요? 원격 폭탄은 웬만한 충격에는 꿈쩍도 하지 않아요. 걱정 마세요, 형님.

그럼 다행이고.

"그건 그렇고, 좀 알아봐 줬으면 하는 게 있습니다."

— 말씀만 하십시오, 형님. 뭐든지 알아보겠습니다.

이젠 내 호칭을 '형님'으로 정한 모양이다. 앞으로 최소한 호칭 때문에 정신 사나울 일은 없겠다.

"좀 민감한 거라, 철저하게 보안이 유지됐으면 하는데."

— 새삼스럽게 왜 이러실까? 형님, 제가 정보 가지고 흥정하는 놈으로 보입니까? 만약 그랬다면 제가 지금까지 온전하게 이 짓 하고 있겠습니까?

왜 이쪽 바닥 애들은 소름 끼칠 정도로 눈치가 빠른 것일까? 말 그대로 소름이 돋을 정도다.

"그럼 믿고 말씀드리죠. 정 실장님에 대한 겁니다."

주둥이를 쉴 새 없이 나불대던 '정보군'은 전화기가 끊어진 것처럼 갑자기 말이 없어졌다. 난 그제야 내가 실수했다는 것을 깨달았다.

나 같은 사람이 요청하는 것은 대부분 타깃에 대한 신상 정보다. 마치 내가 '동네 형의 친구'를 죽이기 위해 의뢰를 하는 것처럼 충분히 오해할 수 있는 상황이다. '동네 형의 친구'가 소개시켜 준 사람이 '정보군'이란 점을 상기하면 내 요청이 '정보군'의 입장에서는 충분히 당황스러웠을 것이다.

"아, 오해하지 마세요. 정 실장님 개인 신상에 대한 정보를 달라는 얘기가 아니니까."

— 아, 그렇죠? 정말 깜짝 놀랐습니다. 원하시는 게 어떤 겁니까?

"정 실장님이 전에 모셨던 분에 대해서 좀 알고 싶습니다."

— 그 이남 씨와 같이 모셨던 회장님 말씀이시죠?

"그분 개인 신상에 관한 것보다는, 이 세 사람의 관계가 궁금합니다."

— 관계라면 정확히 어떤…….

돌아가는 상황을 알고 싶다면 한 가지만 정확히 파악하면 될 것 같다.

"사업 관계요."

— 동업이나 투자, 사업적인 라이벌이나 원한 관계 같은 것을 말씀하시는 건가요?

바로 그거다.

"예."

— 어렵지 않습니다. 되도록 빨리 알아봐 드리죠.

"노파심에 드리는 말씀인데, 정 실장님과는 어떤 관계인지 모르지만……."

— 제가 사업적으로는 도움 받은 적이 있긴 하지만 제 일을 보고하는 관계는 아니니까 걱정 마십시오.

"예, 부탁합니다. 괜히 걱정 끼쳐 드리고 싶지가 않아서요."

걱정은 염병! '동네 형의 친구' 귀에 이 얘기가 들어갔다간 난 또 한 번 난처한 상황에 처해질 것이 뻔하다.

'동네 형의 친구'와 스폰서 그리고 비록 내 손에 죽었지만 여전히 내 목숨에 직접적인 영향을 미치고 있는 이남 씨의 관계를 알아야만 한다. 그 사실을 알아내야만 내 목숨 부지할 계획을 세울 수가 있는 것이다.

마당에 주저앉아 새로 구입한 'Extrema Ratio' 나이프를 손질했다. 이남 씨에게 선물 받았던 것의 그립감을 잊을 수가 없어 똑같은 모델로 주문했다. 물론 마누라는 모른다. 알았다면 그 칼에 제일 처음 죽을 사람은 나였을 테니까.

"또 칼 갈아?"

마당에서 칼만 들고 있으면 가는 것인 줄 안다.

"누차 말하지만, 가는 게 아니라 닦는 거라고. 기름칠."

"그놈의 관상용 칼 만날 갈아서 뭐하냐? 갈아서 없앨래?"

"가는 게 아니라 닦는 거라고 몇 번을……."

마누라가 평소에 내 말을 알아듣고나 있는 건지 가끔은 심각하게 의심이 든다.

"내가 이 귀한 걸 갈아 없애서 뭐하겠냐?"

"또 사려는 개수작이겠지."

제발, 내가 마누라와 대화를 지속해야 하는 이유를 누군가 딱 한 가지만 얘기해 줬으면 한다. 마누라는 칼 닦는 일에 곧 흥미를 잃고 집으로 들어갔다. 휴대폰 벨 소리가 들렸다. 직감적으로 '정보군'이라는 것을 알 수 있었다.

"예."

— 접니다. 통화 가능하십니까?

'정보군'은 예전과 달리 가라앉은 목소리로 물었다. 뭔가 좋지 않은 소식인 모양이다.

"물론이죠."

— 우선 여쭤 볼 게 있는데, 그분들하고 뭐 안 좋게 엮인 거 있어요?

"아뇨."

— 다행이네요. 앞으로 그런 일은 없어야겠네요. 지금 시간 되세요?

"예, 지금 뵙죠."

— 거기서 기다리고 있겠습니다.

"그러시죠."

마음이 조금 무거워졌다. 겁먹은 거다. 이대로 나가서 어쩌면 다시 돌아오지 못할지도 모른다는 생각이 들었다. 내 표정에 너무 적나라하게 나타났는지 마누라조차 의아한 시선으로 바라보았다.

"형님이 출장 가자고 하셔서."

"오빠한테 주식 맡겼다는 미친 사람?"

내가 주식을 못하긴 하지만 미친 사람이라고 할 것까진 없잖아. 마누라의 어깨를 붙잡으며 말했다.

"마누라, 만약에 내가 잠시 피신해 있으라고 하면 어디로 갈 거야?"

"사고 쳤냐?"

"만약 그런다면 어떻게 할 거야? 내가 정말 진지한 목소리로 잠시 피하라고 하면?"

마누라는 이유를 더 이상 캐묻지 않고 잠시 나를 빤히 바라보다 입을 열었다.

"얼마나 피해 있어야 하는 건데?"

"그건 모르지."

"첫 번째, 공공장소로 나간다. 두 번째, 최대한 길을 돌아서 엄마 집으로 간다. 맞나?"

그동안 마누라는 내 말을 흘려듣는 것 같아도 진중하게 들었던 모양이다. 알려 준 절차를 잊지 않고 있는 것이 대견했다.

"역시 내 마누라구먼."

마누라가 말이 없다. 이럴 땐 정말 욕이라도 듣는 게 속이 편한데. 말없이 마누라를 꼭 껴안았다. 어떤 상황에 처해 있어도 언제나 든든하게 응원해 주는 유일한 후원자.

"갔다 올게."

말이 없던 그녀가 무겁게 입을 열었다.

"언제 올 건데?"

"며칠 정도 걸릴 거야."

마누라는 신발을 신는 나를 뒤에서 포근히 껴안았다. 좁지만 내게는 부처님의 자비보다, 예수님의 사랑보다 더 안락하고 편안한 품이다.

"잘 갔다 와."

마누라의 조용한 말 한마디에 눈물을 쏟을 뻔했다. 뒤돌아보지 않고 그냥 그대로 밖으로 나섰다. 이 상태로 입을 열었다간 목이 메는 목소리를 감출 수 없을 테니까.

팔래스 호텔 카페로 향하면서, 처음으로 내가 선택한 길이 과연 잘한 것일까 하는 후회 비슷한 감정이 들었다. 마누라는 사업이 망했어도, 실업자가 되어서 빈둥거려도 그것 때문에 구박한 적이 한 번도 없는 사람이다. 이런 사람을 위태롭게 만드는 건 아닐까 하는 불안감이 후회를 더욱 부추겼다.

하지만 이내 나의 신조를 떠올리며 마음을 다잡았다. 후회는 정말 쓸데없는 것이다. 누구에게나 이미 지난 일보다는 앞으로 닥칠 일이 더 중요하기 때문이다. 집중하자, 집중.

#구사일생

Close Call

'정보군'은 무게를 잡고 심각한 표정으로 앉아서 나를 맞았다. 그는 종업원이 딸기 주스를 놓고 가기를 기다려 입을 열었다.

"정말 엮인 거 없습니까?"

솔직히 말하고 조언을 구하고 싶은 마음 굴뚝같지만, 이 인간이 조언을 할 수 있을지 의문일뿐더러 설사 조언을 할 수 있다고 하더라도 아무 친분도 없는 나를 도울 리가 만무하다. 오히려 불리하다 싶으면 나와의 관계를 끊으려고 발버둥을 치겠지.

"취조하려고 불러낸 거요?"

"실례인 줄은 압니다만, 얘기를 좀 해 주시죠."

내 답변을 듣고 정보를 줄지 말지 판단하겠다는 투로 들렸다. 울컥 화가 치밀어 올랐지만 최대한 마음을 가다듬고 말했다.

"정 실장님이 저에게 일을 주고 있는 건 알고 있죠?"

그는 고개를 끄덕이는 것으로 대답을 대신했다.

"난 돌아가는 상황도 모르고 일하는 걸 별로 안 좋아하거든요. 그런데 정 실장님이 내게 그런 사유를 얘기해 주지 않으니 내가 직접 알아볼밖에요."

그는 내 말의 진위를 알아내겠다는 듯이 한참을 바라보았다. 누군가 나를 바라볼 때 표정을 어떻게 해야 할지 난감함을 느끼는 편이지만 이번엔 어렵지 않았다. 그냥 내 감정대로 불쾌한 표정 그대로 바라보기만 하면 되니까. 난 딸기 주스를 한 번에 마시고는 테이블에 거칠게 내려놓으며 입을 열었다.

"뭐 문제 있소?"

"문제라기보다는 제 신변에 관한 일이라 민감할 수밖에 없네요."

"내가 의뢰한 것 때문에 당신이 다치기라도 한다는 거요?"

"스폰서라는 사람이 누군지 아십니까?"

모르니까 의뢰한 거 아냐, 이 자식아. 그는 바로 말을 이었다.

"다름 아닌 바로 최회진 회장입니다!"

그는 폭탄 발언을 한 표정으로 나를 바라보았지만, 최회진 회장이 누구인지 내가 알 리가 없지 않은가.

"모, 모르세요? 최회진 회장을?"

왜 자신에게 상식이면 다른 사람도 당연히 알고 있다고 생각하는 걸까? 내가 정말 모르는 눈치를 느꼈는지 그는 천천히 설명했다.

"우리나라에서 손가락 안에 드는 큰손이잖습니까. 하루 당일 현금 동원 능력이 백억이라고요, 백억!"

백억. 그것도 현금으로. 내게는 감도 오지 않는 액수다. 어쨌든 그게 사실이라면 대단한 사람인 것은 분명하다.

"그래서요?"

"아니, 이래도 감이 안 오세요? 그런 사람한테 밉보였다간 쥐도 새도 모르게……."

"이봐, 이봐."

난 테이블을 두드리며 그의 말을 중단시켰다. 지금 그딴 소리나 듣기 위해서 비싼 돈 주고 딸기 주스를 마시고 있는 건 아니지 않은가.

"내가 의뢰한 내용이 뭔지 기억이나 하고 있는 거요? 왜 이렇게 서론이 길어?"

목숨이 달린 일에 잡설이나 늘어놓고 있으니 내가 짜증이 나지 않겠는가? 하지만 이번엔 '정보군'도 지지 않았다.

"내 목숨도 달렸으니 이러는 거 아닙니까! 얼마나 심각한 상황인지 모르시는 거예요?"

"내가 그 사람들한테 잘못한 게 있어야 상황이 심각한지 어떤지를 느낄 거 아뇨."

"엊그제 이남 사장이 시체로 발견되었던데, 그것도 모르시는 일입니까?"

또다시 취조당하는 기분이다. 불쾌한 표정 그대로 대답하지 않자 그가 말을 이었다.

"이남 사장하고 그 밑에 직원 사이에서 일이 벌어진 것으로 결론이 나는 것 같기는 한데, 상식적으로 말도 안 되는 결론이죠. 정말 모르는 일입니까?"

"어떨 것 같소?"

'정보군'은 말없이 무표정한 얼굴로 나를 바라보았다. 이 빌어먹을 놈이 나를 의심하는 것은 당연하다. 우리가 처음 만난 것도 이남 씨에 대한 개인 신상 정보 때문 아니었던가.

"결론만 말합시다. 뭐가 문제인 거요?"

'정보군'은 물을 단숨에 비우고 숨을 몰아쉬고는 한층 더 심각한 표정으로 입을 열었다.

"이남 사장이 죽은 덕분에 최 회장 돈 6천억이 날아갔다는 게 문제인 거죠."

결론만 들어서 감이 오지 않았지만, 직관적으로 생각해도 이남 씨를 죽인 놈을 최 회장이 좋아할 리가 없다는 것은 아주 분명하게 알 수 있었다. 안타깝게도 이남 씨를 죽인 놈이 나다. 큰일 났다.

"최 회장 돈 천억으로 이남 사장이 인수 합병을 통해 회사를 사들였죠. 그런데 사업 수완이 좋아서 돈을 여섯 배로 키웠습니다. 만족한 최 회장은 그쯤에서 손을 털라고 지시했는데 이남 사장이 말을 듣지 않은 거죠. 최 회장이 수차례 경고를 했는데도 말이죠."

'동네 형의 친구' 말이 떠올랐다. 아무리 똑똑한 개라도 말을 듣지 않으면 없느니만 못한 거다. 그래서 없애기로 결정한 것일 테고.

"그런데 6천억이 날아간 이유는 뭐요?"

"최 회장이 이남 사장을 너무 쉽게 본 거죠. 이면 계약을 통해 회사들의 지분을 최 회장과 똑같은 비율로 다른 곳에 넘긴 것을 나중에 알게 된 겁니다."

최 회장이 열 받을 만도 한 상황이다. '정보군'의 얼굴에 근심은 어느덧 사라지고 이야기에 빠져든 표정으로 말을 이었다.

"그 지분을 넘겨받은 게 진 회장이라는 사람인데, 바로 그 부분에서 최 회장이 미치고 환장하는 겁니다."

대한민국에 회장만 백만 명은 있나 보다. 내 표정을 읽은 '정보군'이 설명을 이었다.

"진 회장은 몽골에서 구리, 아연, 텅스텐 채굴 사업으로 떼돈을 번 신생 재벌인데, 3년 전에 최 회장 사업 영역에 진출하면서 마찰이 시작됐죠. 지금은 거의 견원지간이 되어 버렸고."

지분이 경쟁자에게 넘어갔다면 여러 가지 문제 때문에 회사 처분을 사실상 할 수가 없다. 손해를 보고 팔 수도 없고 그렇다고 죽 쒀서 개를 줄 수도 없다. 결국 최 회장의 6천억이 진 회장 때문에 묶여 버린 것이다. '정보군'은 주스를 한 모금 마시고 말을 이었다.

"모르긴 몰라도 최 회장이 가만히 있진 않을 겁니다."

그렇겠지. '정보군'은 휴대폰과 가방을 주섬주섬 챙겨 들며 일어섰다.

"이 문제에 대해서 드릴 수 있는 정보는 여기까지입니다."

그는 잠시 동안 물끄러미 바라보다 말을 이었다.

"이번 정보는 무료예요. 몸조심하세요."

곧 죽을 놈이라 불쌍해서 공짜로 해 주는 거냐. 전혀 고맙지가 않다.

호텔에서 나와 버스 정류장까지 걷는 내내 힘이 풀려 제대로 걸을 수가 없었다. 마치 술 취한 사람처럼 걷는 것 자체에 집중해서 걸어야 했다.

최대한 태연하게 굴려고 노력했다. 큰손들이 하찮은 나를 직접 손댈 리 없다고 믿으려 했다. 문제 해결에 내 죽음이 도움이 될 리가 없다는 것을 최 회장도 잘 알고 있을 거라고 생각하려 했다. 하지만 의지와 관계없이 후들거리는 다리는 어쩔 수 없었다.

난 죽을 것이다.

꼬인 실타래를 풀 유일한 사람을 죽였으니 화풀이라도 할 게 분명하다. 갈수록 격렬해지는 수전증을 주물러 간신히 떨치며 휴대폰을 꺼내 들었다. 주소록에서 '동네 형의 친구'를 찾아 통화 버튼을 눌렀다.

제발 밝은 목소리로 받으며 아무 일 없을 거라고 말해 주기를.

안심하라고, 그냥 통상 있을 수 있는 일이라고 그렇게 말해 주기를.

통화음을 스무 번쯤 듣고, 다섯 번을 이어서 전화를 걸어 보고 나서야 '동네 형의 친구'가 전화를 받지 않는다는 것을 인정해야 했다.

곧 연락을 준다던 인간이 전화를 받지 않는다.

화보다 두려움이 앞섰다. 급한 일 때문에 그냥 못 받은 것이기를 빌었다. 아니, 백번 양보해서 미안한 마음에 내 전화를 피한다고 해도 괜찮다.

제발, 이미 죽은 게 아니기를.

버스 정류장에 도착해 서울시에서 만들어 준 공공 벤치에 엉덩이를 걸쳤다. 후들거리는 다리 때문에 더는 걸을 수가 없었기 때문이다. '동네 형의 친구'에게 두 번 더 통화를 시도했지만 여전히 받지 않았다.

갑자기 울고 싶어진다. 마누라의 얼굴이 떠오르며 콧등이 시큰거렸다. 어디로든 도망치고 싶다. 아, 그냥 도망칠까? 마누라와 함께 몇 주만 해외에 있을까?

그때 정거장을 에워싸고 있는 아크릴 광고판들 중 내 뒤에 있던 광고판이 '퍽' 소리와 함께 금이 갔다. 손가락이 들어갈 만한 구멍을 중심으로 거미줄처럼 금이 간 것이다. 이어서 들리는 두 번의 '퍽' 소리와 함께 광고판이 산산이 부서지고 나서야 상황을 깨달았다.

두려움이 현실이 되는 순간이었다.

반사적으로 일어나 무작정 달리기 시작했다. 군에서 배운 갈지자 이동법 따위 기억도 나지 않았다. 무작정 뛰었다.

서래 공원을 지나 도로를 건너 가톨릭 대학교로 향했다. 너무 놀라 뇌가 마비된 것처럼 어디로 도망쳐야 할지 판단이 서지 않았다. 대낮 길거리에서 내게 총질을 해 댄 놈이다. 꿈을

꾸고 있는 것처럼 느껴졌다.

한참을 달려도 뒤에서 누군가 따라오는 기색이 느껴지지 않자 뇌가 슬슬 구동되기 시작했다. 캠퍼스의 평화로운 분위기는 뇌를 빠른 속도로 냉각시켰다.

아크릴 광고판의 구멍 크기로 보아 소총탄인 5.56밀리 탄은 아니었다. 공공장소에서 죽일 생각이라면 관통력이 좋은 총알을 쓰지는 않았을 거란 의미다. 세 발을 쏘았음에도 제대로 맞추지 못했던 것을 감안하면 보편적인 9밀리 탄 권총을 사용했을 것이다.

캠퍼스 옆, 나무가 빽빽이 심어진 서리골 공원을 보니 어쩌면 내게도 기회가 있을지 모른다는 생각이 들었다. 권총은 사거리가 짧으니 시야를 가리는 숲이라면 해 볼 만했다.

'눈에 보이는 적이 가장 안전하다.'

총잡이를 상대한다는 생각 자체가 미친 짓이지만 불안에 떨며 쫓기느니 끝장을 보는 편이 나았다. 그래야 일이 잘못되어도 마누라에게까지 불똥이 튀지 않을 테니까.

주변 경계를 게을리하지 않으며 캠퍼스 뒤쪽으로 나와 상가거리로 향했다. 삼겹살집이든 잡화점이든 상관없다. 내가 필요로 하는 것만 있으면 된다. 주변을 뒤지다 철물점을 발견했다. 바비큐용 소형 그릴과 함께 적당한 크기의 불판이 눈에 들어왔다. 들어 보니 제법 묵직한 것이 두께도 적당했다.

"얼마예요?"

굼뜬 동작으로 거의 기어 나오다시피 하는 주인의 목을 따고 싶었다.

"그것만 사시게? 그것만 따로는 안 파는데."

"그러니까 다 얼마냐고!"

버럭 지른 소리에 놀라 그는 엉겁결에 대답했다.

"4, 4만 원……."

돈을 꺼내 대충 던져 주고는 상의를 벗고 가슴에 불판을 댔다. 선반에 있던 노끈을 잡고 내 몸과 불판을 단단히 묶었다. 난 노끈을 가리키며 주인에게 물었다.

"이건 얼마요?"

옷을 다시 챙겨 입는 내 모습을 바라보던 주인은 갑작스런 내 질문에 놀라며 안 받겠다는 듯 손을 흔들어 보였다. 움직임이 상당히 불편하긴 했지만 생존율이 조금이라도 올라간다면 이 불판을 바지에다 넣을 수도 있다.

이제 해야 할 일은 놈을 찾는 것이다. 겨우 총 세 번 쏘고 포기하지 않는 놈이길 희망했다. 내가 차 없이 달아난 것을 알고 있을 테니 놈도 분명 이 주변에 있다는 것에 내 목숨 같은 불판을 걸겠다. 놈은 분명 이 근처에서 날 찾고 있다.

골목 끝 교차로를 지나던 차가 후진으로 되돌아왔다. 하와이안블루 색상의 랜드크루저. 차는 후진을 좀 더 하더니 방향을 틀어 나를 향해 달려왔다.

놈이다.

공원으로 전력 질주를 했다. 차 또한 빠른 속도로 달려왔다. 난 공원 안으로 들어섰다. 이제 놈도 도보로 올 수 밖에 없을 것이다. 일정한 속도를 유지하며 공원 길을 따라 깊이 들어갔다. 놈의 인상착의를 보지 못했기에 신경이 있는 대로 곤두섰다. 나무가 우거져 어둡게 보이는 길옆 숲으로 뛰어들어 몸을 숨겼다.

행인들이 예상 외로 많아서 그들을 모두 살피느라 눈두덩에 살이 빠질 지경이었다. 등산복 차림으로 지나는 사람들부터 캐주얼 복장, 정장 등 각양각색의 사람들이 지나갔다. 그중 신경 쓰이는 사내 하나가 눈에 띄었다. 검은색 카고 바지에 남색 집업 후드티를 입은 그는 모자를 눌러쓰고 한 손을 후드티 주머니에 꽂은 채 주변을 살피며 느린 걸음으로 걸어왔다. 내게 총질을 한 놈이 분명했다.

칼을 쉽게 꺼내 들 수 있게 품속에 손을 넣었다. 칼자루를 움켜쥐자 'Extrema Ratio' 특유의 묵직함이 느껴졌다. 놈과의 거리가 점점 좁혀졌다. 승부처는 놈의 반응 속도에 있다. 놈에게 달려들어 총을 든 팔을 움켜잡는 데까지 최소로 잡아도 3초는 소요될 터였다. 놈이 총을 꺼내는 속도는 길어야 0.5초. 놈이 2.5초 늦게 눈치를 채야 승산이 있다. 하지만 잔뜩 신경을 곤두세우고 오는 놈의 반응 속도가 그렇게 느릴 리가 없다. 작은 돌을 반대편에 던지면 시간을 좀 더 벌 수 있을까?

"까꿍."

갑자기 들린 목소리에 복잡했던 머릿속이 순식간에 텅텅 비었다. 내 뒤통수를 차갑고 딱딱한 물체가 아플 정도로 심하게 짓누르고 있었다.

"손 천천히 빼고 바닥에 엎드려. 그 외에 다른 짓 하면 머리에 구멍 난다."

차분한 톤의 목소리였다. 상상했던 전형적인 킬러의 목소리.

난 천천히 엎드리며 길을 지나던 후드티를 쳐다보았다. 권총이 들려 있을 거라 생각했던 그의 손엔 휴대폰이 들려 있었고 다투는 듯한 어조로 통화를 하며 지나쳐 갔다. 나는 전문 킬러의 눈빛과 연애 싸움 중인 사람의 눈빛을 구분할 능력이 없다는 것을 깨달았다.

나뭇잎과 풀이 얼굴을 따갑게 할 때까지 완전히 엎드렸다. 놈은 머리에 총을 댄 채 내 몸을 수색했다. 팔을 넓게 벌려 내 다리를 뒤질 때는 혹시나 오발을 일으키지 않을까 노심초사하며 숨조차 죽였다. 내 몸을 확인하던 놈은 가슴에 두른 불판을 보고는 코웃음을 치며 말했다.

"든든하겠는데?"

놈의 말에 쪽팔린 건 둘째 치고 소름이 돋았다.

"일어나."

놈은 내 품속에서 칼을 찾아 꺼낸 후 제 주머니에다 챙겼다. 눈에 띄지도 않고 처리하기가 편한 장소를 찾는 거겠지. 서울 한복판 숲 속에서 총살을 당해 죽을 줄은 꿈에도 몰랐다.

"누가 보낸 거야? 정 실장이 보낸 거야? 아니면 최 회장?"

놈은 대답하지 않았지만 난 뭐든 떠들어야 했다. 이대로라면 몇십 초 후에는 뇌를 사방에 뿌리고 죽을 게 분명하니까.

"서울 한복판에서 총을 쏘면 너무 눈에 띄지 않겠어?"

"닥치고 걸어."

개자식. 완전 냉혈한이다. 자기 할 일만 하는 프로. 말도 먹히지 않고 흔들리지도 않으며 인기척도 없이 타깃에 접근하는 기술까지 완벽한 프로.

"멈춰."

오금이 저렸다.

어딘가에서 들리는 딱따구리 소리가 사실은 내 이빨이 부딪치며 내는 소리라는 걸 깨닫지도 못했다.

손등에 떨어지는 것은 빗물이 아니라 내 눈물과 콧물이었고, 귓가에 들리는 실바람 소리가 내 목에서 나는 흐느끼는 울음소리라는 것을 알지 못했다.

그런 것에 신경 쓸 겨를이 없었다.

머릿속은 온통 곧 죽는다는 생각과 무섭다는 생각 외엔 아무것도 없었다. 아무것도.

"무릎 꿇어."

내가 무릎을 꿇으면 놈은 뒤통수에 총을 쏘고 자리를 뜰 것이다.

죽는다.

내 인생이 끝난다.

나의 역사가, 나의 희로애락이 이렇게 끝난다.

나의 미래가 산산이 부서진다.

고개를 숙이니 여전히 가슴에 매달려 있는 불판이 눈에 들어왔다. 형사들은 삼겹살 불판을 몸에 매단 채 죽은 이유를 알아내기 위해 고군분투하겠지. 이렇게 말도 안 되는 상태로 죽음을 맞을 줄은 꿈에도 몰랐다. 마누라는 뭐라고 할까. 울며 매달리면 살려 줄까?

숙!

소음기가 뱉어 내는 날카로운 소리가 귓전을 때렸다. 척추가 부러진 것처럼 온몸의 뼈가 소리를 내고는 돌처럼 굳어 버렸다.

숙! 숙!

총소리가 또 들렸다. 내 머리통이 날아갔다면 들리지 않아야 정상이다. 하지만 총소리는 계속되었다. 뒤를 돌아보자 놈이 내 머리가 아닌 오른쪽 숲을 향해 총을 쏘고 있는 것이 보였다. 방아쇠를 당길 때마다 멀리 있는 나무의 파편이 튀어 허공에 흩어졌다. 내 눈에는 보이지 않는 뭔가를 향해 놈은 계속 총을 쏘았다. 소음기에서 들리는 압축공기 소리가 점점 뭉개지며 놈의 동작이 슬로우 모션으로 보였다. 방아쇠를 당기기 직전에 움직이는 놈의 손목 근육의 미세한 움직임조차 선명하게 보였다.

아드레날린 효과.

아드레날린이 스스로를 살리기 위해 기회를 주고 있다. 땅을 박차며 있는 힘껏 무릎을 폈다. 내 몸은 미사일처럼 놈을 향해 날아갔다. 놈이 나의 움직임을 감지했을 때는, 이미 내 머리가 그의 턱에 닿아 있을 때였다.

놈의 턱이 내 이마에 강하게 부딪히는 것이 느껴졌다.

총을 쥐고 있던 놈의 팔을 두 손으로 잡으며 온몸으로 밀어

붙였다.

육탄 공격을 받은 충격과 내 몸무게에 밀린 놈은 휘청거리며 무게중심이 뒤로 쏠렸다.

놈의 오금에 다리를 걸어 뒤로 넘어뜨렸다.

놈은 왼손으로 내 얼굴을 밀치며 오른손에 든 총으로 어떻게든 날 쏘려고 몸을 뒤틀었다.

얼굴을 잡았던 놈의 손가락이 내 눈알을 파고들었다. 손가락 한 마디만 움직이면 눈알이 뽑혀 나올 지경이다.

난 턱을 높이 치켜들었다가 내 눈을 집요하게 노리는 놈의 손가락을 이빨로 물어뜯었다.

"아악!"

어떤 일이 있어도 소리 내지 않을 것 같던 놈의 입에서 비명이 터져 나왔다. 살갗이 벗겨지고 손가락뼈가 끊어지는 느낌이 이빨을 통해 생생하게 전달되었다. 손가락을 뱉어 내며 이마로 놈의 아래턱을 다시 한 번 들이받았다. 이빨이 부러지고 피가 터져 나왔다.

총을 빼앗아 들고 놈의 관자놀이에 총구를 들이댔다.

"누가 보냈어!"

놈은 대답 대신 입에 고인 피와 이빨을 뱉어 냈다. 권총 손잡이로 놈의 머리를 후려치고 다시 물었다.

"보낸 놈이 누구냐고!"

대답할 생각이 전혀 없는 듯했다. 그렇겠지. 프로 중의 프로니까. 내 눈에 놈은 희미하게 웃어 보이기까지 한 것 같다. 그 얼굴을 보니 좀 전까지 느꼈던 절망과 공포가 떠올라 순식간에 화가 머리끝까지 치밀어 올랐다. 총으로 죽이는 것으로는 성이 차지 않는다. 놈의 주머니를 뒤져 내 칼을 꺼내 들었다.

"대답할 생각이 없으면 뒈져야지!"

대갈통을 부숴 놓을 생각으로 칼을 치켜들었다. 진심으로.

"그만, 그만."

누군가의 목소리와 함께 내 머리에 딱딱한 것이 닿았다. 또냐? 이젠 느낌만으로도 그게 총이라는 것을 알 수 있었다. 총 감별사라는 자격이 있다면 난 1급일 것이다. 칼을 내리고 돌아보았다.

"시체 생기면 더 복잡해져."

'흰 얼굴'이 서 있었다. 이런 상황에 어울리는 감정인지는 모르겠지만…… 반가웠다. 왜 '흰 얼굴'이 여기 있는 건지 따위는 중요하지 않았다. '흰 얼굴'은 바닥에 깔려 있는 청부업자를 내려 보며 말을 이었다.

"하여튼 턱 부숴 놓는 것엔 일가견이 있군."

나도 모르게 그에게 미소를 보였다. 절벽에서 떨어지기 직전에 손을 잡아 준 친구에게 보내는 미소 말이다. 하지만 그는 아닌가 보다. 내 머리에 여전히 총을 겨누고 있으니 말이다.

"지금이 웃을 상황이냐?"

"응, 지금은."

죽다 살아난 사람만이 내 심정을 알 거다. '흰 얼굴'은 한 걸음 뒤로 물러서며 말했다.

"자, 이제 우리 얘기 해야지?"

아직도 누워서 신음 소리를 내고 있는 놈을 턱으로 가리키며 대답했다.

"숨 좀 돌리자고."

"목숨 건져 줬으면 충분하잖아."

"그래, 맞아. 그래서 노트북은 고스란히 돌려줄 생각이니까 걱정 말라고."

내 말에 '흰 얼굴'이 의아한 표정으로 바라보았다. 의심하지 말라고. 의심 안 하는 게 더 힘들겠지만.

"그 안에 뭐가 들어 있는지도 알고 있고 뭘 하려는 건지도 알고 있어. 온전히 돌려줄 테니까 좀 숨 좀 쉬자."

나를 한동안 바라보던 '흰 얼굴'은 어깨를 으쓱해 보이며 총을 거둬들였다. 그제야 내 머리가 이성적으로 돌아가기 시작했다. 날 죽이려 했던 놈은 손가락을 부여잡고 신음 소리를 내고 있었다.

"이제 어떻게 할 생각이야?"

'흰 얼굴'의 질문에 최대한 상냥한 표정으로 대답했다.

"도와준 김에 좀 더 도와주지 않겠어?"

'흰 얼굴'의 황당한 표정 따위는 상관없었다. 내 발등에 불을 끄는 게 더 급하니까 말이다.

#새로운 국면

Assume a New Aspect

'흰 얼굴'은 매우 효율적으로 움직였다. 나와 '흰 얼굴'은 청부업자와 함께 놈의 랜드크루저에 올라탔다. 청부업자가 뒷좌석에 타고 '흰 얼굴'은 조수석에 앉았다. 자연스럽게 운전을 내가 하게 된 꼴이다. '흰 얼굴'은 나를 대신해 청부업자를 돌아보며 물었다.

"묻는 말에 대답 안 하면 죽인다. 누가 보냈어?"

청부업자는 망설이듯 눈동자를 몇 번 굴렸지만 결국 입을 열지 않았다. 킬러 세계에서의 표창장 감이다. 나였다면 의뢰인 족보까지 읊었으리라.

'흰 얼굴'은 할 수 없다는 듯 나를 힐끗 보고는 품속에서 날렵하게 생긴 칼을 꺼내더니 청부업자를 향해 팔을 뻗었다. 내 눈에 보인 것은 거기까지였다. 그 칼이 어떻게 해서 청부업자의 목을 뼈가 보일 정도로 깊게 벴는지 알 수 없었다. 목을 베인 당사자조차 믿을 수 없다는 표정으로 목을 부여잡고 있었다. 갈라진 목에서 피가 쏟아져 나와 옷을 적시고 시트를 적셨다.

내가 놀란 눈으로 '흰 얼굴'을 바라보았지만 그는 어깨를 으쓱해 보일 뿐이었다. 역시 미친놈 트리오 중에 하나인 것만은 분명하다.

"송추 쪽으로 가."

그저 '흰 얼굴'이 시키는 대로 운전하기 시작했다.

죽기 직전에 간신히 목숨을 건지고, 목이 잘려 죽은 시체가 뒷좌석에 앉아 있으며, 그 일을 저지른 미친놈과 나란히 앉아 드라이브를 하는 기분은 표현할 방법이 없다.

룸미러를 볼 때마다 목의 상처를 입처럼 벌린 채 죽어 있는 시체가 거슬렸다.

"꼭 저렇게 더럽혀 놔야 했어?"

'흰 얼굴'은 태연한 얼굴로 창밖을 바라보며 대답했다.

"얼굴 절반을 박살 내서 죽인 인간이 할 말은 아니잖아."

난 저렇게 피바다를 만들어 놓지는 않았다.

"어떻게 좀 해 봐. 경찰이라도 보면 어쩌려고 그래?"

"경찰도 뒤에 태우면 되지."

미친놈. '흰 얼굴'은 나를 힐끗 보고는 혀를 차며 재킷을 벗어 시체 얼굴 위로 던져두었다. 재킷이 아까운지 연신 바라보다 입을 열었다.

"그거 아나? 노트북만 아니었으면 당신도 뒷좌석에 나란히 앉아 있었을 거라는 거."

아마도 그랬을 것이다. 돈과 살인 말고는 아무 관심도 없는 놈일 테니까.

"그 덩치랑 당신네 사장 일 때문이라면 너무 예민하게 굴지 말라고. 정당방위 차원에서 그런 거 잘 알잖아?"

'흰 얼굴'은 시시하다는 듯 입술을 비틀어 웃으며 대답했다.

"그런 게 아냐. 그냥 거치적거리는 게 싫어. 신경 쓰는 게 싫 거든."

무서운 놈. 내가 자신에 대한 이런저런 일을 알고 있는 게 신경 쓰인다는 말이다. 그래서 죽였을지도 모른다는 말. 분명 사이코패스다. 가까이해서 좋을 것 없는 종자.

'흰 얼굴'은 잠시 말을 끊었다가 물었다.

"근데 신경 쓸 필요 없을 것 같군. 나하고 별반 다를 것 없는 인생 같아 보여."

그렇게 생각한다니 고맙다. 사이코패스와 동일시되는 게 기분 좋지는 않지만 최소한 죽는 것보다는 낫지 않은가.

'흰 얼굴'은 글러브박스를 열어 이것저것 뒤지며 물었다.

"그런데 당신 정체가 뭐야? 이런 일에 익숙한 거 같긴 한데 전문 업자 같아 보이진 않고."

나도 헷갈린다.

"나도 잘 모르겠어. 어쩌다 보니 이렇게 살고 있더라고."

'흰 얼굴'은 픽 웃으며 건성으로 말했다.

"그렇군."

"무슨 뜻이야?"

"좀 더 지나면 그런 생각조차 잊게 될 거란 뜻이야."

'흰 얼굴'의 말에 왠지 심란해졌다. 나도 모르게 '흰 얼굴'이 지나간 길을 따라가고 있는 건 아닌지, 나도 감정 없는 미친놈이 되어 가는 건지 불안했다.

송추에 들어서자 '흰 얼굴'은 좀 더 구체적으로 안내를 했다. 점점 인적이 드문 곳으로 들어가는 것이 맘에 걸리긴 했지만 노트북을 아직 넘기지 않았으니 안전할 거란 생각에 잠자코 운전만 했다.

멀리서부터 개 짖는 소리가 들렸다. 비포장도로 끝에 허술하게 자리 잡은 철문이 보였고, 그 안으로 우리에 갇힌 개들이 미친 듯이 짖는 것이 보였다. '흰 얼굴'은 철문 기둥 위에 설치된 CCTV를 향해 손을 들어 보였다. 어딘가에서 갑자기 튀어나온 목소리에 놀라 나도 모르게 작은 소리로 욕지거리를 했다.

— 자주 오네.

'흰 얼굴'은 그답지 않게 약간은 높은 톤으로 적극적으로 말했다.

"이 차 어때? 맘에 들어?"

잠시 후 철문이 덜컹 열렸다. '흰 얼굴'은 들어가라는 듯 창문에 걸친 손을 앞쪽으로 흔들어 보였다. 안으로 들어서자 꽤 넓은 공간이 나타났다. 50여 마리는 되어 보이는 개들이 철창에 갇혀 구경하듯 우리를 노려보고 있었다. '흰 얼굴'은 멈추려는 내게 손짓을 하며 말했다.

"더 들어가. 저 건물 뒤쪽으로."

그가 가리킨 건물 뒤로 돌아가자 작은 창고 같은 건물이 또 하나 있었다. 그 앞에 차를 세우자 '흰 얼굴'이 차에서 내리며 말했다.

"여기서부턴 셀프야."

'흰 얼굴'을 따라 창고 안쪽으로 들어갔다. 안쪽 정면에 금속으로 되어 있는 벽이 있었다. 오른쪽 구석 중간쯤에 붙어 있는 빨갛고 둥근 버튼을 누르자 벽이 셔터처럼 위로 열리며 안쪽에 커다란 화장로가 나타났다.

"개 화장로야. 그 용도로만 쓰기에는 넓지."

그제야 뭘 하려는 건지 알 수 있었다. 자동차로 돌아와 여전히 피를 흘리고 있는 시체를 끌어내려 겨드랑이에 손을 끼우고 창고로 옮겼다. 시체를 화장로 안에 넣기 위해 애를 먹고 있었지만 '흰 얼굴'은 옆에 서서 지켜보기만 했다. 그래도 눈치가 보였는지 한마디 했다.

"난 그 곰 같은 놈을 혼자 처리했다고. 그에 비하면 이건 아무것도 아니잖아."

찜찜해하던 내 범죄 증거가 화장로에서 영원히 사라져 버렸다는 사실에 어깨가 홀가분해졌다. 흔적도 없고 찜찜함도 없다. 훌륭한 놈. 갑자기 솟은 힘으로 시체를 번쩍 들어 올려 화장로 안에 집어넣었다.

내가 뒤로 물러서자 '흰 얼굴'은 빨간 버튼 아래 있는 버튼을 오랫동안 눌렀다. 화장로 문이 닫히고 잠시 뒤에 불꽃이 일으키는 바람 소리가 들렸다. 열기가 느껴지기 시작하자 우리는 밖으로 나와 약속이나 한 듯 창고 앞에 섰다. 그제야 주변의 풍경과 냄새가 느껴졌다. 목욕이란 건 태어나서 한 번도 해 본 적이 없는 개들의 비린 냄새가 공기에 녹아 있었다. '흰 얼굴'은 껌을 꺼내 내게 권하고는 자신도 하나 입에 물며 입을 열었다.

"노트북 내놔."

덩치의 시체에 대한 불안감도 없어졌고, 거의 죽었던 목숨도 건졌으며, 날 죽이려던 청부업자도 처리했다. 이 정도면 훌륭한 마무리다. '흰 얼굴'에게 신세를 졌다는 생각이 들었다. 이 정도면 욕심 없이 노트북을 돌려줄 수 있을 것 같다.

"돌려준다고 약속했으니까 안심해. 노트북에 야동만 잔뜩 들어 있던데 그것 때문에 이렇게 목매는 거야?"

'흰 얼굴'은 미간을 살짝 찌푸리며 반문했다.

"열어 본 거야? 암호 걸려 있을 텐데?"

물론 내가 푼 것은 아니지만 내가 한 것처럼 고개를 끄덕였다. 암호를 푼 친구의 안전을 위한 것도 있었지만 그보다 '흰 얼굴'의 기를 누르고 싶은 생각이 더 컸기 때문이다.

"그건 암호도 아니라고."

잠시 뜸을 들였다가 그를 바라보며 물었다.

"그 계좌들에는 도대체 얼마가 들어 있는 거야?"

'흰 얼굴'의 표정에 짜증스런 기색이 비쳤다. 그는 그것을 굳이 감추려 하지도 않았다.

"신경 쓰는 거 질색이라고 말했던 거 같은데, 벌써 잊었나?"

'흰 얼굴'에게는 냉정함과 더불어 무지막지함에서 흘러나오는 카리스마가 있다. 하지만 그건 상대가 카리스마를 인정했을 때 얘기다.

"정색할 필요 없잖아. 그냥 궁금해서 물어보는 거라고. 공인인증서까지 깔려 있던데 맘먹으면 못 알아낼 것 같아?"

그의 표정이 싸늘하게 변했다. 나를 아랫사람 대하듯 하는 그의 태도를 언제까지 받아 줄 수는 없는 일이기에 나도 가만있을 수는 없다. '흰 얼굴'이 굳은 얼굴로 경고했다.

"그렇게 해 봐. 어떻게 되는지 보자고."

난 오히려 미소를 짓고 대응했다. 똑같이 정색하면 줄다리기가 될 수 없으니까 말이다.

"이미 했으면 어쩔 건데?"

화가 난 듯 '흰 얼굴'의 표정이 일그러졌지만 그 외의 별다른 반응은 없었다. 난 여전히 미소 띤 얼굴로 말했다.

"당신에 대해서 아는 건 없는데, 일단 성격이 이띤지는 대충 알겠어."

"어떤 거 같은데?"

"좆같아. 알면서 뭘 물어?"

그는 이번에도 내 말에 별다른 반응을 보이지 않았다. 나 또한 그냥 있었다. 그런데 이상하게도 어색하거나 이질적인 느낌이 들지 않았다. 창고 안 화장로에서는 시체가 불에 타고 있고 수십 명을 죽였을지도 모르는 괴물이 곁에서 신경전을 벌이고 있는데도 묘하게 편안하다. 외국 여행에서 돌아왔을 때 의사소통이 되는 사람들에게서 느끼는 편안함과 비슷했다.

무슨 생각을 그리 골똘히 하는지 한참 껌만 씹던 '흰 얼굴'이 입을 열었다.

"아직은 당신이 별로 싫지 않거든. 죽이고 싶어지지 않게 호응 좀 해 줘."

이럴 땐 좀 더 솔직해질 필요가 있다. 솔직하게 대하는 것보다 더 빠르게 친해지는 방법은 없으니까 말이다.

"사실은 돈을 좀 나눠 가질까 했었지."

'흰 얼굴'의 한쪽 눈썹이 치켜 올라갔다. 난 창고 안을 가리켜 보이며 말을 이었다.

"도움을 받기 전에는 말이야. 내 목숨보다 더 값나가는 게 어디 있겠어. 그러니까 그만 좀 닦달해."

'흰 얼굴'은 나를 빤히 바라보다 입술만 비틀어 웃어 보이며 말했다.

"계좌에 얼마가 들어 있는지 알게 되면 그런 부처님 같은 말만 하고 있지는 않을 텐데."

"23억만 아니면 돼."

'흰 얼굴'은 멍한 표정으로 있다가 그제야 무슨 말인지 알아들었다는 듯 큰 소리로 웃었다. 웃는 표정을 보니 제법 선해 보이기도 한다. 선해 보이는 살인자라니 정말 위험한 인간이다.

'흰 얼굴'은 껌을 공중에 뱉어 놓고 손으로 쳐서 멀리 보내고는 말을 꺼냈다.

"저게 다 타려면 네 시간은 기다려야 돼."

그는 껌을 또 하나 꺼내 입에 물며 말을 이었다.

"다녀오는 게 어때?"

네 시간이면 길이 막혀도 노트북 가져오는 데는 충분한 시간이다.

"차 좀 빌려 줘."

그는 순순히 주머니에서 열쇠를 꺼내 내게 던져 주었다.

"저기 흰색 SM7."

그에게 손을 들어 보이고는 차를 끌고 노트북을 맡겼던 친구에게로 향했다.

'흰 얼굴'이 무슨 생각으로 나를 홀로 내보낸 것인지는 알 길이 없지만 상관없었다. 난 약속을 지킬 생각이었으니까.

야동까지 다 옮겨 놓은 친구에게 곧 가지러 간다는 전화를 넣고 나서 얼마 지나지 않아 휴대폰 진동이 울렸다. 번호를 보니 '동네 형의 친구'다. 받아야 할지 말아야 할지 쉽게 판단할 수 없었다. 최 회장이 보낸 킬러가 '동네 형의 친구'를 죽이고 나도 죽이려고 유인 전화를 하는 것일 수도 있고, '동네 형의 친구'가 나를 직접 죽이려고 유인하는 것일 수도 있으니까. 확실한 점은 어느 쪽이든 내겐 득 될 게 없다는 것이다.

"여보세요."

호기심이 먼저 발동해 버렸다.

— 살아 있었군.

피곤한 듯한 목소리였지만 '동네 형의 친구'가 분명했다.

— 별일 없나?

별일 없냐고? 별일 없냐고! 이 빌어먹을 인간 같으니라고.

"무슨 일 있습니까?"

— 별 탈 없는 모양이군. 알았다.

전화를 끊으려는 그에게 다급하게 말을 걸었다.

"이남 씨 일 때문인가요?"

잠시 뜸을 들이던 '동네 형의 친구'가 대답했다.

— 못 보던 놈들이 찾아왔더군.

'동네 형의 친구'에게도 나와 같은 일이 벌어진 것이다.

"최 회장입니까?"

— 파악 중이다. 알아내는 대로 연락하마.

상황이 긴박하게 돌아가는 느낌이 들었다. '동네 형의 친구' 말이 사실이라면 새로운 국면인 셈이다. 최 회장과 '동네 형의 친구'와의 역학 관계가 바뀐 새로운 국면. 일단은 '흰 얼굴'과의 일을 마무리하고 '동네 형의 친구'를 만나 봐야겠다.

#공감
Congensys

조수석에 놓여 있는 노트북을 다시 한 번 확인했다. 별거 아니라고 생각했던 것도 '흰 얼굴'과의 약속 때문인지 좀 더 신경이 쓰였다. 이게 지금 없어지거나 고장이라도 났다가는 난 '흰 얼굴'에게 죽은 목숨이나 다름없기 때문이다. 숨겨 놓은 동영상을 찾아냈다며 시간을 더 달라는 친구 놈을 떼어 놓는 것 외에는 특별한 일도 없었고, 이대로 교통사고만 나지 않으면 30분 후에는 '흰 얼굴'에게 노트북을 안전하게 전달해 줄 수 있을 것이다.

휴대폰 벨이 울렸다. '동네 형의 친구'다. 우리를 공격한 것이 누구의 소행인지 그새 알아낸 모양이다.

"기다렸습니다."

— 왜 말 안 했나?

그가 뭘 묻는지 알고 있었지만 일단은 못 알아들은 척 되물었다.

"무슨 말씀이세요?"

— 별일 있었던 건 나뿐만이 아니던데.

'동네 형의 친구'가 누굴 찾아내서 어떤 내용을 알아낸 건지 궁금했다. 차마 '동네 형의 친구'를 믿지 못해서 숨겼다는 말은 할 수가 없었다. 노련한 척, 쿨한 척하는 게 그럴듯할 것 같아 대답을 둘러댔다.

"별일 아니라서 말씀 안 드렸습니다."

— 날 믿지 못해서는 아니고?

'동네 형의 친구'가 내 머릿속을 읽는 초능력이 있다고 누군가 얘기나 해 줬다면 이렇게 정떨어지지는 않을 것이다. 이것도 경험 차이인 걸까?

"그럴 리가요. 그보다 누구한테 무슨 얘기를 들은 겁니까?"

잠시 말이 없던 '동네 형의 친구'가 대답했다.

— 날 찾아왔던 놈에게서 들었지.

죽이려고 찾아간 킬러가 친절하게 설명했을 리는 없고 '동네 형의 친구'만의 방식으로 알아냈을 것이다. 그 방식은 추측하기도 싫다. 아름다운 방법은 아니었을 테니까.

앞쪽에 개 사육장이 있는 철문이 보였다. 철문 앞에 차를 세우고 CCTV를 향해 손을 흔들어 보이자 잠시 후에 문이 열렸다.

— 들어 보니 최 회장이 요새 골칫거리가 좀 많이 생긴 모양이야.

개들이 또 미친 듯이 짓기 시작했다. 차를 안쪽으로 운전해 들어가며 대답했다.

"역시 최 회장이었습니까?"

— 그래.

화장로가 있는 창고 근처에 차를 세우자 쭈그리고 앉아 있던 '흰 얼굴'이 나를 보며 일어서는 것이 보였다. 그를 안심시킬 요량으로 창문을 열고 노트북을 흔들어 보이고는 차에서 내렸다.

— 웬 개소리가 이렇게 들려?

"이 동네가 개가 좀 많네요. 그런데 최 회장이 저 말고 골치 아픈 일이 또 있답니까?"

'흰 얼굴'이 다가와 노트북을 꺼내 차 보닛 위에 올려놓고 전원을 켜는 것이 보였다.

— 사채 앵벌이 시키는 녀석들이 다 죽었다더군. 대 줬던 돈도 행방불명이고. 한 백억쯤 된다던데."

사채업자의 대부분은 물주의 돈으로 사채업을 한다. 물주로부터 적은 이자로 자금을 얻어 더 높은 이자로 돈을 불리고는 물주에게 원금과 이자를 갚는 방식이다. 최 회장도 이런 사채업자를 통해 사채업과 자금 세탁을 한 모양이다. 잘하면 최 회장의 관심이 분산될지도 모른다는 희망이 생겼다.

"이남이 일에 비하면 아무것도 아니지."

6천억 대 백억. 젠장. 갑자기 피로가 쌓인다. 나라도 6천억짜리에 온 신경을 집중하겠다.

'흰 얼굴'은 노트북에서 자신이 원하는 것을 확인했는지 미소를 지으며 내게 엄지를 들어 보였다. 나도 같이 엄지를 들어 보이며 '동네 형의 친구'에게 물었다.

"이젠 뭘 해야 하죠?"

— 특별한 계획 있나?

특별한 계획이라면 최 회장의 손아귀에서 벗어나기 위해 무슨 짓을 해야 하는지 궁리하는 것 말고는 없다.

"드립 전용 카페에 가서 에스프레소에 치즈 케이크 하나 먹을 계획입니다."

'동네 형의 친구'의 웃음소리가 들렸다.

— 그렇게 처먹다 총 맞아 죽으면 좀 로맨틱할 수도 있겠군.

퍽도 로맨틱하겠다. '동네 형의 친구'가 목소리 톤을 바꿨다. 얼굴이 보이지 않아도 굳은 표정이 눈에 선했다.

— 죽으러 갈 계획인데, 같이 갈 생각 있나?

죽으러 갈 계획인 사람을 따라갈 이유 따위는 전혀 없다. 더구나 돈이 엮인 것도 아니고 의리나 우정이 있는 것도 아닌 우리 관계에서는 더더욱 그렇다. 그런데 내게 같이 죽을 생각 있냐고 묻고 있다.

"동반 자살 하자는 건 아니죠?"

왠지 씁쓸한 기운이 서려 있는 그의 웃음소리가 들렸다. 웃음의 끝에 힘이 빠진 그런 웃음.

— 미친놈. 멍청한 거야, 아니면 달관한 거야?

모르겠다.

여섯 시간 전에 이미 한 번 죽었던 목숨이라 초연해진 것인

312

지, 아니면 충격이 너무 커서 얼이 빠진 것인지 알 수가 없다. 적어도 지금은 쫓기는 신세가 되었어도 별다른 느낌이 없이 덤덤했다. 마치 수백 번의 전투를 치른 병사처럼.

"모르겠습니다."

— 가족까지 다치게 할래? 6천억 걸린 일에 사정 봐줄 리가 없잖아.

당연히 그럴 리가 없다. 최 회장같이 무지막지한 인간이 윤리를 따지며 '어린이와 여자는 죽이지 않는다' 같은 규칙을 지킬 리가 없다. 내 명줄이 길어질수록 마누라가 위험해질 확률은 점점 더 높아진다. 딜레마다.

— 좋든 싫든 시작된 일이니 끝은 봐야지.

'동네 형의 친구' 말이 맞다. 매듭은 어떤 식으로든 지어야 한다. 이런 싸움은 시간이 지날수록 돈 없는 놈이 지게 되어 있다.

"빨리 끝장 보는 방법이 있습니까?"

— 너도 아는 말이 하나 있지. 최선의 방어는 공격이다.

귀를 의심했다.

"먼저 치자는 말씀이세요? 최 회장을?"

— 못 할 거 없잖아.

간단하지만 생각조차 할 수 없었던 일이다. 하지만 '동네 형의 친구'라면 좀 다르지 않을까 하는 생각이 들었다. 그의 스타일로 보아 아무 생각 없이 이런 말을 뱉지는 않았을 것이다. 내 기색을 살피듯 조용히 있던 '동네 형의 친구'가 입을 열었다.

— 키우던 개가 말을 안 들으면 죽일 수 있다고 치자. 하지만

들개까지 자기 맘대로 안 된다고 죽이려 드는 건 코미디잖아.

그의 말이 맞다. 옆집 침대가 정리되어 있지 않다고 그 집 주인에게 화내는 거나 마찬가지다.

"왜 이렇게 죽이려 드는 거죠? 날아간 돈이 돌아오는 것도 아닌데."

— 이남이가 죽은 것조차 없었던 일로 하고 싶은 거겠지.

이남 씨의 죽음을 부정하고 우기면 이남 씨 문제가 골치 아픈 이슈거리가 될 거고, 그런 식으로 생떼를 쓰다 상대가 지친 기색을 보이면 선심 쓰는 것처럼 이남 씨의 모든 일을 없었던 것으로 하고 원점으로 돌리려는 수작일 거다. 돈이 많든 적든 결정적일 땐 한없이 유치해지는 모양이다.

"언제 찾아뵐까요?"

— 지금. 오피스텔로 와라.

우리에겐 시간이 없다.

난 전화를 끊고는 '흰 얼굴'을 돌아보았다. '흰 얼굴'은 차에 기대 팔짱을 낀 채 나를 보고 있었다. 내 통화 내용을 들었을지도 모르지만 상관없었다. 난 차 키를 그에게 건네며 물었다.

"노트북은 어때?"

그는 고개를 끄덕이며 말했다.

"멀쩡해. 귀찮아질 줄 알았는데, 순순히 돌려줘서 기분 좋군."

"날 죽이겠다고 하는 사람과의 약속은 잘 지키자는 주의라서."

그가 픽 웃으며 말했다.

"현명하군."

"자, 이제 정산이 끝났으니 난 가 봐야겠어."

'흰 얼굴'은 차에 기댔던 엉덩이를 떼며 말했다.

"가까운 전철역까지 태워 주지."

미친놈의 친절이 반갑지는 않았지만 차 없이 큰길까지 나가기엔 꽤 먼 거리였기에 순순히 그의 말을 따랐다.

차가 이동하는 내내 우리 두 사람은 각자의 시선을 밖으로 두고 말없이 앉아 있었다. '흰 얼굴'은 철문을 지나 포장도로가 나올 때쯤에서야 입을 열었다.

"둘 중에 하나 택해."

그의 느닷없는 옵션 질문에 순간적으로 신경이 곤두섰다. 그의 말 때문이 아니라 그런 말을 한 놈이 미친놈이란 사실 때문이다. 이런 놈이 제시하는 선택 사항은 빨리 죽는 것과 천천히 죽는 것, 이 두 가지가 대부분이니까. 하지만 그는 의외의 말을 했다.

"1억 원과 내 어시스트 1회 중에 하나 골라 봐."

진짜 미쳤나 보다. 어쩌면 노트북을 순순히 받아서 기분이 좋아진 것일지도 모른다. 어쨌든 내게 호의를 베풀려는 것은 확실하다.

"1억 원은 알아듣겠는데, 어시스트는 뭐야?"

"당신이 어떤 상황에 처해 있는지는 잘 모르지만 오늘 같은 일을 앞으로도 종종 겪을 거 같아서 하는 말이야. 퀴즈 쇼에도 보너스 찬스 같은 게 있잖아."

현금 1억과 미친놈의 도움이라. 현금 10억이라면 주저 없이 선택했겠지만 아쉽게도 1억이니 선택하기가 어려웠다. 나도 이제 1억 정도는 쉽게 벌 수 있는 상태였고 오늘 내 목숨을 구해 준 '흰 얼굴'의 도움은 꽤 유용했기 때문이다.

"어시스트는 너무 추상적인 거 아냐?"

"1억 원의 가치가 있는 도움이니까 할 만하잖아."

"너무 주관적이잖아."

"싫으면 그냥 1억 받고 떨어지든가."

난 그에게 손을 내밀며 말했다.

"휴대폰."

그는 휴대폰을 건네며 말했다.

"결정한 거야?"

그의 휴대폰에 내 번호를 찍고 통화 버튼을 눌렀다. 번호가 내 휴대폰에 뜨는 것을 확인하고 휴대폰을 돌려주며 말했다.

"1억 원짜리 어시스트가 어떤 건지 궁금해서라도 한번 써 봐야겠군."

그는 또 선한 미소를 지어 보이며 말했다.

"기대해도 좋아."

'흰 얼굴'은 지하철역 앞에 차를 세우며 물었다.

"난 당신 이름 알고 있는데, 당신은 내 이름 궁금하지 않아?"

중증 범죄자 이름 따위 모르는 게 더 낫다. 그게 더 안전하다. 난 차에서 내리며 건성으로 대답했다.

"별로."

차 문을 닫자 안에서 유쾌한 듯 큰 소리로 웃는 '흰 얼굴'의 웃음소리가 들렸다. 그는 창문을 내리며 마지막 인사를 건넸다.

"죽기 전에 연락해."

난 대충 손을 들어 보이고는 지하철역으로 향했다.

이제 '동네 형의 친구'를 만나러 갈 시간이다.

#킥오프
Kick Off

영어 단어 중에 내가 가장 좋아하는 단어가 'simple'이다. 10대 시절에는 패션이든 물건이든 뭐든지 주렁주렁 달린 것을 선호했지만, 웬일인지 20대 후반부터는 단순한 것이 좋아졌다. 패션이나 물건뿐만이 아니라 생각하는 것까지도 단순한 것이 좋아졌다. 그런데 인생이란 늘 그렇듯, 내가 원하는 것과는 항상 반대로 진행된다.

결혼식에 갈 만한 간편한 차림을 원했더니 마누라는 야자수가 자그마치 30개나 그려져 있는 하와이안 셔츠를 사 왔고, 문제점을 줄이자고 마련한 미팅 자리에서는 82개의 문제점이 쏟아져 나왔다. 고장 난 노트북을 손쉽게 고치기 위해 A/S를 보냈더니 배달 중에 파손이 되어 그 일을 해결하기 위해 2주를 뛰어다녔다.

지금도 마찬가지다. 그동안 복잡한 일에 치여 살아왔기에 죽이면 돈이 나온다는 단순한 원리를 떠올리고는 심플하게 살기 위해 이쪽 업계에 발을 들여놓은 것인데, 오히려 예전보다 더 복잡해졌다.

'동네 형의 친구'는 오피스텔의 책상에 고시생처럼 붙어 앉아 뭔가를 열심히 적고 있었다.

"앉아."

언제 봐도 훌륭한 물소 가죽 소파에 몸을 묻었다. 조용히 앉아 있자니 벽에 걸려 있는 벽시계의 초침 소리와 '동네 형의 친구'가 필기하는 소리만 점점 크게 들렸다. 이 상태에서 에스프레소 한 잔만 하면 조금은 평온해질 것 같다는 생각이 들었다.

괴한들이 당장 저 문을 부수고 들어와 나와 '동네 형의 친구'를 난도질을 해도 이상하지 않을 상황인데도 신기하게 마음이 차분해졌다.

"차 한 잔 할래?"

실내를 둘러봤지만 정수기 말고는 딱히 보이는 게 없었다.

"괜찮습니다."

"다행이네, 마침 다 떨어졌는데."

설마 개그한 거냐. 아니길 빈다.

'동네 형의 친구'는 연필을 연필꽂이에 넣고 소파로 와서 앉았다.

"괜찮아?"

30년 넘게 사용해서 그런지 우리말은 이제 익숙하다고 믿어왔지만 이럴 땐 아직 멀었다는 생각이 들곤 한다. 괜찮으냐는 게 도대체 뭘 물어보는 걸까? 차를 내주지 않아서 상했을지도 모를 기분을 묻는 건지, 이 물소 가죽 소파의 질감에 대해 묻는 건지 감이 오지 않았다.

"아, 뭐. 그렇죠."

"일단 시작하면 빼도 박도 못한다. 흔들리면 지금 얘기해."

그러고 말 것도 없다. 와이프가 위험해진다는데 못 할 게 뭐가 있나. 와이프만 안전하다면 내 창자로 줄다리기라도 할 수 있다.

"이미 결정된 일 아닌가요?"

'동네 형의 친구'는 내 표정을 살피듯 바라보다 픽 웃으며 고개를 끄덕였다.

"코끼리를 어떻게 쓰러뜨리는 줄 아나?"

우리에겐 시간이 별로 없다. 선수를 치지 않으면 언제 우리가 먼저 당할지 모른다. 그러니 제발 이런 선문답은 건너뛰고 본론부터 얘기하라고!

"다리부터 공격하지. 다리를 공격해서 쓰러지면 쫓아가서 급소를 찔러 절명시키지. 우리가 할 일이 그거다."

아, 코끼리도 잡아 보셨어요?

"최 회장이 두 군데에 우리 작업을 의뢰했더군. 한 군데는 SD서비스라는 곳이고, 다른 한 군데는 너도 잘 아는 곳이다."

나도 모르게 인상이 찌푸려졌다. 내가 아는 청부 회사라고는 단 한 군데뿐이다. 나와 고용 계약까지 한 다이스컨설팅이 바로 그곳이다.

"허, 참."

어이없어하는 내게 '동네 형의 친구'가 고개를 가로저어 보이며 말했다.

"뭘 기대한 거야? 직원 우대라도 생각했던 거야?"

솔직히 아니라고는 말 못 한다.

"이 두 군데 먼저 접촉을 할 거다."

접촉? 무슨 말인지 이해가 가지 않았기에 일단 들어 보기로 했다. 단어 의미를 모르면 문맥으로 파악하라는 중학교 영어 선생님의 말은 언제나 옳았으니까.

"업무 분장은 이렇게 할 거다."

노트패드를 보니 내 이름 아래는 '실행, 작업, 처리' 등으로 끝나는 문장이 대부분이고, 그의 이름 아래는 '수집, 지원, 제공' 등으로 끝나는 문장이 전부였다. 젠장, 힘쓰고 몸 쓰는 건 전부 내 역할이다.

"결국 움직이는 건 다 저군요?"

"왜, 싫어?"

현장에서 직접 움직이는 것보다 백업은 확실히 리스크가 작다. 하지만 팀에 있어서 그 역할은 없어서는 안 되는 필수적인 요소다. 사실 경험도 많고 구축해 놓은 정보 네트워크도 많은 '동네 형의 친구'가 지원 업무를 맡아야 하는 것은 당연하다. 그래도 직접 리스크를 안고 뛰어야 하는 게 찜찜한 것은 사실이다. 선택할 수 있는 상황이 아니지만 말이다.

"좋은 일만 하고 살 순 없죠."

그는 픽 웃어 보이며 말했다.

"네 뒤는 내가 책임진다."

그는 변비에 좋다는 요구르트 광고 문구를 진지하게 말하고는 노트패드 밑에 깔려 있던 프린트물을 집어 위로 올려놓았다. SD서비스의 개요와 약도가 설계도처럼 인쇄되어 있었다.

"우선 처리할 것은 SD서비스다. 힘든 싸움이 될 거다. 프로 킬러 집단이거든."

잠깐, 잠깐. 접촉이라는 말이 그런 의미였어? 나의 놀란 표정 따위에는 아랑곳하지 않고 인쇄물을 손가락으로 두드리며 말을 이었다.

"이게 조직도다."

SD서비스는 상주 인원 30명에 계약직이 백 명이나 되는 거대한 조직이었다. 계약직의 대부분은 배달 서비스를 하는 인력으로 표기되어 있었지만 그 아래 '청부 인력'이라는 낱말에 동그라미가 그어져 있었다. 합해서 130명. 번호표를 나눠 주고 10분에 한 명씩 죽인다고 해도 스물한 시간이 넘는다.

"설마 130명을 다 상대하자는 얘기는 아니죠?"

그는 오히려 황당한 표정을 지어 보이며 대답했다.

"왜, 문제 있나?"

"예?"

"절반씩 맡으면 금방 끝날 거다."

최 회장을 먼저 치자는 말을 했을 때 알아봤어야 했다. 이 인간이 미쳤다. 내 눈치를 살피던 그가 또다시 픽 웃으며 말을 이었다.

"농담이다."

다행이다. 그의 면상을 스무 번쯤은 들이박을까 갈등하고 있었으니까. 그는 조직도 상의 대표이사 바로 아래 있는 '사업본부장'과 '신사업팀장'이라고 쓰인 박스를 순서대로 가리키며 말했다.

"두 명만 죽이면 된다. 그럼 게임 오버야."

그는 '사업본부장'을 손가락으로 짚으며 말했다.

"고재영. 회사 실세야. 마약 운반책으로 일하다가 교도소 다녀와서 이쪽으로 뛰어들었지. 사업 수완이 꽤 좋아서 회사를 2년 만에 지금의 규모로 키웠어."

마약 운반을 하다가 특별한 물건을 운반하고 싶어 하는 사람들이 꽤 많다는 것을 깨달은 모양이다. 밀수품, 마약, 시체 같은, 일반적인 운송 수단이 불가능한 물품을 배달하는 틈새시장 말이다.

이번엔 '신사업팀장'을 짚었다.

"조병찬. 고 상무가 키우는 놈이지. 원래 재무 담당하던 놈인데, 신사업으로 프로들 영입하다가 팀장을 맡게 되었지. 작업의 핵심은 동시에 작업해야 한다는 거다."

난이도 별 백 개짜리 주문이다.

"난 백업이니까 너 혼자 해야 하는 거 알지?"

난이도 별이 방금 만 개로 늘었다. '동네 형의 친구'는 테이블을 두드리며 말을 이었다.

"적어도 한 놈이 죽은 걸 다른 놈이 모르는 상태에서 처리해야 해. 한 놈이라도 알았다간 우리가 당하는 건 시간문제야."

이대로 있어도 당하는 건 마찬가지다. 이젠 실질적으로 내가 해낼 가능성을 체크해 봐야 한다.

"두 사람, 주먹질 정도는 어떻습니까?"

"고 상무는 쉬운 놈이 아니다. 첫 직업이 술집 기도니까 말이야. 나이는 먹었지만 체구가 보통이 아니지. 아직 너 하나쯤은 한 손으로 들어서 던질 수 있을 거야."

기를 살려 줘도 모자랄 판에 저딴 소리나 하고 있다. 잘하는 짓이다.

고 상무는 힘센 장수 스타일이 분명했다. 순간적으로 다 때려치우고 싶은 생각이 들었지만 겉으로 표현하지는 않았다. 난 왜 덩치 큰 놈만 보면 다리가 풀리는 걸까.

"다행인 점은 성격상 경호원 같은 걸 달고 다니지 않는다는 거지."

불행 중 다행이다. 적어도 습격으로 성공할 가능성은 높아졌으니까. 역시 죽으란 법은 없는 거다.

"조 팀장은 머리 쓰던 놈이라 크게 염려할 건 없어. 기사 겸 수행원으로 달고 다니는 놈이 하나 있긴 하지만 따돌릴 만한 여유는 있을 거야."

'동네 형의 친구'는 노트패드와 인쇄물을 모아 내 앞으로 밀어 두며 말했다.

"필요하면 총을 구해 줄 수도 있는데."

총이라면 내게도 있다. 비상용으로 챙겨 두긴 하겠지만 고장 날 염려가 없는 칼로 작업하는 게 훨씬 속이 편하다.

"나이프나 몇 자루 구해 주십시오."

그는 빙긋 웃어 보이며 물었다.

"제대로 쓸 줄도 모르면서 나이프라면 환장을 하는구나."

순간적으로 발끈했지만 사실 나이프 사용법이라면 인터넷 영상으로 공부한 게 전부니까 딱히 반박할 말은 없었다.

"생각해 둔 거라도 있나?"

난 기다렸다는 듯이 리스트를 꺼내 펼쳤다. 내 리스트를 본 '동네 형의 친구'는 한숨을 쉬며 말했다.

"내가 네 아빠냐? 갖고 싶은 건 죄다 적었구먼."

뜨끔했지만 절대 티 내지 않았다. 평소에 소장하고 싶었던 것 중에 60만 원짜리 이상으로만 뽑은 리스트다. 절대로 포기할 수 없다.

"네가 기천이 백분의 일만이라도 칼을 쓸 줄 알았으면 군소리 없이 사 줬겠지만……. 이건 너무 낭비 아니냐?"

기천? 전에 사장늙은이가 잠깐 꺼냈던 이름이라는 게 생각났다.

"기천이가 도대체 누구예요?"

'동네 형의 친구'는 리스트에서 눈을 떼지 않고 대답했다.

"옛날에 칼 잘 쓰던 놈이 하나 있었지. 업계에서는 아주 유명한 놈이었다. 스무 명이고 서른 명이고 칼 하나만 쥐여 주면

다 끝장내는 놈이었지. 정말 아까운 놈이었는데……. 그런데 꼭 이렇게 비싼 칼을 써야겠나?"

"손에 익은 게 성공률이 높아서 그렇습니다. 근데 그 기천이라는 사람 어떻게 됐어요? 사장님은 지나가는 말로 은퇴했다고 그러시던데."

'동네 형의 친구'는 리스트에 시선을 고정한 채 말했다.

"은퇴? 그렇다고도 볼 수 있지. 다른 놈한테 칼 한번 심하게 맞고 사라져 버렸거든."

그는 리스트를 테이블 위에 신경질적으로 던져 놓으며 물었다.

"열 자루는 너무 많잖아! 칼 장수 할 생각이야?"

난 그의 말을 흘려들으며 리스트를 뒤집어 뒷면을 보였다.

"이런 모양의 방탄조끼도 필요해요. X11 원단에 홀스터를 부착한 모양입니다. 아, 홀스터와 카이덱스는 블랙으로 해 주시고요."

펜으로 대충 그린 방탄조끼 설계도를 보던 그가 어이없다는 듯 고개를 가로저으며 말했다.

"내가 옷 수선집 주인이 된 기분이 들면 이상한 건가?"

"현장에서 목숨 걸고 뛸 놈이니까 잘 좀 챙겨 주세요."

그는 흔쾌한 표정은 아니었지만 고개를 끄덕이며 말했다.

"아 참, 너 찾아갔던 놈 말이야. 꽤 실력 있는 총잡이라던데 어떻게 처리한 거야? 그놈이 자살이라도 한 거야?"

서리골 공원에서 무릎을 꿇은 채 총알을 기다리던 때가 생각나며 모골이 송연해졌다. 다시 스멀거리며 올라오는 두려움을 떨치기 위해 머리를 흔들며 대답했다.

"운이 좋았죠."

내 표정을 빤히 바라보던 그는 묘한 미소를 남기며 자리에서 일어났다.

"이틀 정도 시간 있다. 집에 가서 와이프나 보고 나와. 못 볼지도 모르니까."

그렇지. 만약 일이 잘못되면 마누라를 볼 날도 이틀밖에 남지 않은 것이다.

#약속

Promise

볼살이 쭉 빠진 게 마누라도 그동안 고생을 좀 한 모양이다. 그런 마누라에게 우선 고기부터 먹이고 팥빙수집을 찾았다. 고맙게도 그때까지 마누라는 아무것도 묻지 않았다.

"오빠 얼굴이 많이 까칠해졌네."

"마누라 얼굴도 장난 아니네. 내 걱정을 많이 하셨어?"

"흥, 터는 소리 하고 있네."

'터는 소리'란 몇 달 전에 가르쳐 준 '곰 좆 터는 소리 하고 있네'의 줄임말이다. 아무리 복잡하고 어려운 것이라도 욕이라면 단번에 외워 버리는 마누라의 특별한 능력을 알았다면 절대 가르쳐 주지 않았을 것이다. '가래침으로 마빡을 뚫어 버린다'는 벌써 6년째 사용하고 있다.

"오빠, 출장 다녀온 거 아니지? 요새 뭐 하고 다니는 거야?"

드디어 올 게 왔다. 마누라의 표정을 보고 순간 다 털어놓고 싶은 충동이 느껴졌지만, 그랬다간 우린 영원히 안녕을 해야 하는 거다. 뭔가 현실적인 변명이 필요했다. 마누라가 싫어하는 거라면 더욱 현실적으로 받아들일지도 모른다.

"내 말 듣고 화내면 안 돼. 알겠지?"

마누라는 이런 것에 확답을 주는 경우가 절대 없다.

"듣고 나서 생각해 볼게."

"사실은 말이야, 이번에 아는 사람이 회사를 하나 인수하는데 말이야……."

마누라 표정이 벌써 굳어졌다.

"이번 건만 제대로 터지면 돈 좀 벌 수 있거든?"

안 그래도 까만 피부의 마누라 얼굴이 더욱 까맣게 변했다. 얼굴이 순간 부풀어 오르고 있다는 느낌이 들었다. 3초 후면 내게 퍼부을 거다. 하나, 둘, 셋!

"너 미쳤어? 그렇게 당하고도 아직도 정신을 못 차린 거야? 지금 왜 백수가 된 건지 벌써 까먹은 거야? 머리에 달린 거 그거 닭대가리야? 내가 '한탕주의'에 '한' 자도 생각하지 말라고 했어, 안 했어? 어? 미쳤어? 미쳤냐고!"

화내는 마누라의 모습을 보고 내 속이 좀 편해졌다면 남들이 변태라고 할까?

"화내지 말고 내 말 좀 들어 봐. 어차피 백수인 데다가 내 돈 들어가는 것도 아니잖아. 그러니까 밑져야 본전이란 얘기지."

"그 시간에 구직을 하란 말이야, 구직을! 이러다가 관성 붙으면 계속 백수 놀이 하게 된다는 거 몰라?"

마누라가 걱정할 만도 하다. 공식적으로는 벌써 6개월째 백수 상태다. 이번이 남편으로서 비전을 제시할 절호의 기회인 것을 깨달았다. 마누라 앞에 통장을 내밀었다. 물론 그동안 번 모든 돈이 들어 있는 것은 아니다. 마누라가 납득할 만한 수준의 돈을 넣었다.

"이게 뭐야?"

"내가 지금 완전히 뻘짓을 하고 돌아다니는 건 아니라는 증거지."

통장을 집어 드는 마누라의 얼굴이 본래의 색으로 좀 돌아오는 듯하다. 자본주의 체제는 돈이면 다 되는 거다! 이 빌어먹을 자본주의 체제여, 영원하라!

통장을 본 마누라의 눈이 동그랗게 떠졌다.

"일 도와주고 사례비 조로 받은 거야."

내 말을 듣고도 마누라의 표정은 여전히 놀란 상태다.

"훗, 그 정도 가지고 뭘 그리 놀라나?"

마누라의 눈초리가 치켜 올라갔다. 뭐냐, 이 반응은. 예상과는 완전히 다르잖아.

"그동안 이 돈을 혼자 쓰고 다녔다 이거지?"

염병.

"그게 아니라……."

"아니긴 뭐가 아니야! 생활비랑 세금 때문에 피똥을 싸고 있는 거 뻔히 보면서 혼자 돈지랄을 하고 다녀?"

"돈, 돈지랄? 야, 비약이다! 통장에 돈 좀 가지고 있던 거 가지고 돈지랄이라니, 너무하는 거 아냐? 내가 그 돈을 쓰기라도 했냐고요!"

"오, 그렇게 자신 있게 말하는 거 보니 다른 돈이 더 있는 모양인데?"

뜨끔.

"나, 나도 어제 받았다고! 여기 날짜 찍혀 있는 거 보면 몰라?"

마누라는 나를 한참 노려보다 조금 누그러진 목소리로 말했다.

"똑바로 해라. 걸리면 똥물까지 토할 줄 알아."

결혼에 있어서 남편이란 포지션은, 뭘 해도 마누라에게 혼나는 자리 같다.

"고마워."

"자, 먹자!"

그래, 먹자. 언제 또 이렇게 같이 마주 앉아서 팥빙수를 먹게 될지 모르는 일이니까.

"마누라."

"왜, 돈이나 꼼치고 다니는 남편."

"쇼핑몰 잘되냐?"

"그냥 그래. 알잖아, 지금 비수기인 거."

"아, 그래? 그럼 해외여행 한번 다녀올 생각 없어?"

"해외여행?"

마누라는 다른 부분에선 아끼지만 해외여행에 대해서는 관대한 편이다. 그게 나와 비슷한 점이다. 목숨 걸고 무조건 아끼는 게 미덕이라고 생각하지 않는다. 한 번 사는 인생 세상 넓은 것도 직접 보고 느끼면서 그렇게 여유 있게 살다가 가고 싶은 거다.

"유럽 한 바퀴 돌고 와라."

"이 인간이 미쳤나……."

"돈 걱정은 말고. 다음 주에 또 돈 나올 거 있어."

마누라는 살짝 혹하는 표정을 지어 보였지만 역시 고개를 가로저었다.

"나까지 미친년 만들지 마."

"무슨 해외여행 좀 간다고 미친년이냐? 쇼핑몰은 한 달 정도 닫으면 안 돼?"

"아주 저주를 해라, 저주를 해. 쇼핑몰은 하루만 닫아도 치명적이라고, 인간아. 참 속 편하게 살아서 좋겠어요."

"그럼 상품을 단순하게 해서 올리고 언니한테 한 달만 맡기면 되잖아. 언니한테 수익 챙겨 주면 서로 좋지 않겠냐?"

"흠……."

마누라는 사실 해외여행 가고 싶은 마음이 굴뚝같지만 돈이 항상 걸려서 지르지를 못했던 거다.

"그럼 그래 볼까?"

"그래! 지금 아니면 언제 가 보냐? 안 그래?"

"그렇다면……."

나는 팥빙수를 뒤적이다 조심스럽게 말했다.

"근데, 한 가지 양해해 줘야 할 게 있어."

"뭔데."

"나는 나중에 출발해야 해."

마누라는 황당한 표정으로 나를 쳐다보았다.

"뭐? 그럼 나 혼자 가라고?"

"혼자 가라는 게 아니라, 먼저 출발하라는 거지. 난 2주 뒤에나 움직일 수 있을 것 같거든."

"그럼 2주 뒤에 같이 가면 되겠네."

이런 반응을 예상했었다. 물론 나도 그 대응책을 세워 놨다.

"유럽 배낭여행권이 생겼는데, 출발이 1주일 뒤야. 그냥 버리기 아깝잖아. 그러니까 먼저 가면 내가 2주 뒤에 출발해서 합류하는 걸로……."

마누라는 왠지 허둥대며 말하는 나를 빤히 바라보았다. 7년을 함께해 왔지만 마누라가 이런 시선으로 바라볼 때면 여전히 거북하다. 마누라는 깊은 눈빛으로 나를 한참 동안 바라보다 내 손 위에 자신의 손을 얹었다.

"그래, 남편 덕에 해외여행이나 한번 다녀오지 뭐."

'난 네가 뭔가 숨기고 있다는 것을 알고 있지만, 네가 직접 말할 때까지 물어보지 않겠어'라고 말하는 것 같다. 마누라는 숟가락을 입에 문 채 말했다.

"1주일 뒤면 준비를 좀 서둘러야겠군. 여행사 여행이니까 위험하진 않겠지?"

"배낭여행 패키지니까 별 어려움은 없을 거야. 이참에 좋은 친구들 많이 사귀어 놓으면 좋잖아."

마누라는 팥빙수를 마저 비우고 벌떡 일어났다.

"가자. 준비해야겠다."

"벌, 벌써 준비해?"

"언니 설득도 해야 하고 인수인계도 해야 하고. 배낭여행이
니까 배낭도 사야 하고 여행 서적도 봐야 하고. 이왕 가는 거
제대로 보고 와야 하잖아."

"고맙다, 마누라."

"당연히 고마워해야지. 나 정도 되니까 바쁜 스케줄에도 불
구하고 여행 가 주는 거야. 알아?"

그렇다. 일반적인 시선으로 본다면 황당한 답변이긴 하다.
하지만 내 마누라니까 가능한 답변인 거다. 물론 내 입장에서도
고맙기도 하다. 마누라가 해외에 나가 있어 주면, 마누라 신변
걱정 없이 내가 좀 더 자유롭게 움직일 수 있을 테니 말이다.

사랑한다, 마누라.

원치 않는 시간은 금세 다가온다. 중간고사 날짜도 그랬고
입대 날짜도 그랬다.

지금은 '동네 형의 친구'의 사무실을 찾아가는 이 시간이 원
치 않는 시간이다. 사무실에 들어가니 '동네 형의 친구'가 손을
들어 보이며 자리에서 일어섰다.

"왔군. 안 올 수도 있다고 생각했거든."

그는 소파 테이블 밑에 둔 알루미늄 케이스를 테이블 위로 꺼내 놓았다. 난 기다렸다는 듯이 알루미늄 케이스를 열었다. 주문했던 나이프가 보라색 벨벳 천 위로 보기 좋게 나열되어 있었다. 그 아름다운 자태에 감동의 눈물이 나오려고 했다.

"맘에 드나?"

"백 명도 죽일 수 있겠는데요. 조끼는요?"

"케이스 바닥에."

벨벳 천을 걷어 내니 주문 제작한 방탄조끼가 들어 있었다. 펼쳐 드니 홀스터가 방탄조끼에 꼼꼼하게 박혀 있었다. 조끼를 입고 생각해 둔 순서대로 나이프를 꽂고 하나씩 꺼내 들어 보았다. 이 정도면 총을 든 상대도 겁이 나지 않을 듯했다.

'동네 형의 친구'는 비닐봉지를 하나 내게 건넸다.

"위성 전화다. 꼭 챙기고 다녀. 보안 설정해 놔서 나하고만 통화가 가능해."

'동네 형의 친구'와 커플 폰이라니, 심해도 너무 심하다.

투명한 비닐 팩에 휴대폰이 몇 대 더 들어 있었다. 상태로 보아 새것은 아니고 중고인 듯했다.

"이 중고 휴대폰들은 뭐예요? 어디 기부라도 하시게?"

"위치 추적할 때 쓰는 거야."

그제야 휴대폰에 위치 찾기 기능이 생각났다. 환상이 깨지는 순간이다. 위치 추적을 수명 다한 휴대폰으로 할 줄은 몰랐다. 제임스 본드가 쓰던 건 뭐냐? 귀밑에 붙이는 멀미약이었냐?

'동네 형의 친구'는 자신만의 물건을 주섬주섬 챙기며 물었다.

"긴장 안 돼? 내가 보기엔 즐기는 것 같은데 말이야."

내가 변태가 아닌 이상 이런 일을 즐길 리가 없지 않나. 하루 빨리 끝내고 싶은 마음뿐이다.

"이런 상황이 오래가서 좋을 거 뭐 있어요. 죽든 죽이든 빨리 끝장 보는 게 낫죠."

"동감이다. 이런 상태로는 영업도 제대로 못 할 테니까."

영업? 역시 나랑은 근본부터가 다르구나.

"이번 일 잘 끝나고 나면, 어쩌면 그만둘지도 모르겠습니다."

내 말에 반응이라도 하는 듯 잠시 동안 말없이 나를 바라보았다. 그러다 문서 몇 장을 내게 건넸다.

"고 상무하고 조 팀장 스케줄이야. 나가서 영업이나 시작해. 오늘 중으로 두 건 다 끝내자."

두 사람의 스케줄이 세밀하게 적혀 있었다. 장소와 인원, 동선 등 암살에 필요한 정보는 모두 들어 있었다. 이제 세부적인 계획만 있으면 된다.

"영업 뛰고 오겠습니다."

그는 알 수 없는 미소로 나를 바라보며 말했다.

"이번 일 끝나고 나하고 일하는 건 언제?"

지금 나가서 영영 못 돌아올지도 모르는 이 판국에 그딴 소리를 잘도 하는구나. 대꾸도 하지 않고 밖으로 나섰다. 겨우 사무실을 나섰을 뿐인데 벌써 긴장되기 시작한다. 우황청심환이라도 먹어야 할 모양이다.

#퀄리티 스타트
Quality Start

일에는 순서가 있다. 내가 하려는 일도 '일'인 것이고 그 또한 순서가 있다. 고 상무와 조 팀장 중에서 높은 사람부터 제거하는 것이 좋다는 판단이 섰다. 파장을 생각하면 높은 놈을 나중에 죽이는 게 순서 같지만, 우두머리를 죽이면 나머지는 스스로 해산하는 짐승 무리의 단순한 원리를 적용하기로 했다.

그래서 이렇게 주차장에서 죽치고 있는 것이다. 사실 어디서 작업할지는 정하지 않았다. 일단 그의 뒤를 밟다가 기회를 노릴 생각이다.

배달 서비스를 표방하는 SD서비스는 생각보다 컸다. 물류 센터를 갖추고 있지는 않았지만 10층짜리 사옥 지하 주차장에서 물류 작업을 했다. 이곳에서 각 지역별로 물건들이 재선적되는 것이다. 트럭들이 꽤 바쁘게 돌아가는 걸로 봐서 영업이

활성화된 듯한데, 뭐하러 사람 죽이는 일에 손을 대는 건지 나로서는 이해할 수가 없다.

지하 1층 주차장에서 어렵지 않게 고 상무의 차를 찾아냈다. 대부분 건물주 기업의 임원들은 고정 주차 장소가 있기 마련이기 때문이다. 차가 아직 그대로 있는 걸로 보아 사무실에서 집무를 보고 계신 모양이다.

차 주변에서 휴대폰 통화와 함께 메모를 하는 척 연기를 했다. CCTV가 여기까지 녹화하고 있는지 확실하지도 않고 주변에 누군가 있을 거란 확신도 들지 않았지만 만약을 위해 고난도의 연기가 필요한 거다. 고 상무가 죽으면 수사를 하다 주차장 CCTV는 물론 이 주변에서 목격자 확보를 위한 수사도 할 것이 뻔하기 때문이다. 메모를 하다 볼펜을 떨어뜨렸고 지능적으로 발로 차, 고 상무 차 아래로 밀어 넣었다.

"이런 젠장."

내 연기에 대사까지 필요하다고는 생각지 않았지만 자연스럽게 대사가 튀어나왔다. 볼펜을 꺼내며 위치 추적용 중고 휴대폰을 차 밑에 붙였다. 저 중고 휴대폰이 갑자기 급사를 하지 않는 한 이 차의 위치를 찾을 수 있게 된 것이다. 이젠 밖에 나가서 움직일 때까지 기다리기만 하면 된다.

이 바닥의 일은 항상 타이트하게 진행될 것 같지만 사실은 그렇지도 않다. 짧게나마 내가 이쪽 업종에 종사하면서 느낀 점은, 이 일의 대부분은 '기다림'이라는 것이다. 누군가 올 때까지 기다리고, 그가 죽을 때까지 기다리고, 빠져나갈 타이밍을 맞추기 위해 기다리고. 생각이 많은 나로서는 기다리는 일이 어렵지는 않지만 긴장한 채 기다려야 한다는 것은 상당히 괴롭다. 마냥 한군데를 응시하며 내가 원했던 목표물이 나타나길 기다려야 하는 것이다. 역시 세상에 쉬운 일은 아무것도 없다.

고 상무의 차는 고맙게도 지켜본 지 한 시간도 되지 않아 주차장을 빠져나왔다. 그 차를 따라 나서며 '동네 형의 친구'에게 전화를 걸었다.

— 왜?

"지금 고 상무 따라가고 있습니다."

— 응, 그래.

그의 짧은 답변에 나도 특별히 할 말이 없었기에 잠시 어색한 시간이 흘렀다.

— 전화 왜 했나?

웬지 해야 한 것 같은 생각이 들어 했을 뿐이다.

"보고해 둬야 할 것 같아서 했습니다만."

— 일 다 끝나면 보고해. 쓸데없이 하지 말고.

"예."

— 그리고, 당신 위치 보고 있으니까 이동하면서 따로 말할 필요 없어. 휴대폰 분실하면 그때나 연락하라고.

괜히 오버했다가 바보 된 케이스다. 첩보 영화에서는 수다쟁이처럼 본부랑 계속 조잘대던데.

고 상무의 차는 양재역에서 멈췄다. 운전기사와 고 상무가 동시에 내리더니 고 상무가 운전석으로 자리를 옮겼고 기사는 허리가 부러질 정도로 인사를 하고는 전철역으로 향했다. 고 상무가 직접 운전을 하고 가는 걸 보니 아마도 사적인 모임에 가는 모양이다. 나로서는 여간 좋은 일이 아닐 수 없다.

그가 고속도로를 올라타는 순간 내 두뇌는 그를 처리할 방법에 대해 급히 돌아가기 시작했다. 고속으로 달릴 때 옆으로 들이받아서 차를 뒤집은 다음 다가가서 죽일 수도 있고, 가볍게 접촉 사고를 일으켜 사고 수습을 위해 다가오는 그의 목에 칼을 꽂을 수도 있다. 하지만 차체에 페인트가 남아 금세 추적당할 것이 뻔하다. 그리고 이렇게 작업할 경우 시체 처리가 굉장히 애매하다는 단점이 있다. 일단 고속도로를 벗어난 이후에 고 상무 처리에 대해 다시 생각하기로 하고 지금은 드라이브를 즐기기로 했다. 휴대폰에 연결한 내비게이션이 고 상무가 어디로 가든지 친절하게 알려 줄 것이기 때문이다.

창문을 여니 나름대로 산뜻한 바람이 느껴졌다. 팔을 내밀고 싶었지만 예전에 뮤직비디오를 따라 팔을 내밀었다가 어깨가 꺾일 뻔한 기억을 떠올리고는 손을 얌전히 두었다. 시속 140킬로미터의 속도에서는 팔이 꺾일 수도 있는 것이다.

그나저나 고 상무는 어디를 저렇게 바삐 가시는지 아우토반 위의 스포츠카처럼 차와 차 사이를 뱀처럼 빠져나갔다. '에쿠스'가 저렇게 날렵한 차인 줄은 몰랐다. 그를 따라 달리면 발각될 소지가 있기 때문에 정속 주행을 했다. 그의 차가 시야에서 벗어나면 그제야 속도를 올려 따라갔다.

고 상무의 차는 안성 톨게이트를 빠져나가 국도를 따라 외곽으로 향했다. 잘나가는 사업가들이 으레 갖는 취미인 '땅 보러 다니기'를 하는 것일지도 모른다. 어쩌면 이미 땅을 사고 건물을 짓는 공사 부지를 둘러보러 가는 것일 수도 있다. 하지만 그가 멈춰 선 곳은 실망스럽게도 조그마한 러브호텔이었다. 세상의 불륜 커플 없이는 생존할 수 없다는 그 모텔 말이다.

차량 통행도 없는 한적한 곳에 앙상하게 서 있는 모텔이 도대체 뭘 먹고 사는지 궁금한 때가 있었다. 이런 모텔들은 으슥한 곳에 있을수록 찾는 사람들이 더 많다. 그가 들어간 모텔을 지나쳤다. 바로 따라 들어갔다간 발각되어 우악스런 손에 아작 날 확률이 높으니까 말이다.

차를 멀리 돌렸지만 고 상무 차를 나타내는 내비게이션의 빨간 삼각형은 여전히 제자리에 있었다. 마누라하고 이런 곳에서 만날 리는 없고, 아마도 애인이겠지. 그 정도 재력에 넘치는 힘을 가지고 있는 고 상무에게는 어쩌면 당연한 것일지도 모른다.

하지만 생각보다 소심한 것 같아 살짝 실망스러운 기분이 든다. 덩치 큰 사람에게 호의적인 나의 성향 때문인지 왠지 덩치가 좋으면 성격도 호탕할 것 같은 생각이 먼저 든다. 그렇기에 큰 덩치의 사내가 조금이라도 소심한 모습을 보이면 실망이 훨씬 크다.

모텔 방에 있는 남녀를 죽이는 일은 생각보다 어렵다. 모텔 직원이 호락호락하게 문을 열어 줄 리도 없을뿐더러 열어 준다고 해도 직원에게 내가 노출되기 때문에 리스크가 크다. 직원을 통하지 않고 문을 열려면 마스터키를 훔쳐 복사를 해야 하는데 그 짓 또한 쉽지도 않고 시간도 많이 소요된다. 내가 선택할 수 있는 시간과 장소는, 그들이 밖으로 나올 때까지 기다렸다가 노상에서 처리하는 것이다.

노상에서 처리하는 것도 여전히 선택의 가짓수가 남아 있다. 이렇게 밖에 나와 있을 때, 고 상무는 땅을 밟고 있는 시간이 거의 없을 거다. 모텔에서 나오자마자 차에 탈 것이고 그러면 내가 그를 내리게 할 수 있는 방법은 접촉 사고 말고는 없는데, 이런 방식은 전에도 말했듯이 매우 위험하다. 결론적으로 그가 모텔에서 나와 자동차에 타기 전까지 말고는 시간이 없는 것이다. 시선을 모텔 후문에 둔 채 휴대폰을 열었다.

"혹시 자동차 도난 방지 시스템 안 건드리고 문 여는 법 아십니까?"

— 뭐야, 그것도 모르고 이 일 하는 거였어?

"알고 계세요?"

— 6백만 원짜리 장비가 있어. 수신기의 동일한 주파수를 찾아내서 원래 리모컨인 것처럼······.

"아, 정말! 제가 지금 그런 게 어디 있습니까?"

— 지금 짜증 낸 거야? 이봐, 난 당신이 물어봐서 대답해 준 것뿐이라고.

"지금 당장 필요도 없는데 뭐하러 전화까지 드렸겠습니까."

'동네 형의 친구'는 자기 혼자 끅끅거리며 웃다가 물었다.

— 뒷좌석에 앉아 있다가 귀신처럼 일어나서 처리할 생각이었어?

"귀신까지는 아니어도, 그 방법이 나을까 싶어서……."

— 여태껏 본 액션 영화는 잊으라고. 영화처럼 하려면 그 전에 손써야 할 단계가 몇 개인 줄이나 알아? 제발 현실적으로 생각하라고.

그는 자신의 할 말만 하고 전화를 끊어 버렸다. 이번에도 괜히 전화했다가 본전도 못 찾았다. 일단은 뒷좌석 침투는 힘들게 되었다.

새로 산 나이프를 꺼내 보려는 순간 모텔 후문이 열리며 여자가 나왔다. 지금 모텔 안에 몇 명의 커플이 운동 중인지는 모르겠지만 고 상무의 여자일지도 모른다는 생각에 집중해서 봤다. 일은 그때 터졌다.

어디에 있었는지도 모를 승용차 한 대가 기다렸다는 듯이 나타나 여자를 거의 칠 듯이 위협하며 멈췄다. 승용차에서 내린 남자가 기겁하며 주저앉아 있는 여자에게 뛰어가 때리기 시작했다.

일반적으로 사람은 자신의 주먹을 보호하려는 무의식적인 방어기제로 풀 스윙은 못한다. 그런데 저 남자는 분노로 인해 그런 방어기제마저도 무너진 모양이다. 그의 주먹에 묻은 피가 여자의 피인지 아니면 그 자신의 피인지는 모르지만, 새빨갛게 물든 주먹으로 여전히 그녀를 내려치고 있었다.

모텔 후문이 열렸다. 정의의 고 상무가 그 육중한 몸을 날려 남자의 얼굴을 후려쳤다. 남자가 얻어맞는 순간 나도 모르게 얼굴이 찡그려졌다. 남자의 얼굴 절반이 뭉개져 떨어진 것은 아닌지 은근히 걱정될 정도였다.

아마도 남자는 여자의 남편이었을 거다. 마누라에게서 수상한 낌새를 챈 그가 마누라 뒤를 밟았고 분을 삭이며 여자가 나오기를 기다렸을 것이다. 이 상황에서 분명 죄인은 여자와 고 상무다. 하지만 당한 것은 고 상무가 아니라 남자다. 응징이라든지 정의라는 것도 힘이 없으면 소용이 없다. 동물의 세계에서는 힘센 놈이 정의인 것이다.

고 상무는 여자의 상태를 간단히 살펴보고는 자신의 차에 태웠다. 그러고는 '넌 오늘 뒈졌다'라는 표정으로 남자를 샌드백처럼 두들기기 시작했다. 얻어맞고 쓰러지면 손수 일으켜 세워 가면서 때렸다. 고 상무는 이미 엉망진창이 된 남자를 가방 들듯이 들고 모텔 주차장 뒤쪽으로 돌아갔다. 저 남자가 여자에게 주먹질을 한 것도 범죄지만, 그렇다고 여자의 정부에게 떡이 되도록 두들겨 맞을 일도 아닌 거다. 저 억울한 남자에게, 내가 작은 선물을 할 수 있다는 게 내심 기뻤다.

고 상무가 갔던 방향의 반대편으로 돌아서 다가갔다. 고 상무는 남자를 때려죽일 심산인지 늘어져 있는 그를 아직도 때리고 있었다. 내 마누라는 바람이 나도 제발 덩치 작은 놈과 바람이 나기를 바랄 뿐이다.

남자는 그의 인생 전체에 걸쳐 맞을 분량을 고 상무 한 사람에게, 그것도 단 10분 동안 몰아서 맞았다. 모텔 모퉁이를 도니, 바닥에 널브러져 가까스로 숨만 쉬고 있는 남자와 그 앞에 당당하게 서서 훈계를 하고 있는 고 상무의 뒷모습이 보였다.

"여자에게 손대는 놈이 세상에서 가장 추잡한 놈인 거 모르나?"

고 상무가 말하는 '추잡'의 정의가 뭔지 궁금해졌다. 남의 여자하고 불장난하는 건 좀 덜 추잡한 것일까?

"처음이니까 이 정도로 끝낸다. 이번 일 가지고 고소니 뭐니 쓸데없는 짓 하고 싶으면 해 봐. 니 쌍판이 어떻게 더 박살 날지는⋯⋯."

고 상무의 위협을 끝까지 듣고 싶었지만 내게 그의 말을 다 듣고 있을 만한 여유는 없었다.

고 상무가 간격에 들어온 순간 나이프 두 자루를 동시에 뽑아 그의 목에 사선으로 꽂았다가 잡아당기며 다시 뽑아냈다. 목이 고목처럼 굵기는 했지만 30센티미터 길이의 칼날을 막기에는 역부족이었다. 새 나이프이기에 약간은 뻑뻑한 느낌이 들었지만 손맛이 나쁘지 않은 걸로 보아 날이 꽤 괜찮게 세워져 있는 모양이다.

고 상무는 목을 움켜쥔 채 그 자리에 무릎을 꿇었다. 뿜어져 나오는 피의 양으로 보아 그냥 놔둬도 살기는 틀린 것 같지만 난 최대한 빨리 일을 끝내야 했다. 주저앉은 그의 머리카락을 잡고 등 뒤쪽으로 잡아당겼다. 칼로 찌른 상처가 벌어지며 목뼈 사이의 신경이 끊어지는 느낌이 손끝으로 전해져 왔다. 그 바람에 짧은 순간이긴 하지만 본의 아니게 고 상무와 시선이 마주쳤다. 충격으로 놀란 듯한 시선. 하지만 잠시뿐이었다.

차로 돌아오는 길에 뻗어 있는 남자를 힐끗 보았지만 각도 상으로 나를 봤을 가능성은 없어 보였다. 설사 보였다고 해도 피투성이가 된 눈과 오락가락하는 정신으로 나를 알아볼 리가 만무했다.

잊지 않고 조심스럽게 고 상무 차에 붙여 뒀던 중고 휴대폰을 회수했다. 고 상무의 차에 타고 있던 여자도 심하게 맞았는지 뒷좌석에 죽은 듯이 누워 있었다.

그 길로 내 차를 몰아 서울로 향했다. 벌써 해가 떨어지기 시작했다. 이 시간에 상행선 고속도로 타면 막힐 텐데, 쯧! 안성 톨게이트를 통과할 때 즈음 '동네 형의 친구'로부터 전화가 왔다. 왠지 이 사람과 일을 같이 하면 많이 피곤할 것 같다는 느낌이 든다.

— 끝났나?

"예, 방금요."

— 문제없었어?

"특별한 어려움은 없었습니다."

— 오케이. 고 상무는 됐고……. 서둘러서 이동해야겠다. 한 건 더 해야 하잖아.

"서울 도착하면 꽤 늦을 텐데요."

— 조 팀장 위치는 내가 파악해 둘 테니까 서울 도착하는 대로 전화해. 아 참, 업무 분장한 대로 움직이는 거니까 너만 부려 먹는다고 생각하지는 마라.

"그럴 리가요. 그건 그렇고, 여기 뒷수습해야 하지 않습니까?"

— 놔둬. 너라면 흔적은 안 남기고 왔을 테니까.

왠지 모르게 우쭐해졌다. 하긴 여태껏 형사 비슷한 사람도 내게 접근한 적이 없었으니까.

"도착하는 대로 연락드리겠습니다."

고속도로를 보니 상행선에 교통량이 점점 증가하는 게 보였다. 오늘 중으로 도착이나 하면 다행이다.

나의 작업 성공률이 비교적 높은 이유는 최대한 신속하게 진행하기 때문이다. 신속하게 진행한다는 것은 망설임이 없다는 뜻이다. 그런데 난 점점 더 신속해지고 있다.

나와 가족의 안녕이 위협받고 있기에 내가 행하는 모든 일은 윤리 의식이 끼어들 틈이 없다. 이것은 무엇보다 뚜렷한 동기 부여가 된다. 조 팀장을 처리하러 가는 길에 그런 나의 생각은 더욱 명확해졌다. 조금 더 빨리 끝내야 조금 더 빨리 자유로워질 수 있다.

'동네 형의 친구'의 안내대로 가산동에 도착했다. 그는 전형적인 잠복근무의 모습으로 차 안에 앉아 있었다. 패스트푸드와 담배.

"잠복근무는 이런 상투적인 자세 말고는 없어요?"

"상투적인 게 확실한 거야. 저녁은?"

"별로 고프지가 않네요. 여기는 어딥니까?"

"내 자료 안 읽었지?"

학력고사도 벼락치기로 본 놈이다. 고 상무 일을 목전에 두고 조 팀장 일을 생각할 정신이 있을 리가 없다. '동네 형의 친구'는 그럴 줄 알았다는 듯이 고개를 가로저으며 말했다.

"저기 '현대물류'에 들어갔다."

"거긴 왜요?"

"나도 모르지. 자, 받아."

'동네 형의 친구'는 만년필로 휘갈겨 쓴 메모지를 내게 건넸다.

"여기 온 시간, 인원, 위치 같은 거 다 적어 놨으니까 참고해. 이제 내려."

"예? 가시게요?"

"당신 왔으니까 나는 내 볼일 봐야지."

"너무하시네."

"내일이면 이 바닥이 벌집 쑤신 듯이 뒤집어질 거야. 그러면 우리는 운신의 폭이 더욱 좁아질 거고."

SD서비스는 이걸로 마무리된다고 해도, 다이스컨설팅은 확실히 큰 벽이다.

"우리 짓인지 알까요?"

'동네 형의 친구'는 소름 끼칠 정도로 사악한 미소를 지으며 대답했다.

"모를 것 같아?"

이 인간이 미쳤구나. 알고도 시작한 거구나.

"자칫하면 업계 전체가 적이 될지도 모르겠네요."

"가능성이 없진 않지. 그러니까 속전속결이 중요해. 최 회장이 오더를 주기 전까지는 다른 에이전시들도 섣불리 나서지 않을 거야. 나설 이유도 없고. 거기에 두 개 회사 대가리를 꺾어

놓으면 좀 더 신중하게 받아들이겠지."

"결국 최 회장만 처리하면 일단은 마무리된다는 말씀이군요."

"일이 그렇게 되면 마무리만 되는 게 아니라 보너스로 다른 게 높아지지."

'동네 형의 친구'는 장난스럽게 가슴을 두드리고 하늘을 가리키는 세리머니를 해 보이며 말했다.

"위상."

위상. 당장 목숨을 건지기 위해서 버둥대는 것은 나뿐이었던 것 같다. '동네 형의 친구'는 목숨보다 중요한 뭔가를 추구하고 있는 것이다. 더는 묻지 않는 편이 좋겠다. 그의 위상에 대해서는 관심도 없으니까.

"들어가세요. 금방 처리할 테니까."

난 그가 돌아보기 전에 차에서 내렸다. 내가 내리자마자 그는 창문으로 나를 힐끗 보고는 곧바로 출발했다. 이어지는 전화벨 소리. '동네 형의 친구'다. 헤어진 직후에 곧바로 전화하는 짓거리는 7년 전 연애 시작할 때 마누라 이후로 처음이다.

— 당장 일에나 집중하자.

혼자 들떠서 위상 어쩌고저쩌고 떠든 주제에 잘도 나에게 잔소리질이다. 너나 잘하세요. 짜증이 나서 내가 먼저 끊어 버렸다. 지금 당장 내가 하는 일이 '동네 형의 친구'의 야망에 이용된다고 해도 이해할 생각이다. 어차피 해야 할 일이고 내게 해가 되지 않는다면 난 그걸로 아무 불만 없는 거다.

'동네 형의 친구'가 떠난 지 얼마 지나지 않아 조 팀장이 다른 사람들과 함께 모습을 드러냈다. 그래도 신사업팀장이라고 일을 하긴 하는 모양이다. 상무라는 인간은 남의 여자랑 얼레리꼴레리 하다가 비명횡사했는데.

조 팀장은 자신의 차에 다른 사람들과 함께 올라타고 경기도 광명시로 넘어갔다. 말이 경기도지 다리 하나만 건너면 되는 곳이다. 벤처 빌딩만 잔뜩 있는 이곳과는 달리 그쪽은 365일 밤마다 술 마시고 토하는 지역 유흥의 메카라고 할 수 있다.

조 팀장 일행이 그쪽으로 넘어갔다는 것은 오늘 밤 술을 진하게 마실 가능성이 높다는 것을 의미했다. 더불어 그동안엔 그의 기사 겸 경호원도 따로 떨어져 있을 가능성이 높다. 막연히 뭔가 활용할 수 있을 거란 느낌이 들었다.

그동안 나름대로 빈틈없는 계획, 사전 답사와 리허설을 통해 작업을 수행해 온 나였지만, 지금은 즉흥적으로 처리하는 것 같아 왠지 불안하게 느껴졌다. 하지만 '동네 형의 친구' 말대로 내겐 시간이 없다. 작업할 수 있을 때 해야 하는 것이다.

운전기사는 조 팀장 일행을 비즈니스 클럽 앞에 내려 주고 자신은 주차장으로 향했다. 이 동네는 지하 주차장 공간이 있는 곳이 드물기 때문에 노상 유료 주차장에 많이 세운다. 조 팀장의 차도 유료 주차장으로 들어갔고 나 또한 그를 따라 나란히 세웠다. 그는 차 키를 주차장 관리인에게 맡기고 어딘가로 향했다. 이곳에 온 것이 처음은 아닌지 익숙한 걸음으로 복국집으로 향했다.

위에 놈이 돈 잘 버니까 아래 놈도 비싼 음식을 먹는 모양이다. 나도 그를 따라 들어가 산낙지를 시켰다. 산낙지는 확실히 맛은 좋다. 하지만 토막 난 채 꾸물거리는 모습은 식욕 촉진에 아무 도움이 되지 않는다. 특히 위아래 여백 없이 바짝 잘린 채 이리저리 훑어보는 눈알을 보자면 입맛이 살짝 가신다.

어차피 중요한 것은 산낙지가 아니었기에 먹는 둥 마는 둥 하다 조 팀장의 경호원이 화장실로 향할 때 그의 뒤를 따라나섰다. 기회다. 고교생들이 몰래 숨어서 담배나 피우는 장소로 알았던 화장실이 내게는 행운의 장소라는 것이 묘하게 느껴졌다.

이런 공공장소에서의 살인은 각별한 주의가 필요하다. 특히나 이런 협소한 장소는 피가 많이 흐르면 곤란한 거다. 놈이 소변을 볼 때 목을 부러뜨리는 방법을 사용하기로 했다. 나에게 소변이 튈 가능성이 있지만 조용히만 죽어 준다면 그 정도는 감수할 수 있다.

놈이 소변기 앞에 섰을 때 난 문밖에 있었다. 녀석의 오줌발이 소변기 안으로 떨어지기 시작할 때 그에게 달려들었다. 전형적으로 목을 부러뜨리는 자세로 그의 목을 팔로 감는 순간 뭔가 잘못되었다는 것을 깨달았다. 녀석은 순간적으로 턱을 바짝 당겨 목에 팔이 감기는 것을 방어했다. 순조로운 작업은 이미 튼 거다.

"썅!"

그의 살벌한 욕지거리가 들렸다. 그는 팔꿈치로 내 갈비뼈를 가격했다. 숨이 턱 막혔지만 이제 와서 팔을 풀 수는 없다. 그는 벽을 발로 밀어 차 나를 반대편 벽으로 밀어붙였지만 나 또한 이 정도의 움직임은 방어할 수 있었다. 그의 힘을 이용해 몸을 옆으로 비틀었다. 우리 둘 다 빙글 돌며 방향이 바뀌었고, 경호원이 다시 벽 쪽으로 향하며 부딪혔다.

더 소란을 피웠다가는 누군가 살피러 들어올지도 모르는 일이다. 피가 문제가 아니다. 빨리 끝내야 했다. 속전속결. 난 오른손으로 나이프를 꺼내 재빨리 그의 목을 그었다. 나 또한 긴급한 상황이라 그런지 아니면 칼날이 날카롭지 않아서 그런지, 거의 톱질하듯 그의 목을 베었다.

피가 다량으로 쏟아지기 전에 양변기 부스로 그를 끌고 들어가 무릎을 꿇린 채 변기에 머리를 처박았다. 피가 쏟아져 나오기 시작하면 그 비린내는 식당가에서 흘러나오는 음식 냄새를 뒤덮고도 남을 테니까.

목이 절반 이상 잘린 그는 축 늘어진 몸으로 변기 안에 피를 쏟아 냈다. 화장실 바닥에 피가 몇 방울 떨어져 있었지만 수돗물을 받아 몇 번 떨어뜨리자 금세 흘러갔다. 뒷정리를 대충 하고 시체의 몸을 뒤져 휴대폰을 챙겼다.

곧바로 밖으로 나와 조 팀장이 들어간 비즈니스 클럽으로 향했다. 한바탕 푸닥거리를 해서 그런지 팔다리가 후들거린다. 조 팀장은 지금쯤 바지 지퍼 사이로 휴지를 날리며 멀쩡하게 놀고 있을 텐데 난 벌써 지친 듯한 기분이다.

클럽 안으로 들어간 조 팀장을 어떻게 밖으로 꺼내느냐가 관건이었다. 과감하게 직접 클럽 안으로 들어가 현장이나 화장실에서 칼부림을 벌일 수도 있지만, 그러기엔 보는 눈이 너무 많았다.

하지만 난 전혀 어렵게 생각할 필요가 없다. 조 팀장 옆에서 알짱대던 경호원도 없고, 그의 휴대폰 번호도 알고 있으며, 내 손엔 경호원의 휴대폰도 들려 있다. 이젠 쉽게 생각하자.

경호원의 휴대폰으로 조 팀장에게 전화를 걸었다. 정신없이 놀고 있는지 받지 않았다. 미친 듯이 놀고 있으니 전화를 받을 수가 없겠지. 그래, 나도 좀 쉬자.

편의점에서 이온 음료를 사 들고 비즈니스 클럽의 입구가 보이는 곳에 자리를 잡고 앉았다. 마음을 다급하게 먹을 필요가 없다. 음료수를 입에 대려는 순간 경찰차가 내 앞을 지나갔다. 염병, 경호원의 시체가 발견된 모양이다. 시간이 없다.

난 음료수를 내던지고 조 팀장에게 다시 전화를 걸었다. 신호가 열 번은 울린 뒤에야 전화를 받았다.

"팀장님, 밖으로 나오셔야겠습니다."

시끄러운 그곳에서 내 목소리와 경호원의 목소리를 구분하긴 힘들 거다. 예상대로 그는 짜증 섞인 목소리로 물었다.

— 왜, 무슨 일인데?

"상무님께 일이 생겼습니다."

— 뭐?

술이 깨는 목소리다. 그는 잠시 말이 없다가 입을 열었다.

— 5분 뒤에 나갈 테니까, 차 준비해.

주차장으로 달려가 조 팀장의 차를 꺼냈다. 이런 곳의 장점은 차 넘버와 돈만 주면 아무 의심 없이 차를 내준다는 것이다.

클럽 앞에서 차를 기다리고 있는 조 팀장의 모습이 보였다. 차를 세우자 조 팀장은 의심 없이 뒷자리에 올라탔다.

"상무님께 일이 생겼다는 게 무슨 소리야?"

"돌아가셨습니다."

"뭐?"

나는 다짜고짜 뒤로 돌며 그의 목에 나이프를 꽂았다. 목에 칼이 꽂힌 조 팀장이 버둥거리며 문을 열려고 했지만 잠근 문을 열기엔 상처가 너무 깊었다. 숨이 덜 끊어진 조 팀장을 실은 채 도시 외곽으로 차를 몰았다.

한적한 도로의 갓길에 도착해 있을 때쯤 조 팀장은 이미 반응이 없었다. 하지만 난 그의 목을 또 한 번 확실하게 그었다. 갈라진 상처. 목뼈가 보일 정도로 깊은 상처를 바라보며 가빠진 숨을 고르게 했다. 최대한 차분하게 생각하려는 내 머리와 달리 몸은 그렇지 못했다. 거친 동작으로 인해 심박동이 높고 손이 미세하게 떨렸다. 몸이 진정될 즈음해서 '동네 형의 친구'에게 전화를 걸었다.

— 끝냈나?

"예."

— 아슬아슬했어.

무슨 소린가 했지만 이제 막 밤 열두 시를 알리는 시계를 보고 무슨 말인지 이해할 수 있었다. 결국 난 오늘 목표를 달성한 거다.

"현장 근처 주차장에 제 차가 아직 있습니다."

— 내가 회수하지.

"조 팀장 경호원을 처리했는데, 현장에 경찰이 뜨는 거 보고 왔습니다."

— 좀 발견되기 쉬운 곳에서 작업한 모양이군.

"그렇게 됐습니다."

— 괜찮다. 어차피 알려졌을 테니까. 지금 어디야?

"조 팀장하고 같이 있습니다."

— 이동 중인가?

"이제 이동을 하려고 하는데 시체를 싣고 다니긴 처음이라 서 어떻게 해야 할지 모르겠네요."

"아, 그래? 그러면……."

뭔가를 찾는지 그의 말이 잠시 끊어졌다. 어색한 상태로 그 의 숨소리만 들리다 다시 목소리가 돌아왔다.

— 내가 찍어 주는 곳으로 가면 사람이 기다리고 있을 거야. 그 친구한테 차 키 넘겨주고 와.

"지원받는 게 이럴 땐 편하네요."

— 어느 일이건 독불장군은 없는 거야. 수고했다. 퇴근해라.

"내일 뵙겠습니다."

차에 올라타 '동네 형의 친구'가 알려 준 곳으로 향했다.

어두운 밤 도로를 노란 헤드라이트로 비추며 달리다 보면 왠지 최면에 빠져드는 것 같은 느낌이 든다. 밤길 운전을 할 때 면 항상 강원도에서의 운전이 떠오른다. 빛 하나 없는 구불구 불한 산길을 오직 헤드라이트에 의존해서 운전을 하다 보면 공포 영화의 주인공이 된 기분이 들었다. 그때는 여섯 명이 같이 타고 갔는데도 왜 그렇게 무서웠는지.

지금은 혼자인 데다 뒤에 시체까지 싣고 있음에도 무서운 생각은 들지 않았다. 내 감성에 문제가 생긴 걸까? 오늘 하루 동안 세 명을 작업했다. 이런 내게서 감성을 기대하는 건 좀 무리가 아닐까 싶다. 어쨌든 목표 달성을 했으니 이 정도면 퀄리티 스타트인 셈이다.

#빅뱅

Big Bang

이 바닥에 뛰어들고 나서 언젠가부터 무서운 것이 없다는 생각을 하게 되었다. 아무리 덩치가 큰 괴물이라도 죽으면 똑같다는 것을 알았으며, 내 손에 죽은 이들이 귀신이 되어 나를 괴롭히는 일도 없었다.

하지만 딱 한 가지 나를 점점 더 두렵게 하는 게 있다. 내가 처리한 사람의 숨이 덜 끊어져 나를 반격하지 않을까 하는 두려움, 그리고 누군가들의 가족이나 동료를 죽인 것이 나라는 사실이 알려져 그들에게 공격을 당하지 않을까 하는 두려움.

사람을 죽일 때마다 나 자신의 죽음에 대한 두려움은 점점 더 커진다. 두려움은 나를 변화시키고 있었다.

"너, 무슨 문제 있냐?"

내가 사무실로 나갔을 때 '동네 형의 친구'가 사뭇 진지한 표정으로 물었다.

"무슨 문제요?"

"시체 처리하는 녀석들이 하는 얘기를 들었는데…… 시체 말이야, 꼭 사이코가 죽인 것 같다더라고."

"그게 무슨 말이에요?"

"네가 작업한 시체들, 꼭 짐승이 목을 물어뜯어서 죽인 것 같다더라고. 처리 확인 사진을 봤는데 목이 전부 너덜너덜……. 그렇게까지 할 필요는 없잖아. 안 그래?"

내 두려움이 점점 더 커지는 모양이다.

"앞으로는 그냥 죽이는 선에서 끝내. 숨만 안 쉬면 되는 거라고. 알겠어? 그리고 이거 가져가. 이걸로 통신해야 하니까."

휴대폰에 연결해서 쓰는 '블루투스 이어셋'이다.

'동네 형의 친구'는 책상 밑에서 골프백 크기의 하드 케이스를 들어 책상 위에 올려놓았다. 케이스를 열자 무식하게 생긴 지격용 라이플이 모습을 드러냈다.

"M82A1, 바렛. 영화에서 본 적은 있겠지? 만 달러짜리 총이다."

만 달러면 지금 환율로 천3백만 원이 넘는 돈이다. 자동차 엔진이 달린 것도 아닌데 말이다. 그는 분해되어 있는 총을 능숙한 솜씨로 조립하며 말했다.

"이 정도 준비는 해야지. 오늘은 다이스컨설팅 가는 날이잖아."

그렇다. 오늘은 다이스컨설팅의 사장늙은이를 처리하러 가는 날이다. 이쪽 업계 첫 직장 상사를 처리하려니 심장 박동이 조금은 빨라졌다.

'동네 형의 친구'는 총 조립을 다 했는지 방 안의 물건들을 조준해 보고 있었다.

"오늘은 내가 지원다운 지원을 해 주지. 이 총의 위력을 알면 한결 마음이 편해질 거다. 벽 너머에 있는 사람도 걸레처럼 만들 수 있거든. 스쳐도 사망이라는 말 들어 봤지? 바로 이 총을 두고 하는 말이다."

"그걸로 오늘 다 해결 보게요? 그럼 저는 나갈 필요가……."

"다이스컨설팅 사장을 생포하려면 당신이 움직여야겠지?"

생포는 또 무슨 얘기냐. 난 그런 건 해 보지도 않았다고.

"전부 작업하기로 하지 않았던가요?"

"사장하고 할 얘기가 있거든."

그는 내 질문과는 관계없이 여전히 주변 사물을 조준해 보며 말을 이었다.

"지금쯤 SD서비스의 고 상무, 조 팀장 사망 소식이 다이스컨설팅 사장의 귀에 들어갔을 거야. 그 얘길 들은 사장이 가만히 있을 리가 없지. 이미 우리를 찾고 있는지도 모르고."

어쨌든 최대한 빨리 움직여야 한다. 속전속결만이 살길이다.

"오늘의 계획은 어떻게 됩니까?"

그는 총을 케이스에 다시 넣으며 무심하게 물었다.

"죽을 각오 되어 있나?"

"그거야……."

앞서 두 명의 장애물을 제거하고 나니 의외로 '네'라는 대답이 선뜻 나오지 않았다. 타인은 갈등 없이 작업하면서, 나 또한 그렇게 죽을 수 있다는 사실을 마음으로는 받아들이지 않고 있었던 모양이다.

"오늘이 고비다. 어제는 습격해서 승률이 높았지만, 오늘은 아니야."

공수가 전환되는 시점인 거다. 업계 최고의 회사인 다이스 컨설팅에서 완전 무장된 청부업자들이 공격해 온다면 두 사람의 쪽수로는 당해 낼 재간이 없는 거다. 우울증이 10초 만에 올 줄은 몰랐다. 실업 이후로 이렇게 갑자기 우울해지긴 처음이다. 그래도 어떻게든 일은 매듭이 지어져야 한다.

누군가에게 사표를 던져서 매듭을 지을 수 있다면 천 번이라도 그렇게 하겠다. 하지만 이곳은 회사가 아니다. 누군가 하나가 죽어야 끝나는 거다. 누군가 죽어야 한다면 그게 내가 되지 않길 바랄 뿐이다.

'동네 형의 친구'는 서류 봉투를 하나 던져 주며 말했다.

"다이스 사장 스케줄이야. 최 회장에게 새벽부터 찾아간 걸 보면 우리 덕분에 많이 바빠진 것 같군."

어제의 스케줄은 분명 사무실부터 출근하기로 되어 있으나, 오늘은 '광명 빌딩'이란 곳으로 현지 출근이 예정되어 있었다. '동네 형의 친구'는 총이 든 건 케이스를 짊어지며 일어섰다.

"SD서비스 애들이 줄초상을 치렀으니 대책 회의가 필요하겠지. 작업 시작 시간은 오후 네 시부터니까 그 전까지는 알아서 움직여. 재수 없게 놈들한테 죽지 말고."

"예."

"네 시 이전에 따로 만날 일은 없을 테니까 시간 되면 바로 작업 시작하고. 내가 커버해 줄 수 있는 곳은 다이스컨설팅 사무실뿐이야. 웬만하면 거기서 끝장 보자고."

나가려는 그를 불러 세웠다. 그는 살짝 귀찮은 듯한 표정으로 나를 돌아보았다.

"실장님, 좀 더 구체적인 계획 같은 거 없어요?"

"더 이상 얼마나 구체적인 걸 원하는데?"

그가 얘기한 계획은 내가 사무실 안으로 들어가서 치고받고 할 때 자기는 밖에서 하품이나 하면서 기다리다가, 혹시나 내가 죽을 것 같으면 자기는 손가락 하나 까딱해서 상대 놈 머리를 날리고 사장늙은이를 생포한다는 거다. 이 계획이 너무 엉성하다고 생각하는 내게 문제가 있는 것일까?

"계획치고는 좀 빈약하다는 생각 안 드세요?"

그는 자신의 머리를 두드려 보이며 말했다.

"당신 이등병이야? 생각 없이 일할 거 아니잖아. 상황을 좀 머릿속으로 그려 봐. 사장늙은이가 우리 찾아서 없애려고 직원을 동원해서 전부 밖으로 돌고 있을 거라고. 그럼 상대적으로 취약한 곳이 어디겠어?"

밖이 강하면 안이 약한 법이다.

"등잔 밑이 어두운 법이야. 아마 사무실에 직접 찾아가리라곤 생각하지 않을 거라고. 허를 찌르는 거지. 이보다 훌륭한 계획이 어디 있냐고."

"사무실에도 직원들이 아예 없지는 않을 거 아닙니까."

"몇 명쯤은 있겠지. 하지만 당신 실력이면 밀리지는 않을 거야."

전문 킬러 몇 명 정도는 상대할 실력이라고? 내가?

'동네 형의 친구'는 못 미더워하는 내 표정을 보고는 나를 향해 손가락을 까닥거렸다. 내가 다가가자 벽에 걸려 있는 전신 거울 앞으로 날 데려가 마주 보게 했다.

하얀 피부 대신 검게 그을린 피부와 선명해진 턱 선. 출렁이던 뱃살을 대신해 '王' 자가 자리를 잡은 복부와 각진 어깨 근육. 무엇보다 가장 인상 깊은 건 살기가 서려 있는 듯한 날카로운 눈빛이었다. 군 시절 이후로 가져 본 적이 없는 모습이 거울에 담겨 있었다.

"자신을 믿으라고."

믿어도 될까? 몸짱 대회에 나갈 것도 아닌데.

'동네 형의 친구'는 밖으로 나가려다 말고 뒤돌아서서 말했다.

"아 참, 혹시 사장늙은이하고 대화를 하게 돼도, 저번에 이놈이처럼 말발에 넘어가서 내 뒤통수를 치는 일 없도록 해. 내게 라이플이 있다는 사실만 염두에 두라고."

그는 웃으며 건 케이스를 두드려 보였다. 사장이랑 조금이라도 이상한 분위기가 보이면 내 머리통을 날려 버리겠다는 의미다. 아마도 진심일 거다.

"아, 실장님, 저도 드릴 게 있습니다."

"뭔데?"

나는 그의 손목에서 시계를 풀고 내가 챙겨 온 손목시계를 직접 그의 손목에 채워 주었다.

"시계 좋아하시는 것 같아서요."

시계를 본 그의 표정이 밝아졌지만 애써 내색하지 않으려는 모습이 역력했다.

"그동안 신세졌는데 이번 아니면 기회가 없잖아요. 에르메스 시계면 실장님 취향에도 맞을 겁니다."

"왜 안 하던 짓을 해?"

"죽을 때가 됐나 보죠."

기분 좋은 표정을 감추며 나가는 그를 따라나섰다. 이제 집에 가서 잠시 쉬다가 나오면 된다.

다이스컨설팅으로 갈 시간이 얼마 남지 않았기에 슬슬 준비를 시작했다. 나도 모르게 긴장한 몸을 깊은 숨으로 풀며 옷방으로 갔다.

옷장 가장 구석에 있는 슈트 케이스를 꺼내 열었다. 정성 들여 정리해 둔 옷을 꺼냈다. 방탄조끼와 같은 재질로 제작해 둔 셔츠를 입고 그 위에 나이프가 가지런히 꽂혀 있는 조끼를 걸쳤다. '용 꼬리 문신'에게서 얻은 권총도 챙겨 넣었다. 마지막으로 만약을 위해 준비한 무기를 챙겨 들었다. 남들이 보기엔 못생긴 TV 리모컨일 뿐이지만 내게는 생명보험 증서나 마찬가지인 물건이다.

다이스컨설팅으로 향하는 내내 별의별 생각이 다 들었다. 우황청심환을 세 개 정도 먹었지만 여전히 심장은 진정이 되지 않았다. 우리 집 개새끼들 생각도 나고, 마누라와 신혼여행 가서 싸웠던 생각도 나고. 양쪽 부모님 생각도 나고, 형제들 생각도 나고. 모든 기억들이 좋은 추억처럼 느껴졌다.

하지만 죽을지도 모르는 이 순간에도 한 가지 즐겁지 못한 기억이 있다. 급여도 밀리고, 실업자 상태에, 10킬로그램이나 살이 쪘던 백수 시절 말이다. 문득, 그때보다 지금이 나은 상황인지 나도 모르게 비교해 본다. 생각보다 우열을 가리기가 어렵다. 그래도 목숨이 왔다 갔다 하는 지금보다는 그 백수 시절이 나은 게 아닌가 하는 생각이 들다가도, 희망이라고는 눈곱만큼도 없는 그때를 생각하면 차라리 지금이 나은 게 아닌가 하는 생각이 들기도 하고.

다이스컨설팅 사무실이 있는 건물이 시야에 들어온 순간 거의 동시에 휴대폰의 진동이 느껴졌다. '동네 형의 친구'가 준 이어셋을 귀에 장착했다.

— 이제 오나?

"어디세요?"

— 당신이 잘 보이는 곳.

차창을 통해 밖의 건물 옥상을 둘러보았지만 어디에도 보이지 않았다. 하기야 여기서 보일 정도면 저격을 할 수가 없겠지.

— 사장이 아직 안 들어왔어. 주변에서 드라이브하면서 기다리는 게 좋겠어.

그가 시키는 대로 차를 몰았다. 넥타이 매고 건조한 표정으로 돌아다니는 남자들, 반바지 차림에 선글라스 낀 여자들. 어쩌면 이렇게 보는 풍경이 매번 똑같을까.

— 결혼했나?

"황당하네. 몰라서 묻는 겁니까?"

— 애는 아직 없다고 그랬지?

"제대로 들으셨네."

— 왜 안 낳아?

"지금 이대로가 편해서요. 애 키울 자신도 없고."

— 아, 개 키운다고 그랬지?

"개 때문에 안 갖는 건 아니고요."

그는 잠시 말을 멈췄다가 입을 열었다.

— 여기 발 들여놓은 건 후회 안 하나?

후회라……. 되돌릴 수 없는 걸 되돌리려는 노력은 끈기가 아니라 헛지랄이다.

"그런 거 안 합니다. 해 봐야 소용없는 건 하지 말자는 주의라."

— 지금 하는 일은, 해 보면 소용 있는 일이고?

"죽기 싫으면 해야죠."

— 어이, 저번에 내가 했던 말 생각해 봤나?

"무슨 말요?"

— 나랑 같이 일해 보지 않을래?

"그 얘기는 나중에 하자고 했잖아요."

— 다이스 사장 죽으면 누구한테 일 받을 건데? 프리랜서로 뛸 능력이나 돼?

"전화 예절 하고는……. 그런 거 그렇게 직접적으로 말하면 제가 뭐가 됩니까?"

— 아니면 은퇴하든가. 하지만 이쪽 바닥이 맘대로 발 빼기가 쉽지 않을 거다. 어이, 사장 차 나타났다.

"저도 이제 들어갑니다."

영화 주인공은 호기롭게 '쇼 타임!' 이렇게 외칠 테지만, 난 지금 그냥 도망치고 싶은 생각뿐이다.

이런 경우엔 비상계단을 이용하는 것이 정석이지만, 20층을 뛰어 올라갈 수는 없는 일이다. 그랬다간 칼을 뽑기는커녕 숨 쉬는 데 급급할 게 뻔하다. 예의 그 럭셔리한 엘리베이터를 타고 올라갔다. 익숙했던 20층이 오늘따라 왜 이리 낯선지 모르겠다.

엘리베이터 문이 열리는 순간 항상 보이던 다이스컨설팅 CI가 보였다. 다른 풍경은 달라진 것이 없었지만, 데스크에 항상 앉아 있던 미소 천사 여직원은 보이지 않았다. 사장늙은이도 나의 방문을 예상한 모양이다. 사무실 안으로 들어서기 직전에 '동네 형의 친구' 목소리가 들렸다.

— 조심해라. 사장늙은이가 너무 태평하게 앉아 있는 게 걸린다.

나는 걸음을 멈추고 거의 속삭이는 목소리로 말했다.

"안내 데스크 여직원도 안 보입니다."

― 준비 단단히 한 모양이군.

"들어갑니다."

― 명심해. 늙은이 방에서만 지원해 줄 수 있다는 거.

자동문이 열리고 나서도 습격에 대비해 몇 초간 기다렸다가 안으로 들어섰다. 사무실 공기가 팽팽하게 당겨진 활처럼 느껴졌다. 사무실 안을 둘러보았지만 아무도 없었다. 평소에 보이던 직원조차도. 사장실 문을 두드리자 감정을 알 수 없는 사장 늙은이의 익숙한 목소리가 들렸다.

"들어와."

사장으로 인해 세상에서 가장 위험하면서도, 동시에 '동네 형의 친구'의 지원 덕분에 가장 안전한 공간으로 들어섰다. 나의 상황과 마음가짐을 제외하면 예전에 사장실을 방문했을 때와 다를 게 없었다.

― 당신 잘 보인다. 그런데 너 내복 입었니? 몸이 왜 그래?

제멋대로 중얼거리는 '동네 형의 친구'의 말을 무시하고 사장에게 가볍게 목례를 했다.

"앉지."

사장은 다른 때와 마찬가지로 책상 앞 소파로 나와 앉았다. 어색한 시간. 이렇게 대화를 하게 될 줄 알았으면 대사라도 따로 준비할 걸 그랬다. 사실 1층에서 엘리베이터를 탈 때만 해도, 20층에서 엘리베이터 문이 열리는 순간 칼부림부터 하게 될 줄 알았다.

비정상적으로 기다란 팔을 휘둘러 깍지를 끼는 사장에게 내가 먼저 입을 열었다.

"오랜만입니다."

그는 고개를 끄덕이며 대답했다.

"솔직히 반갑다고는 못 하겠군."

이례적으로 사장이 먼저 속내를 말했다. 그의 솔직한 태도에 나도 단도직입으로 물었다.

"꼭 이래야 했어요?"

사장은 시선만 돌려 나를 바라보았다. 시선만으로도 뭐든지 얼려 버릴 것 같은 차가운 눈빛이었다.

"내 사업이 뭔지는 자네도 잘 알잖아."

난 고개를 끄덕일 수밖에 없었다. 그가 사람을 보내 나를 죽이려 했던 것은 단순히 사업 때문이었다. 누군가 돈을 주며 의뢰를 했고 사장은 그것을 받아들였을 뿐이다.

"의뢰인이 누구냐고 물어도 대답해 주시지 않겠죠?"

그의 입을 통해 배후가 최 회장이라는 것을 듣고 싶었다. 하지만 그는 특유의 알 수 없는 표정으로 나를 바라볼 뿐이었다. 내가 갖은 협박을 다 해도 그가 얘기할 리 없다는 것을 잘 알기에 더 이상의 추궁은 그만두었다. 난 품속에서 나이프를 꺼내 들었다.

"저도 개인적인 감정은 없습니다."

사장은 칼을 꺼내 든 나를 보고도 눈 하나 깜빡하지 않았다. 오히려 뭔가를 달관한 사람처럼 여유로운 미소를 띠더니 자신의 귀를 톡톡 건드리며 말했다.

"자네, 한 가지 잊은 게 있군."

무슨 뜻인지 몰랐지만 곧 이어셋에서 나온 '동네 형의 친구'의 목소리를 듣고 무엇을 잊었는지 깨달았다.

— 나를 잊고 있는 건 아니겠지?

그제야 사장을 생포하라는 '동네 형의 친구'의 주문이 떠올랐다.

"어떻게 할까요?"

— 양도 계약서 준비됐냐고 물어봐.

그의 말을 듣는 순간 '동네 형의 친구'가 얼마 전 입에 담았던 '위상'이라는 단어가 떠올랐다. 이걸 원했던 거구나. '동네 형의 친구'의 야망을 짐작하고 있었기에 어쩌면 당연한 요구 사항인지도 모르겠다는 생각이 들었다. 하지만 한편으로는 두 사람 사이에 내가 모르는 협상이 있었다는 사실이 썩 내키지는 않았다. 일단은 시키는 대로 사장에게 말을 전했다.

"양도 계약서 준비됐냐고 묻는군요."

사장은 픽 웃으며 테이블 위에 놓여 있는 수화기를 들어 보였다. 그의 태도를 '동네 형의 친구'에게 전했다.

"직접 전화하라는 것 같은데요?"

— 무시해. 증거 남기려는 수작이니까.

아, 그럴 수도 있겠군. '동네 형의 친구'와 말을 하다 보면 나 스스로 많이 모자라다는 생각을 자주 하게 된다. 다행인 점은 그게 그렇게 기분 나쁘지는 않다는 것이다.

분위기 파악이 대충 되었으니 '동네 형의 친구'의 대리인 자격으로 내가 대화를 주도하기로 했다. 직접 대화해야 일이 빨리 끝나고, 그래야 내가 이곳에서 조금이라도 빨리 벗어날 수 있을 테니까 말이다. 비록 소파에 앉아 있지만 바늘방석보다 더 불편해 죽을 지경이다.

"사장님, 그냥 계약서 꺼내시죠."

"왜, 직접 애기하기 싫다고 하던가?"

나도 말하기 좋아하는 스타일이지만, 때와 장소에 따라 가끔은 말을 하는 거나 듣는 게 갑자기 짜증스러울 때가 있다.

"저를 무시하는 것도 좋고 여유 부리는 것도 다 좋은데, 시간 끄는 것만큼은 피해 주십시오."

내가 무례하다고 생각했는지 사장의 표정이 미묘하게 바뀌었다.

"못 본 사이에 자네 많이 변했군."

"무례하게 굴어서 죄송합니다만, 제가 시간이 별로 없거든요."

"늙은이는 시간이 많은 법이지. 특히나 죽음 앞에서는 더욱 그래."

나는 지체하지 않고 이어셋을 붙잡고 말했다.

"계약서 꼭 필요합니까?"

— 서두르지 마. 얻을 수 있는 건 다 얻어야 하지 않겠나?

사장과 대면하고 있을수록 뭔가 잘못되어 가고 있다는 느낌이 강해졌다. 조금이라도 빨리 나가고 싶은 마음에 나이프를 움켜쥐고 자리에서 일어섰다.

"그냥 빨리 끝내시죠."

나의 심경에 변화가 생긴 것을 감지한 '동네 형의 친구'가 다급하게 말했다.

— 어이, 어이, 진정해. 갑자기 왜 이렇게 서둘러?

"왠지 불길한 기분이 들어서요."

— 영감탱이 듣는 데서 약해 빠진 소리 하지 말고, 계약서나 받아 내.

그의 말투가 바뀌었다. 창밖으로 그가 있을 만한 곳을 찾아 봤지만 역시 찾을 수가 없었다. 내가 조금이라도 더 징징거리는 소리를 했다간 그의 대포알 같은 총알이 내 몸부터 갈가리 찢어 놓을 수도 있을 거란 생각이 들었다.

"사장님, 계약서 주십시오."

사장은 재미있다는 듯 나를 빤히 바라보며 입을 열었다.

"보아하니 정 실장하고 의견 충돌이 있는 것 같군."

사장늙은이는 내 전화 상대가 '동네 형의 친구'라는 사실까지 알고 있는 거다. 갈수록 느낌이 더럽다.

"자네는 그냥 끝내고 싶어 하고, 정 실장은 계약서를 더 원하고."

누군가 유도 질문을 할 때 그것을 강하게 부정할수록 그의 페이스에 더 말리게 된다. 나만의 페이스를 유지하는 가장 좋은 방법은 그냥 정직하게 대답하는 거다. 또한 이 판국에 솔직하지 못할 이유가 뭐가 있겠는가?

"그런 셈이죠."

"정 실장은 내 회사를 원하기 때문에 이런다고 치지만, 자네는 왜 그러지?"

"간단합니다. 살고 싶어서 이러는 겁니다."

사장은 황당하다는 듯 웃으며 말했다.

"생각했던 것보다 단순하군. 당신 노렸던 놈들 머리 날리면 그걸로 그냥 만수무강할 거라 생각했나? 그래서 SD서비스 애들도 그렇게 한 거야?"

그의 질문에 대답할 필요는 없다. 내가 입을 열 기미를 보이지 않자 사장이 마저 말을 이었다.

"어리석은 짓 그만둬. 정 실장 말에 더 이상 놀아나지 말라고."

사장의 말을 듣고 있는 것 자체가 위험하다는 사실은 알고 있었지만, 어떤 논리로 나를 설득할 건지 듣고 싶었다. 둘만의 대화가 필요하다. 난 이어셋의 마이크에 대고 말했다.

"저 믿습니까?"

— 갑자기 무슨 소리야?

"저를 믿는지만 대답해 주십시오."

잠시 말이 없던 '동네 형의 친구'가 입을 열었다.

— 물론 믿지. 하지만 내 라이플과 저격 실력을 더 믿는다는 걸 명심해라.

"그럼 잠시 끊겠습니다."

난 '동네 형의 친구'의 대답을 듣기도 전에 이어셋 버튼을 눌렀다. 흥미롭다는 듯 나를 빤히 바라보는 사장에게 물었다.

"왜 제가 놀아난다고 생각하시죠?"

사장은 내가 자신의 페이스에 완전히 말려들었다고 판단했는지 미소까지 머금으며 입을 열었다.

"경청하려는 자네의 태도에 감동했네. 보답으로 자네가 모르는 얘기를 들려주지. 아마 정 실장도 얘기해 주지 않았을 거야. 왜냐면 말을 할 수가 없었을 테니까."

"들을 준비 됐습니다."

"모든 일은 이남으로부터 시작되었네. 그 일에 당신을 끌어들인 게 누구지?"

'동네 형의 친구'다. 다이스컨설팅에서 일을 받아 착실하게 사는 내게 먹이를 던진 것이다.

"정 실장이 작업 지시할 때 이남이 처해 있던 상황을 모르고 있었을까? 난 아니라고 보네. 이남 그 친구, 이미 오래전부터 최 회장의 돈을 이용해 그의 그늘에서 벗어나기 위해 준비를 해 온 친구일세. 정 실장이 그걸 모를 리가 없어."

"그럼, 그렇게 복잡하게 될 걸 알면서 시켰다는 겁니까?"

"솔직히, 그건 아닐 거야. 최 회장의 의뢰가 들어왔고 정 실장은 의뢰를 받아들였을 뿐이겠지. 다만 이런 파장에 대해서는 짐작하지 못했을 거야. 이남이가 이 정도까지 진행시켰을 줄은 몰랐을 테니까."

지금까지는 그럴듯한 논리다. 억지도 없고 충분히 가능한 이야기다.

"일이 틀어지기 시작한 건, 당신이 이남을 해치웠을 때부터지. 어떻게 보면 이런 상황까지 몰고 온 것은 바로 자네야."

사장은 나의 반응을 살피듯 바라보았지만 내가 달리 보일 반응은 없었다. 이미 알고 있는 얘기였고, 또한 이 자리는 시시비비를 가리는 자리가 아니라 내 목숨을 부지할 방법을 찾는 자리이기 때문이다.

"정 실장이 왜 자네를 챙길까? 이 바닥에 들어온 지 겨우 6개월 조금 넘었고, 센스가 조금 있긴 하지만 천재적인 것도 아니고. 도대체 왜 자네를 챙길까?"

그건 내가 줄곧 가지고 있던 의문이다. 뭔가를 챙긴다는 건 그것이 필요하거나 아끼는 것이기 때문이다. '동네 형의 친구'가 나를 아낀다고 하기엔 무리가 있다.

"사장님이 보기에 왜 그런 것 같습니까?"

"수족이 필요하니까. 이 바닥은 닳고 닳은 놈들뿐이라 언제 어디서 뒤통수를 맞을지 알 수가 없거든. 순진한 놈 데려다가 부려 먹는 게 편하지."

사장은 일부러 나를 자극하는 단어만 골라서 말을 했다. 하지만 괜찮다. 그 정도에 흥분할 나이는 이미 지났다. 사장이 말을 이었다.

"지금까지 그놈이 직접 나선 게 있나? 아마 없을걸."

사실이다. 이남 씨 일 이후로 전면에 나선 것은 나였다. 생각해 보니 '동네 형의 친구'가 공격을 받았다는 건 그의 입을 통해서 들은 내용일 뿐이었다. 너구리 같은 사장의 페이스에 완전히 말리고 있다는 생각이 들었지만 여기서 멈출 수는 없었다.

"SD서비스와 나까지 처리하고 나면 정 실장은 최 회장과 거래할 카드가 생기지. 자네가 이남을 죽여 준 덕분에 최 회장의 오른팔 자리가 비었거든."

"그럼 최 회장과 거래하기 위해서 최 회장을 공격한다는 겁니까?"

늙은이는 말없이 고개를 끄덕였다.

영화가 생각났다. 황제를 죽이기 위해 공을 세워 그에게 접근하는 암살자의 이야기였다. 이 경우는 정반대의 경우지만 말이다. '동네 형의 친구'는 실리적이다. 또한 야망이 큰 남자다. 최 회장의 오른팔 자리만큼 그의 야망에 한 걸음 다가서게 해 줄 발판은 없을 것이다. 난 멍한 상태가 되어 사장에 물었다.

"그럼 저는 어떻게 되는 겁니까?"

사장은 웃는 것도 아니고 우는 것도 아닌 표정으로 되물었다.

"어떻게 될 것 같나?"

사장의 말이 사실이라면 가장 먼저 죽여야 할 건 '동네 형의 친구'다.

그때 내 휴대폰에서 진동이 울렸다. 사장은 현란한 불빛을 발산하고 있는 이어셋을 보며 내게 물었다.

"이제 어떻게 할 건가?"

아직은 결정하지 못했다. 나는 사장에게 마지막으로 확인하고 싶은 것을 물었다.

"아침에 어디 다녀오셨습니까?"

"알다시피 광명 빌딩에 다녀왔지."

"누구를 만나고 온 겁니까?"

"진 회장 소유 건물에서 누굴 만났겠나?"

'동네 형의 친구'는 분명 최 회장의 건물이라고 했다.

"진 회장을 왜 만나셨습니까?"

"상의할 일이 있다고 부르더군. 그런데 내가 그런 것까지 자네에게 보고를 해야 하나?"

이제 결정을 해야 한다. 이어셋의 버튼을 눌렀다. '동네 형의 친구'의 열 받은 듯한 묵직한 목소리가 들렸다.

— 단둘이 농담 따먹기 할 시간은 충분히 준 것 같은데.

"얘기 끝났습니다."

— 그래, 무슨 얘기 했는지는 차차 듣도록 하자. 계약서는?

"아직입니다."

— 씨발! 거기서 노가리 푸는 거나 보려고 여기서 이 지랄을 하고 있는 줄 알아! 1분 줄 테니까 얼른 받아! 안 그러면 둘 다 대가리를 날려 버릴 테니까!

평생 흥분하지 않을 것 같던 '동네 형의 친구'가 욕설을 하며 재촉했다. 그는 스스로 큰 실수를 하고 있다는 것을 알고 있을까? 모든 협상에서는 심리 상태를 보이면 불리해지는 법이다.

"계약서가 꽤 중요한 모양입니다."

그도 뭔가 깨달았는지 다시 차분한 목소리로 대답했다.

— 그래, 중요해.

"그렇게 중요한 일을 왜 한마디도 안 했습니까?"

난 사장을 돌아보며 말을 이었다.

"들어오자마자 사장부터 죽였으면 어쩔 뻔했습니까?"

'동네 형의 친구'는 말이 없다. 그래서 내가 다시 말했다.

"아직은 서로 믿는 거 맞죠?"

— 그래.

"알겠습니다."

난 통신을 열어 놓은 상태에서 사장에게 말했다.

"계약서 주시죠."

사장은 팔짱을 끼며 말했다.

"내 얘기를 듣고도 이럴 텐가?"

"할 일은 해야죠."

사장은 나를 노려보다 단호하게 말했다.

"그런 거 없어."

사장의 말을 '동네 형의 친구'에게 그대로 옮겼다.

"그런 거 없답니다. 아마 있어도 사장 죽이면 영원히 못 찾 겠죠. 선택하시죠."

— 뭘?

"1번, 끝낸다. 2번, 계약서 토할 때까지 조진다. 1번이면 제 가 지금 하고, 2번이면 이리 건너오셔서 직접 하시죠."

— 뭐?

상당히 화난 어투였지만 나로서는 어쩔 수 없는 일이다.

"제가 이번 일 시작한 건 살기 위해서였습니다. 다이스컨설 팅과 SD서비스만 꺾어 놓으면 목숨을 건질 수 있을 거라고 말 씀하신 것도 실장님이고요. 생각지도 않았던 일이 목숨보다 중 요하게 다뤄지는 판에, 제게 어떤 반응을 기대하셨습니까? 지금 계약서가 눈에 들어오겠습니까?"

— 그래서?

"다시 말씀드리죠. 계약서 받으실 거면 직접 하시라고요."

— 이 새끼가…….

"30초 이내에 답변 안 주시면 저는 제 할 일 하겠습니다."

그때까지 잠자코 듣고 있던 사장의 표정이 굳어졌다. '동네 형의 친구'는 거의 으르렁거리는 소리로 말했다.

— 미리 경고했건만, 기어이 늙은이 주둥이에 넘어가는구나.

"마음대로 생각하시죠. 벌써 10초 지났습니다."

— 장난하나? 만약 그 늙은이 몸에 손댔다가는 네 대갈통 먼저 날릴 테니 그렇게 알아.

이곳에 들어온 지 10여 분 만에 상황이 우습게 되었다. 나를 보호하려던 '동네 형의 친구'가 사장을 보호하고 있는 것이다.

"계약서가 왜 그렇게 중요합니까?"

— 말해 줘도 너같이 목숨에 벌벌 떠는 소인배는 이해 못 한다.

"야망이니 위상이니 그딴 소리라면 관두시죠. 30초 지났습니다."

내가 나이프를 움켜쥐고 사장에게 다가서려는 순간 사장이 품속에서 38구경 권총을 꺼내는 것이 보였다. 그가 권총을 가지고 있을지도 모른다는 생각을 왜 못 했을까? 이런 결정적인 실수가 바로 죽음으로 연결된다는 사실에 새삼 등골이 오싹해졌다.

38구경 총알 정도는 방탄조끼와 셔츠로 막을 수 있기에 이대로 덤벼도 승산이 있었다. 하지만 난 사장을 공격하는 대신 사무실 밖으로 사력을 다해 뛰쳐나갔다. 이어셋을 통해 '동네 형의 친구'가 라이플을 장전하는 육중한 소리가 들렸기 때문이다.

사장실 문을 부수며 밖으로 뛰어나가자마자 문밖에서 기다리고 있던 두 명의 괴한이 덤벼들었다. 한 명의 옆구리를 찌르고 몸을 굴리는 순간 사장실을 구분해 두었던 벽이 파편을 튀기며 박살이 났다. '동네 형의 친구'가 쏘는 바렛 라이플의 위력을 실감하는 순간이었다. 또 한 발의 총알은 옆구리를 찔린 채 엉거주춤 서 있던 괴한의 몸을 지나 나란히 놓여 있는 세 개의 책상을 완전히 분해시켰다.

괴한은 골반 뼈가 훤히 드러난 하체만 남기고 나머지는 살조각과 핏덩이가 되어 하얗기만 하던 사무실을 순식간에 얼룩덜룩하게 만들었다. 남은 괴한은 난장판이 된 틈을 타 내게 총을 쏘았고 나 또한 총을 꺼내 쏘았다. 그가 옆구릴 잡고 쓰러진 순간 그에게 달려가 목과 겨드랑이에 나이프를 깊이 쑤셔 넣었다. 남은 괴한의 숨이 끊어지기도 전에 '동네 형의 친구'가 쏜 또 한 발의 총알이 날아와 더 이상 부서질 집기도 없을 것 같은 사무실을 박살 냈다.

— 내가 농담하는 줄 알았나?

이어셋을 통해 '동네 형의 친구' 목소리가 들렸다.

"군경 합동 수사 어쩌고저쩌고하더니 이렇게 저질러 버렸군요."

— 그러니 왜 말을 안 듣나.

"약속 어긴 건 실장님이 먼접니다."

― 약속? 네가 나와 약속이나 할 레벨인가?

"아, 그동안 날 호어 좆으로 봤던 거군요?"

― 지금이라도 내 말대로 하면 오늘 한 짓거리는 없는 셈 치지. 앞으로 같이 일할 수는 없겠지만 말이야.

"글쎄요. 우리가 서로 믿음 주는 사이는 아니잖아요?"

― 네 마누라가 아직은 멀쩡하게 걸어 다니는 것만 봐도 충분히 믿을 만하지 않나? 어?

가족을 위협하는 말은 대부분의 사람들을 미치게 한다. 나도 예외는 아니지만 다른 사람들과 차이가 있다면 발끈하기보다는 극단적인 선택을 한다는 것이다.

"당신은 믿을 만한 족속이 못 돼."

― 넌, 그냥 죽었다고 생각해라.

난 주머니에서 리모컨을 꺼냈다. '정보군'에게 선물 받은 바로 그 리모컨 말이다.

"제가 드린 에르메스 시계 맘에 드십니까?"

― 뭐?

리모컨 버튼을 누르자 이어셋을 통해 커다란 폭발음이 들리다가 갑자기 뚝 끊어졌다. 명복을 빈다, 개새끼야. 통화 단절음만 들리는 이어셋을 벗어 버리고 포복으로 사장실 방향으로 이동했다.

"사장님! 아직 살아 계십니까?"

사장실 안에서 부스럭거리는 소리가 들렸다. 난 조심스럽게 일어나 소리가 나는 방향으로 총을 겨누었다. 라이플의 총알이 책장을 뚫고 지나갔는지 엄청난 양의 책들이 쏟아져 엉망이 되어 있었다. 그 밑에 엎어져 있는 사장이 꾸물거리며 움직이는 것이 보였다. 몸을 낮추는 와중에 떨어뜨렸는지 38구경 권총이 문 앞까지 밀려와 있었다. 난 38구경 권총의 총알을 쏟아 내고는 사장의 팔을 붙잡아 일으켜 앉혔다. 기물 파편에 맞아 여기저기 찢어지긴 했지만 비교적 양호한 상태였다.

"괜찮으십니까?"

그는 피가 섞인 침을 끌어모아 뱉으며 대답했다.

"괜찮네."

콜록거리는 사장의 몸을 뒤져 무기가 더 있는지 확인했다. 이제 무엇을 해야 할지 생각해 봤지만 머리 회전이 잘 되지 않았다. 뒤를 봐주던 '동네 형의 친구'가 없으니 이 험난한 바닥에 나 홀로 남겨진 기분이었다. 인정하기 싫지만 의지를 많이 하고 있었던 모양이다.

지금 당장의 고민은 사장의 처분이다. 죽이고 나갈 것인지 아니면 그냥 나갈 것인지 판단이 서지 않았다.

"저 가방 좀 집어 주겠나?"

내가 망설이고 있는 사이 사장은 직원에게 지시하듯 내게 말했다. 다치고 찌그러져도 저 외계인의 목소리에는 흔들림이 없었다. 얼떨결에 파편 사이에 있던 가방을 집어 들었다. 사장은 내게 손을 내밀며 말했다.

"경찰이 오기 전에 일단 나가야겠네."

나도 모르게 그의 손을 잡고 부축해 일으켜 세웠다.

늙은이의 차가 있는 지하 주차장까지 가는 동안 무슨 짓을 저지른 건지 아무 생각도 나지 않았다. '동네 형의 친구'가 마누라를 위협하지만 않았어도 이렇게까지 틀어지지는 않았을 것이다.

차가 주차장을 벗어나자마자 사장이 주머니에서 뭔가를 부스럭부스럭 꺼냈다.

"뭔지는 모르지만 안 꺼내는 편이 좋을 것 같은데요."

사장은 내 말을 무시하고 자기가 할 일을 계속했지만, 내가 꺼내 든 나이프를 보고 나서야 무심한 톤으로 입을 열었다.

"그래도 난 꺼내야겠네."

그는 고집스럽게 물건을 꺼내 들었다. MP3 플레이어같이 생긴 원통형 물건이었다.

그가 원통 위쪽에 있는 버튼을 누르자 다이스컨설팅 사무실이 있는 건물 20층의 유리창이 깨지며 불길이 솟아올랐다. 행인들의 비명 소리가 여기저기서 들렸다.

"나도 늙었나 보군. 이젠 이 짓도 못 해 먹겠어."

사장은 아쉬운 듯 입맛을 다시며 리모컨을 창밖으로 던졌다.

#소멸

Extinction

　칠순이 다 되어 가는 늙은이와 하는 드라이브가 상쾌하지는 않다. 하지만 구사일생으로 목숨을 건진 지금은 늙은이는 물론 악어를 태우고도 즐겁게 드라이브를 할 수 있을 것 같다. 적어도 지금 당장은 말이다.

　"차 좀 세우게."

　사장의 말을 듣고서야 한적한 시골길을 지나고 있다는 것을 깨달았다. 지옥에서 벗어나려는 듯 마냥 미친 듯이 달린 모양이다.

　사장은 창문을 열고 해가 넘어가는 산을 바라보았다. 창밖으로 자동차의 열기가 그대로 느껴졌다.

　"담배 한 대 피워도 되겠나?"

　"그러시죠."

사장은 내게 담배를 권했지만 나는 손을 들어 사양했다.

"끊기 전에 사 둔 담배를 이렇게 피우게 되는군. 끊은 지 10년이 지났는데 말이야."

그는 창밖을 바라보며 담배 연기를 길게 뿜었다. 선입견 때문인지는 모르지만 담배 피우는 노인들의 뒷모습은 어딘지 모르게 외롭게 보인다.

"정 실장…… 어떻게 된 건가?"

무얼 묻는 걸까? 갑자기 계약서에 미쳐 버린 이유를 묻는 걸까? 아니면 사망 여부를 묻는 걸까?

"미친놈처럼 쏴 대더니 갑자기 멈추더군."

"죽었습니다."

사장은 초췌한 모습으로 나를 돌아보았다. 늙는 건 한순간이라더니 낮에 본 당당한 모습은 온데간데없고 죽음만 기다리는 늙은이가 앉아 있었다. 그의 얼굴엔 형언할 수 없는 복잡한 감정이 녹아 있었다. 그는 다시 창밖으로 시선을 돌리며 말했다.

"그렇군."

한숨 섞인 그의 말 한마디에 분위기가 가라앉았다. 표현할 길은 없지만 분명 장례식장의 그것과 다르지 않았다.

"자식 있나?"

"없습니다."

"자식이 무슨 짓을 해도 자기 자식 이기는 부모 없다는 말이 있지. 들어 봤나?"

"물론이죠."

"난 그 말을 믿지 않았었네. 내 아버지는 달랐거든. 나를 밖으로 내쫓더니, 한 치의 망설임도 없이 무 썰듯 연을 끊어 버렸지."

사장이 늙은이 표정으로 자신의 얘기를 한다. 왠지 거역할 수 없는 숙연함이 느껴졌다.

"난 10대 시절에 이 길로 접어들었지. 정말 미친 듯이 죽였어. 돈 50만 원 벌려고 남자, 여자, 어른, 심지어는 애까지도, 시키면 시키는 대로 다 죽였네. 처음엔 배가 고파서, 그다음엔 돈을 벌려고, 나중엔 윗사람들에게 인정받으려고."

그랬다. 사장도 청부업자였던 것이다. 그것도 10대 때부터 그 일만 했던 베테랑 중에 베테랑.

"욕심이라는 게 끝이 없는 거야. 인정을 받고 나니 점점 명성에 집착하게 되더군. 10여 년 동안 천 명 가까이 죽이고 나니 명성 아닌 명성이 생겼네. 네가 최고다, 네가 최고다!"

사장의 고해성사가 사실이라면 거의 4일에 한 명 꼴로 10년 동안 살인을 한 것이나. 비친 늙은이.

"그러던 어느 날 자식이 생겼네. 아이가 생기면 세상이 달라 보인다는 말이 실감나더군. 갑자기 모든 것이 부질없게 느껴지면서 은퇴를 하고 싶어지더군."

"하셨나요?"

"물론 했지. 천사 같은 아이를 사람 죽인 돈으로 키우고 싶지가 않았거든. 난 죽어도 내 아버지와 같이 내 자식을 내치지 않겠다고 결심했지. 내 모든 걸 포기하고라도 아이는 꼭 바르게 키우리라! 그렇게 말이야."

사장은 고개를 돌리지 않았지만 가늘게 떨고 있는 어깨를 보니 울고 있는 것이 틀림없었다. 불쌍하게 느껴지는 한편, 동정심 때문에 그를 죽이지 못하게 될까 봐 걱정이 되었다.

"하지만 업보라는 건 임의대로 할 수가 없는 거지. 난 다시 그쪽 세계로 불려 들어갔네. 아이를 위해서 곁을 떠나 밖에서만 지켜보았지. 아들놈이 대학생이 되는 걸 봤을 땐 내 업보가 끝난 줄 알았네. 그런데 그게 아니더군. 아들 녀석이 학교도 때려치운 채 살인자가 되어 버렸지. 그것도 전문 킬러."

저주받은 인생이란 저런 걸 두고 하는 말이다. 아버지와 아들 2대가 모두 극단적인 반사회적 인물이라니.

"도대체 왜 그렇게 된 건지는 나도 몰라. 그게 제일 답답해. 나에 비해서는 충분히 좋은 환경에서 자랐다고 생각했는데."

어떤 학자가 주장했듯 정말 유전자에 살인자 코드라는 게 따로 있는 것일까?

"내가 할 수 있는 건 녀석의 우산이 되어 주는 것뿐이었지. 그래서 이 회사를 차린 거고. 그게 녀석을 위해 해 줄 수 있는 유일한 일이었네. 죽지 않게, 잡히지 않게, 그렇게 계속 햇볕을 받으며 살 수 있게 하는 유일한 방법."

사장은 자식에 대해 죄책감을 가지고 있는 게 틀림없다. 이제 시작이라고 생각한 이야기를, 사장은 너무나 간단한 한 문장으로 마무리해 버렸다.

"인생은 뜻대로 되는 게 하나도 없다네. 특히 자식은 말이야."

입을 다물어 버린 사장에게 조심스럽게 물었다.

"아드님은 지금 어디에……?"

내 질문에도 사장은 한동안 말을 하지 못했다. 담배를 꺼내는 그의 손이 떨리는 것이 보였다. 손만 떠는 게 아니라 어깨도 떨렸다. 운다. 찔러도 피 한 방울 나올 것 같지 않던 사장이 세상에서 가장 초췌한 노인의 모습으로 울고 있다. 눈물로 목이 메어 담배 연기를 제대로 들이키지도 못하면서 입을 열었다.

"죽었네, 오늘."

깨달음과 함께 머릿속이 멍해졌다.

내가 늙은이의 아들을 조금 전에 죽인 것이다.

아들의 살인을 비호한 아비와 그런 아비를 죽이려 한 아들.

그런 아들을 죽인 자 옆에서 아들의 죽음을 슬퍼하는 아비.

그 아비 옆에서 그의 고통을 묵묵히 보고 있는 나.

어색하다.

어색해 죽겠다.

사장은 눈물을 닦아 낸 얼굴로 나를 돌아보았다. 나이 든 사람의 얼굴은 눈물만 닦아 내면 울었던 흔적을 전혀 찾을 수 없는 게 특징이다. 그는 언제 그랬냐는 듯 예의 냉정한 얼굴로 입을 열었다.

"이제 어떻게 할 생각인가?"

그의 말에 잠시 잊었던 답답함이 밀려왔다. 기구한 부자간 스토리가 끝났다고 해서 나의 이야기까지 매듭지어진 것은 아니니까 말이다.

"내 의견을 들을 생각이 있나?"

누구라도 내게 이야기할 수 있고 난 그걸 들을 수 있다. 이런 면에 있어서는 항상 오픈 마인드다.

"위험에 빠뜨리신다고 해도 사장님 조언은 언제라도 좋습니다."

사장은 무슨 생각을 하는지 잠시 나를 바라보기만 했다. 어쩌면 그의 머릿속은 나를 마구 찔러 아들의 복수를 하는 생각으로 가득 차 있을지도 모른다.

"난 사람을 꽤 잘 뚫어 본다고 생각했네."

그건 당신 아들도 마찬가지였지. 소름 끼칠 정도로.

"그리고 자네 속도 다 들여다봤다고 생각했지. 그런데 아니더군. 자네 속은 모르겠어."

사람이 사람을 안다는 건 쉬운 일이 아니다. 더욱이 '그 사람은 어떠하다'로 규정하는 것은 더욱 불가능한 일이다.

"다행이네요. 사장님에게 속을 읽히면 골치 아프잖아요."

사장은 힘없는 미소로 대답을 대신하며 가방을 내게 건넸다.

"받아. 회사 양도 계약서야. 서명만 하면 이젠 자네 거야."

회사를 내게 주는 이유는 궁금하지도 않다. 왜냐면 나는 이런 살인 회사는 필요 없으니까.

세상은 요지경이다. 그렇게 원했던 사람은 이것 때문에 목숨을 잃고, 이게 필요하지도 않은 사람에게는 너무도 쉽게 주어진다.

"필요 없습니다."

사장은 약간 당황한 얼굴로 물었다.

"필요 없다고?"

사람은 자기에게 소중한 것은 타인에게도 소중할 거라는 착각을 하곤 한다. 부잣집 사람들에겐 포르쉐와 다이아몬드 반지가 소중할지 몰라도, 칼을 맞은 사람에겐 구급차를 부를 수 있는 전화 한 통이 더 소중한 법이다. 사장은 나를 빤히 바라보다 단정적으로 말했다.

"자네에게 가장 필요한 물건이네."

살인 회사가 내게 필요하다고?

"왜죠?"

"이게 최 회장과 진 회장의 힘겨루기에서 빠질 수 있는 유일한 기회야."

사장이 연속 받은 충격 때문에 노망이 난 걸까? 알아주지도 않는 살인 회사 따위에 이렇게까지 자신감을 보이는 이유는 뭘까?

"아직도 모르겠나? 비록 이남이가 최 회장의 돈으로 회사를 사들였지만 그 회사 지분은 엉뚱하게도 진 회장에게 넘어갔지. 최 회장 입장에서는 자기 돈이 들어간 지분을 돌려받는 것이 당연한 일이지만, 실소유주가 된 진 회장이 그걸 돌려줄 리가 없어."

여기까지는 알고 있는 얘기다.

"그 사람들 지분 싸움하고 다이스컨설팅하고 무슨 관계예요?"

"진 회장이 보유하고 있는 지분을 돌려받기 위해서는 일반 시장에 풀린 주식을 사들이는 방법밖에 없네. 최 회장이 할 일은 그것뿐이야."

이남 씨가 죽으면서 회사에 경영권은 허공에 떠 버렸다. 최 회장과 진 회장에게 30퍼센트가 돌아갔고, 나머지 40퍼센트는 일반 시장에 풀린 것이다. 일반 투자자들이 가지고 있는 주식을 어떻게 긁어모으겠다는 건가?

"다 쪼개져 있는 주식을 무슨 수로……."

"다이스컨설팅이기 때문에 가능한 일이네. 사람을 작업하다 보면 가끔 가족도 없고 연고도 없는 자들이 있지. 그런 사람들의 신분은 비용을 들여서라도 살려 두었네. 몸은 비록 죽어 없어졌지만 서류상으로는 여전히 살아 있는 사람인 거지."

죽은 사람의 이름으로 휴대폰 비용도 지출하고, 대출도 받고, 다시 갚고……. 시장경제는 사람의 존재보다 종이로 된 증명서가 더 객관적인 믿음을 준다.

"40퍼센트를 가지고 있는 일반 주주들은 전부 서류상으로만 존재하는 그런 유령들일세."

"그럼 나머지 지분이 실제로는 전부……."

사장은 고개를 끄덕이며 말했다.

"다이스컨설팅 소유지."

대기업이 그룹사를 지배하듯, 인수 합병 회사 지분은 유령들이, 유령들의 지분은 다이스컨설팅이 소유하는 것이다.

"이 문서에 서명만 하면 다이스컨설팅의 지분 전부가 자네 것이 되는 거야. 그럼 자네는 이남이가 사들인 전체 회사의 1대 주주가 되는 거지."

10여 개 상장 기업의 대주주라. 인생 한 방이구나. 그래서 '동네 형의 친구'가 다이스컨설팅을 가지려고 용을 썼던 거구나.

　"이걸 가지고 살길을 찾아봐."

　사장은 더 이상 말할 힘도 없다는 듯이 등받이에 몸을 기댔다.

　"저한테 왜 이러시는 겁니까?"

　"한 명이라도 살아야 하지 않겠나."

　사장은 한숨을 쉬더니 아예 차에서 내렸다. 나 또한 그를 따라 내렸다.

　"이제 어떻게 하실 겁니까?"

　"이젠 지쳤어. 절에나 들어갈까 하네. 물론 자네만 괜찮다면 말이야."

　사장을 굳이 죽일 필요는 없을 것 같다. 이제 와서 도리 찾으면 웃기긴 하지만, 도리상 그건 아닌 것 같기도 하고.

　"타시죠. 시내까지 모셔다 드리겠습니다."

　사장은 나를 돌아보며 말했다.

　"자네가 맘에 드는 이유가 뭔지 아나? 면전에서 날 죽이겠다고 하는 순간까지도 예의는 항상 지켰지. 지금처럼 말이야."

　사장늙은이를 태우고 시내로 다시 향했다. 살길을 생각하느라 예의 바르다는 칭찬 따위 들리지도 않았다. 살인청부 회사가 나의 유일한 살길이라니, 환장할 노릇이다.

#휴전 교섭

A Ceasefire Parley

마누라가 유럽으로 출발했다. 날 두고 가는 것이 마음에 걸린다는 둥 내가 꼭 해외로 자신을 밀어내는 것 같아서 기분이 별로라는 둥 있는 소리 없는 소리 다 하더니, 막상 출국을 하게 되니 들떠서 난리도 아니었다. 게이트를 통과할 때는 단 한 번도 돌아보지 않고 나갔다.

공항에서 돌아와 가장 먼저 한 작업이 사장 말의 검증이었다. 주식 관련 서류 검토는 꽤나 복잡해서 며칠이 소요되었지만 결국은 모두 사실인 것으로 확인되었다.

실체 없이 서류상으로 존재하는 사람이 2백여 명. 그들 명의로 은행 거래는 물론, 자동차, 휴대폰, 심지어는 집 거래까지 하고 있었다. 유령들이 소유한 주식들을 모두 합해 환산해 보니 4천억 원이었다.

4천억 원. 전혀 현실적이지 않은 말도 안 되는 돈이 내 소유다. 그런데 신나기는커녕 가슴 한구석이 답답하고 알 수 없는 불안감이 멈추질 않았다.

가장 먼저 한 일은 유언장과 함께 회사 양도 계약서 원본을 은행에 넣어 두는 일이었다. 내가 죽는 순간, 보유 지분 전체가 순식간에 시장에 풀리고 주가는 하락하게 될 것이다. 그 와중에 주식이 팔린 금액은 현금화되어 마누라 명의 계좌로 전부 입금이 될 것이다.

계약서 사본을 품에 넣고 옷을 챙겨 입었다. 이제 마지막 배팅을 할 시간이다. 만약을 대비해 다이스컨설팅을 습격할 때처럼 중무장을 했다. 그들을 만나기도 전에 죽는다면 아무 소용이 없기 때문이다.

먼저 접촉할 쪽은 진 회장이다. 최 회장은 이남 씨와 '동네 형의 친구'를 버렸고, 나를 죽이려 했으며, 내가 지분을 가지고 있다는 사실을 아는 순간 수단과 방법을 가리지 않고 나설 것이 분명하기 때문에 협상 대상자로는 적합하지 않다는 판단을 했다. 무엇보다 다이스컨설팅의 사장이 그것을 원치 않을 거란 생각이 들었다. 자신의 전 재산을 넘겨준 자에 대한 최소한의 예의는 지키고 싶다.

내가 진 회장을 만날 수 있는 방법은 없었기에 '정보군'에게 연락을 했다. '정보군'은 내가 아직 살아 있다는 사실에 놀라는 눈치였지만 곧 평소와 같이 친절하게 대답했다. 그와 약속을

잡고 전투 복장—나이프가 벌레 다리처럼 잔뜩 달린 방탄조끼
—을 하고서 팰레스 호텔로 향했다.

집을 나서 큰길가로 나가자마자 손을 흔들어 택시를 잡아탔
다. 평소 같으면 전철을 탔을 텐데 다이스컨설팅의 지분을 생
각하니 의무적으로 택시를 타야 할 것 같았다. 부유한 자들이
많이 쓰는 것이 나라 경제에 도움을 주는 일이니 말이다.

택시에서는 라디오 프로가 진행 중이었다. 지루한 클래식
음악 채널이었는데 다행히도 유일하게 좋아하는 곡인 'G선상
의 아리아'가 흘러나오고 있었다. 나도 모르게 차분해지는 마
음에 조용히 눈을 감았다. 그러고 보니 라디오를 들은 지도 꽤
오래되었다. 중학교 때는 이상하게 시험 기간에만 라디오를 끼
고 살았던 것 같다. 화면도 없이 소리만 나는 기계인지라 라디
오엔 별 관심이 없었는데, 학교 과제물로 라디오 키트를 사서
조립한 이후로 라디오에 관심을 갖게 된 것 같다. 물론 내 생애
첫 조립 라디오는 전원을 켜는 것과 동시에 연기를 뿜어내며
운명했다. 아버지께서 운송 근로자로 사우디아라비아 가셨을
때 보내온 'SANYO' 카세트로 누나들과 함께 '청개구리 이야기'
를 라디오 드라마로 제작했던 것도 떠올랐다. 별짓을 다 했군.

택시는 고속버스터미널 근처 교차로에서 신호에 걸려 멈춰
섰다. 라디오에는 이미 다른 클래식이 흘러나오고 있었다.

"잠시만요."

기사는 혼잣말인지 내게 하는 말인지 모르게 어중간한 톤으
로 말하고는 문을 열었다. 차에서 내린 기사가 빠른 걸음으로

횡단보도를 따라 걷는 게 보였다. 점점 멀어지는 기사의 뒷모습을 난 멍하니 바라보고 있었다. 기사는 이 넓은 교차로 한가운데에 나만 남겨 두고 어딘가로 가 버렸다. 이젠 보이지도 않는다. 운전하다 화장실 좀 가겠다는 기사는 봤어도 퇴근하는 기사는 처음이다.

신호등이 노란불로 바뀌고 나서 내가 운전을 해야 하는지 갈등하고 있을 때, 낯선 사내 두 명이 운전석과 조수석에 올라탔다. 운전석에 앉은 사내가 녹색 신호에 맞춰 차를 출발시키며 룸미러를 통해 내게 말했다.

"최 회장님이 기다리신다."

나도 모르게 한숨이 나왔다. 어째 '정보군'만 만나러 나가면 이상한 놈들을 만난다. '정보군' 자식이 돈 받고 날 파는 건 아닐까? 충분히 가능성 있는 얘기다. 그놈이야말로 하이에나 같은 놈이니까. 그나마 최 회장이 기다린다니 이 경우는 다행이다. 어차피 한 번은 만나야 할 사람이기 때문이다.

택시는 서울을 벗어나 인천공항 방향으로 향했다. 목적지가 어딘지는 모르지만 멀리도 간다. 앞쪽에 컨트리클럽 이정표가 보였다. 최 회장이 저곳에서 골프를 하며 느긋하게 나를 기다리는 상상을 했지만 차는 그곳을 지나치고는 한참을 더 달렸다.

택시는 멀리 바다가 보이기 시작하는 곳에서도 속력을 줄이지 않았다. 속력이 현저히 떨어진 것은 컨테이너 박스가 잔뜩 쌓인 항구 입구의 차단기를 지날 때뿐이었다.

영내 도로를 따라 조금 들어가던 택시는 물류 창고 앞에서 멈춰 섰다. 이번엔 조수석에 앉아 있던 사내가 말했다.

"내려."

초면에 돌아가면서 반말지거리를 하는 게 영 탐탁지 않았지만 시키는 대로 내렸다. 조수석에 앉아 있던 사내는 앞장서서 창고로 향했고 운전석의 사내는 날 밀어붙이듯 뒤에서 바짝 붙어 따라왔다. 짐이 드나드는 독dock 형태의 큰 입구 옆으로 사람이 드나들 수 있는 작은 출입문을 열고 안으로 들어갔다. 좁은 복도를 따라가다 끝에 있는 문을 열고 안으로 들어서자 또 다른 복도가 나타났다. 그곳을 따라 가다 그들이 노크를 한 곳은 오른편에 있는 문이었다.

사내들을 따라 문을 열고 안으로 들어서니 꽤 넓은 공간이 나타났다. 낡은 캐비닛들이 벽을 따라 도열해 있었고 그 앞엔 80년대에나 썼을 법한 철제 책상이 두어 개 놓여 있었다. 그 앞쪽에 내장을 드러낸 소파가 길게 놓여 있었고, 나이 좀 들어 보이는 남자가 그 소파에 앉아 나를 바라보고 있었다.

날 호위해 들어간 사내들은 그를 향해 허리를 숙여 인사를 하고는 캐비닛 앞에 나란히 서서 자리를 잡았다.

"앉지."

남자는 소파를 턱으로 가리켰지만 난 앉고 싶은 생각이 없었다.

"서 있는 게 편하네요. 최 회장님이신가요?"

남자는 더 권하려다 말고 대답했다.

"내게 말하면 최 회장님께 말씀드리는 거나 마찬가지다."

난 비난하는 눈빛으로 날 데려온 사내들을 향해 말했다.

"회장님이 기다린다더니 뻥친 거야?"

그들은 눈을 부라리며 노려보았지만 나는 남자에게 시선을 돌리며 말을 이었다.

"회장님하고 대면하기 전엔 할 얘기 없습니다. 딱히 하실 말씀 없으면 돌아가겠습니다."

내가 돌아서자 사내들이 내게 다가섰다. 남자는 손을 들어 그들을 멈추게 했다.

"여기서 걸어 나가고 싶으면 이리 와서 앉아."

오늘은 이래저래 반말하는 놈들뿐이다. 운전하다 말고 퇴근한 택시 기사부터 초면에 반말하는 이들까지 맘에 드는 구석이 하나도 없다. 난 소파 위의 남자에게 말했다.

"앉기 싫다고 했잖아."

남자의 표정이 굳었다. 원래 표정이 있기나 했는지는 모르지만 확실히 조금 전보다는 굳은 얼굴이었다.

"내가 누군지 알고 까부는 거야?"

내가 싫어하는 유형 1순위의 인간이다. 밥맛이다.

"알아야 되나?"

짧은 순간 그의 시선이 캐비닛 앞에 서 있는 사내들에게 향하는 것을 봤다. 타이밍상으로도 이제 놈들이 힘을 써서 날 굴복시킬 차례라는 것을 깨달았다.

두 명의 거한이 마음먹고 달려들면 내가 당해 낼 재간이 없다. 그들이 움직이기 전에 불능 상태로 만드는 것이 유일하게 이길 수 있는 길이다.

품속의 나이프 중 가장 리치가 긴 것 두 자루를 양손에 나눠 드는 동시에 앞으로 나란히 하듯 놈들의 배를 찔렀다. 하지만 걸린 놈은 한 놈뿐이었다.

다른 한 놈은 엄청나게 빠른 동작으로 몸을 옆으로 비틀어 피했다. 놈은 몸을 피하면서도 품속에서 뭔가를 꺼내 들었다. 다행히 칼이다. 난 도망치듯 뒤로 물러섰다. 놈이 내 기습을 피한 속도와 칼을 쥔 자세를 보니 내가 이길 수준이 아닌 듯했다.

놈은 양팔을 편안한 넓이로 벌리고 관절만 구부려 칼을 가슴 높이로 들어 올렸다. 방어를 위한 손을 더 앞으로 내밀며 내게 조금씩 다가왔다.

고민할 것도 없이 총을 꺼내 그의 가슴을 향해 쐈다. 그의 실력이 총알을 피할 정도로 뛰어나진 못한 모양이다. 신음 소리조차 내지 못하고 피를 뿌리며 쓰러졌다.

소파에 앉아 있던 남자를 돌아보았다. 표정이 굳었지만 도망치거나 날 공격할 자세는 아니었다. 난 쓰러져 있는 사내들에게 다가가 이마에 한 발씩을 더 쏘고는 맞은편 소파에 앉으며 남자에게 말했다.

"이렇게 편안한 분위기를 만들어 줘야 대화를 할 수 있잖아."

남자는 기분이 상당히 안 좋은 듯했다. 눈이 거의 튀어나올 듯이 이글거리고 있었다.

"너, 내가 누구인 줄 알고 감히……."

또 그 '누구인 줄 알고' 타령이다.

"당신이 누군데?"

그는 말을 하지 않았다. 본인 입으로 말하려니 자존심이 상하는 모양이다.

"본인도 모르는 걸 내가 어떻게 알아?"

"넌 죽은 목숨이다."

그의 말이 끝나기도 전에 난 칼을 꺼내 그의 허벅지에 꽂았다. 비명을 지를 줄 알았지만 놀랍게도 놈은 인상만 조금 찌푸렸을 뿐이다. 그의 카리스마에 살짝 위축되었지만 금세 떨쳐 냈다. 4천억 자산을 보유한 1대 주주가 기죽을 일이란 아무것도 없다. 돈이 주는 부차적이지만 아주 큰 효과다. 자본주의에서 돈은 자신감 그 자체다.

칼을 뽑아 반대편 허벅지를 향해 내리꽂는 시늉을 했다. 찌르지도 않았는데 남자는 반사적으로 움찔하며 피했다. 카리스마도 육체직 고통 앞에서는 어쩔 수 없는 것이다. 나도 모르게 웃음이 났다. 그런 내 미소를 오해했는지 남자는 거의 피를 쏟을 듯한 분노에 찬 눈으로 노려보며 말했다.

"맹세컨대 넌 내가 직접 한 조각씩 찢어 죽여 주지."

의문이 들었다. 왜 상황을 더 악화시킬 말만 하는 걸까? 난 그의 오른손을 잡아 테이블 위에 끌어 놓고 칼로 내리찍었다. 이번엔 참지 못하고 비명을 질렀다. 인간에게는 고집보다는 고통이 더 강하게 작용한다는 것을 깨닫는 순간이다.

"어이, 짝퉁 최 회장, 이제 우리 대화 패턴을 알겠어? 계속 반복할래?"

그는 고통과 분노로 이글거리는 눈으로 날 노려보았지만 아무 말도 하지 않았다.

"당신하고 최 회장하고 어떤 관계인지는 모르지만 최 회장과 직접 대면하는 자리 아니면 부르지 말라고. 알아듣겠어?"

내가 일어서려는 순간, 남자의 시선이 내 뒤를 향해 올라가는 것이 보였다. 딱 사람 키만큼의 높이로. 난 뒤로 몸을 돌리며 칼을 휘둘렀다. 뭔가가 칼에 걸리는 것 같았지만 그건 내 착각이었다. 누군지 모를 괴한이 내 손목을 잡고 비틀어서 손쉽게 칼을 빼앗아 들었다.

일 났다. 하지만 기죽지 말자. 난 4천억 원을 소유한 대주주니까.

익숙한 목소리가 들렸다.

"나이프의 가장 큰 단점이 뭔 줄 아나?"

난 위를 올려 보았다. '흰 얼굴'이 싱글거리며 미소를 짓고 서 있었다. 나도 모르게 몸이 굳었다. 그는 빼앗은 칼을 내 목에 들이대며 말을 이었다.

"상대에게 빼앗기는 순간 끝장이라는 거지."

'흰 얼굴'이 왜 여기에 있는 건지 이해가 가지 않았다. 비현실적인 느낌마저 들었다.

'흰 얼굴'은 맞은편에 앉아 있는 남자를 바라보았다. 남자는 안도와 함께 원망하는 눈빛으로 그에게 말했다.

"기천이, 많이 늦었군."

기천? 이런 젠장. 들어 본 이름이다.

사장늙은이가 말했던, 그리고 '동네 형의 친구'가 말했던 칼을 귀신같이 쓴다던 그 '기천'이다. 스무 명이고 서른 명이고 칼 하나만 쥐여 주면 다 끝장낸다는 그 '기천'이 말이다.

'흰 얼굴'은 남자의 상태를 대충 살피고는 말했다.

"좀 아프겠네요."

남자는 그제야 손수건으로 오른손을 감으며 말했다.

"저 자식 총도 가졌어."

나이 먹은 인간이 애들처럼 고자질이나 하고 있다. '흰 얼굴'은 오랜 친구를 보는 듯한 편안한 얼굴로 날 돌아보며 대답했다.

"알고 있습니다."

남자는 이제야 상황을 알겠냐는 듯, 한층 더 거만한 얼굴로 나를 바라보았다.

"내가 직접 한 조각씩 찢어 죽이겠다는 말 기억하나?"

딱 엄마 믿고 까부는 애새끼 모양이다. 그의 말을 무시하고 '흰 얼굴'에게 물었다.

"왜 여기 있는 거야?"

'흰 얼굴'은 내 목에 댔던 칼을 거두며 대답했다.

"쉽지 않더군. 최 회장을 너무 과소평가했어."

최 회장에 대해서 '동네 형의 친구'와 통화했던 내용이 떠올랐다.

"사채 앵벌이 시키는 녀석들이 다 죽었다더군. 대 줬던 돈도 행방불명이고. 한 백억쯤 된다던데……."

순간적으로 깨달음을 얻듯 모든 상황이 정리되었다. 최 회장에게 난 두 번이나 몹쓸 짓을 한 셈이 되었다. 최 회장의 사채 앵벌이를 죽인 자가 바로 나니까.

우리들의 대화에 남자의 표정이 당혹스러운 듯 붉은빛으로 변했다. 거의 충격을 받은 듯한 표정이었지만 아무 말도 하지 않았다.

남자는 안중에도 없는 듯 '흰 얼굴'이 내게 물었다.

"당신 죽이려는 게 최 회장이었어?"

"얼마 전에 알았어."

"더럽게 걸렸는데."

그렇지도 않다. 난 4천억을 보유한 1대 주주니까. 난 소파 등받이에 몸을 편하게 기대며 물었다.

"이제 어쩔 셈이야?"

'흰 얼굴'은 칼끝으로 머리를 긁적이며 대답했다.

"여기 사장님이 당신한테 몇 가지 물어볼 때 대답할 수 있게 도우라더군. 대답 듣고 나면 죽이고. 그래야 돈을 준다는군."

남자의 얼굴이 거의 하얗게 질렸다. '흰 얼굴'이 내게 그런 말까지 할 줄은 몰랐던 모양이다. 날 죽이려고 불렀다는 사실에 놀란 건 나도 마찬가지다. '흰 얼굴'이 말을 이었다.

"난 돈이 필요한데, 어쩌지?"

'흰 얼굴'은 결국 돈을 선택할 것이다. 그건 누구보다 내가 잘 안다. 돈만 원하는 자는 협상하기가 쉽다. 특히 내가 돈이 많을 경우엔 말이다.

"최 회장하고 지켜야 할 도리 같은 거 있어?"

'흰 얼굴'은 어이없다는 듯 날 힐끗 쳐다보고는 소리 내어 웃었다. 그래, 내가 실수했다. 그런 게 있을 리가 없잖은가. 강조하듯 남자를 빤히 바라보며 '흰 얼굴'에게 말했다.

"당신 받아야 할 돈은 내가 대신 지불하지."

'흰 얼굴'의 얼굴에 궁금증과 함께 흥미로운 표정이 나타났다. 반대로 남자의 얼굴에는 의아함과 당혹스러움이 섞인 형언할 수 없는 표정이 떠올랐다. 내가 허풍을 떠는 게 아니라는 진의가 두 사람 모두에게 전해진 모양이다. 남자는 한층 가라앉은 목소리로 물었다.

"정체가 뭐냐, 너?"

"힌트를 줄 테니 맞혀 봐. 이남 씨, 상장회사, 지분, 다이스컨설팅, 유령, 개미 투자자."

'흰 얼굴'과 남자는 열심히 눈을 굴리며 생각했다. 한 명은 재미로, 다른 한 명은 간절히.

"모르겠어? 그럼 힌트 2단계. 지분 40퍼센트."

조금 더 생각하던 남자는 놀란 듯 눈을 번쩍 떴다. 동시에 얼굴은 핏기가 가시며 하얗게 변했다.

난 자리에서 벌떡 일어나며 남자에게 말했다.

"최 회장에게 전해. 최대 주주를 만나고 싶으면 직접 찾아오라고."

남자는 할 말을 잃은 듯 나를 빤히 바라보고만 있었다.

사무실에서 나와 복도를 따라 걸어 나왔다. 창고 밖으로 나올 때 즈음 '흰 얼굴'이 빠른 걸음으로 뒤따라 나왔다. 그는 피묻은 칼을 누군가의 셔츠 조각으로 닦고 내게 건넸다. 무늬로 보아 남자의 셔츠가 틀림없었다. 아마도 사무실에는 시체만 세 구가 남겨져 있을 것이다. 난 고개를 가로저으며 말했다.

"그럴 필요까지는 없잖아."

"알잖아, 거치적거리는 거 싫어하는 거."

이런 미친놈과 대화를 하고 있는 내가 미친놈이다.

"최 회장한테 말은 누가 전할 건데?"

'흰 얼굴'은 자신을 가리켜 보이며 대답했다.

"나도 뭔가는 해야 돈 받는 게 미안하지 않잖아."

"말 전하러 가서 최 회장도 죽여 놓게?"

"내가 미친놈이야? 나도 그 정도 분별력은 있다고."

'분별력'의 정의도 다시 한 번 찾아봐야겠다. 미친놈. '흰 얼굴'은 선한 미소를 지어 보이며 물었다.

"말이 나와서 말인데, 나 얼마 줄 건데?"

"에누리 없이 노트북에 들어 있던 만큼만."

그는 실망한 표정으로 혀를 차며 중얼거렸다.

"쳇, 융통성 없는 스타일이었군."

주변을 둘러보았지만 어딜 봐도 여러 회사들의 로고가 박힌 컨테이너 박스뿐이었다. 큰길까지 걸어 나가려면 한참을 가야 했다.

"차 가져왔어?"

'흰 얼굴'이 주머니에 손을 넣고 차 키 버튼을 누르자 앞쪽에 있던 검은색 세단이 소리를 내며 불을 깜빡였다. 예전에 타던 차가 아니었다.

"저 차 주인은 어디에 죽어 있는 거야?"

'흰 얼굴'은 차가 있는 곳으로 걷기 시작하며 대답했다.

"현금으로 뽑은 차라고. 나를 무슨 사이코 연쇄살인마로 생각하는 모양인데, 다른 사람은 몰라도 당신은 그러면 안 되지."

"내가 뭘?"

'흰 얼굴'은 잠시 멈춰 서며 나를 빤히 바라보았다.

"아기가 병아리 죽이는 거 봤어? 천진난만한 얼굴로 병아리 목을 비틀어 죽이고는 마구 흔들다가 흥미가 없어지면 내던져 버리지. 자기가 뭘 하고 있는지도 몰라. 그 아기가 자란 후에 자기는 그런 적도 없고 그렇게 잔인할 리도 없다고 생각하지."

서론이 긴 게 수상하다. 무슨 얘기를 하려는 건지 불안하다.

"내 눈엔 당신이 그렇게 보여."

듣고도 무슨 말인지 모르겠다. '흰 얼굴'은 다시 걷기 시작하며 말을 이었다.

"좀 전 사무실에서 일을 떠올려 봐. 내가 죽인 건 한 명이었다고. 그런데 당신이 죽인 놈은 몇 명이야? 게다가 이미 죽은 놈 머리에 총알구멍을 또 내는 악랄한 인간이 나를 사이코 킬러라고 말하면 어이없잖아. 안 그래?"

뭔가 억울한 생각이 들었지만 반박할 수 있는 말이 쉽게 떠오르지 않았다.

그는 내가 입고 있던 재킷 지퍼를 내렸다. 나이프가 길이별로 꽂혀 있는 방탄조끼가 모습을 드러냈다. '흰 얼굴'은 그것을 손으로 가리키며 말했다.

"네 자신을 알라고."

믿을 수 없다. '흰 얼굴'이 소크라테스를 알다니.

그는 라디오에서 흘러나오는 '월광 소나타'에 맞춰 손가락을 움직이며 말없이 운전에 열중했다. 차는 도서관처럼 조용했지만 집까지 가는 동안 '흰 얼굴'이 마지막으로 장난스럽게 한 말이 뇌리에서 떠나질 않고 시끄럽게 떠돌았다.

"네 자신을 알라."

#자유

Get Free

우리 모두가 서로 믿지 못하는 사이라는 걸 감안하여 삼청동의 한 카페를 통째로 빌려 자리를 마련했다.

'흰 얼굴'이 말을 어떤 방식으로 전했는지 알 수 없지만, 최 회장과 진 회장은 내가 요청한 회의에 참석 의사를 밝혔고 약속대로 모습을 드러냈다. 첫 대면에서 약간의 긴장과 어색함이 흘렀지만, 나의 말을 시작으로 회의에 점점 집중하는 모습을 보였다.

전체 지분의 40퍼센트를 다이스컨설팅이 보유하고 있고 그 다이스컨설팅이 내 소유라는 것을 밝혔을 때 두 회장의 표정에 큰 변화는 없었다. 다만 한 가지 달라진 점이 있다면 회장들의 뒤에 목석같이 서 있던 수행원들이 바빠졌다는 것이다. 휴대폰을 들고 나가 어딘가로 끊임없이 전화를 걸고 또 받았다. 그들이 가지고 있는 모든 정보력을 동원하여 내 말이 사실인지를 확인하는 것이 분명했다.

수행원들은 각자의 보스에게 똑같은 형태로 귀엣말을 했지만 반응은 매우 달랐다. 진 회장은 고개를 끄덕이는 것이 전부였던 데 반해 최 회장은 잔뜩 찌푸린 눈으로 나를 노려보았다. 이로써 사실 확인은 된 모양이다.

계약서 사본을 꺼내 그들 앞에 올려놓으며 말했다.

"저를 이 자리에서 죽이고 깔끔하게 정리하고 싶은 분도 계실 겁니다. 이미 알아보셨겠지만 그렇게 되면 일은 더 복잡해질 겁니다."

난 최 회장을 향해 의도적으로 미소를 지어 보이며 말을 이었다.

"저도 이 자리에서 당장 목을 따서 광화문 광장에 던져 놓고 싶은 사람이 있습니다만, 그런다고 일이 해결되진 않죠. 전 그런 극단적인 성향이 아니거든요."

내 말에 진 회장과 '흰 얼굴'은 소리 내어 웃었지만 최 회장과 그의 수행원들만큼은 그러지 못했다. 난 테이블을 가볍게 치며 말했다.

"제가 원하는 건 딱 한 가지입니다. 왜 시작되었는지도 모르는 이 게임에서 빠지고 싶다는 거죠. 물론 돈만 먹고 빠지겠다는 건 아닙니다."

진 회장이 흥미롭다는 듯이 나를 바라보며 입을 열었다.

"방안을 한번 들어 봅시다."

파이형 그래프가 그려진 별도의 문서를 그들에게 내밀며 대답했다.

"이게 방안입니다."

그들이 문서를 바라볼 때 부연 설명을 했다.

"진 회장님의 보유 지분의 절반을 최 회장님께 넘겨 드리면, 그만큼 제가 진 회장님의 지분을 채워 드리겠습니다. 그러면 최 회장님은 45퍼센트를, 진 회장님은 30퍼센트를, 그리고 제가 25퍼센트를 보유하게 됩니다. 저는 당연히 진 회장님 우호 세력으로 남을 테니 45대 55로 균형이 맞게 되죠."

최 회장은 묵묵히 내 말을 듣고 있었고 진 회장은 자신의 턱을 어루만지며 그래프를 바라보았다. 난 그들의 반응을 둘러보고 설명을 계속했다.

"최 회장님은 다 날릴 뻔한 투자금의 75퍼센트를 회수하게 되고 진 회장님은 2대 주주로서의 권리를 행사할 수 있으니 나쁘지 않은 방안일 겁니다. 회사가 모두 잘 크고 있는 상황이니까 최 회장님의 투자금은 2년 안에 전부 회수할 수 있으니 너무 억울하게 생각하실 것 없고요."

최 회장의 미간에 주름이 깊게 파였지만 말을 하진 않았다. 진 회장이 문서를 앞에 내려놓으며 물었다.

"당신 지분을 최 회장에게 직접 양도해도 되는데 굳이 나를 통해서 하는 이유가 뭐요?"

"비즈니스에서 거래는 대등한 관계에서 해야 가장 이상적인 것으로 알고 있습니다. 그래야 깔끔하게 정리가 되니까요. 진 회장님에게 제 주식을 양도하는 건, 제가 진 회장님의 우호 세력이라는 점을 객관적으로 알리는 증거가 되기 때문입니다.”

진 회장은 고개를 끄덕였다.

“경영권에 대해서는 협의해서 결정하십시오. 저는 무조건 진 회장님 의견에 따르겠습니다. 잠시 자리를 비워 드릴 테니 나머지 부분에 대해서는 두 분이 얘기 나누시기 바랍니다.”

그들을 남긴 채 카페 밖으로 나왔다. 따뜻한 햇볕을 맞으니 벌렁거리던 심장이 차츰 차분해졌다. 뒤따라 나온 ‘흰 얼굴’이 옆에 서서 기지개를 켰다.

“분위기로 봐서는 해결이 잘될 것 같긴 한데, 당신 생각은 어때?”

‘흰 얼굴’의 질문에 난 아무 대꾸도 하지 않았다. 이건 반드시 잘 해결되어야 하는 문제니까. 이게 해결되지 않으면 아마 더 괴로운 삶을 살게 될지도 모르는 일이다. ‘흰 얼굴’은 내 등을 툭 치며 말했다.

“걱정 마. 잘될 거야. 그런데 천5백억을 그렇게 덜컥 줘도 되는 거야? 아깝지 않아?”

“카페 하나 사서 운영하면서 편안히 생활하는 데 10억이면 뒤집어써. 그리고 어차피 원래 내 돈도 아니었는데 뭘.”

‘흰 얼굴’은 잠시 동안 나를 빤히 바라보다가 입을 열었다.

“아무리 봐도 희한해. 정상 같지가 않아. 어차피 여기저기 다 퍼 줄 돈이면 나를 좀 더 챙겨 주는 건 어때?”

“노트북에 있던 거 이상도 이하도 아니야.”

"쳇, 짜증 나는 스타일이군. 앞뒤 꽉 막힌 인간 같으니라고."

그때 안에서 진 회장의 수행원이 밖으로 나왔다.

"이야기 끝나셨다고 합니다."

나와 '흰 얼굴'이 같이 들어가려 하자 수행원이 '흰 얼굴'을 막아섰다.

"방의강 씨만 보자고 하시네요."

'흰 얼굴'답게 쿨하게 뒤로 물러서며 내게 말했다.

"3초 거리에 있을 테니 안심해."

난 고개를 끄덕여 보이며 카페 안으로 들어섰다. 진 회장은 밝은 표정이었고, 최 회장은 웃는 얼굴은 아니었지만 그렇다고 못마땅한 표정도 아니었다. 진 회장이 입을 열었다.

"당신 방안대로 하기로 했소. 나머지도 원만히 해결됐고."

"다행이군요."

그때까지 한마디도 하지 않던 최 회장이 자리에서 일어서며 말했다.

"먼저 실례하겠소."

최 회장은 진 회장에게만 고개를 끄덕여 보이고는 밖으로 나섰다. 진 회장은 최 회장이 완전히 나가기를 기다려 내게 말했다.

"경영권은 투자금 회수 때까지 시한부로 최 회장에게 넘겨 줬소. 급한 놈이 우물 판다고 알아서 하겠지. 자, 이제 우리끼리 해야 할 얘기가 있지?"

난 가방에 있던 서류 봉투를 꺼내 그에게 건넸다.

"양도에 필요한 서류는 다 챙겨 두었습니다. 양도 방식은 알아서 정하십시오."

진 회장은 서류를 수행원에게 넘겨주며 입을 열었다.

"정 사장은 어떻게 된 거요?"

진 회장이 사장늙은이에 대해서 묻는다. 둘이 대체 어떤 관계인지는 알 수 없었지만 이남 씨와 함께 세 사람이 이번 일을 진행했다고 사장늙은이가 그랬으니 나쁜 관계는 아닐 거란 생각이 들었다.

"어디에 계신지는 모르지만 종종 연락은 하고 있습니다."

"아, 그런 사이요?"

'그런 사이'가 뭔 뜻이야? 수행원이 귀엣말을 하자 진 회장은 고개를 끄덕이더니 미소를 지으며 입을 열었다.

"당신 안전에 대해서는 최 회장과 합의 봤으니 문제는 없을 거요. 이걸로 이번 일은 마무리가 된 것 같은데, 내 제안 하나 들어 보겠소?"

대한민국 뒷돈 경제를 맡고 있는 사람이 내게 제안할 게 뭐가 있을까?

"사실 정 사장 밑에서 일하는 친구들은 다 쓰레기라고 생각했거든."

기분 나쁘지 않은 자리에서 얼굴에 대고 쓰레기라는 말을 들으니 어떤 반응을 보여야 할지 모르겠다. 진 회장은 내 기분 따위는 안중에도 없다는 듯 말을 이었다.

"하지만 이번 기회에 생각이 조금 바뀌었소. 아주 낮은 확률이긴 하지만 쓰레기 속에는 버려진 보석도 있기 마련 아니겠소? 다른 건 몰라도 정 사장이 사람 보는 눈 하나는 정확하다는 걸 알고 있거든. 그래서 말인데, 나하고 일할 생각 없소?"

나의 나머지 지분 때문인지 아니면 그의 말대로 나를 잘 봐서인지는 모르지만 그의 제안이 기분 나쁘진 않았다. 하지만 굴레에서 벗어나기 위해 발버둥 쳐서 여기까지 왔는데 또다시 굴레 안으로 들어갈 순 없는 일이다.

"금붕어는 어항에 살아야 하지 않겠습니까. 말씀은 정말 감사합니다만 제 분수대로 살고 싶습니다."

진 회장은 고개를 끄덕이며 자리에서 일어섰다.

"그것도 좋은 생각이군. 나도 당신 우호 세력이라는 것만 잊지 마시오."

진 회장이 먼저 나서서 출구로 나가자 뒤에 있던 수행원이 내게 명함을 내밀며 말했다.

"생각이 바뀌시면 언제든지 연락 주십시오."

명함을 테이블 위에 내려놓고 의자에 앉았다. 풍선에서 바람이 빠지듯 팔다리에 힘이 빠져나가는 것이 느껴졌다.

이제 다 끝났다.

부산한 소리와 함께 '흰 얼굴'의 목소리가 들렸다.

"이제 다 끝난 건가?"

"아마도."

"그럼 이제 내 몫을 정산해 줄 차례지?"

이놈이고 저놈이고 돈 달라는 놈들뿐이다. 난 테이블에 엎드린 채 가방에서 서류 뭉치를 꺼내 그에게 건넸다.

"120억이야. 다이스컨설팅 유령 명의로 되어 있어. 해외 송금이든 뭐든 나머지는 당신 알아서 할 일이고."

그는 서류를 확인하고는 기분 좋은 듯 테이블을 탁 치며 일어섰다.

"이걸로 서로 볼 일은 없는 건가?"

난 여전히 엎드린 채로 잊지 말라는 듯 손만 들고 말했다.

"당신 어시스트 1회 쿠폰 있는 거 잊지 마."

"무슨 소리야? 지난번에 인천 창고에서 당신을 죽일 수도 있었다고."

"돈 때문에 살려 둔 거겠지. 어쨌든 난 쿠폰 쓴 적 없어. 명심해."

"쳇, 안 통하는군. 그나저나 이젠 뭘 할 거야?"

글쎄, 거기까지는 생각해 보지 않았다.

"카페를 하루 동안 빌렸으니 커피나 한 잔 마시려고. 당신은?"

"출국 준비해야지."

"어디로 가려고?"

"내가 착하게 살 수 있는 곳. 그럼 잘 지내."

'흰 얼굴'은 그렇게 가 버렸다.

커피를 마시려고 주변을 둘러보았지만 아무도 없다. 냉장고에 들어 있는 주스를 한 병 꺼내 다시 자리로 돌아왔다.

휴대폰 벨이 울렸다. 모르는 번호였지만 목소리를 듣는 순간 다이스컨설팅 사장이라는 것을 알 수 있었다. 그의 목소리가 왜 반갑게 느껴졌는지는 모른다. 하지만 마치 오랫동안 잊고 있던 친구로부터 전화를 받은 느낌이었다.

'동네 형의 친구'가 죽었을 땐 자살이라도 할 것 같은 분위기였지만, 이젠 제법 적응이 된 듯했다. 위압적으로 느껴졌던 목소리의 힘도 많이 빠지고 편안하게 들렸다.

— 어떻게 지내고 있나?

"덕분에 잘 지내고 있습니다. 사장님은 어떻게 지내십니까?"

— 나야말로 잘 지내고 있네. 목소리 들어 보니 일은 잘 해결된 모양이군.

"빠르기도 하시네. 진 회장에게 들었습니까?"

— 진 회장하고는 연락 안 한 지가 꽤 되었네. 하지만 내 안테나는 항상 서 있다네.

나는 카페 밖으로 나가 문 앞 낮은 계단에 편안하게 주저앉았다. 따뜻한 햇살이 싫지 않았다.

"어디서 지내세요? 정말 절에 계세요?"

— 그래, 절에 있지. 하루하루를 속죄하면서 살고 있네. 이미 저지른 죄가 씻어질 리는 없지만 이렇게 하면 내 마음이 조금이라도 더 편해질까 해서 그러는 거지.

"효과가 있나요?"

— 있다마다. 자네도 생각 있으면 이리 오게.

이제야 늪에서 발을 뺀 나다. 늙은이와 절에서의 동거는 사양한다.

"아직은 조금 더 즐기면서 살고 싶네요."

— 자네를 위해 촛불 밝혀 주지. 대신 돈 좀 보내야 할 거야. 꽤 많이 들거든.

절에 가더니 촛불을 파는구나. 하지만 이런 강매라면 그냥 당해 주고 싶다.

"계좌만 주시면 바로 보내겠습니다."

— 허허, 좋아. 종종 연락함세.

결론은 돈 부쳐 달라는 내용으로 통화가 끝났지만 왠지 가슴 한쪽이 빈 듯 허전함이 느껴졌다.

"저기, 죄송한데 길 좀 여쭤 보겠습니다."

카페로 들어오려는 내게 누군가 말을 걸었다. 내가 돌아보는 순간 그는 바짝 다가와 칼로 가슴과 배 사이를 깊이 찔렀다. 찔러 들어온 힘이 강해서 순간적으로 숨이 막혔다.

"정치상 씨가 드리는 겁니다."

차분한 말투로 보아 전문 청부업자인 듯했다. 하지만 경험은 그리 많아 보이지 않았다. 그냥 찌를 때의 손맛과 방탄조끼에 막혔을 때의 차이를 모르는 걸 보니 몇 번 해 보지 않은 녀석인 모양이다.

칼이 제대로 들어가지 않았다는 사실을 그가 깨닫기도 전에 난 그의 목을 잡아채 쓰러뜨리고는 발목에서 나이프를 꺼내 들었다. 당황한 놈의 감정이 고스란히 표정으로 떠올랐다. 난 놈의 멱살을 잡고 끌어올려 카페 안으로 밀어 넣었다. 안으로 들어서자마자 그의 오금을 걷어차 주저앉게 만들었다. 막혔던 숨을 내뱉으며 거칠게 말했다.

"질문하면 빠르게 대답한다. 괜히 버텨서 신경 긁으면 나도 심각해질지도 몰라. 알겠어? 첫 번째 질문. 몇 살이냐?"

놈은 대답하지 않았고 난 그의 가슴을 걷어차 쓰러뜨리고는 그 위에 올라타 볼에 칼자국을 새겨 주었다. 신음 소리와 함께 피가 흘러나왔다.

"같은 질문 또 하게 하지 마."

"스물일곱! 스물일곱요!"

"이 일 언제 시작했어?"

"하, 한 달 됐습니다."

"그렇군. 정치상 씨라고 그랬던 것 같은데, 그 사람이 의뢰한 건가?"

그는 바로 대답하지 않았다. 그의 반대편 볼에 칼날을 대자 다급하게 대답했다.

"예, 예! 죽, 죽기 전에 꼭 말해 주라고 하셨습니다."

"의뢰인 전화번호 있나?"

"회사 통해서 받는 거라 저는 모릅니다."

"회사?"

"인포맥스라고 박정길 사장이 운영하는······."

박정길. 많이 듣던 이름이다. 흔한 이름이라 그런 것일 수도 있지만 왠지 만났던 기억이 있는 것 같다. 그의 주머니를 뒤져 휴대폰을 꺼냈다. 인포맥스라는 회사에 전화를 걸었다.

— 정성을 다하겠습니다, 인포맥스입니다.

목소리를 들으니 이제야 생각이 났다. '정보군'이 살인청부 회사를 차리다니, 결혼식장에서 입었던 하와이안 셔츠만큼이나 황당하게 받아들여졌다.

"박 사장님, 오랜만입니다."

잠시 멈칫하는 기색과 함께 곧이어 억지로 반기는 듯한 목소리가 들렸다.

— 아, 형, 형님! 오랜, 오랜만입니다. 그렇죠?

"회사 차렸나 보네요."

— 아, 예. 이쪽 업계에 큰 회사들이 망해서 시장이 좀 생겼거든요. 목에 풀칠이나 하려고 조그맣게 하나 차렸습니다.

"연락을 주셨으면 난이라도 하나 보냈을 텐데."

— 아, 별, 별말씀을요.

여전히 볼에 피를 흘리며 내 눈치를 살피고 있는 녀석을 내려 보며 말했다.

"긴말하지 않겠습니다. 정치상 실장 연락처 주시죠."

그는 깜짝 놀라며 기어들어 가는 목소리로 말했다.

— 형, 형님, 제발 그것만은 좀……. 그러지 마시고요, 어떻게, 제가 찾아뵐까요?

"선물이랍시고 준 원격 폭탄도 애초에 작동하지도 않는 거였지? 당신이 원래 정 실장 똘마니였다는 게 왜 이제 생각나는지 모르겠어."

— 형님, 형님! 그거 불량 절대 아닙니다! 정 실장님이 전화해서 물어보는 바람에 알려 드렸을 뿐이라고요!

붙이는 멀미약 같은 그 폭약을 시계 안쪽에 넣었어야 했다.

시계 바닥에 붙인 걸 들키지 않으려고 직접 손목에 채워 준 건데 말이다.

"어쨌든, 내가 타깃인 줄 알면서도 사람을 보냈다는 사실은 바뀌지 않을 거야."

— 안 하면 죽이겠다는 데 제가 무슨 수로 거절합니까? 안 그렇습니까? 그렇잖아요, 형님.

"정 실장 연락처나 불러."

— 형님, 다른 거는 전부 시키는 대로 할 테니까 제발 그것만큼은 물어보지 말아 주십시오. 제가 알려 드린 거 알았다간 저 죽습니다!

"말 안 하면 어떻게 될 것 같아?"

— 형님, 제발 좀 부탁드립니다! 예?

"그래, 주기 싫으면 관둬. 직접 알아낼 테니까. 하지만 날 귀찮게 한 대가로 당신도 온전치는 못할 거야. 끊는다."

— 형님, 형님! 잠깐만요! 잠깐만!

그는 잠시 숨을 고르고 말을 이었다.

— 그럼, 정 실장님한테 제가 알려 드렸다고는 말씀하지 말아 주십시오. 예? 그렇게 해 주실 수 있죠?"

'정보군'이 불러 주는 연락처를 받아 적었다.

— 형님, 제 얘기는 제발…….

그의 말이 끝나기도 전에 전화를 끊었다. 쓰러져 있는 놈의 배 위에 휴대폰을 던져 주며 말했다.

"이딴 일 그만둬. 생각보다 돈이 많이 벌리지도 않아. 나가."

그는 눈치를 보며 슬금슬금 밖으로 나가더니 쏜살같이 도망갔다. 처음 이 일을 시작할 때 내가 실패만 했더라도 이렇게까지 깊게 발을 담그지는 못했을 거란 생각이 든다.

'동네 형의 친구'는 내 전화번호를 알고 있음에도 전화를 금세 받았다.

— 역시, 명이 길구나.

그는 전화를 받자마자 인사도 없이 그렇게 말했다. 나 또한 별도로 인사를 챙겨서 하진 않았다.

"좀 더 경험 있는 놈을 보내지 그러셨어요."

— 이쪽 바닥에 네 소문이 꽤나 과장되게 나서 말이야. 뭘 좀 아는 놈들은 함부로 나서질 않더군.

"에르메스 시계는 어떻게 됐습니까?"

— 아직도 차고 다니지. 그렇게 버리기엔 너무 아까웠거든.

"그동안 왜 그렇게 죽은 척하셨어요?"

— 그 바닥에서 쌓은 업보가 좋은 것만 있는 건 아니라서, 이참에 그냥 깨끗이 지우고 새로 시작할까 해서.

"제 목숨 거둬 가는 게 1순위였습니까?"

— 두 번이나 뒤통수친 놈은 네가 처음이거든.

"그 일에 대해서는 죄송하게 생각합니다. 그래도 행동으로 보여야 가장 확실하겠죠?"

— 칼 물고 엎어지기라도 할 건가?

"좀 더 건설적인 방법이 있습니다. 저도 실장님 한 번 죽였고 실장님도 절 한 번 죽였으니까, 이걸로 서로 퉁 치죠."

— 그게 건설적인 방법인가?

"다이스컨설팅 지분, 제가 다 가지고 있습니다."

'동네 형의 친구'는 잠시 말이 없었다. 전혀 몰랐던 모양이었다. 당연하다. 퍼져서 이로울 것 없는 그런 소문을 두 회장들이 퍼지도록 그냥 놔뒀을 리가 없으니까 말이다.

"다이스컨설팅 넘겨 드리죠. 그러면 이남 씨 회사들의 3대 주주가 될 수 있습니다. 상황 정리하느라 인수 회사 지분이 3분의 2로 줄어들긴 했지만 여전히 많은 재산이죠. 긴 이야기는 생략하겠습니다."

잠시 말이 없던 그가 입을 열었다.

— 왜 이러는 거냐?

"실장님이 그때 죽었으면 모르겠지만, 불행히도 살아남았으니 원래 주인에게 넘겨 드리는 겁니다. 사장님 재산을 그 아들이 물려받는 게 당연하잖아요."

'동네 형의 친구'는 또다시 말이 없어졌다. 잠시 숨소리만 내던 그가 나직한 목소리로 물었다.

— 사장님하고 나에 대해서 알고 있었던 거냐?

"실장님이 생각하는 것보다 많이 알고 있습니다. 억울한 얘기 하나 해 드리죠. 이남 씨 회사 건은 이남 씨하고 정 사장님 작품입니다. 그것도 정 실장님도 염두에 두고 설계한 작품. 최 회장 그늘에서 벗어나 세 사람이 나란히 사이좋게 먹고살 길이 었던 거죠."

말이 없었다. 내 말을 못 알아들은 건지 아니면 알아듣고 황망해진 건지 알 수 없다. 여전히 말없이 듣고만 있는 '동네 형의 친구'에게 말을 이었다.

"직접 만나 봐야 서로 좋을 것 없으니까, 퀵서비스로 은행 열쇠 보내 드리겠습니다. 다 찾을 수 있게 조치해 놓겠습니다."

— 넘기는 조건이 뭐야?

"여생을 마누라하고 둘이 편안하게 살다 갔으면 좋겠다는 겁니다."

— 알았다.

"사장님께 실장님 소식 전해 드리고 싶은데 괜찮겠습니까?"

잠시 동안 망설이던 '동네 형의 친구'는 작은 한숨과 함께 입을 열었다.

— 좋도록 해.

그의 전화를 끊은 즉시 방탄조끼를 벗어 버렸다. 시원한 바람이 온몸으로 느껴졌다. 바람을 느끼고 있을 때 휴대폰 벨 소리가 울렸다. '동네 형의 친구' 전화다.

— 지분 말이다, 적당히 챙기고 넘겨라. 마음 바뀌기 전에 빨리 하는 게 좋을 거야.

"그런 건 말씀 안 하셔도 알아서 할 텐데, 쑥스럽네요."

— 후후, 너란 놈은 정말……. 미친놈.

"이젠 실장님 전화 안 받을 겁니다."

— 나도 안 해.

'동네 형의 친구'와 한 마지막 대화치고는 지나치게 건조한 느낌이 있지만 이런 인연은 어떻게든 빨리 끝내는 게 좋다는 것이 내 생각이다.

마당에 물을 뿌리고 있을 때 마누라 번호에만 세팅을 해 둔 휴대폰 벨 소리가 들린다. 왠지 모르게 마음이 들뜬다.

"사랑하는 마누라!"

— 지금 어디야?

"어디긴, 집이지."

— 뭐? 집?

"응, 지금 어디셔?"

— 인천국제공항이다! 너 뭐 하는 인간이야?

"뭐? 벌써 입국했어? 3일 뒤에 입국한다고 하지 않았던가?"

— 그건 3일 전에 통화했던 내용이잖아, 이 멍청아!

곰곰이 생각해 보니 그런 것도 같다. 내 뇌가 가끔은 의심스럽다.

"마, 마누라, 조금만 기다려. 내가 금방 갈게."

— 기다리긴 뭘 기다려! 벌써 버스 탔구먼!

"벌써? 조금만 기다리지. 차도 샀겠다, 금방 가는데."

— 뭐? 차를 사?

아뿔싸. 마누라는 아직 내가 돈 번 사실을 모른다. 여전히 공식적으로는 백수니까 말이다.

"마, 마누라, 그게 아니라⋯⋯."

— 제정신이 아니구나? 뒤따라온다는 인간이 연락도 안 되더니 마중도 안 나오고, 이젠 차까지 질러? 집에 도착하기 전에 차 처분하는 게 좋을 거다!

"지금 팔면 손해라고⋯⋯."

— 손해 보기만 해! 차를 확 다 부숴 버리고 네 인생에서 자동차 같은 건 아주 꿈도 못 꾸게⋯⋯.

마누라는 한참을 더 말했지만 귀에 잘 들어오지 않았다. 난 스릴을 즐기는 타입은 아니다. 하지만 피할 수 없는 스릴이라면 즐겨야 하지 않겠는가. 특히 마누라님께서 하사하는 스릴이라면 충분히 즐겨야 예의인 것이다. 그래도 차는 처분해야겠다. 일단 목숨 연명은 해야 하니까.

the End